NOTURNO

GUILLERMO DEL TORO
E
CHUCK HOGAN

Tradução:
SÉRGIO MORAES REGO
PAULO REIS

NOTURNO

Trilogia da Escuridão

Rocco

Título original
THE STRAIN
Book I of The Strain Trilogy

Este livro é uma obra de ficção. Personagens, incidentes
e diálogos são produtos da imaginação dos autores e
não devem ser interpretados como reais. Qualquer semelhança com
acontecimentos reais ou pessoas, vivas ou não, é mera coincidência.

Copyright © 2009 by Guillermo Del Toro e Chuck Hogan

Todos os direitos reservados.
Nenhuma parte deste livro pode ser reproduzida
sob qualquer forma sem autorização do editor.

Edição brasileira publicada mediante acordo
com HarperCollins Publishers.

Direitos para a língua portuguesa reservados
com exclusividade para o Brasil à
EDITORA ROCCO LTDA.
Av. Presidente Wilson, 231 – 8º andar
20030-021 – Rio de Janeiro – RJ
Tel.: (21) 3525-2000 – Fax: (21) 3525-2001
rocco@rocco.com.br
www.rocco.com.br

Printed in Brazil/Impresso no Brasil

preparação de originais
FÁTIMA FADEL

CIP-Brasil. Catalogação na fonte.
Sindicato Nacional dos Editores de Livros, RJ.

D439n	Del Toro, Guillermo, 1964-
	    Noturno / Guillermo Del Toro e Chuck Hogan ; tradução de Sérgio Moraes Rego e Paulo Reis. – Rio de Janeiro: Rocco, 2009.
	    (Trilogia da Escuridão, v.1)
	
	    Tradução de: The strain
	    ISBN 978-85-325-2463-8
	
	    1. Ficção norte-americana. I. Hogan, Chuck. II. Rego, Sérgio Moraes. III. Reis, Paulo. IV. Título. V. Série.

09-2853	CDD – 813 CDU – 821.111(73)-3

Para Lorenza, Mariana, Marisa...
e a todos os monstros
do meu quarto:
Que vocês nunca me deixem sozinho

— GDT

Para minha Lila

— CH

A lenda de Jusef Sardu

— Era uma vez... um gigante – disse a avó de Abraham Setrakian.

Os olhos do jovem Abraham brilharam, e imediatamente a sopa de repolho na tigela de madeira ficou mais gostosa, ou com menos sabor de alho. Ele era um garoto pálido, magro e doentio. Querendo fazer com que engordasse, sua avó sentava do outro lado da mesa enquanto ele tomava a sopa e distraía o neto contando uma história.

Uma *bubbeh meiseh*, "uma história de vovó". Um conto de fadas. Uma lenda.

— Ele era filho de um nobre polonês e se chamava Jusef Sardu. Era mais alto do que qualquer outro homem. Mais alto do que qualquer telhado na aldeia. Precisava se curvar muito para entrar em qualquer porta, mas essa altura toda era um fardo. Uma doença de infância, não uma bênção. O rapaz sofria. Seus músculos não tinham força para sustentar aqueles ossos compridos e pesados. Às vezes, até caminhar era uma verdadeira luta. Como bengala, Sardu usava um cajado comprido, mais alto do que você, com o punho de prata esculpido com o formato de uma cabeça de lobo, que era o brasão da família.

— E então, *bubbeh*? – disse Abraham, entre uma colherada e outra.

— Sardu encarava aquilo como seu destino na vida, e aprendeu a ser humilde, coisa que poucos nobres conseguem. Tinha muita compaixão pelos pobres, trabalhadores e doentes. Era especialmente querido pelas crianças da aldeia. Grandes e profundos feito sacos de nabos, seus bolsos viviam cheios de doces e brinquedos. Ele mesmo não tivera infância, pois igualara a altura do pai aos oito anos, e já aos nove era uma cabeça mais alto. Sua fragilidade e seu enorme tamanho eram uma fonte secreta de vergonha para o pai. Mas Sardu era um gigante gentil e adorado pelo seu povo. Diziam que ele olhava para todos lá de cima, mas sem rebaixar ninguém.

A avó meneou a cabeça, lembrando o neto de tomar outra colherada. Mastigando uma beterraba vermelha cozida, conhecida como "coração de bebê" devido à cor, à forma e aos fiapos semelhantes a veias, Abraham disse:

– E então, *bubbeh*?

– Ele também era um amante da natureza, e não nutria interesse pela brutalidade da caça... mas, como nobre e homem de posição, aos quinze anos foi levado pelo pai e pelo tio numa expedição de seis semanas à Romênia.

– Até aqui, *bubbeh*? – indagou Abraham. – O gigante veio até aqui?

– À região do norte, *kaddishel*. Às florestas escuras. Os homens do clã Sardu não vieram caçar porcos selvagens ou alces. Vieram caçar lobos, o símbolo da família, o brasão da Casa de Sardu. Eles caçavam um animal predador. As lendas da família Sardu diziam que comer carne de lobo dava a seus homens coragem e força. O pai do gigante gentil acreditava que isso poderia curar os músculos fracos do filho.

– E então, *bubbeh*?

– A jornada foi longa e árdua, além de muito prejudicada pelas más condições do tempo. Jusef lutava bravamente. Nunca viajara para lugar algum fora da aldeia e ficava envergonhado com os olhares que recebia de desconhecidos ao longo do caminho. Quando chegaram à floresta escura, a mata parecia viva em torno dele. Durante a noite, matilhas de animais percorriam a floresta, quase como refugiados deslocados de seus abrigos, ninhos e covis. Eram tantos animais que os caçadores não conseguiam dormir no acampamento. Alguns queriam partir, mas a obsessão do velho Sardu estava acima de tudo. Os lobos podiam ser ouvidos, uivando à noite, e ele queria muito um lobo para seu filho, aquele filho único cujo gigantismo manchava a estirpe Sardu. Era preciso livrar a casa de Sardu daquela maldição, casar seu filho e produzir muitos herdeiros sadios.

"Acontece que, ao perseguir um lobo, o pai de Jusef foi o primeiro a ficar separado dos outros, pouco antes de anoitecer no segundo dia. O pessoal passou a noite esperando por ele, e depois do alvorecer todos se espalharam para começar a busca. Acontece que à noite um dos primos de Jusef não voltou. E assim por diante, entende?"

– E então, *bubbeh*?

– Até que o único que restou foi Jusef, o menino gigante. No dia seguinte ele partiu e, numa área já vasculhada, descobriu os corpos do pai, dos tios e dos primos jogados na entrada de uma caverna subterrânea. Os crânios haviam sido esmagados com grande violência, mas os corpos não haviam sido devorados, coisa que levou Jusef a supor que eles haviam sido mortos por uma fera de força tremenda, mas não por fome ou medo. O motivo ele não conseguia imaginar, embora se sentisse vigiado, talvez até mesmo estudado, por algum ser à espreita dentro da caverna escura.

"O menino Sardu carregou cada corpo para fora da caverna e enterrou todos profundamente. É claro que ficou severamente enfraquecido por esse esforço, que lhe roubou a maior parte das forças. Ele ficou esgotado, *farmutshet*. Mesmo sozinho, amedrontado e exausto, à noite retornou à caverna, para enfrentar o mal que se revelava depois do escurecer, vingar seus antepassados ou morrer tentando. Nós só sabemos disso devido a um diário que ele mantinha, e que foi descoberto na mata muitos anos depois. Essa era a última anotação."

A boca de Abraham estava aberta e vazia.

– Mas o que aconteceu, *bubbeh*?

– Ninguém sabe ao certo. Lá na casa do clã, as tais seis semanas viraram oito, e depois dez. Sem notícias, temia-se que todos os caçadores houvessem se perdido. Foi formada uma equipe de busca, que nada descobriu. Então, durante a décima primeira semana, certa noite chegou uma carruagem de cortinas fechadas. Era o jovem senhor. Ele se fechou sozinho dentro do castelo, numa ala só com dormitórios vazios, e raramente, se é que alguma vez, foi visto novamente. Na época, só boatos davam conta do que lhe acontecera na floresta da Romênia.

Os poucos que alegavam ver Sardu... caso fosse realmente possível acreditar nesses relatos... insistiam que ele se curara das enfermidades. Alguns até mesmo murmuravam que ele retornara possuidor de uma força enorme, compatível com seu tamanho sobre-humano. Contudo, era tão profundo seu luto pelo pai, pelos tios e primos, que ele nunca mais foi visto durante as horas de trabalho, e dispensou a maioria dos empregados. Havia movimento no castelo à noite, pois via-se o clarão das lareiras brilhando nas janelas, mas com o tempo a propriedade dos Sardu foi caindo no abandono.

"Mas, então, à noite... alguns alegavam ouvir o gigante caminhando pela aldeia. A criançada, principalmente, contava que ouvia o *toque-toque-toque* da bengala dele. Sardu não usava mais aquilo para se apoiar, e sim para tirar as crianças da cama, oferecendo-lhes brinquedos e guloseimas. Os descrentes eram levados para ver os buracos no solo, alguns embaixo das janelas dos quartos: eram pequenos orifícios redondos, como se fossem feitos pela bengala com cabo de cabeça de lobo."

Os olhos da *bubbeh* ficaram sombrios. Ela olhou para a tigela, vendo que a maior parte da sopa se fora.

– Então, Abraham, alguns filhos de camponeses começaram a desaparecer. Corriam histórias sobre o sumiço de crianças também nas aldeias próximas. Até mesmo na minha própria aldeia. É, Abraham, quando menina, a sua *bubbeh* morava apenas a meio dia de caminhada do castelo de Sardu. Eu me lembro de duas irmãs. Seus corpos foram encontrados numa clareira no bosque, tão brancos quanto a neve ao redor, com os olhos abertos vidrados pela geada. Eu própria ouvi certa noite, não muito distante, o *toque-toque-toque* daquela bengala. Era um barulho tão forte e ritmado que puxei meu cobertor depressa sobre a cabeça para me isolar. Depois passei muitos dias sem conseguir dormir.

Abraham engoliu o final da história junto com o resto da sopa.

– Grande parte da aldeia de Sardu acabou abandonada e virou um lugar amaldiçoado. Quando a caravana dos ciganos passava pela nossa aldeia vendendo artefatos exóticos, eles nos falavam de acontecimentos estranhos, assombrações e aparições perto do castelo. De um gigante que percorria a terra enluarada feito um deus da noite. Eram eles que nos alertavam: "Comam e fiquem fortes... ou Sardu virá pegar vocês."

Por isso é importante, Abraham. *Ess gezunterhait!* Coma e fique forte. Raspe essa tigela agora. Se não, ele virá. – Ela já voltara daqueles poucos momentos de escuridão, de lembranças. Seus olhos voltaram a ser vívidos, como sempre. – Sardu virá. *Toque-toque-toque.*

E Abraham realmente terminou a sopa, com todos os últimos fiapos de beterraba. A tigela estava vazia e a história terminara, mas sua barriga e sua mente estavam cheias. Sua *bubbeh* estava feliz por ele ter comido, e, para Abraham, o rosto dela era a mais clara expressão de amor que existia. Nesses momentos a sós, junto à frágil mesa da família, eles estabeleciam uma comunhão íntima: separados por duas gerações, os dois compartilhavam alimentos para o coração e a alma.

Uma década mais tarde, a família Setrakian seria expulsa de sua marcenaria na aldeia, mas não por Sardu. Pelos alemães. Um oficial fora alojado na casa deles. Comovido pela absoluta humanidade de seus anfitriões, após compartilhar pão com eles sobre aquela mesma mesa vacilante, certa noite o sujeito avisou que eles não deveriam obedecer à ordem de se reunir na estação de trem no dia seguinte, mas sim partir da casa e da aldeia naquele instante.

Isso eles fizeram. Todos os membros da família juntos, oito ao todo, partiram pelos campos carregando o máximo que podiam. A *bubbeh* fazia com que eles andassem mais devagar. O pior é que ela *sabia* que estava atrasando os demais. *Sabia* que sua presença colocava a família toda em perigo. Amaldiçoou a si mesma e as suas velhas pernas cansadas. O restante da família acabou seguindo à frente da velha, com exceção de Abraham, que virara um rapaz forte e promissor: era um entalhador de primeira classe para sua pouca idade, e um estudioso do Talmude, com especial interesse no Zohar, os segredos do misticismo judaico. Ele continuou caminhando ao lado da avó. Quando chegou a notícia de que os outros haviam sido presos na cidade próxima e forçados a embarcar num trem para a Polônia, a *bubbeh*, atormentada de culpa, implorou permissão para se entregar, para o bem de Abraham.

– Corra, Abraham. Corra dos nazistas. Tal como de Sardu. *Fuja...*

Mas ele se recusou. Não se separaria dela.

Pela manhã ele encontrou a avó caída no chão do quarto que compartilhavam na casa de um fazendeiro compassivo. Ela caíra da cama à noite. Tinha os lábios descascados e negros feito carvão. A garganta estava negra até o fundo, devido ao veneno animal que ingerira para morrer. Com a bondosa permissão da família anfitriã, Abraham Setrakian enterrou a avó debaixo de um vidoeiro carregado de flores prateadas. Pacientemente, ele entalhou para ela uma linda lápide de madeira, cheia de flores, pássaros e todas as coisas que faziam a felicidade dela. Chorou muito, muito mesmo por ela, e então fugiu.

Abraham fugiu correndo dos nazistas, ouvindo aquele *toque-toque-toque* o tempo todo.

E o mal foi seguindo logo atrás.

O INÍCIO

OFICIO

Gravador de voz da cabine de comando N323RG

Trechos da transcrição feita pela Comissão Nacional de Segurança em Transporte, voo 753, de Berlim (TXL) para Nova York (JFK), 24/9/2010:

2049:31 [Microfone do alto-falante LIGADO.]
CAP. PETER J. MOLDES: "Pessoal, aqui é o comandante Moldes na cabine de comando. Devemos estar tocando o solo dentro de poucos minutos, numa chegada dentro do horário. Gostaria de aproveitar a ocasião para, em nome do copiloto Nash, de mim mesmo e do restante da tripulação, agradecer a vocês por terem escolhido a Regis Airlines. Esperamos que voltem a viajar conosco em breve..."
2049:44 [Microfone do alto-falante DESLIGADO.]
CAP. PETER J. MOLDES: "... para que nós possamos manter nossos empregos." [risadas na cabine de comando]
2050:01 Controle do tráfego aéreo de Nova York (JFK): "Regis 7-5-3 pesado, aproximação pela esquerda, na direção de 1-0-0. Pouso liberado em 13R."
CAP. PETER J. MOLDES: "Regis 7-5-3 pesado, aproximação pela esquerda, 1-0-0, pousando na pista 13R, já vimos."
2050:15 [Microfone do alto-falante LIGADO.]
CAP. PETER J. MOLDES: "Tripulação, preparar para o pouso."
2050:18 [Microfone do alto-falante DESLIGADO.]
COPILOTO RONALD W. NASH IV: "Trem de pouso em posição."
CAP. PETER J. MOLDES: "É sempre bom voltar para casa..."
2050:41 [Ruído de um baque. Estática. Ruído agudo.]

FIM DA TRANSMISSÃO.

O POUSO

Torre de controle do Aeroporto Internacional JFK

Aquilo era chamado de prato. Tinha um brilho monocromático verde (o aeroporto vinha esperando novas telas coloridas havia mais de dois anos) e parecia uma tigela de sopa de ervilha, reforçada por letras do alfabeto agrupadas em torno de pontos piscantes codificados. Cada ponto piscante representava centenas de vidas humanas, ou, no antigo jargão náutico que ainda persistia nas viagens aéreas, *almas*.

Centenas de almas.

Talvez fosse por isso que todos os outros controladores de tráfego aéreo chamassem Jimmy Mendes de "Bispo". Ele era o único controlador que passava de pé todas as oito horas do plantão, sem sentar. Recebia os jatos comerciais que chegavam a Nova York feito um pastor tomando conta do rebanho, agitando no ar um lápis número 2 e andando de um lado para outro na movimentada torre de controle, cem metros acima do Aeroporto Internacional John F. Kennedy. Usava a borracha rosada do lápis para visualizar as aeronaves sob seu comando e a posição de cada uma, em vez de depender exclusivamente da tela de radar bidimensional.

Onde centenas de almas piscavam a cada segundo.

– United 6-4-2, vire para a direita na direção 1-0-0 e suba para cinco mil.

Mas você não podia pensar assim quando estava diante do prato. Não podia ficar devaneando sobre todas aquelas almas cujo destino estava sob seu comando: seres humanos apinhados dentro de mísseis alados, cruzando velozmente os céus quilômetros acima da terra. Era impossível manter uma visão geral: todos os aviões no seu prato... todos os outros controladores murmurando conversas codificadas nos fones de ouvido à sua volta... todos os aviões nos pratos *deles*... a torre de controle no aeroporto vizinho de LaGuardia... todas as torres de controle dos aeroportos de cada cidade dos Estados Unidos... e também em todo o mundo...

Calvin Buss, gerente regional de controle de tráfego aéreo e supervisor imediato do Bispo, apareceu junto ao ombro dele. Voltara mais cedo de um intervalo, e na realidade ainda estava mastigando a comida.

– Onde você está com o Regis 7-5-3?

– O 7-5-3 já chegou. Está indo para o portão. – O Bispo deu uma olhadela atenta para o prato, em busca de confirmação, e rolou para trás a lista de atribuição de portões procurando o 7-5-3. – Por quê?

– O radar de terra diz que temos uma aeronave enguiçada na Foxtrot.

– Na pista de taxiamento? – O Bispo conferiu novamente o prato, para ver se estava tudo bem, e reabriu o canal com o DL 753. – Regis 7-5-3, aqui é a torre de controle do aeroporto, câmbio.

Nada. Ele tentou novamente.

– Regis 7-5-3, aqui é a torre de controle, responda, câmbio.

Ele ficou esperando. Nada, nem mesmo um clique de rádio.

– Regis 7-5-3, aqui é a torre, você está me ouvindo? Câmbio.

Um assistente de tráfego se materializou atrás de Calvin Buss e sugeriu:

– Problema de comunicação?

Calvin Buss disse:

– Uma falha mecânica grande é mais provável. Alguém disse que o avião está às escuras.

– Às escuras? – disse o Bispo, espantado ao imaginar que quase poderia ter havido um acidente grave se tivesse dado merda no equipamento mecânico básico poucos minutos depois do pouso. Ele resolveu dar uma parada a caminho de casa e apostar no número 753 na loteria do dia seguinte.

Calvin plugou seu fone de ouvido no radiocomunicador do Bispo.

– Regis 7-5-3, aqui é a torre de controle, por favor, responda. Regis 7-5-3, aqui é a torre, câmbio.

Esperando, escutando.

Nada.

O Bispo olhou para as luzes piscantes que ainda restavam no seu prato: nenhum alerta de conflito, tudo legal com suas aeronaves.

– É melhor mandar todo mundo desviar da Foxtrot – disse ele.

Calvin desplugou o fone e recuou. Assumiu um ar distante, lançando o olhar sobre o console do Bispo, pelas janelas da torre, na direção geral da pista de taxiamento. Sua expressão era uma mistura de confusão e preocupação.

– Precisamos liberar a Foxtrot. – Ele se virou para o assistente de tráfego. – Mande alguém fazer uma inspeção visual.

O Bispo agarrou a barriga, querendo poder enfiar as mãos ali dentro e, de alguma forma, massagear o enjoo que sentia. Sua profissão, essencialmente, era de parteira. Ele ajudava pilotos de aviões cheios de almas a sair do útero do vazio em segurança e chegar à terra. O que sentia agora eram as dores do medo, como as que um médico tem quando traz à luz seu primeiro bebê natimorto.

Pista do Terminal 3

LORENZA RUIZ ESTAVA GUIANDO até o portão uma esteira transportadora de bagagem, que basicamente era uma rampa hidráulica sobre rodas. Quando o 753 não apareceu na curva como esperado, Lorenza avançou um pouco mais para dar uma espiadela, pois já estava quase na hora do seu intervalo. Ela usava protetores auriculares, uma camiseta esportiva debaixo do colete refletor e óculos de proteção, porque a poeira na pista era foda. Os bastões de comando alaranjados ficavam no assento perto do seu quadril.

Mas que diabo é isso?

Ela tirou os óculos, como se precisasse ver aquilo a olho nu. Lá estava o Regis 777, um garoto enorme, dos mais novos da frota, parado na Foxtrot, no escuro. Escuro *total*: incluía até mesmo as luzes de navegação nas asas. O céu noturno estava vazio. A lua sumida, e as estrelas bloqueadas... nada. Na realidade, tudo que Lorenza via era a lisa superfície tubular da fuselagem e das asas, brilhando debilmente sob as luzes de pouso dos aviões que chegavam. O trem de pouso de um deles, o Lufthansa 1567, não colidiu com o avião estacionado por meros trinta centímetros.

– *Jesus Santísimo!*
Ela chamou seu supervisor.
– Estamos a caminho – disse ele. – O ninho de corvo quer que você vá até lá e dê uma olhadela.
– Eu? – disse Lorenza, franzindo a testa. Era nisso que dava ser curiosa.

Ela foi em frente, seguindo a pista de serviço que vinha do terminal de passageiros e cruzando as linhas de taxiamento pintadas no pátio de manobras. Estava um pouco nervosa, e muito atenta, pois nunca fora tão longe. A Agência Federal de Aviação tinha regras severas sobre o raio de ação das esteiras transportadoras e dos trailers de bagagem, de modo que Lorenza ficou vigiando os aviões que taxiavam.

Passou pelas lâmpadas azuis que margeavam a pista de taxiamento. O avião lhe parecia completamente desligado, da proa à popa, sem luz de farol, luz anticolisão ou luzes nas janelas da fuselagem. Geralmente, mesmo ali do chão, era possível avistar o interior da cabine de comando dez metros acima, e enxergar, pelos para-brisas semelhantes a olhos enviesados sobre o nariz característico dos Boeings, as luzes do painel de instrumentos superior, com seu brilho vermelho de câmara escura. Mas não se via absolutamente qualquer luz.

Lorenza **parou** a dez metros da ponta da comprida asa esquerda. Quem trabalha **nas** pistas tempo suficiente acaba aprendendo algumas coisas, e ela já estava ali havia oito anos, mais do que seus dois casamentos somados. Todos os redutores de velocidade na parte traseira da asa continuavam erguidos, como são postos pelos pilotos ao pousar. As turbinas estavam silenciosas e paradas: geralmente levam algum tempo mastigando o ar, até mesmo depois de desligadas, sugando poeira e insetos como grandes vácuos famintos. De modo que aquele be-

bezão chegara e pousara direitinho, indo até ali antes que... *as luzes se apagassem.*

O mais alarmante era: se o avião fora autorizado a pousar, o problema todo acontecera no espaço de dois, talvez três minutos. *O que poderia dar errado tão depressa?*

Lorenza avançou um pouco mais, rodeando a parte traseira da asa. Se aquelas turbinas começassem a funcionar de repente, ela não queria ser sugada e estraçalhada feito um ganso canadense. Passou com a esteira perto do compartimento de carga, a área do avião com que tinha mais familiaridade, indo em direção à cauda e parando debaixo da saída traseira. Travou o veículo ali e moveu a alavanca para levantar a rampa, que alcançava uma inclinação de trinta graus. Não era o bastante, mas ainda assim... Ela saltou, pegou os bastões de sinalização e foi subindo a rampa na direção do avião morto.

Morto? Por que ela pensava assim? A coisa nunca estivera viva...

Por um instante, porém, Lorenza visualizou um enorme cadáver apodrecendo, uma baleia encalhada na praia. Era isso que o avião parecia: uma carcaça putrefata, um leviatã moribundo.

O vento parou quando ela chegou ao topo da esteira, e é preciso entender uma coisa sobre o clima nas pistas do aeroporto JFK: ali o vento nunca para. *Mas nunca mesmo. Sempre* está ventando naquelas pistas, devido à chegada dos aviões, ao pântano salgado e à porcaria do oceano Atlântico logo ali, do outro lado de Rockaway. De repente, porém, tudo ficou muito silencioso, tão silencioso que Lorenza tirou os grandes protetores auriculares, só para ter certeza. Achou que tinha ouvido batidas dentro do avião, mas percebeu que era apenas seu próprio coração pulsando. Ligou a lanterna de mão e apontou o facho para o flanco direito da aeronave.

Seguindo o círculo da luz, viu que a fuselagem ainda retinha o brilho perolado provocado pela descida, com um cheiro de chuva primaveril. Lançou o facho de luz sobre a longa fileira de janelas. Todas as persianas interiores estavam abaixadas.

Aquilo era estranho. Lorenza já estava assustada. Enormemente assustada. Sentia-se minúscula diante daquela maciça máquina voadora, de 250 milhões de dólares e 383 toneladas. Teve a sensação fugaz, se bem que palpável e fria, de estar na presença de um dragão. Um demônio adormecido que apenas *fingia* dormir, mas que na realidade podia a qualquer momento abrir os olhos e a boca terrível. Num momento eletricamente psíquico, um calafrio percorreu o corpo de Lorenza com a força de um orgasmo invertido, apertando e dando um nó em tudo.

Então ela percebeu que uma das persianas estava levantada. Os pelos da sua nuca estavam tão eriçados que Lorenza pôs a mão ali à guisa de consolo, como se acalmasse um cachorrinho assustado. Não vira antes aquela persiana, que sempre estivera levantada... *sempre*.

Talvez...

Dentro do avião, a escuridão se agitou. E Lorenza teve a sensação de estar sendo observada por algo lá dentro.

Ela começou a gemer feito uma criança. Não conseguia evitar. Estava paralisada. Pulsando e acelerando, o sangue subiu como que comandado, apertando sua garganta...

E então ela compreendeu de forma inequívoca: *ia ser comida por algo lá dentro...*

As rajadas de vento recomeçaram, como se nunca houvessem parado. Lorenza não precisava de mais indícios. Desceu a rampa e pulou dentro da esteira, pondo o veículo em marcha a ré com o sinal de alerta ligado e a rampa ainda levantada. Os pneus foram fazendo barulho ao passar por cima das luzes de taxiamento ao longo do caminho, enquanto ela corria, meio dentro e meio fora da grama, na direção da meia dúzia de veículos de emergência que se aproximavam.

Torre de controle do Aeroporto Internacional JFK

CALVIN BUSS TROCARA SEU par de fones e estava dando as ordens estabelecidas no manual da Agência Federal de Aviação para incursões na zona de taxiamento. Todas as chegadas e partidas haviam sido suspensas no espaço aéreo de oito quilômetros em torno do aeroporto. Isso significava que o volume de atrasos cresceria velozmente. Calvin suspendeu os intervalos e mandou os controladores de plantão tentarem contatar o voo 753 em todas as frequências disponíveis.

O Bispo jamais vira algo tão próximo ao caos na torre do aeroporto JFK. Os agentes da Autoridade Portuária, uns caras de terno que murmuravam em aparelhos da Nextel, haviam se agrupado atrás dele. Isso nunca era um bom sinal. É engraçado como as pessoas se reúnem naturalmente quando defrontadas com algo inexplicável. Ele tentou fazer contato outra vez, sem resultado.

Um dos caras de terno perguntou:

– Sinal de sequestro?

– Não – respondeu o Bispo. – Nada.

– Nenhum alerta de incêndio?

– É claro que não.

– Não soou o alarme da porta da cabine de comando? – indagou outro.

O Bispo viu que eles haviam entrado na fase das "perguntas idiotas" da investigação. Apelou para a paciência e a sensatez que garantiam seu sucesso como controlador de tráfego aéreo.

– O Regis 7-5-3 chegou bem e fez um pouso suave. O piloto confirmou o portão de desembarque designado e saiu da pista. Eu fechei o radar e fiz a transição para o Equipamento de Detecção em Superfície dos Aeroportos.

Pondo a mão sobre o microfone, Calvin disse:

– Talvez o piloto tenha precisado desligar tudo?

– Talvez – disse o Bispo. – Ou talvez o avião tenha se desligado.

– Então por que eles não abriram uma porta? – disse um dos caras de terno.

A mente do Bispo já estava remoendo isso. Via de regra, os passageiros nunca ficam sentados um minuto a mais do que precisam. Na semana anterior, um jato da Blue partira da Flórida e quase fora palco de um motim por causa de *pão dormido*. No caso presente, as pessoas já estavam sentadas sem se mexer havia... talvez quinze minutos. Totalmente no escuro.

– Deve estar começando a esquentar lá dentro. Se a eletricidade foi cortada, não há ar circulando no interior. Não há ventilação.

– Então que diabo eles estão esperando? – disse outro cara de terno.

O Bispo sentiu que o nível de ansiedade de todos ali estava aumentando. Era aquele buraco na barriga quando a gente percebe que vai acontecer algo muito ruim.

– Talvez eles não possam se mexer? – murmurou ele sem pensar.

– Foram feitos reféns? É disso que você está falando? – perguntou o cara de terno.

O Bispo balançou a cabeça em silêncio... mas não era nisso que ele estava pensando. Por alguma razão, só conseguia pensar em... *almas*.

Pista Foxtrot

Os BOMBEIROS DE RESGATE de aeronaves da Autoridade Portuária puseram em ação o esquema normal para aviões em perigo: seis viaturas, que incluíam um veículo com espuma para isolar combustível derramado, outro para bombear e um caminhão autoescada. Estacionaram junto à esteira de bagagem emperrada diante das lâmpadas azuis que margeavam a pista Foxtrot. O capitão Sean Navarro saltou do degrau traseiro do caminhão autoescada e parou com capacete e traje de incêndio diante do avião silencioso. As luzes dos veículos de resgate, piscando contra a fuselagem, davam ao avião uma falsa pulsação vermelha. Parecia um avião vazio, pronto para um exercício de treinamento noturno.

O capitão Navarro foi até a frente do carro e juntou-se ao motorista, Benny Chufer, dentro da cabine.

– Mande o pessoal da manutenção trazer aqueles holofotes para cá. Depois pare atrás da asa.

– Temos ordens de ficar afastados – respondeu Benny.

O capitão Navarro disse:

– Esse avião está cheio de gente. Nós não somos pagos para ganhar fama iluminando pistas. Somos pagos para salvar vidas.

Benny deu de ombros e começou a obedecer. O capitão Navarro saiu da cabine e trepou na capota. Benny suspendeu a plataforma o suficiente para que ele subisse na asa. O capitão acendeu a lanterna e pisou na borda entre os dois redutores erguidos, colocando a bota exatamente no lugar onde havia um aviso em grandes letras negras: NÃO PISE AQUI.

Ele foi caminhando ao longo da asa que se alargava, cerca de sete metros acima da pista. Seguiu até a saída sobre a asa, que era a única porta do avião com uma tranca de emergência externa. Havia uma pequena janela sem persiana embutida na porta e ele tentou espiar através das gotículas condensadas dentro do grosso vidro duplo. Não conseguiu ver coisa alguma além de mais escuridão. Lá dentro devia estar tão abafado quanto num pulmão de ferro.

Por que o pessoal não estava pedindo socorro? Por que ele não ouvia movimento algum lá dentro? Se o avião continuava pressurizado, o fluxo de ar era vedado. Aqueles passageiros estavam ficando sem oxigênio.

Com as mãos cobertas por luvas à prova de fogo, ele pressionou as duas aletas vermelhas e puxou a alavanca da porta para fora. Foi girando a alavanca na direção das setas, quase 180 graus, e puxou. A porta deveria ter se projetado para fora, então, mas não fez isso. Ele tornou a puxar, mas viu imediatamente que seu esforço era inútil; a porta não cedia um milímetro. Não tinha como ter ficado presa pelo lado de dentro. A alavanca devia estar emperrada. Ou, então, havia algo segurando a porta por dentro.

O capitão Navarro voltou pela asa até o topo da escada. Viu uma luz alaranjada girando: era um veículo utilitário saindo do terminal internacional. Já mais perto, percebeu que era dirigido por agentes de jaqueta azul, do Departamento de Segurança de Transportes.

— Lá vamos nós — resmungou o capitão, começando a descer a escada.

Eles eram cinco e foram se apresentando sucessivamente, mas o capitão Navarro nem se esforçou para decorar os nomes. Ele chegara ao avião com caminhões-tanque e equipamento de espuma; os outros vinham cheios de computadores e comunicadores portáteis. Durante algum tempo, o capitão simplesmente ficou parado, ouvindo, enquanto os outros falavam naqueles aparatos, às vezes ao mesmo tempo.

— Precisamos pensar muito antes de acionar o Departamento de Segurança Nacional neste caso. Ninguém quer uma cagada geral por besteira.

— Nós nem sabemos o que temos aqui. Se você der o alarme e chamar para cá os caças da Base Aérea de Otis, vai desencadear o pânico em toda a Costa Leste.

— Se *for* uma bomba, eles esperaram até o último momento possível.

— Para explodir a bomba em território americano, talvez.

— Talvez estejam só fingindo de mortos por algum tempo. Deixando o rádio desligado. A fim de nos atrair para mais perto. Esperando a imprensa chegar.

Lendo algo no seu celular, um dos caras disse:

— Vejo que o voo partiu do aeroporto Tegel, em Berlim.

Outro disse ao telefone:

— Quero alguém em terra, na Alemanha, que *sprechen ze* inglês. Precisamos saber se lá eles notaram alguma atividade suspeita, alguma falha. Também precisamos de instruções sobre os procedimentos de manuseio de bagagem deles.

E outro ordenou:

— Verifique o plano de voo e confira novamente a relação de passageiros. É... examine novamente todos os nomes. Dessa vez leve em conta variações de ortografia.

— Tá legal, dados completos — disse um deles, lendo algo no seu computador de mão. — O registro do avião é N323RG. Um Boeing 777-200LR. A inspeção de trânsito mais recente foi feita há quatro dias, no aeroporto de Atlanta. Substituíram uma anilha gasta na tubulação do reversor de empuxo da turbina esquerda, e uma bucha de suporte gasta na turbina direita. Adiaram o conserto de uma mossa no conjunto do redutor interno esquerdo, devido ao horário de voo. Em resumo, o avião tem um laudo de saúde perfeito.

— Esses 777 são bem modernos, não são? Saíram da fábrica há um ano ou dois?

— Capacidade máxima de trezentas e uma pessoas. Esse voo vinha com duzentas e dez. Cento e noventa e nove passageiros, dois pilotos e nove comissários de bordo.

– Alguém sem passagem? – Isso significava bebês.

– Pelo que vejo aqui, não.

– Uma tática clássica – disse o perito em terroristas. – Criar uma perturbação, atrair os primeiros a reagir, conquistar uma plateia... e só então detonar, para obter o máximo de impacto.

– Se é isso, então já estamos mortos.

Eles se entreolharam, nervosos.

– Precisamos afastar essas viaturas de resgate. Quem era o panaca marchando na asa?

O capitão Navarro se aproximou devagar, surpreendendo todos com a resposta.

– Era eu.

– Ah, bom. – O sujeito tossiu com o punho sobre a boca. – Só o pessoal da manutenção pode subir ali, capitão. Regras da Agência Federal de Aviação.

– Eu sei.

– E então? O que você viu? Alguma coisa?

– Nada. Não vi nada, nem ouvi nada. Todas as persianas das janelas estão abaixadas – respondeu o capitão.

– Abaixadas, você diz? Todas?

– Todas.

– Você tentou a saída sobre a asa?

– Tentei, claro.

– E?

– Estava emperrada.

– Emperrada. Isso é impossível.

– Está emperrada – disse o capitão, mostrando mais paciência com aqueles cinco do que mostrava com seus próprios filhos. O sujeito mais velho se afastou para dar um telefonema, enquanto o capitão Navarro olhava para os outros. – Então, o que vamos fazer aqui?

– É isso que estamos esperando para descobrir.

– Esperando para descobrir? Você sabe quantos passageiros há neste avião? Quantos deles já ligaram para a emergência?

Um dos homens abanou a cabeça.

– Nenhum celular dentro do avião ligou para a emergência, ainda.

– Ainda? – disse o capitão.

O cara ao seu lado disse:

– Cento e noventa e nove passageiros, e zero ligação. Isso não é bom.

– Nem um pouco.

O capitão Navarro olhou espantado para aqueles homens.

– Temos de fazer alguma coisa já. Eu não preciso de permissão para pegar um machado de incêndio e começar a arrebentar janelas, se lá dentro as pessoas estão mortas ou morrendo. Não há ar dentro daquele avião.

O sujeito mais velho voltou depois de telefonar.

– Eles estão trazendo o maçarico agora. Vamos cortar a fuselagem.

Dark Harbor, Virginia

A BAÍA DE CHESAPEAKE parecia negra e revolta àquela hora tardia.

Dentro do terraço envidraçado da casa principal, num belo penhasco com vista para a baía, um homem se recostava numa cadeira hospitalar feita sob medida. As luzes estavam esmaecidas, tanto por conforto como por pudor. Os termostatos industriais, dos quais só naquele aposento havia três, mantinham a temperatura a dezessete graus Celsius. *A sagração da primavera*, de Stravinsky, saía suavemente de discretos alto-falantes para amortecer o resfolegar ininterrupto da máquina de diálise.

Um leve vapor saía da boca do homem. Um transeunte poderia acreditar que se tratava de um moribundo. Poderia pensar que estava testemunhando os últimos dias ou semanas do que fora, a julgar pela extensa propriedade de quase sete hectares, uma vida impressionantemente bem-sucedida. Poderia até mesmo comentar como era irônico um homem de riqueza e posição tão evidentes ter o mesmo destino de um mendigo.

Só que Eldritch Palmer não chegara ao fim. Ele tinha setenta e seis anos e não tencionava desistir de coisa alguma. Absolutamente nada.

O estimado investidor, empresário, teólogo e confidente de altas figuras passara os últimos sete anos de sua vida se submetendo àquele tratamento por três ou quatro horas toda noite. Sua saúde era frágil, mas administrável: supervisionada por médicos vinte e quatro horas ao dia e auxiliada por equipamentos hospitalares adquiridos para uso doméstico.

Os ricos têm dinheiro para gozar de excelentes cuidados com a saúde, e também para ser excêntricos. Eldritch Palmer ocultava suas peculiaridades do público em geral, e até mesmo de seu círculo mais íntimo. O homem nunca se casara. Nunca tivera um herdeiro. E assim, um dos principais tópicos de especulação sobre Palmer era o destino daquela vasta fortuna depois de sua morte. Ele não tinha um braço direito no comando de sua principal instituição de investimento, o Grupo Stoneheart. Não era ligado publicamente a qualquer fundação ou instituição de caridade, diferentemente dos dois homens que disputavam com ele o primeiro lugar na lista anual da revista *Forbes* dos americanos mais ricos do mundo, isto é: Bill Gates, o fundador da Microsoft, e o investidor Warren Buffet, da Berkshire Hathaway. (Caso certas reservas de ouro na América do Sul e outras ações em poder de empresas fantasmas da África fossem contabilizadas pela *Forbes*, Palmer, sozinho, estaria no topo da lista.) Ele nunca fizera um testamento; para um homem com até mesmo um milésimo de sua fortuna e tesouro, isso era um lapso impensável em termos de planejamento de bens.

Só que Eldritch Palmer simplesmente não planejava morrer.

Na hemodiálise, o sangue é retirado do paciente por meio de um sistema de tubos, ultrafiltrado num dialisador, ou rim artificial, e depois recolocado no corpo livre de dejetos e impurezas. As agulhas de entrada e saída são inseridas em um enxerto arteriovenoso sintético, instalado de forma semipermanente no antebraço. A máquina que fazia isso era um modelo Fresenius de última geração: monitorava continuamente os parâmetros críticos de Palmer e alertava Fitzwilliam, que nunca estava a mais de dois aposentos de distância, sobre quaisquer leituras fora do padrão normal.

Os investidores fiéis já estavam acostumados com a aparência perpetuamente emaciada de Palmer. Essencialmente, aquilo se tornara sua marca registrada, símbolo irônico de seu poder monetário: como um homem tão delicado e macilento podia exibir tal poder e influência, tanto no mundo das finanças internacionais quanto no da política? A legião de investidores leais chegava a trinta mil, formando um bloco de pessoas da elite financeira: para participar, era preciso aplicar dois milhões de dólares, e muitos que vinham investindo com Palmer havia décadas possuíam fortunas de nove dígitos. O poder de compra do Grupo Stoneheart dava a ele enorme alavancagem econômica, usada com eficiência e, ocasionalmente, de modo implacável.

As portas do lado oeste se abriram para um largo corredor, e Fitzwilliam, que também chefiava a equipe de segurança pessoal de Palmer, entrou com uma bandeja de prata, onde se via um telefone portátil de acesso restrito. Ele era um ex-fuzileiro naval americano, com quarenta e duas mortes confirmadas em combate. Tinha uma mente ágil, cujo treinamento médico pós-militar Palmer financiara.

– É o subsecretário de Segurança Nacional – disse ele, com o hálito esbranquiçado visível no aposento frio.

Normalmente Palmer não permitia intrusos durante o tratamento noturno. Em vez disso, preferia usar o tempo contemplativamente. Mas estava esperando aquele telefonema. Pegou o aparelho oferecido por Fitzwilliam, aguardando até que ele se retirasse.

Depois atendeu, e foi informado sobre o avião dormente. Soube que os funcionários do aeroporto JFK haviam demonstrado considerável incerteza sobre o que fazer. Do outro lado da linha, seu interlocutor falava com ansiedade, mas em tom exageradamente formal, como se fosse uma criança orgulhosa a relatar algo benfeito.

– É um acontecimento muito raro, e eu achei que o senhor desejaria ser informado imediatamente.

– Sim – disse Palmer ao sujeito. – Eu agradeço a gentileza.

– Tenha uma boa-noite.

Palmer desligou e colocou o telefone no colo. Uma boa-noite, *com certeza*. Ele sentiu uma pontada de expectativa. Vinha esperando aquilo. Agora que o avião pousara, sabia que a coisa começara... e de maneira espetacular.

Animado, ele se virou para o telão na parede lateral, usando o controle remoto no braço da cadeira para ativar o som. Nada sobre o avião, ainda. Mas dali a pouco...

Ele apertou o botão do intercomunicador e ouviu a voz de Fitzwilliam dizer:

– Pois não?

– Mande preparar o helicóptero, Fitzwilliam. Tenho uns negócios para tratar em Manhattan.

Eldritch Palmer desligou, e depois lançou o olhar pela parede envidraçada para a grande baía de Chesapeake, revolta e negra, logo ao sul do ponto onde o acinzentado Potomac se esvaziava em suas profundezas escuras.

Pista Foxtrot

A EQUIPE DE MANUTENÇÃO estava rolando tanques de oxigênio para baixo da fuselagem. Cortar o avião era um dos últimos recursos dos procedimentos de emergência. Todas as aeronaves comerciais eram construídas com áreas específicas para isso. No 777, essa área ficava na parte traseira da fuselagem, debaixo da cauda, entre as portas de carga no lado direito da popa. O Boeing 777-200LR tinha uma autonomia de voo que chegava a dezessete mil quilômetros e carregava duzentos mil litros de combustível. Além dos tanques tradicionais dentro das asas, o avião contava com três tanques auxiliares no compartimento de carga traseiro, e vinha daí a necessidade de uma área de corte segura.

A equipe de manutenção estava usando um equipamento de corte Arcair, um maçarico exotérmico adequado para acidentes, não apenas por ser altamente portátil, mas também por utilizar oxigênio, e não gases secundários perigosos, tais como acetileno. O trabalho de cortar a grossa fuselagem levaria cerca de uma hora.

A essa altura, ninguém naquela pista ainda esperava um final feliz. Nenhum dos passageiros dentro do avião ligara para a emergência. Não houvera qualquer luz, ruído ou sinal emanando do Regis 753. A situação era de perplexidade.

Uma viatura de comando da unidade dos serviços de emergência da Autoridade Portuária recebeu autorização para entrar no pátio de manobras do terminal e acender dois poderosos holofotes usados em construção civil sobre o jato. A equipe de emergência deles fora treinada para evacuações, resgate de reféns e ataques contra terroristas em pontes, túneis, rodoviárias, aeroportos, ferrovias e portos de Nova York e Nova Jersey. Os agentes táticos estavam equipados com armaduras leves e submetralhadoras Heckler-Koch. Dois pastores alemães já farejavam os dois conjuntos de seis enormes pneus do trem de pouso principal, trotando com os focinhos empinados como se também sentissem algo ruim ali.

Por um instante, o capitão Navarro pensou que talvez ninguém estivesse a bordo. Não havia um filme, *Além da imaginação*, em que um avião aterrissava vazio?

A equipe de manutenção acendeu os maçaricos para trabalhar na parte de baixo da fuselagem, quando um dos cães começou a latir. O cachorro chegava a uivar, descrevendo círculos apertados em torno da coleira sem parar.

O capitão Navarro viu seu encarregado da escada, Benny Chufer, apontando para a seção intermediária da aeronave. Uma fina sombra negra surgiu diante dos seus olhos. Era um corte vertical, negro feito breu, interrompendo a superfície perfeitamente lisa da fuselagem.

Era a porta de emergência sobre a asa. A tal que o capitão Navarro não conseguira mover.

Agora estava aberta.

Aquilo não fazia sentido, mas Navarro ficou em silêncio, emudecido pelo que via. Talvez fosse uma falha no ferrolho, um defeito na alavanca... talvez ele não houvesse tentado com força suficiente... ou talvez... apenas talvez... alguém finalmente houvesse aberto a porta.

Torre de Controle do Aeroporto Internacional JFK

A AUTORIDADE PORTUÁRIA RECUPERARA a gravação em áudio de Jimmy, o Bispo. Ele estava de pé, como sempre, aguardando uma revisão do material com os caras de terno, quando os telefones começaram a tintilar alucinadamente.

– O avião está aberto – anunciou um sujeito. – Alguém abriu a porta de emergência.

Todo mundo ficou de pé também, tentando ver. Da torre de controle, o Bispo olhou para o avião iluminado lá fora. Dali de cima a porta não parecia aberta.

– Abriram por dentro? Quem está saindo? – disse Calvin Buss.

O sujeito abanou a cabeça, ainda ao telefone.

– Ninguém. Ainda não.

O Bispo agarrou um pequeno par de binóculos na prateleira e resolveu inspecionar o Regis 753 ele mesmo.

Lá estava a coisa. Uma estreita fenda negra sobre a asa. Uma cicatriz de sombra, como um rasgão no casco da aeronave.

A boca de Jimmy ficou seca diante da cena. Aquelas portas se projetam um pouco quando são destrancadas; depois giram de volta e se acomodam contra a parede interna. Portanto, tecnicamente só a vedação de ar fora afrouxada. A porta ainda não estava bem aberta.

Ele colocou o binóculo na prateleira e recuou. Por alguma razão, sua mente estava lhe dizendo que era um bom momento para fugir.

Pista Foxtrot

ELEVADOS ATÉ A FRESTA da porta, os sensores de gás e radiação nada acusaram. Deitado na asa, um membro da equipe de emergência conseguiu puxar a porta mais alguns centímetros com um gancho espetado numa vara, enquanto dois outros agentes táticos lhe davam proteção armada ali embaixo na pista. Um microfone parabólico foi inserido na cabine, captando todo tipo de campainhas, bipes e toques dos telefones celulares dos passageiros. Nenhum era atendido. Os sons pareciam estranhos e pungentes, como se fossem pequenos pedidos de socorro pessoais.

Então enfiaram no avião um espelho preso à ponta de uma vara, feito uma versão ampliada daquele instrumento dentário usado para examinar os dentes traseiros. Só conseguiram ver os assentos da tripulação entre as classes, ambos vazios.

Comandos dados por megafone nada adiantaram. Nenhuma resposta veio do avião: nenhuma luz, nenhum movimento, nada.

Munidos de armaduras leves, dois homens da equipe de emergência foram recuando até as luzes da pista para receber instruções e examinaram um corte transversal da classe econômica em que iriam penetrar. O esquema mostrava passageiros sentados em fileiras de dez: três nas poltronas laterais à direita e à esquerda, e quatro nas poltronas centrais. O interior do avião era apertado, e eles trocaram as submetralhadoras H-K por pistolas Glock 17, mais fáceis de manusear, preparando-se para combate a curta distância.

Depois colocaram máscaras contra gás equipadas com rádios, além de óculos noturnos que podiam ser abaixados com um só toque. Nos cinturões prenderam aerossol atordoante, algemas leves e munição adicional. Havia minúsculas câmeras com lentes passivas de infravermelho presas aos seus capacetes especiais.

Os dois subiram na asa pela escada de resgate contra incêndio e foram avançando para a porta. Cada um colou o corpo em um dos lados da fuselagem. Com a bota, um deles fez a porta girar em direção à parede interna e depois entrou com o corpo dobrado, indo direto para uma divisória próxima e agachando ali. Seu parceiro seguiu atrás.

O megafone soou, falando por eles:

– *Passageiros do Regis 753. Aqui é a Autoridade Portuária de Nova York-Nova Jersey. Estamos entrando na aeronave. Para sua própria segurança, por favor permaneçam sentados, cruzando os dedos sobre a cabeça.*

O primeiro agente aguardou encostado na divisória, escutando. Sua máscara transformava qualquer som num rugido abafado, mas ele não conseguiu discernir movimento algum ali dentro. Quando abaixou os óculos noturnos, o interior do avião ficou esverdeado feito sopa de ervilhas. Ele meneou a cabeça para o parceiro e engatilhou a Glock. Depois de contar até três, eles entraram velozmente na larga cabine.

EMBARQUE IMEDIATO

Rua Worth, Chinatown

Ephraim Goodweather não sabia se aquela sirene estava soando na rua – isto é, se era real – ou se fazia parte da sonoplastia do videogame que ele estava jogando com o filho, Zack.
— Por que você fica me matando? – perguntou Eph.

O garoto ruivo deu de ombros, como que ofendido pela pergunta.
— Pai, o objetivo é esse.

O televisor ficava perto da ampla janela que dava para oeste, e que de longe era a melhor característica daquele pequeno apartamento no segundo andar de um prédio sem elevador na borda sul de Chinatown. Diante deles, a mesa de centro estava atulhada de embalagens abertas de comida chinesa, uma bolsa cheia de revistas em quadrinhos da Forbidden Planet, o celular de Eph, o celular de Zack e os pés fedorentos de Zack. Aquele videogame era novo, mais um brinquedo comprado pensando em Zack. Exatamente como sua avó transformava em suco o bagaço de meia laranja, Eph também tentava extrair até a última gota de diversão e boa convivência do limitado tempo que passava com seu único filho. Zack era sua vida, seu ar, sua água e seu alimento. Ele precisava aproveitar ao máximo quando podia, porque às vezes passava uma semana só com um ou dois telefonemas, e aquilo era como passar uma semana sem ver o sol.

— Como assim? – Eph manuseou o controle, que nas suas mãos parecia uma estranha geringonça sem fio, mas apertou todos os botões errados. Seu soldado estava socando o chão. – Pelo menos me deixe levantar.

– Tarde demais. Morto, de novo.

Muitos conhecidos de Eph, em situação semelhante, pareciam haver se divorciado dos filhos junto com as esposas. Claro, viviam falando que sentiam falta dos filhos, e que as ex-esposas continuavam subvertendo o relacionamento deles, blá-blá-blá, mas nunca pareciam realmente se esforçar para mudar as coisas. Um fim de semana com os filhos virava um fim de semana *longe* da nova vida de liberdade. Para Eph, os fins de semana com Zack *eram* a sua vida. Ele nunca quisera o divórcio. Ainda não queria. Reconhecia que seu casamento com Kelly acabara, pois ela deixara sua posição bem clara, mas também se recusava a abrir mão de Zack. A guarda do garoto era o único assunto irresolvido, a única razão pela qual eles ainda continuavam casados aos olhos da justiça.

Aquele era o último dos fins de semana de experiência, tal como estipulado pelo terapeuta familiar indicado pelo tribunal. Zack seria entrevistado na semana seguinte, e logo depois sairia a decisão. Para Eph, pouco importava que fosse muito difícil obter a guarda de Zack. Aquela era a luta da sua vida. *Fazer a coisa certa para Zack* era a solução para a culpa de Kelly, obrigando o ex-marido a aceitar generosos direitos de visita. Para Eph, porém, a coisa certa era manter Zack. Ele forçara o governo americano, seu empregador, a estabelecer sua equipe em Nova York, e não em Atlanta, onde o Centro de Controle de Doenças estava localizado, só para que a vida de Zack não fosse ainda mais prejudicada.

Ele poderia ter lutado mais, e com golpes mais baixos, como seu advogado aconselhara muitas vezes. O sujeito conhecia todos os truques do ramo de divórcio. Um dos motivos que impediam Eph de fazer isso era sua persistente melancolia sobre o fracasso do casamento. O outro era que ele era demasiadamente compassivo: a mesma característica que garantia seu sucesso como médico provocava seu fracasso como cliente num caso de divórcio. Ele aceitara quase todas as exigências e reivindicações finaceiras que o advogado de Kelly apresentara. Só queria passar algum tempo sozinho com seu único filho.

Que naquele momento estava atirando granadas nele.

Eph disse:

– Como eu posso atirar de volta se você explodiu os meus braços?

– Não sei. Talvez usando os pés.

– Agora entendi por que sua mãe não deixava você ter um videogame.

– Porque isso me deixa hiperativo, antissocial e... AH, LIQUIDEI VOCÊ!

O número de vidas de Eph foi reduzido a zero.

Nesse momento seu celular começou a vibrar, saltitando junto das embalagens de comida feito um faminto besouro prateado. Provavelmente era Kelly, para lembrar que Zack precisava usar a bomba de asma. Ou só conferir se Eph não raptara Zack para o Marrocos ou algum lugar assim.

Eph pegou o aparelho e olhou para a tela. Um prefixo 718, local. O indicador de chamadas dizia QUARENTENA JFK.

Os Centros de Controle e Prevenção de Doenças mantinham uma estação de quarentena dentro do terminal internacional do aeroporto JFK. Não se tratava de uma clínica de detenção ou tratamento, mas de alguns escritórios pequenos e uma sala de exames. Era uma estação intermediária, um local de triagem para identificar e talvez conter qualquer surto que pudesse ameaçar a população americana. A maior parte do seu trabalho era isolar e avaliar os passageiros que ficavam doentes a bordo, ocasionalmente produzindo diagnósticos de meningite meningocócica ou síndrome respiratória severa e aguda.

O escritório ficava fechado à noite. Pela escala de plantão, Eph só precisaria estar disponível na manhã de segunda-feira. Adiantara sua agenda de trabalho semanas antes, já aguardando o fim de semana com Zack.

Ele desligou o botão de vibração e colocou o celular de volta, perto da embalagem de panquecas com cebolinha. Problema de outra pessoa.

– É o garoto que me vendeu esse troço – disse ele a Zack. – Ligando para me encher o saco.

Zack estava comendo outro bolinho no vapor.

– Não *acredito* que você comprou ingressos para o jogo dos Yankees com os Red Sox amanhã.

– Eu sei. E lugares bons, além disso. Ao lado da terceira base. Dei um desfalque na grana para a sua faculdade, mas não se preocupe... com o seu talento, você vai se dar bem só com o diploma do ensino médio.

– Papai...

– De qualquer maneira, você sabe que não gosto de colocar um só dólar no bolso do Steinbrenner. Isso é traição, no fundo.

– Fora, Red Sox. Avante, Yanks! – disse Zack.

– Primeiro você me mata, e depois fica me gozando?

– Eu achava que, como torcedor dos Red Sox, você já estava acostumado a isso.

– Já chega!

Eph abraçou o filho, fazendo cócegas nas costelas dele. O garoto se contorceu numa convulsão de riso. Zachary, aquele garoto que ele fazia voar pela sala num só ombro, estava ficando mais forte, e suas contorções já mostravam uma força verdadeira. Ele tinha o cabelo da mãe, tanto pela cor ruiva, que era o tom original do cabelo dela quando eles haviam se conhecido na faculdade, quanto pela textura delicada. E, contudo, para espanto e alegria de Eph, ele reconhecia suas próprias mãos de garoto de onze anos penduradas estranhamente nos pulsos do filho. Eram as mesmas mãos de juntas largas que só queriam afagar bolas de beisebol, que odiavam aulas de piano e que mal podiam esperar para agarrar o mundo dos adultos. Que estranho ver aquelas mãos jovens novamente. Era verdade: nossos filhos realmente vêm nos substituir. Zachary parecia um perfeito pacote humano e seu DNA fora escrito com tudo que Eph e Kelly haviam sido um para o outro em termos de esperanças, sonhos ou potencial. Provavelmente era por esse motivo que cada um deles lutava tanto, mesmo que de forma contraditória, para fazer o filho dar o melhor que pudesse. Tanto era assim que Eph perdia o sono diante da ideia de Zack ser criado sob a influência de Matt, o namorado de Kelly que já morava com ela. Ele era um cara "legal", um cara "bacana", mas sempre ficava tão em cima do muro que virava praticamente invisível. Para seu filho, Eph queria desafios, inspiração e grandeza! A batalha pela guarda da pessoa de Zack estava terminada, mas não a batalha pelo espírito – pela alma dele.

O celular de Eph começou a vibrar novamente, saltitando pela mesa de centro feito as dentaduras que seus tios lhe davam no Natal. O aparelho despertado interrompeu a briga fingida dos dois, e Eph soltou Zack, lutando contra o impulso de conferir o visor. Algo estava acontecendo, caso contrário as chamadas não chegariam a ele. Um surto. Um viajante infectado.

Eph se forçou a *não* pegar o telefone. Outra pessoa que resolvesse o troço. Aquele era seu fim de semana com Zack, que já estava olhando para ele.

– Não se preocupe – disse Eph, resolvendo deixar a chamada cair na caixa postal. – Está tudo sob controle. Nada de trabalho este fim de semana.

Zack balançou a cabeça, animando-se e pegando o controle.

– Vai querer mais?

– Não sei. Quando vem a parte em que o boneco do Mario começa a rolar os barris na direção do macaco?

– Papai.

– É que eu fico mais à vontade com aqueles estereótipos italianos correndo e engolindo cogumelos para contar pontos.

– Sei. E quantos quilômetros de neve você precisava atravessar para chegar à escola todo dia?

– *Já chega!*

Eph agarrou o filho novamente, mas dessa vez o garoto estava pronto, mantendo os cotovelos unidos e bloqueando o ataque às costelas. De modo que ele mudou de tática e partiu para o ultrassensível tendão de aquiles, lutando com os tornozelos de Zack, enquanto tentava desesperadamente não receber um pontapé na cara. O garoto já estava pedindo penico, quando Eph percebeu que seu celular vibrava *mais uma vez*.

Dessa vez ele levantou com raiva, já sabendo que seria afastado do filho por seu trabalho, ou sua vocação. Olhou para o número no indicador, e dessa vez o prefixo era de Atlanta. Notícias muito ruins. Eph fechou os olhos e apertou sobre a testa o aparelho que vibrava, clareando a mente. – Desculpe, Zack – disse ele. – Preciso ver o que está acontecendo.

Ele levou o telefone para a cozinha ao lado, onde atendeu.

– Ephraim? Aqui é Everett Barnes.

Doutor Everett Barnes. O diretor do Centro de Controle de Doenças.

Eph ficou de costas para Zack. Sabia que estava sendo observado pelo filho e não queria encarar o olhar dele.

– O que há, Everett?

– Acabei de receber o telefonema de Washington. A sua equipe já está a caminho do aeroporto?

– Na verdade...

– Você já viu na tevê?

– Tevê?

Ele voltou para o sofá, pedindo paciência para Zack com a mão aberta. Encontrou o controle remoto e procurou o botão certo ou a combinação de botões. Tentou alguns, até a tela se apagar. Com ar emburrado, Zack tirou o controle remoto da mão dele e sintonizou a tevê a cabo.

O canal de notícias mostrava um avião estacionado na pista. Viaturas de apoio formavam um perímetro largo, e talvez temeroso. Era o Aeroporto Internacional JFK.

– Acho que estou vendo, Everett.

– O Jim Kent acabou de me telefonar. Ele está preparando o equipamento que a sua equipe Canário precisa. Vocês formam a linha de frente nisso, Ephraim. Eles não vão fazer coisa alguma antes de vocês chegarem.

– Eles quem, senhor?

– A Autoridade Portuária de Nova York, a Administração de Segurança de Transporte. A Comissão Nacional de Segurança em Transporte e a Segurança Nacional já estão lá.

O projeto Canário era uma equipe de reação rápida formada por epidemiologistas de campo, organizada para detectar e identificar ameaças biológicas incipientes. Seu campo de ação incluía tanto ameaças de ocorrência natural como doenças virais encontradas na natureza, quanto epidemias provocadas pelo homem, embora a maior parte de suas verbas se originasse das óbvias aplicações do projeto contra o bioterrorismo. Nova York era o centro nervoso, com agências menores baseadas em hospitais universitários de Miami, Los Angeles, Denver e Chicago.

O programa tirava seu nome do antigo truque dos mineiros de carvão, que levavam para a mina subterrânea um canário engaiolado, como um grosseiro mas eficiente sistema de alerta biológico. O metabolismo altamente sensível do passarinho amarelo vivo detectava traços de gás metano e de dióxido de carbono antes que atingissem níveis tóxicos ou até mesmo explosivos, fazendo a normalmente pipilante criatura ficar em silêncio e cambalear no poleiro.

Na era moderna, todo ser humano tinha o potencial de ser aquele canário sentinela. O trabalho da equipe de Eph era isolar cada um que parasse de cantar, tratar os infectados e conter a propagação.

– O que há, Everett? Alguém morreu no avião? – perguntou Eph.

– Estão todos mortos, Ephraim. Até o último – respondeu o diretor.

Rua Kelton, Woodside, Queens

KELLY GOODWEATHER ESTAVA SENTADA junto à pequena mesa diante de Matt Sayles, o companheiro que morava com ela ("namorado" parecia jovem demais; "outro significativo", velho demais). Os dois estavam dividindo uma pizza caseira, com pesto, tomates secos, queijo de cabra e umas lascas de prosciutto para dar mais sabor, bem como uma garrafa de merlot do ano anterior que custara onze dólares. O televisor da cozinha estava ligado no canal NY1 porque Matt queria o noticiário.
Já Kelly encarava como seus inimigos os canais de notícias que ficavam no ar vinte e quatro horas por dia, e disse outra vez:

– Desculpe.

Matt sorriu, descrevendo preguiçosamente um círculo no ar com a taça de vinho.

– Não é culpa minha, claro. Mas eu sei que tínhamos reservado esse fim de semana só para nós... – continuou Kelly.

Matt secou os lábios no guardanapo metido na gola da camisa.

– Ele geralmente dá um jeito de se meter entre nós dois... e não estou falando do Zack.

Kelly olhou para a terceira cadeira, que estava vazia. Sem dúvida Matt esperava passar o fim de semana sem Zack. Enquanto não se resolvia a prolongada batalha deles no tribunal sobre a guarda, o garoto vinha passando alguns fins de semana no apartamento do pai na parte sul de Manhattan. Para Kelly, isso significava um jantar íntimo em casa, com as costumeiras expectativas sexuais por parte de Matt, que ela não hesitava em preencher, e que inevitavelmente valia a taça adicional de vinho a que ela se permitia.

Mas aquela noite já não seria assim. Embora com bastante pena de Matt, Kelly ficara até bem satisfeita.

– Eu compenso isso para você depois – disse ela, com uma piscadela para ele.

Matt deu um sorriso derrotado.

– Feito.

Era por isso que Matt parecia tão reconfortante. Depois dos mutismos, das explosões, da personalidade forte e do mercúrio que corria nas veias de Eph, Kelly precisava de um barco mais vagaroso como Matt. Ela se casara com Eph jovem demais. Esquecera demasiadamente de si mesma, de suas necessidades, suas ambições e seus desejos, ajudando Eph a progredir na carreira médica. Se pudesse transmitir um só conselho sobre a vida às suas colegas da quarta série na escola pública de Jackson Heights, seria: nunca se casem com um gênio. Principalmente se ele for bonito. Com Matt, Kelly se sentia à vontade, e na realidade gostava de comandar a relação. Chegara a sua vez de ser cuidada.

O pequeno televisor branco da cozinha transmitia orientação médica sobre o eclipse do dia seguinte. Parado diante de um quiosque de camisetas no Central Park, o repórter experimentava diversos óculos e classificava cada um quanto à segurança dos olhos. A camiseta mais vendida dizia: *Me Beije Durante o Eclipse!* Os âncoras anunciavam "Cobertura ao Vivo com Toda a Equipe" a partir da tarde do dia seguinte.

– Vai ser um espetáculo e tanto – disse Matt.

O comentário fez Kelly perceber que ele não deixaria sua decepção estragar a noite.

– É um grande acontecimento celestial – disse ela. – Mas eles estão agindo como se fosse só mais uma nevasca no inverno.

Apareceu na tela o aviso PLANTÃO DE NOTÍCIAS. Geralmente essa era a dica para Kelly mudar de canal, mas a estranheza da história prendeu sua atenção. A tevê mostrava a imagem distante de um avião parado na pista do aeroporto JFK, rodeado de refletores acesos. A aeronave estava iluminada com tanta dramaticidade, e cercada por tantos homens com veículos, que alguém poderia pensar que um OVNI pousara em Queens.

– Terroristas – disse Matt.

O aeroporto JFK ficava a apenas quinze quilômetros de distância. O repórter falou que o avião em questão desligara todas as suas luzes após um pouso aparentemente normal, e que depois disso não houvera qualquer contato por parte ou da tripulação ou dos passageiros, que ainda se achavam a bordo. Todos os demais pousos ali haviam sido suspensos por precaução, e o tráfego aéreo estava sendo desviado para os aeroportos de Newark e LaGuardia.

Kelly percebeu que Eph estava trazendo Zack de volta para casa por causa daquele avião e só conseguia pensar em ter o filho sob o seu teto. Ela era uma pessoa que vivia preocupada, e o lar significava segurança. Era o único lugar no mundo que ela podia controlar.

Kelly levantou, foi até a janela, baixou a luz e lançou o olhar para fora, sobre a pia da cozinha, em direção ao céu, além do telhado do vizinho dos fundos. Viu as luzes dos aviões circulando em cima do aeroporto LaGuardia, girando como detritos cintilantes atraídos para o vórtice de uma tempestade. Ela nunca estivera na parte central do país, onde tornados são vistos se aproximando a poucos quilômetros, mas teve a mesma sensação. Parecia que algo vinha em sua direção e que ela nada podia fazer para impedir isso.

Eph encostou o Ford Explorer do Centro de Controle de Doenças no meio-fio. Kelly possuía uma casa pequena num terreno quadrado, cercado por sebes baixas e bem aparadas, num quarteirão em aclive com casas de dois andares. Ela encontrou com ele lá fora, na entrada cimentada, como se não quisesse que Eph entrasse no seu lar, e agindo como se ele fosse uma gripe de dez anos da qual ela finalmente se livrara.

Ela estava mais loura e mais magra, e ainda muito bonita, mesmo já sendo uma pessoa diferente para ele. Tanta coisa mudara. Em algum lugar, provavelmente numa caixa de sapatos no fundo de um armário, havia fotos do casamento de uma jovem confiante, com o véu jogado para trás, dando um sorriso cativante para seu noivo de fraque: dois jovens alegres e muito apaixonados.

– Eu tinha todo o fim de semana livre – disse ele, saindo do carro antes de Zack e passando pelo pequeno portão de ferro a fim de falar primeiro. – É uma emergência.

Matt Sayles atravessou o umbral iluminado atrás de Kelly, parando no primeiro degrau. O guardanapo ainda estava metido na gola da camisa, tapando o logotipo da Sears bordado no bolso. Ele era gerente da filial em Rego Park.

Eph fingiu que não notara a presença dele, mantendo o olhar em Kelly e Zack, enquanto o garoto entrava no jardim. Kelly deu um sorriso para o filho, e Eph começou a imaginar que ela preferia ver Zack desapontado a passar um fim de semana sozinha com Matt.

Kelly deu um abraço protetor no filho e disse:

– Você está legal?

Zack balançou a cabeça.

– Decepcionado, aposto.

Ele balançou a cabeça novamente.

Ela viu a caixa e os fios na mão do filho. – O que é isso?

– É o novo videogame do Zack. Vai ficar emprestado durante o fim de semana – disse Eph olhando para Zack, que manteve a cabeça no peito da mãe, com o olhar fixado a meia distância. – Parceiro, se eu conseguir me livrar de algum jeito, talvez amanhã... espero que seja amanhã... mas se houver *qualquer* jeito, eu volto para pegar você, e vamos salvar o que pudermos ainda deste fim de semana. Tá legal? Você sabe que vou compensar isso, não é?

Zack balançou a cabeça, com o olhar ainda distante.

Lá do degrau superior, Matt exclamou:

– Entre, Zack. Vamos ver se a gente consegue ligar esse troço.

Como Matt parecia tranquilo e confiável. Com certeza fora muito bem treinado por Kelly. Eph ficou vendo o filho entrar na casa sob o braço de Matt, até o garoto lançar um último olhar para ele ali atrás.

Já sozinhos, Kelly e Eph ficaram parados frente a frente no pequeno espaço gramado. Atrás dela, sobre o telhado da casa, circulavam as luzes dos aviões que esperavam. Uma rede inteira de transporte além de diversas agências do governo e de segurança aguardavam um homem parado diante de uma mulher que dizia que não o amava mais.

– É aquele avião, não é?

Eph balançou a cabeça.

– Eles estão todos mortos. Todo mundo a bordo.

– Todos mortos? – Os olhos de Kelly brilharam de preocupação. – Como? O que pode ter sido?

– É isso que eu preciso ir descobrir.

Eph se sentiu tomado pela premência do trabalho. Ele estragara a coisa com Zack, mas isso já estava feito, e agora era preciso ir embora. Metendo a mão no bolso, ele entregou a Kelly um envelope com o logotipo do time.

– Para amanhã à tarde – disse Eph. – Caso eu não consiga chegar a tempo.

Kelly deu uma olhadela nos ingressos, erguendo as sobrancelhas ao ver o preço, e depois meteu tudo de volta no envelope, olhando para ele com uma expressão quase solidária.

– Por favor, não falte à nossa consulta com o doutor Kempner.

Era o terapeuta familiar, o tal que decidiria a guarda final de Zack.

– O Kempner, certo – disse Eph. – Estarei lá.

– E... tome cuidado – disse ela.

Eph balançou a cabeça e se afastou.

Aeroporto Internacional JFK

FORA DO AEROPORTO SE juntara uma multidão atraída pelo inexplicado, o estranho, o potencialmente trágico, *o acontecimento*. Eph foi de carro até lá ouvindo o rádio, que tratava o avião dormente como um possível sequestro, especulando sobre ligações com conflitos no exterior.

Já dentro do terminal, dois carrinhos motorizados passaram por Eph, um transportava uma mãe chorosa que segurava a mão de duas crianças aparentemente amedrontadas, e o outro levava um senhor negro idoso com um buquê de rosas vermelhas no colo. Eph percebeu que naquele avião havia o Zack de outra pessoa. A Kelly de outra pessoa. E passou a se concentrar nisso.

A equipe de Eph aguardava diante de uma porta trancada, logo abaixo do portão 6. Jim Kent estava falando ao telefone, como de costume, segurando um microfone na ponta de um fio que pendia da sua orelha. Ele resolvia o lado burocrático e político do controle de doenças para Eph. À guisa de cumprimento, fechou a mão sobre o microfone e disse:

– Não há notícia de aviões imobilizados em qualquer outra parte do país.

Eph embarcou no banco traseiro do carro da companhia aérea, ao lado de Nora Martinez. Formada em bioquímica, Nora era a lugar-tenente dele em Nova York. Suas mãos já estavam enluvadas, a barreira de náilon parecia pálida, lisa e funérea feito um lírio. Ela se afastou um pouco quando Eph sentou, e ele lamentou o constrangimento entre os dois.

Quando o carro partiu, Eph sentiu no vento o cheiro salgado do pântano.

– Quanto tempo antes de apagar o avião tocou no solo?

– Seis minutos – disse Nora.

– Não houve contato pelo rádio? O piloto também apagou?

Jim virou e disse:

– É uma suposição ainda não confirmada. Os policiais da Autoridade Portuária entraram na cabine dos passageiros, encontraram um monte de cadáveres e saíram imediatamente.

– Estavam usando máscaras e luvas, espero.

– Afirmativo.

O carro fez uma curva e revelou o avião esperando a distância. Era uma aeronave maciça que reluzia intensamente, iluminada pelos holofotes de serviço por diversos ângulos. A névoa proveniente da baía próxima criava uma aura brilhante em torno da fuselagem.

– Cristo – disse Eph.

– Esse é o 777, o maior jato do mundo com duas turbinas. Projeto recente, aeronave nova. É por isso que eles estão loucos com o apagão do equipamento. Acham que deve ter sido sabotagem – disse Jim.

Só os pneus do trem de pouso já eram enormes. Eph olhou para o buraco negro formado pela porta aberta sobre a larga asa esquerda.

Jim disse:

– Já testaram para ver se era gás. Testaram tudo que fosse feito pelo homem. Não sabem mais o que fazer, além de recomeçar do zero.

– E nós somos o zero – disse Eph.

Em termos de material perigoso, aquela aeronave misteriosamente dormente, cheia de gente morta, equivalia a você acordar um dia e encontrar um calombo nas suas costas. A equipe de Eph era o laboratório de biópsia encarregado de dizer se a Administração Federal de Aviação tinha câncer ou não.

Todos de blazer azul, os funcionários da Administração de Segurança de Transporte cercaram Eph assim que o carro parou, tentando lhe passar as informações que Jim acabara de dar, fazendo perguntas e falando ao mesmo tempo feito repórteres.

– Isso já se prolongou demais – disse Eph. – Da próxima vez que algo assim acontecer, vocês devem nos chamar em segundo lugar. Primeiro o pessoal de material perigoso e depois nós. Entenderam?

– Está bem, doutor.

– O pessoal de material perigoso está pronto?

– No aguardo.

Eph diminuiu a marcha diante da van do Centro de Controle de Doenças.

– Eu diria que isso não parece um caso de contágio espontâneo. Seis minutos no solo? É um tempo curto demais.

– Só pode ser um ato deliberado – disse um dos funcionários da Administração de Segurança de Transporte.

– Talvez. Pelo que se vê, o que está nos esperando lá dentro foi contido, seja lá o que for – respondeu Eph. Ele abriu a porta traseira da van para Nora. – Vamos nos equipar e ver o que temos lá.

Uma voz fez com que ele parasse.

– Temos um agente nosso lá dentro.

Eph virou.

– Agente de quem?

– Um delegado federal aéreo. É procedimento padrão nos voos internacionais de empresas americanas.
– Armado? – indagou Eph.
– Essa é a ideia geral.
– Nenhum telefonema, nenhum alerta por parte dele?
– Nada, nada.
– Eles só podem ter sido nocauteados imediatamente. – Eph balançou a cabeça, olhando para os rostos preocupados dos homens. – Eu quero o número da poltrona dele. Vamos começar por lá.

Eph e Nora se enfiaram na van do Centro de Controle de Doenças, fechando as portas traseiras duplas para fugir da ansiedade reinante na pista ali atrás.

Pegaram o equipamento de material perigoso nível A num cabide. Eph ficou só de cueca e camiseta; Nora, de sutiã esportivo preto e calcinha lavanda. Cada um precisava abrir espaço para os cotovelos e joelhos do outro dentro da viatura apertada. A cabeleira de Nora era espessa e escura, inusitadamente longa para uma epidemiologista de campo, e ela fez um rabo de cavalo com um elástico apertado. Seus braços trabalhavam depressa e com precisão. Seu corpo tinha curvas graciosas e sua pele era calorosamente amorenada.

Depois que a separação de Kelly se tornara permanente e ela iniciara a ação de divórcio, Eph e Nora haviam tido um namorico. Fora somente uma noite, seguida de uma manhã constrangida. Esse desconforto se arrastara por meses a fio, até poucas semanas antes, quando eles haviam tido um segundo namorico. Embora até mesmo mais intensa do que a primeira, e calculada para superar as armadilhas que haviam enredado os dois, a noite causara outra extensa e constrangedora *détente*.

Sob certo aspecto, ele e Nora trabalhavam com demasiada intimidade: se tivessem algo semelhante a empregos normais, com um local de trabalho tradicional, o resultado poderia ter sido diferente, mais fácil e relaxado. O que eles tinham, porém, era um "amor de trincheira"; como cada um deles se entregava ardorosamente ao projeto Canário, pouco restava para dar ao outro, ou ao resto do mundo. Era uma parceria tão voraz, que ninguém perguntava: "Como foi o seu dia?", nas horas livres, principalmente porque não havia horas livres.

Tal como ali. Eles estavam praticamente nus, um diante do outro, da maneira menos sexual possível. Porque vestir um biotraje é a antítese da sensualidade. É o reverso da sedução, é uma retirada para a profilaxia, a esterilidade.

A primeira camada era um macacão branco Nomex, com as iniciais do Centro de Controle de Doenças gravadas nas costas. Um zíper ia do joelho ao queixo; velcro selava a gola e os punhos; coturnos pretos eram amarrados na canela.

A segunda camada era um descartável traje branco, feito de papel Tyvek. Em seguida vinha a cobertura para as botas, e luvas de proteção química Silver Shield sobre barreiras de náilon, presas com fita adesiva nos punhos e tornozelos. Depois havia o equipamento de respiração autônomo: um arreio para o tanque leve de titânio com pressão regulável, uma máscara respiratória que cobria todo o rosto e um dispositivo pessoal de alerta com alarme de bombeiro.

Os dois hesitaram antes de pôr a máscara no rosto. Nora deu um meio sorriso, colocou a mão em concha sob o queixo de Eph e deu um beijo nele.

– Você está legal?

– Estou.

– Não parece, nem um pouco. Como está o Zack?

– Emburrado. Puto. Como devia estar.

– Não é culpa sua.

– E daí? O que interessa é que o fim de semana com o meu filho se foi, e isso eu nunca vou recuperar. – Eph aprontou a máscara. – Sabe, houve uma fase na minha vida em que precisei escolher entre a família ou o trabalho. Achei que tinha escolhido a família. Aparentemente, não foi suficiente.

Há momentos assim, que surgem quando querem, sem serem convidados, geralmente nas horas mais inconvenientes, tais como numa crise: você olha para uma pessoa e percebe que vai se magoar caso fique sem ela. Eph viu que estava sendo injusto com Nora, insistindo em se apegar a Kelly... e nem era a Kelly, mas ao passado, a um casamento morto, a tudo que acontecera outrora, só por causa de Zack. Nora gostava de Zack. E seu filho gostava de Nora, isso era óbvio.

Naquele exato momento, porém, não era hora de pensar nisso. Eph colocou o respirador e conferiu o tanque. A camada externa consistia em um traje "espacial" amarelo-canário de encapsulamento total, composto por um capuz selado, uma viseira de 210 graus e luvas. Esse era o verdadeiro traje de contenção nível A, o "traje de contato", com doze camadas de tecido que, uma vez selado, isolava totalmente o portador da atmosfera exterior.

Nora conferiu a vedação de Eph, e ele fez o mesmo com ela. Os investigadores de bioameaças trabalham num sistema de parceria, muito semelhante ao de mergulhadores. Os trajes ficavam um pouco inchados devido à circulação do ar. Como isolar agentes patogênicos exigia conter o suor e o calor do corpo, dentro dos trajes a temperatura podia chegar a ficar cinco graus Celsius mais alta do que no ambiente externo.

– Tudo parece certo – disse Eph, usando os microfones ativados pela voz dentro da máscara.

Nora balançou a cabeça, captando o olhar dele através do visor da máscara. O instante se prolongou um pouco demais, como se ela fosse dizer outra coisa, mas tivesse mudado de ideia.

– Pronto? – perguntou ela.

Eph balançou a cabeça.

– Vamos em frente.

Lá na pista, Jim ligou o painel de comando sobre rodas, captando em monitores separados a imagem das câmeras montadas nas máscaras. Depois prendeu duas lanternas já ligadas às ombreiras destacáveis dos dois: a grossura das luvas de múltiplas camadas limitava a precisão dos movimentos dos usuários.

Os funcionários da Administração de Segurança de Tranporte se aproximaram e tentaram falar mais com eles, mas Eph fingiu que não ouvia, abanando a cabeça e tocando o capacete.

Quando eles se aproximaram do avião, Jim mostrou a Eph e Nora um esquema impresso com a disposição dos assentos no interior. Os números correspondiam aos nomes dos passageiros e tripulantes listados no verso. Ele apontou para um ponto vermelho na poltrona 18A.

– O delegado federal aéreo – disse Jim ao microfone. – O sobrenome é Charpentier. Fileira da porta de emergência, assento da janela.

– Copiado – disse Eph.

Jim mostrou outro ponto vermelho e disse:

– A Administração de Segurança de Transporte indicou esse outro passageiro interessante no voo. Classe executiva, segunda fileira, assento F, Rolph Hubermann, um diplomata alemão. Ele vinha participar da reunião do Conselho da ONU sobre a situação coreana. Talvez estivesse transportando um desses malotes diplomáticos que passam direto pela alfândega. Pode não ser nada, mas um bando de alemães da ONU já está vindo aqui só para pegar o malote.

– Tá legal.

Jim deixou os dois na borda do facho luminoso e voltou para os monitores. Dentro do perímetro, estava mais claro do que num dia normal. Eph e Nora quase não projetavam sombras. Ele foi subindo na frente dela pela escada de incêndio junto à asa e depois seguiu sobre a superfície que se alargava até a porta aberta.

Eph entrou primeiro. A imobilidade era palpável. Nora veio em seguida, parando ombro a ombro com ele na entrada da cabine intermediária do avião.

Diante deles havia cadáveres sentados, fileira após fileira. Os fachos das lanternas de Eph e Nora provocavam reflexos opacos nas joias mortas de seus olhos abertos.

Não houvera sangramento dos narizes. Nenhum olho parecia saltado, e tampouco as peles estavam inchadas ou manchadas. Ninguém tinha espuma ou sangue saindo da boca. Todos estavam sentados em seus lugares, sem sinal de pânico ou luta. Com os braços caídos frouxamente no corredor ou então apoiados no colo. Não havia qualquer traumatismo evidente.

Em colos, bolsos e abafados dentro das bagagens de mão, os telefones celulares emitiam sinais de mensagens recebidas, ou então tocavam insistentemente. As músicas alegres se sobrepunham umas às outras. Esses eram os únicos sons.

Eph e Nora localizaram o delegado federal aéreo na poltrona da janela, bem junto à porta aberta. Era um quarentão de cabelo preto já rareando, usando uma calça jeans azul e uma camiseta abotoada até a gola com debruns azuis e alaranjados, que eram as cores dos New York Mets, e o mascote do clube, cuja cabeça era uma bola de beisebol, desenhado na frente. O queixo do sujeito estava caído sobre o peito, como se ele estivesse cochilando de olhos abertos.

Eph se ajoelhou, já que a largura maior da fileira da saída de emergência lhe dava espaço para manobrar. Ele tocou a testa do delegado, empurrando para trás a cabeça, que se moveu livremente no pescoço. Ali ao lado, Nora apontou o facho da sua lanterna para dentro e fora dos olhos, mas as pupilas de Charpentier não reagiram. Eph puxou o queixo do sujeito para baixo, abrindo o maxilar e iluminando o interior da boca. A língua e a parte superior da garganta pareciam rosadas, sem indícios de envenenamento.

Eph precisava de mais luz. Estendeu a mão e abriu a persiana da janela. A luz dos holofotes explodiu ali dentro feito um grito branco e brilhante.

Não havia vômito, como acontece quando há inalação de gás. As vítimas de envenamento por monóxido de carbono sempre exibiam manchas descoloridas e bolhas na pele, que parecia couro inchado. Não havia desconforto na postura do delegado federal, nenhum sinal de luta atormentada. Junto a ele estava sentada uma mulher de meia-idade, que usava um traje de viagem turístico e tinha óculos meia-lua empoleirados no nariz diante dos olhos cegos. Os dois estavam sentados como estaria qualquer passageiro normal: poltronas na posição vertical, ainda esperando que o sinal de APERTAR CINTOS apagasse quando chegassem ao portão de desembarque.

Os passageiros da fileira na saída de emergência sempre guardam a bagagem de mão em bolsões presos à parede fronteiriça da cabine. No bolsão diante de Charpentier, Eph pegou uma sacola da Virgin Atlantic e abriu o zíper que havia em cima. Tirou um suéter de Notre Dame, um punhado de revistas de palavras cruzadas já muito manuseadas, um audiolivro de suspense, e depois uma pesada bolsa em forma de rim. Abrindo parcialmente o zíper, viu ali dentro uma pistola negra revestida de borracha.

– Vocês estão vendo isto? – perguntou Eph.

– Estamos – respondeu Jim pelo rádio. Jim, os homens da Administração de Segurança de Transporte e todos com permissão para chegar perto dos monitores estavam vendo tudo aquilo por meio da câmera de Eph.

– Seja o que for, o troço pegou todo mundo totalmente desprevenido, inclusive esse delegado – disse Eph.

Ele fechou o zíper da sacola, que foi largada no chão. Endireitou o corpo e foi avançando pelo corredor. A cada duas ou três poltronas, estendia a mão por cima dos passageiros mortos para levantar a persiana da janela. A luz forte ia lançando sombras esquisitas e acentuando o relevo dos rostos, como se todos ali fossem viajantes mortos por terem voado perto demais do sol.

Os celulares continuavam tocando, e a dissonância ia ficando estridente, como dezenas de sinais de alarme pessoais sobrepostos. Eph tentou não pensar na preocupação das pessoas telefonando na outra ponta da linha.

Nora aproximou-se de um corpo e comentou:

– Absolutamente nenhum traumatismo.

– Eu sei. Assustador pra cacete – disse Eph pensativamente, olhando para a galeria de cadáveres. – Jim, mande um alerta para a Organização Mundial da Saúde na Europa. Vamos envolver o Ministério da Saúde alemão nisso, contatando os hospitais. Caso esse troço seja transmissível, deve aparecer lá também.

– É pra já – disse Jim.

Na cozinha dianteira, entre a primeira classe e a classe executiva, quatro atendentes de bordo, três mulheres e um homem, estavam derreados nos assentos de tripulantes, com os corpos caídos sobre os cintos de segurança. Passando por eles, Eph teve a sensação de flutuar dentro de um navio afundado.

A voz de Nora fez-se ouvir pelo rádio.

– Estou na retaguarda do avião, Eph. Nenhuma surpresa. Vou voltar.

– Está bem – respondeu Eph, já voltando pela cabine iluminada e abrindo a cortina divisória que dava para as poltronas mais largas da classe executiva. Ali localizou o diplomata alemão, Hubermann, sentado no assento do corredor, perto da frente. O homem ainda tinha as mãos gorduchas cruzadas no colo, a cabeça tombada e um cacho de cabelo ruivo-prateado caído sobre os olhos abertos.

O malote diplomático que Jim citara estava numa pasta de couro sob a poltrona. Era de vinil azul, com um zíper na parte de cima.

Nora se aproximou.

– Eph, você não está autorizado a abrir isso...

Eph abriu o zíper, retirando uma barra de chocolate Toblerone parcialmente comida e um frasco plástico transparente cheio de pílulas azuis.

– O que é isto? – perguntou Nora.

– Meu palpite é Viagra – disse Eph, recolocando tudo dentro da pasta.

Depois ele se aproximou de uma mãe e uma filha que viajavam juntas. A mão da garota ainda estava aninhada na da mãe. Ambas pareciam relaxadas.

– Nenhum sinal de pânico, nada – disse Eph.

– Não faz sentido – respondeu Nora.

Viroses exigem transmissão, e transmissão leva tempo. Os passageiros que fossem adoecendo ou perdendo a consciência teriam causado um tumulto, pouco importando o que dissessem os sinais de APERTAR CINTOS. Se aquilo fosse um vírus, era diferente de qualquer agente patogênico que Eph encontrara em anos de carreira como epidemiologista do Centro de Controle de Doenças. Em vez disso, todos os sinais apontavam para um agente venenoso letal introduzido no ambiente pressurizado da cabine do avião.

– Jim, quero testar novamente a possibilidade de um gás – disse Eph.

– Eles tiraram amostras do ar, medidas em partes por milhão. Nada – respondeu Jim.

– Eu sei, mas... parece que essas pessoas foram dominadas por alguma coisa sem o menor aviso. Talvez a substância tenha se dissipado depois que aquela porta foi aberta. Eu quero testar o carpete e outras superfícies porosas. Vamos testar o tecido dos pulmões assim que começarem as autópsias.

– Tá legal, Eph... vamos nessa.

Eph avançou rapidamente entre as poltronas da primeira classe, forradas de couro e mais espaçadas, até chegar à porta da cabine de comando. A porta era gradeada e emoldurada em aço, com uma câmera no teto. Eph estendeu a mão para a maçaneta.

Dentro do seu capacete, a voz de Jim soou:

– Eph, eles estão me informando que a porta só funciona com um cartão, você não vai conseguir...

A porta se abriu, empurrada pela mão enluvada.

Eph ficou completamente imóvel no umbral. As lâmpadas da pista de taxiamento brilhavam através do para-brisa matizado, iluminando o painel de instrumentos, onde todas as luzes estavam apagadas.

– Eph, estão falando para tomar bastante cuidado – disse Jim.

– Agradeça a excelente orientação técnica – disse Eph, antes de entrar.

Em torno dos comutadores e das alavancas, todos os mostradores de sistemas estavam às escuras. Com uniforme de piloto, um homem estava derreado num assento de tripulante imediatamente à direita de Eph. Dois outros, o comandante e o copiloto, estavam sentados em poltronas gêmeas diante dos controles. O copiloto tinha as mãos vazias curvadas sobre o colo, e a cabeça, ainda com o quepe, caída para a esquerda. A mão esquerda do comandante permanecia numa alavanca de controle. Seu braço direito pendia para fora do braço da poltrona, com os nós dos dedos roçando o chão acarpetado. A cabeça estava jogada para a frente, com o quepe no colo.

Eph se inclinou sobre os instrumentos de controle entre as duas poltronas para levantar a cabeça do comandante. Conferiu os olhos abertos com a lanterna, vendo as pupilas fixas e dilatadas do homem. Deixou a cabeça cair suavemente outra vez sobre o peito dele e, de repente, ficou imóvel.

Sentira algo. Pressentira algo. Uma presença.

Recuou um pouco e examinou o interior da cabine, fazendo um giro completo.

– O que é, Eph? – perguntou Jim.

Eph já passara tempo demais junto a cadáveres para ainda ficar sobressaltado. Mas havia algo ali... em algum lugar. Ali ou bem perto.

A tal sensação estranha passou, como uma rápida tontura, e Eph ficou piscando, mas logo se recuperou.

– Nada. Claustrofobia, provavelmente.

Ele virou para o terceiro homem na cabine de comando. A cabeça pendia para baixo, e o ombro direito estava encostado na parede lateral. O cinto de segurança do assento se soltara.

– Por que ele não está amarrado? – perguntou Eph em voz alta.

– Eph, você está na cabine de comando? Já chego aí – disse Nora.

Eph olhou para o alfinete de gravata prateado do morto, com o logotipo da Regis Air. A plaqueta de identificação acima do bolso dizia REDFERN. Eph ajoelhou e encostou os dedos grossamente enluvados nas têmporas do sujeito para levantar o rosto dele. Os olhos estavam abertos e virados para baixo. Eph examinou as pupilas e achou ter visto alguma coisa. Uma centelha. Olhou novamente, e de repente o comandante Redfern estremeceu, soltando um gemido.

Eph pulou para trás, caindo entre as poltronas dos dois pilotos e sobre os instrumentos de controle com estardalhaço. O copiloto tombou sobre ele. Eph empurrou o corpo de volta, mas ficou preso sob aquele peso morto e inerte.

A voz de Jim chamou por ele em tom agudo:

– Eph?

A voz de Nora exibia um tom de pânico.

– Eph, o que é?

Num assomo de energia, Eph empurrou o corpo do copiloto de volta para a poltrona e levantou.

– Eph, você está bem? – perguntou Nora.

Eph olhou para o comandante Redfern, caído no chão com os olhos fixamente abertos. Só que a garganta se mexia aos arrancos, e a boca aberta parecia engasgar com o ar.

– Temos um sobrevivente aqui – disse Eph de olhos arregalados.

– O quê? – exclamou Nora.

– Temos um homem vivo aqui. Jim, precisamos que um casulo de isolamento seja trazido para este homem. Coloque-o direto na asa. – Eph falava depressa, olhando para o piloto que se contorcia no chão. – Nora, temos que percorrer todo o avião, passageiro por passageiro.

INTERLÚDIO I
ABRAHAM SETRAKIAN

O VELHO ESTAVA PARADO SOZINHO NO ACANHADO ESPAÇO DE SUA loja de penhores, que ficava na rua 118 Leste, no Harlem espanhol. Fechara há uma hora e seu estômago roncava, mas ele ainda hesitava em subir para o segundo andar. Lá fora, todos os portões estavam cerrados sobre as portas e janelas, feito pálpebras de aço, pois o pessoal da noite já tomara conta das ruas. À noite, ninguém sai.

Ele andou até o quadro de luz atrás do balcão de empréstimos e foi apagando a loja, lâmpada por lâmpada. Estava deprimido. Olhou para sua loja, com os mostruários de vidro jateado e bordas cromadas: os relógios exibidos sobre feltro em vez de veludo, a prataria polida da qual ele não conseguia se desfazer e as pequenas peças de diamante ou ouro. Havia baixelas de chá completas ali. Os casacos de couro e os de pele, que agora causavam polêmica. Os novos aparelhos de som que saíam rápido, além dos rádios e televisores que ele nem aceitava mais. E também havia, aqui e ali, verdadeiros tesouros: um par de lindos cofres antigos (forrados de amianto, mas era só não lamber o interior), um videocassete Quasar da década de 1970 (grande como uma valise, feito de madeira e aço) e um antigo projetor de filmes 16 mm.

A maior parte, porém, era uma tralha indesejável. Uma loja de penhores é em parte bazar, em parte museu e em parte relicário da vizinhança. O dono da loja faz um serviço que mais ninguém pode oferecer. Ele é o banqueiro do pobre, alguém que as pessoas procuram para pegar emprestados vinte e cinco dólares sem ligar para referências, emprego ou histórico bancário. E, durante uma recessão econômica, vinte e cinco dólares é dinheiro para muita gente. Esses vinte e cinco dólares podem representar a diferença entre arrumar um lugar para dormir ou dormir na rua. Podem colocar ao alcance da pessoa um remédio que prolongue a vida dela. Desde que um homem ou uma mulher tenha algo de valor que garanta o empréstimo, ele ou ela podem sair da loja com grana na mão. Maravilha.

O velho subiu com dificuldade a escada, apagando as luzes conforme prosseguia. Tinha a sorte de ser proprietário daquele prédio, comprado no início da década de 1970 por sete dólares e uns trocados. Tá legal, talvez não tenha sido tão pouco assim, mas também não fora muito mais. Na época eles andavam queimando prédios para ter aquecimento. Para Setrakian, a Penhores Knickerbocker (o nome já viera com a loja) nunca fora um meio de enriquecer, mas sim uma trilha a percorrer. Para um homem interessado em ferramentas, artefatos, curiosidades e outras antiguidades do Velho Mundo, aquilo era uma porta de entrada para o mercado clandestino pré-internet da cidade que era a encruzilhada do mundo.

Ele passara trinta e cinco anos barganhando sobre joias baratas durante o dia, enquanto reunia ferramentas e armamentos à noite. Trinta e cinco anos aguardando e se preparando. Agora o tempo estava se esgotando.

Diante da porta, ele tocou a *mezuzah* e beijou as pontas dos enrugados dedos recurvos antes de entrar. O velho espelho no corredor estava tão arranhado e esmaecido que era preciso torcer o pescoço para encontrar um pedaço em que ele pudesse se ver. O cabelo branco feito alabastro, que começava bem no alto da testa sulcada e batia na nuca abaixo das orelhas, não era aparado havia muito. O rosto continuava a cair, com o queixo, os lóbulos e os olhos sucubindo àquela opressora covarde chamada gravidade. As mãos, tão quebradas e mal saradas tantas décadas antes, haviam se curvado feito garras artríticas, que ele mantinha permanentemente escondidas sob luvas de lã, só deixando aparecer as pontas dos dedos. Contudo, debaixo e dentro daquela fachada em ruínas de um homem, havia... força. Fogo. Fibra.

O segredo de sua fonte interior de juventude? Um simples elemento.

Vingança.

Muitos anos antes em Varsóvia, e mais tarde em Budapeste, existira um homem chamado Abraham Setrakian, que fora um estimado professor de literatura e folclore da Europa Oriental. Era um sobrevivente do Holocausto que sobrevivera ao escândalo de casar com uma aluna, e que fora levado aos mais escuros cantos do mundo por sua área de estudo.

Agora ele era o idoso dono de uma loja de penhores nos Estados Unidos, ainda assombrado por um problema irresolvido.

Ele tinha sobras de uma sopa boa, uma deliciosa sopa de galinha com *kreplach* e macarrão, que um freguês antigo lhe trouxera lá da Liebman's, no Bronx. Pôs a tigela no micro-ondas e soltou com os dedos contorcidos o nó frouxo da gravata. Depois dos apitos do forno, levou a tigela aquecida para a mesa, pegando um guardanapo de linho – jamais de papel! – no suporte e enfiando a ponta no colarinho.

Soprar a sopa era um ritual que trazia reconforto e tranquilidade. Setrakian se lembrou da avó, a *bubbeh* – mas aquilo era mais do que uma simples lembrança, era uma *sensação*, um *sentimento* – soprando a sopa para ele, ainda menino. Ela se sentava ao lado dele junto à frágil mesa de madeira na cozinha fria da casa deles na Romênia. Antes dos tempos ruins. O velho hálito dela agitava o vapor que subia da sopa sobre o rosto jovem dele, e havia uma mágica silenciosa naquele ato simples. Era como se ela estivesse soprando vida na criança. E agora já velho, ao soprar, ele viu seu hálito adquirir forma com o vapor e ficou imaginando quantos daqueles sopros ainda lhe restavam.

Empunhou a colher tirada de uma gaveta cheia de elegantes talheres descasados, com os dedos retorcidos da mão esquerda. Soprou a colher, fazendo ondular a diminuta poça de caldo ali dentro, antes de levar a sopa à boca. O gosto ia e vinha, enquanto as papilas da sua língua morriam feito velhos soldados, vítimas das muitas décadas fumando cachimbo, um vício de professor.

Ele encontrou o delgado controle remoto do antigo televisor Sony, um modelo de cozinha todo branco. A tela de treze polegadas esquentou, iluminando mais ainda a cozinha. Ele se levantou e foi até a despensa, apoiando as mãos nas pilhas de livros que transformavam o corredor numa trilha estreita de carpete gasto. Havia livros por toda parte, em pilhas altas contra as paredes. Ele já lera muitos, mas não conseguia se separar de um só. Levantou a tampa da lata de bolo para pegar o último pedaço de pão de centeio que vinha economizando. Carregou o pão embrulhado em papel de volta para a cadeira estofada da cozinha, sentou pesadamente e começou a arrancar pequenos pedaços de mofo, enquanto dava outro gole suave na sopa deliciosa.

Vagarosamente, a imagem da tela atraiu sua atenção: havia um jato enorme estacionado na pista em algum lugar, iluminado feito uma peça de marfim sobre o feltro negro de um joalheiro. Ele pegou os óculos de aros pretos pendurados no peito, apertando os olhos para ler os dizeres embaixo da tela. A crise do dia estava acontecendo do outro lado do rio, no aeroporto JFK.

O velho professor ficou vendo e ouvindo, concentrado no avião reluzente. Um minuto virou dois e depois três, enquanto em torno o aposento esmaecia. Ele estava transfixado, quase em transe, pelo noticiário, com a colher de sopa ainda na mão, que já não tremia.

A imagem televisada do avião adormecido brincava nas lentes dos óculos dele feito um futuro vaticinado. A sopa foi esfriando na tigela, enquanto o vapor diminuía e morria. A fatia de pão separada continuou sem ser comida.

Ele *sabia*.

Toque-toque-toque.

O velho *sabia*...

Toque-toque-toque.

As mãos deformadas começaram a doer. O que ele via à sua frente não era um presságio... era uma incursão. Era o ato em si. A coisa que ele vinha esperando. Para a qual vinha se preparando. A vida inteira, até aquele instante.

Qualquer alívio que ele houvesse sentido inicialmente – por ter sobrevivido o bastante para enfrentar aquele horror e receber uma chance de vingança no último minuto – foi logo substituído por um pavor agudo e doloroso. As palavras saltaram da sua boca num jato de vapor.

Ele está aqui... Ele está aqui...

CHEGADA

Hangar de manutenção da Regis Air

Como a pista de taxiamento do JFK precisava ser liberada, a aeronave foi rebocada como estava para o hangar de grande envergadura da Regis Air uma hora antes do alvorecer. Todos viram calados o 777 aleijado, cheio de passageiros mortos, passar feito um enorme caixão branco.

Depois que os calços das rodas imobilizaram o avião, lonas pretas cobriram o piso de cimento manchado. Divisórias emprestadas por hospitais foram erguidas, demarcando uma ampla área de contenção entre a asa esquerda e o nariz do avião, que ficou isolado no hangar feito um cadáver num enorme necrotério.

A pedido de Eph, o Departamento Médico-Legal de Nova York enviou vários legistas veteranos de Manhattan e do Queens, que chegaram com caixas de sacos de borracha para acidentes. O departamento era o maior do mundo em seu gênero, tinha experiência em desastres com grande número de vítimas e ajudou a organizar a retirada dos cadáveres.

Agentes de material perigoso da Autoridade Portuária, envergando trajes de contato total, retiraram em primeiro lugar o delegado federal aéreo. Todos prestaram continência solenemente quando o corpo ensacado apareceu na porta sobre a asa. Depois retiraram os passageiros da primeira fileira da classe econômica. Então foram removidas as poltronas vazias, e esse espaço adicional foi usado para ensacar os cadáveres antes da saída do avião. Um de cada vez, os corpos eram amarrados a uma maca e baixados da asa para o piso forrado de lona.

O processo era demorado e às vezes macabro. A certa altura, depois de tirar cerca de trinta cadáveres, um dos agentes da Autoridade Portuária se afastou cambaleando do grupo, gemendo e agarrando o capuz. Dois membros da equipe de material perigoso avançaram para ele, que reagiu, lançando os colegas sobre as divisórias hospitalares e rompendo a barreira de contenção. Houve pânico, e todos foram abrindo caminho para aquele agente possivelmente envenenado ou infectado, que ia metendo as unhas no traje de contenção ao fugir do hangar cavernoso. Só na pista de taxiamento Eph alcançou o sujeito, que, já sob o sol matinal, conseguiu levantar o capuz e arrancar o traje, como se aquilo fosse uma pele sufocante. Ao ser agarrado por Eph, o homem desabou no asfalto, ficando sentado ali com lágrimas e suor nos olhos.

– Essa cidade – soluçava ele. – Essa maldita cidade.

Mais tarde correu a notícia de que aquele agente da Autoridade Portuária trabalhara durante as infernais semanas iniciais após a queda das torres do World Trade Center, primeiro na equipe de resgate e depois no esforço de recuperação. O fantasma do 11 de setembro ainda pairava sobre muitos agentes da Autoridade Portuária, e a atual situação misteriosa, com fatalidades em massa, trouxera a lembrança de volta com toda a força.

Uma "equipe de ação", formada por analistas e investigadores da Comissão Nacional de Segurança em Transporte, chegou da capital Washington a bordo de um Gulfstream da Agência Federal de Aviação. Sua missão era entrevistar todos os envolvidos no "incidente" do voo 753 da Regis Air e documentar os momentos de navegabilidade finais do avião. Além disso, queriam recuperar a caixa-preta com os dados sobre o voo e o gravador de voz da cabine de comando.

Embora já houvessem sido ultrapassados pelo pessoal do Centro de Controle de Doenças na reação à crise, os investigadores do Departamento de Saúde de Nova York também receberam informações, mas Eph rejeitou a jurisdição que eles reivindicavam sobre o caso. Sabia que precisava controlar as medidas de contenção, se quisesse fazer direito a coisa.

Ainda a caminho vindos do estado de Washington, representantes da Boeing já haviam descartado o apagão total do 777 como "mecanicamente impossível". Tirado da cama em Scarsdale, um vice-presidente da Regis Air insistia que uma equipe de mecânicos da empresa fosse a primeira a inspecionar o avião, depois que fosse suspensa a quarentena médica. (Alteração do sistema de circulação do ar era a teoria dominante para a causa das mortes.) O embaixador alemão e seus funcionários ainda aguardavam o malote do diplomata, recebendo um chá de cadeira por parte de Eph no salão da companhia Lufthansa dentro do terminal 1. O secretário de Imprensa do prefeito planejava uma entrevista coletiva à tarde, e o chefe do Departamento de Polícia de Nova York chegou, junto com o responsável pela seção de contraterrorismo, dentro do quartel-general móvel do veículo de reação a crises do departamento.

Lá pelo meio da manhã faltava desembarcar apenas oito cadáveres. O processo de identificação progredia rapidamente, graças ao escaneamento dos passaportes e à detalhada lista de passageiros.

Durante um intervalo, Eph e Nora tiraram os trajes protetores para confabular com Jim fora da zona de contenção. A maior parte da fuselagem do avião era visível sobre as divisórias hospitalares. Lá fora, os aviões já haviam voltado a decolar e pousar; era possível ouvir as turbinas acelerando ou desacelerando no alto, e sentir a comoção na atmosfera, a agitação do ar.

Entre goles de água engarrafada, Eph perguntou a Jim:

– Quantos corpos o Departamento Médico-Legal de Manhattan pode receber?

– Aqui a jurisdição é do bairro de Queens, mas você tem razão, o quartel-general de Manhattan é mais bem equipado. Logisticamente, vamos distribuir as vítimas entre os dois, além do Brooklyn e Bronx. Então, cerca de cinquenta em cada – respondeu Jim.

– Como vamos transportar todos?

– Em caminhões refrigerados. O médico-legista falou que agiram assim com os corpos do World Trade Center. O Mercado Pesqueiro de Fulton, na parte baixa de Manhattan, já foi contactado.

Eph sempre pensava no controle de doenças como um esforço de resistência de guerra: ele e sua equipe travavam o bom combate, enquanto o resto do mundo tentava viver o cotidiano sob a nuvem da ocupação dos vírus e das bactérias que infectavam a vida. Nesse cenário, Jim era o locutor de rádio clandestino que falava três idiomas e podia arranjar qualquer coisa, de manteiga a armas, incluindo uma fuga segura de Marselha.

– E lá na Alemanha... nada? – perguntou Eph.

– Ainda não. Eles fecharam o aeroporto por duas horas para fazer uma inspeção total. Não há empregados doentes no aeroporto, nem os hospitais comunicaram qualquer caso de doença súbita.

Nora estava ansiosa para falar.

– Nada disso aqui faz sentido.

Eph balançou a cabeça, concordando.

– Continue.

– Temos um avião cheio de cadáveres. Se isso fosse causado por um gás ou aerossol no sistema de ventilação... introduzido acidentalmente ou não... todas essas pessoas não partiriam tão... sou obrigada a dizer, *pacificamente*. Haveria gente sufocando e se debatendo. Vomitando. Ficando azulada. Pessoas de tipos corporais diferentes apagariam em momentos diferentes. E haveria pânico. Por outro lado, caso isso fosse um evento infeccioso, teríamos algum tipo de agente patogênico maluco, súbito e totalmente novo. Seria algo que nenhum de nós já viu, feito pela mão do homem e criado num laboratório. Ao mesmo tempo, lembrem que não foram só os passageiros que morreram... o próprio avião também morreu. É quase como se uma *coisa*, uma *coisa* incapacitante, houvesse atingido o próprio avião, eliminando tudo ali dentro, inclusive os passageiros. Só que não foi exatamente assim, não é? Porque... e eu acho que agora essa é a questão mais importante... quem abriu a porta? – disse Nora, olhando para Eph e Jim. – Quer dizer... *pode* ter sido uma variação de pressão. Talvez a porta já estivesse destrancada e acabou aberta pela descompressão da aeronave. Podemos descobrir explicações inteligentes para praticamente tudo, porque somos cientistas da área da medicina, e é isso que fazemos.

– E as persianas das janelas? – disse Jim. – As pessoas sempre olham para fora durante o pouso. Quem fechou todas?

Eph balançou a cabeça. Passara a manhã tão concentrado nos detalhes que era bom se afastar um pouco e ver acontecimentos estranhos a certa distância.

– É por isso que a chave está nos quatro sobreviventes. Se é que eles viram alguma coisa.

– Ou estavam envolvidos de outra forma – disse Nora.

– Todos os quatro estão em estado crítico, mas estável, isolados numa ala do Centro Médico do Hospital Jamaica – disse Jim. – Comandante Redfern, o terceiro piloto, trinta e dois anos. Uma advogada do condado de Westchester, quarenta e um anos. Um programador de computador do Brooklyn, quarenta e quatro anos. E um músico, uma celebridade de Manhattan e Miami Beach, trinta e seis anos, chamado Dwight Moorshein.

Eph deu de ombros.

– Nunca ouvi falar.

– Ele se apresenta sob o nome de Gabriel Bolivar.

– Ah – exclamou Eph.

– Eca – disse Nora.

– Ele estava viajando incógnito na primeira classe, sem a maquiagem assustadora e as lentes de contato malucas. Portanto, teremos ainda mais rebuliço da mídia – disse Jim.

– Alguma ligação entre os sobreviventes? – perguntou Eph.

– Nenhuma, pelo que sabemos até agora. Talvez as fichas médicas revelem alguma coisa. Eles estavam espalhados pelo avião. O programador estava na classe econômica, a advogada na executiva e o cantor na primeira classe. O comandante Redfern, claro, estava lá na cabine de comando.

– Que mistério – disse Eph. – Mas já é alguma coisa, pelo menos. Quer dizer, se eles recobrarem a consciência. Pelo menos para nos dar algumas respostas.

Um dos agentes da Autoridade Portuária apareceu procurando Eph e disse:

– Doutor, é bom voltar para o compartimento de carga. Encontraram uma coisa lá.

Os bagageiros rolantes feitos de aço já haviam começado a ser descarregados pela escotilha lateral do compartimento de carga na barriga do 777, para serem abertos e inspecionados pela equipe de material perigoso da Autoridade Portuária. Eph e Nora foram se desviando dos demais bagageiros interligados, com as rodas presas aos trilhos no soalho.

Na ponta do compartimento havia um longo caixote retangular de madeira preta. Parecia muito pesado, como se fosse um grande armário apoiado na parte traseira. Era de ébano sem verniz, com dois metros e meio de comprimento por um metro e pouco de largura, e quase um de altura. Mais alto que uma geladeira. Toda a borda do tampo superior era coberta por entalhes elaborados. Eram floreios labirínticos acompanhados de dizeres em uma língua antiga, ou talvez feita para parecer antiga. Muitos desses arabescos pareciam esvoaçantes figuras humanas... e talvez, com um pouco de imaginação, rostos que gritavam.

– Ninguém abriu isso ainda? – perguntou Eph.

Todos os membros da equipe de material perigoso abanaram a cabeça, e um deles disse:

– Nem tocamos no troço.

Eph examinou a parte de trás do caixote. Três correias de segurança alaranjadas, com os ganchos de aço ainda nos ilhoses do soalho, estavam caídas perto do caixote.

– E essas correias?

– Já estavam soltas quando nós entramos – disse um dos homens.

– Isso é impossível – disse Eph, passando os olhos pelo compartimento e tornando a examinar o caixote. – Se esse troço estivesse solto durante a viagem, teria danificado seriamente os bagageiros, e até as próprias paredes internas. Onde está a etiqueta? O que consta na relação de carga?

Um dos agentes tinha na mão enluvada um maço de folhas laminadas presas por uma argola.

– Não consta.

Eph foi verificar.

– Não pode ser.

– A única carga irregular relacionada aqui, além de três conjuntos de tacos de golfe, é um caiaque. – O sujeito apontou para a parede lateral, onde havia um caiaque embrulhado em plástico, coberto por adesivos de bagagem aérea e preso pelo mesmo tipo de correias alaranjadas.

– Telefone para Berlim – disse Eph. – Eles devem ter um registro. Alguém lá vai se lembrar desse troço, que pesa uns duzentos quilos, fácil.

– Já fizemos isso. Não há qualquer registro. Eles vão convocar a equipe de bagagem inteira e interrogar cada membro.

Eph virou para o caixote negro. Ignorando os entalhes grotescos, inclinou o corpo para examinar os lados, localizando três dobradiças ao longo de cada borda. A tampa era uma porta dividida ao meio no sentido do comprimento, com duas metades que abriam para fora. Eph tocou a porta entalhada com a mão enluvada e depois meteu os dedos na fresta, tentando abrir a pesada metade. – Alguém quer me dar uma mão?

Um agente avançou, metendo os dedos enluvados debaixo da borda da outra metade. Eph contou até três, e os dois abriram as pesadas metades ao mesmo tempo.

As duas portas ficaram abertas, apoiadas nas largas e sólidas dobradiças. O caixote exalava um odor que lembrava um cadáver, como se houvesse passado centenas de anos hermeticamente fechado. O interior parecia vazio, até que um dos agentes ligou uma lanterna e apontou o facho de luz para lá.

Eph estendeu a mão, mergulhando os dedos numa rica lama negra. A terra era atraente e macia como mistura de bolo, chegando a dois terços de altura do caixote.

Nora se afastou um pouco do caixote aberto, e disse: – Parece um caixão de defunto.

Eph retirou os dedos, balançando a mão para tirar o excesso, e virou para ela, esperando um sorriso que não apareceu. – Um pouco grande demais para isso, não é?

– Por que alguém despacharia um caixote de terra? – perguntou ela.

– Não despacharia – disse Eph. – Tinha alguma coisa aí dentro.

– Mas como? – disse Nora. – O avião está sob quarentena total.

Eph deu de ombros.

– E alguma coisa aqui tem explicação? Ao certo, só sabemos que temos aqui um caixote destrancado e solto, sem constar da relação de carga. – Ele virou para os outros. – Precisamos de amostras desse solo. Terra sempre retém bem vestígios de prova. Radiação, por exemplo.

Um dos homens disse:

– Será que, seja qual for o agente usado para dominar os passageiros, pode ter sido...

– Embarcado aqui? É a melhor teoria que ouvi hoje.

– Eph? Nora? – A voz de Jim soou lá embaixo, fora do avião.

– O que há, Jim? – respondeu Eph.

– Acabei de receber um telefonema da ala de isolamento do Hospital Jamaica. Você precisa ir para lá imediatamente.

Centro Médico do Hospital Jamaica

O PRÉDIO DO HOSPITAL ficava apenas dez minutos ao norte do aeroporto JFK, ao longo da via expressa Van Wyck. O Hospital Jamaica era um dos quatro Centros de Planejamento de Alerta contra o Bioterrorismo em Nova York. Participava integralmente do Sistema de Vigilância Sindrômica, e poucos meses antes Eph dera lá um curso sobre o projeto Canário. Portanto, ele sabia o caminho até a ala de isolamento de infecção transportada por via aérea, que ficava no quinto andar.

As portas metálicas duplas tinham bem à mostra o símbolo de perigo biológico, que eram três pétalas alaranjadas, indicando um perigo real ou potencial para material celular ou organismos vivos. Os dizeres eram:

ÁREA DE ISOLAMENTO
PRECAUÇÕES CONTRA CONTATO OBRIGATÓRIAS
SOMENTE PESSOAL AUTORIZADO

Eph apresentou na portaria sua credencial do Centro de Controle de Doenças. Foi reconhecido pela administradora, devido a treinamentos de contenção biológica anteriores, e levado para dentro.

– O que há? – perguntou ele.

– Eu não quero parecer melodramática – disse ela, passando o cartão de identificação hospitalar no dispositivo de leitura para abrir as portas da enfermaria. – É melhor você ver por si mesmo.

O corredor interno era estreito, pois ficava no anel externo da ala de isolamento, que era ocupada principalmente pelo posto de enfermagem. Eph foi seguindo a administradora por trás de cortinas azuis até um amplo vestíbulo, que continha bandejas com equipamento de contato (batas, óculos, luvas, botas e respiradores), além de um grande barril rolante forrado com um saco vermelho para lixo bioperigoso. O respirador era uma meia-máscara N95, em que a eficiência do filtro atingia 95 por cento de partículas com 0,3 mícron de tamanho, ou maiores. Isso significava que o equipamento oferecia proteção contra a maior parte dos agentes patogênicos virais ou bacteriológicos transmitidos pelo ar, mas não contra contaminantes químicos ou gasosos.

Depois do traje de contato total do aeroporto, Eph se sentiu completamente exposto só de máscara hospitalar, gorro cirúrgico, óculos protetores, bata e capas plásticas nos pés. Também vestida como ele, a administradora apertou o botão de um êmbolo, abrindo um conjunto interno de portas. Ao entrar, Eph sentiu o empuxo do vácuo, resultado do sistema de pressão negativa: o ar penetrava na área de isolamento para que nenhuma partícula pudesse sair.

Lá dentro, um corredor seguia da esquerda para a direita diante do posto de apoio central, que consistia em um carrinho de emergência cheio de remédios e suprimentos, um laptop envolto em plástico, um sistema de intercomunicação com o exterior e equipamentos adicionais de contenção.

A área para pacientes era um conjunto de oito aposentos pequenos. Eram oito quartos de isolamento total para uma área da cidade com mais de dois milhões de habitantes. No jargão de preparativos contra desastres, "capacidade para surto" é o termo usado para definir a possibilidade de um sistema de saúde pública ampliar rapidamente seus serviços operacionais normais durante grandes emergências. O número de leitos hospitalares no estado de Nova York era de cerca de sessenta mil, e vinha diminuindo. Só a população da *cidade* de Nova York já passara de oito milhões, e vinha aumentando. O projeto Canário fora imaginado na esperança de remediar esse problema estatístico, como uma espécie de tapa-buraco nos preparativos contra desastres. O Centro de Controle de Doenças considerava esse expediente político "otimista". Eph preferia a expressão "pensamento mágico".

Ele foi seguindo a administradora até o primeiro quarto. Aquilo não era um tanque de total isolamento biológico, pois não havia vedação de ar nem portas de aço. Era um tratamento hospitalar rotineiro, dentro de um ambiente segregado. O quarto tinha piso ladrilhado e iluminação fluorescente. A primeira coisa que Eph viu foi um casulo Kurt encostado na parede lateral. Um casulo Kurt é uma maca descartável envolta em plástico, feito um caixão de defunto transparente, com um par de luvas encaixado em cada lado mais comprido e tanques de oxigênio externos removíveis. Empilhadas ao lado da maca estavam as roupas (paletó, camisa e calça) removidas do paciente com tesouras cirúrgicas. O logotipo da Regis Air, uma coroa alada, era visível no quepe do piloto virado para baixo.

O leito hospitalar no centro do quarto estava isolado por cortinas plásticas transparentes, atrás do equipamento de monitoração e de um suporte eletrônico para alimentação intravenosa cheio de frascos. A cama com anteparos tinha lençóis verdes e grandes travesseiros brancos, e estava na posição levantada.

O comandante Doyle Redfern se encontrava sentado no meio da cama, com as mãos no colo. Tinha as pernas desnudas sob a bata hospitalar e parecia bem alerta. A não ser pelas agulhas do soro na mão e no braço, e a expressão exaurida no rosto (dava a impressão de ter perdido cinco quilos desde que fora encontrado por Eph na cabine de comando), ele parecia um paciente à espera de um exame rotineiro.

Quando Eph se aproximou, o piloto ergueu um olhar esperançoso e perguntou:

– Você é da companhia aérea?

Eph abanou a cabeça, pasmo. Ainda na véspera, aquele mesmo sujeito tombara arquejando no soalho da cabine do voo 753, com os olhos revirados para dentro do crânio, aparentemente à beira da morte.

O colchão fino rangeu quando o piloto se mexeu. Ele fez uma careta como se o corpo estivesse enrijecido e depois indagou:

– O que aconteceu no avião?

Eph não conseguiu esconder a decepção.

– Eu vim aqui na esperança de perguntar isso a você.

Eph ficou parado diante do roqueiro Gabriel Bolivar, que estava sentado na beira da cama feito uma gárgula de cabelo preto, metido numa bata hospitalar. Sem a maquiagem assustadora, ele era surpreendentemente bonito, mesmo com a cabeleira desgrenhada e o ar rebelde.

– A mãe de todas as ressacas – disse Bolivar.

– Algum outro desconforto? – perguntou Eph.

– Muitos. *Cara*. – Ele correu a mão pela cabeleira preta. – Nunca viaje num voo comercial. Essa é a moral da história.

– Sr. Bolivar, pode me dizer qual é a última coisa que lembra sobre o pouso?

– Que pouso? Falo sério. Eu passei a maior parte do voo entornando vodca com água tônica... tenho certeza que apaguei antes de chegar. – Ele levantou o olhar, piscando para a luz. – Que tal um Demerol, hein? Talvez quando o carrinho de refrigerantes passar?

Eph viu as cicatrizes entrecruzando os braços nus de Bolivar e lembrou que um dos números típicos dele durante os concertos era se cortar em pleno palco.

– Nós estamos tentando identificar as bagagens de cada passageiro.

– Isso é fácil. Eu não tinha bagagem, só meu telefone. O avião fretado quebrou, e eu embarquei naquele voo com um minuto de antecedência. Meu empresário não contou isso para você?

– Ainda não falei com ele. Estou perguntando especificamente sobre um caixote grande.

Bolivar ficou olhando para ele.

– Isso é uma espécie de teste mental?

– No compartimento de carga. Um caixote velho, parcialmente cheio de terra.

– Não faço ideia do que você está falando.

– Você não estava trazendo aquilo de volta da Alemanha? Parece ser o tipo de coisa que alguém como você coleciona.

Bolivar franziu a testa.

– Meu lance é encenação, cara. Uma porra de um show, um espetáculo. Com maquiagem gótica e letras da pesada. Procura por mim no Google... meu pai era pastor metodista, e eu só coleciono xoxotas. Por falar nisso, quando vou sair daqui, caralho?

– Ainda precisamos realizar mais uns exames. Queremos que você saia daqui com um laudo de saúde perfeita – disse Eph.

– Quando vou ter meu telefone de volta?

– Logo – disse Eph, já saindo.

A administradora estava tendo problemas com três homens na entrada da ala de isolamento. Dois deles eram bem mais altos que Eph, e só podiam ser guarda-costas de Bolivar. O terceiro era menor, levava uma pasta e tinha cheiro de advogado.

– Essa é uma área de acesso restrito – disse Eph.

– Eu vim aqui liberar o meu cliente, Gabriel Bolivar – disse o advogado.

– O Gabriel está fazendo alguns exames e será liberado no menor tempo possível.

– E quando será isso?

Eph deu de ombros.

– Daqui a dois, talvez três dias, se tudo correr bem.

– Meu cliente entrou com uma petição para ser liberado sob os cuidados do seu médico particular. Eu sou seu advogado, mas também posso agir como procurador do seu plano de saúde, caso o Gabriel seja incapacitado de alguma maneira.

– Ninguém pode entrar lá, só eu – disse Eph, virando para a administradora. – Vamos colocar um guarda aqui imediatamente.

O advogado avançou.

– Escute, doutor. Eu não sei muito sobre a lei de quarentena, mas tenho quase certeza de que é preciso uma ordem executiva do presidente para manter alguém em isolamento médico. Será que eu poderia ver tal ordem?

Eph sorriu.

– Gabriel Bolivar passou a ser meu paciente, bem como o sobrevivente de uma fatalidade coletiva. Se deixar seu telefone na recepção, farei o possível para lhe dar notícias da recuperação do sr. Bolivar... com o consentimento dele, é claro.

O advogado pôs a mão no ombro de Eph de uma maneira que ele achou desagradável.

– Olhe aqui, doutor. Eu posso conseguir resultados mais rápidos do que um mandado judicial simplesmente mobilizando os fãs raivosos do meu cliente. – O advogado incluiu a administradora na ameaça. – Quer ver uma multidão de garotas góticas e doidões variados protestando diante do hospital, ou correndo alucinados pelos corredores tentando ver o Gabriel?

Eph ficou olhando para a mão do advogado até o sujeito largar seu ombro. Ainda tinha dois sobreviventes para ver.

– Escute, eu realmente não tenho tempo para isso. Então, preciso lhe fazer algumas perguntas diretas. O seu cliente tem alguma doença sexualmente transmissível que eu deveria saber? Tem histórico de uso de narcóticos? Eu só estou lhe perguntando isso porque se a gente examinar todo o histórico médico dele, bem, essas coisas vivem chegando às mãos erradas. Você não gostaria que o histórico médico completo dele vazasse para a imprensa... certo?

O advogado ficou olhando para ele.

– Essa informação é confidencial. Transmitir isso a outrem seria um ato delituoso.

– E um verdadeiro constrangimento em potencial – disse Eph, encarando o advogado por mais um segundo em busca de um máximo impacto. – Quer dizer, imagine se alguém colocasse o *seu* histórico médico completo na internet para todo mundo ver.

O advogado emudeceu, enquanto Eph avançava, passando pelos dois guarda-costas.

Joan Luss, sócia de uma firma de advocacia, mãe de dois filhos, formada em Swarthmore, residente em Bronxville, participante da Liga

Júnior, estava sentada no colchão de espuma da sua cama na ala de isolamento do hospital, ainda vestida com aquela bata ridícula, tomando notas no verso de um invólucro de colchonete. Ficou rabiscando, esperando e mexendo os dedos dos pés. Eles não haviam lhe devolvido o telefone; Joan precisara seduzir e ameaçar para que lhe dessem apenas um lápis comum.

Ela já estava a ponto de chamar novamente, quando a enfermeira finalmente entrou. Joan ligou seu sorriso de resultados imediatos.

– Ah, você chegou. Eu estava pensando... como se chamava o médico que esteve aqui?

– Ele não é médico do hospital.

– Eu percebi isso. Perguntei o nome dele.

– Ele se chama doutor Goodweather.

– Goodweather. – Joan tomou nota. – E o primeiro nome?

– Doutor. – Um sorriso inexpressivo. – Para mim todos eles têm o mesmo primeiro nome... doutor.

Joan estreitou os olhos, como se não tivesse certeza de que ouvira isso, e mudou um pouco de posição nos lençóis esticados.

– E ele foi mandado para cá pelo Centro de Controle de Doenças?

– Acho que sim, é. Ele deixou ordens para fazermos uma série de exames...

– Quantos outros sobreviveram ao acidente?

– Bem... não houve acidente.

Joan sorriu. Às vezes era preciso fingir que o inglês era a segunda língua delas, a fim de ser entendida.

– O que eu estou perguntando é... quantos outros não morreram no voo 753 de Berlim para Nova York?

– Há outros três aqui nesta ala. Agora, o doutor Goodweather quer uma amostra de sangue e...

Joan Luss esqueceu imediatamente a enfermeira. Só continuara sentada naquele quarto hospitalar por saber que poderia descobrir mais coisas ali. Mas a jogada estava chegando ao fim. Ela era uma advogada especializada em danos que pudessem dar origem a causas cíveis, como aquele: todos os passageiros de um avião morrem, exceto quatro sobreviventes, um dos quais é uma advogada de causas cíveis.

Coitada da Regis Air. No que dizia respeito à companhia, a passageira errada sobrevivera.

Atropelando as instruções da enfermeira, Joan disse:

– Eu gostaria de ter uma cópia de meu prontuário médico até hoje, junto com uma lista completa dos exames laboratoriais já realizados e seus resultados...

– Sra. Luss? Tem certeza de que está se sentindo bem?

Joan desmaiara por um instante, mas era apenas um resquício do que acometera a todos ao final daquele voo horrível. Ela sorriu e abanou a cabeça energicamente, já se recuperando. Seria impelida pela raiva que sentia durante as próximas mil horas, contabilizadas examinando os detalhes da catástrofe para levar a julgamento aquela companhia aérea negligente.

– Logo estarei me sentindo muito bem, na verdade – disse ela.

Hangar de manutenção da Regis Air

– Não há moscas aqui – disse Eph.

– O quê? – perguntou Nora.

Eles estavam parados diante dos sacos de cadáveres enfileirados na frente do avião. Os quatro caminhões refrigerados haviam entrado no hangar, com as laterais respeitosamente cobertas por lonas pretas para encobrir os dizeres do mercado pesqueiro. Cada corpo já fora identificado e recebera do Departamento Médico-Legal de Nova York uma tarjeta com código de barras presa ao dedo do pé. No jargão do departamento, a tragédia era um desastre de massa num "universo fechado", com um número fixo e conhecido de fatalidades – o oposto do colapso das Torres Gêmeas. Graças ao escaneamento dos passaportes, à lista de passageiros e às condições intactas dos restos mortais, a identificação dos falecidos fora uma tarefa simples e direta. O verdadeiro desafio seria determinar a causa das mortes.

A lona no piso rangia debaixo das botas da equipe de material perigoso, enquanto os sacos de vinil azul eram içados por correias nas pontas e embarcados, com toda a solenidade, nos caminhões previamente designados.

– Deveria haver moscas aqui – disse Eph. As luzes de serviço instaladas no hangar mostravam que o espaço acima dos corpos estava vazio, a não ser por uma ou duas mariposas preguiçosas. – Por que não há uma só mosca?

Depois da morte, as bactérias ao longo do trato digestivo, que em vida coabitam simbioticamente com o hospedeiro humano sadio, passam a se defender sozinhas. Começam se alimentando dos intestinos, mas acabam abrindo caminho através da cavidade abdominal e consumindo os órgãos. As moscas conseguem detectar os gases pútridos que emanam de carcaças em decomposição, até mesmo a mais de um quilômetro de distância.

Duzentas e seis refeições estavam servidas ali. O hangar deveria estar tomado por um burburinho de moscas.

Eph caminhou sobre a lona na direção de dois membros da equipe de material perigoso que já estavam fechando mais um corpo no saco e ordenou:

– Esperem um instante.

Os dois se levantaram e recuaram, enquanto Eph se ajoelhava e abria o zíper, expondo o cadáver lá dentro.

Era a garota que morrera segurando a mão da mãe. Sem perceber, Eph memorizara a localização do corpo no piso. A gente sempre se lembra das crianças.

O cabelo louro estava achatado, e um medalhão com um sol sorridente pendia de um cordão apoiado na base da garganta. Seu vestido branco fazia a menina parecer uma noiva.

Os agentes foram vedar e embarcar o saco seguinte. Nora se aproximou por trás de Eph, observando. Com as mãos enluvadas, ele segurou suavemente os lados da cabeça da garota, girando o pescoço.

O *rigor mortis* se instala inteiramente cerca de doze horas depois da morte, durando de doze a vinte e quatro horas. Era nesse estágio intermediário que eles se encontravam. Depois as ligações fixas de cálcio dentro dos músculos se desfazem outra vez, e o corpo readquire a flexibilidade.

– Continua flexível – disse Eph. – Não há *rigor*.

Ele empurrou o ombro e o quadril da garota, colocando o corpo de bruços. Desabotoou o vestido, revelando a parte de baixo das costas da menina, e os pequenos nódulos bulbosos da espinha. A pele estava pálida e com algumas sardas.

Depois que o coração para, o sangue começa a se empoçar dentro do sistema circulatório. As paredes dos vasos capilares, com apenas uma célula de espessura, logo cedem à pressão, estourando e derramando sangue nos tecidos vizinhos. Esse sangue se deposita no lado mais baixo, ou "dependente", do corpo, e coagula rápido. A lividez geralmente se torna fixa depois de dezesseis horas.

Eles já haviam ultrapassado esse limite.

Como a garota morrera sentada, e depois fora colocada deitada, o espesso sangue empoçado deveria ter deixado profundamente arroxeada a parte inferior das costas dela.

Eph olhou para as fileiras dos sacos.

– Por que esses corpos não estão se decompondo como deveriam?

Ele recolocou o corpo da garota na posição inicial. Depois, com um gesto treinado do polegar, abriu o olho direito dela. A córnea estava enevoada como deveria, e a esclerótica, a opaca camada protetora branca, estava adequadamente seca. Eph examinou as pontas dos dedos da mão direita da garota, aquela que estivera na mão da mãe, e encontrou os dedos ligeiramente enrugados, devido à evaporação, como deveriam estar.

Ele se recostou, irritado com os sinais contraditórios que estava recebendo, e depois inseriu os dois polegares enluvados entre os lábios ressecados da menina. O ruído semelhante a um arquejo que escapou do maxilar aberto era uma simples liberação de gás. O interior imediato da boca nada tinha de notável, mas com um dedo enluvado Eph comprimiu a língua para baixo, procurando mais secura.

O branco cobria completamente o palato mole e a língua, que pareciam de marfim. Como se fossem miniaturas anatômicas. A língua estava rígida e estranhamente ereta. Eph afastou a língua para o lado e examinou o restante da boca, igualmente drenada.

Drenada? O que viria em seguida?, pensou ele. *Os corpos foram drenados... não restou uma só gota de sangue. Se não essa fala, então aquela* do programa televisivo de terror de Dan Curtis, apresentado na década de 1970: *Tenente... o sangue dos cadáveres... foi drenado!* Era a deixa para a música de órgão.

A fadiga já começava a se instalar. Eph segurou a língua endurecida entre o polegar e o indicador, usando uma pequena lanterna para inspecionar a garganta branca da garota. Aquilo tinha um ligeiro aspecto ginecológico. Uma miniatura pornô?

Então a língua se mexeu. Eph deu um pulo para trás, retirando o dedo.

– Jesus Cristo!

O rosto da garota continuava parecendo uma plácida máscara mortuária, com os lábios ainda ligeiramente afastados.

Nora ficou olhando ao lado dele.

– O que foi isso?

Enxugando o dedo enluvado na calça, Eph disse:

– Simples ação reflexa.

Ele levantou e ficou olhando para o rosto da garota ali embaixo até não aguentar mais. Depois fechou o zíper do saco, selando o cadáver lá dentro.

– O que poderia ser? Algo que, de alguma forma, retarda a decomposição dos tecidos? Essas pessoas estão mortas... – disse Nora.

– Sob todos os aspectos, menos o da decomposição. – Eph abanou a cabeça, inquieto. – Nós não podemos interromper o transporte. O mais importante é que precisamos desses corpos no necrotério. Para abrir todos. E descobrir o que aconteceu por dentro.

Ele notou que Nora estava olhando para o tal caixote ornamentado, que fora posto no chão do hangar, longe do restante da bagagem desembarcada.

– Nada aqui parece certo – disse ela.

Eph estava olhando para a grande aeronave acima deles. Queria subir a bordo outra vez. Eles só podiam ter negligenciado algo. A resposta tinha de estar lá.

Antes que pudesse fazer isso, porém, ele viu Jim Kent escoltando o diretor do Centro de Controle de Doenças hangar adentro. O doutor Everett Barnes tinha sessenta e um anos de idade e mantivera muito do médico interiorano do Sul dos Estados Unidos que fora no início de sua carreira. O Serviço de Saúde Pública a que o Centro de Controle de Doenças pertencia nascera na Marinha e, embora tal elo tivesse se desfeito havia muito, vários altos funcionários do centro ainda gostavam de uniformes de estilo militar, como o diretor Barnes. Assim, ele personificava a contradição de um amável e singelo cavalheiro de cavanhaque branco vestido feito um almirante reformado, num impecável uniforme de campanha cáqui que incluía medalhas no peito. O resultado era muito semelhante a um coronel Sanders com as condecorações de combate.

Depois dos cumprimentos preliminares e do exame superficial de um dos mortos no avião, o diretor perguntou sobre os sobreviventes.

– Nenhum deles tem qualquer lembrança do que aconteceu. Não ajudaram em coisa alguma – disse Eph.

– Sintomas?

– Dores de cabeça, algumas fortes. Dores musculares, zumbido nos ouvidos. Desorientação. Boca seca. Problemas de equilíbrio.

– Em termos gerais, eles não parecem estar muito piores do que qualquer passageiro que desembarca de um voo transatlântico – disse o diretor Barnes.

– É muito esquisito, Everett – disse Eph. – Eu e Nora fomos os primeiros a entrar no avião. Todos os passageiros estavam sem qualquer sinal vital. Não respiravam. Quatro minutos sem oxigênio é o limite para dano cerebral permanente. E esses sobreviventes podem ter apagado mais de uma hora antes.

– É evidente que não – disse o diretor. – Eles não conseguiram contar *coisa alguma* a você?

– Tinham mais perguntas para mim do que eu para eles.

– Alguma coisa em comum entre os quatro?

– Estou nessa trilha agora. Ia pedir sua ajuda para manter todos em isolamento até terminar o trabalho.

– Ajuda?

– Precisamos que esses quatro pacientes cooperem.

– Nós temos a cooperação deles.

– Por enquanto. Eu simplesmente... não podemos correr riscos.

– Tenho certeza de que, usando táticas hábeis com os acamados, poderemos alavancar seu agradecimento por terem sido poupados de um destino trágico, e manter a cooperação de todos – disse o diretor, alisando o cavanhaque branco e bem aparado enquanto falava. Seu sorriso revelava uma reluzente dentadura superior.

– E se recorrermos ao Ato de Poderes da Saúde?

– Ephraim, você sabe que há um mundo de diferenças entre isolar alguns passageiros para tratamento voluntário preventivo e confinar alguém em quarentena. Há questões mais importantes a considerar... para ser sincero, questões de mídia.

– Everett, preciso discordar de você, com todo o respeito...

O diretor pousou suavemente a mão pequena no ombro de Eph e exagerou um pouco o sotaque arrastado, talvez para amaciar o golpe.

– Vamos poupar nosso tempo aqui, Ephraim. No momento atual, vendo a coisa com objetividade, esse acidente trágico felizmente parece contido. Alguém poderia até dizer... abençoadamente. Nós não tivemos outras mortes nem doenças em qualquer outro avião ou em qualquer outro aeroporto em todo o mundo. E já faz quase dezoito horas que esse avião pousou. Há pontos positivos, e precisamos nos concentrar neles. Mandar uma mensagem para o público em geral, reforçando a confiança no nosso sistema de viagens aéreas. Tenho certeza, Ephraim, que bastará recorrer ao senso de honra e dever desses afortunados sobreviventes para compelir todos a cooperar. – O diretor retirou a mão, sorrindo para Eph como um militar condescendente com o filho pacifista, e continuou: – Além disso, o caso tem todas as características de um maldito vazamento de gás, não é? Tantas vítimas incapacitadas de modo tão súbito? O ambiente fechado? E a recuperação dos sobreviventes após a saída do avião?

Nora disse:

– Só que a circulação de ar parou quando a eletricidade falhou, logo depois do pouso.

O diretor Barnes balançou a cabeça, refletindo enquanto cruzava as mãos.

– Sem dúvida é muita coisa para processar. Mas, olhem aqui... foi um treino ótimo para a sua equipe. Vocês lidaram muito bem com o problema. E agora que as coisas parecem estar se acalmando, vamos ver se conseguem ir até o fundo da coisa. Logo que a maldita entrevista com a imprensa tiver acabado.

– Espere aí... o quê? – disse Eph.

– O prefeito e o governador vão dar uma coletiva à imprensa, junto com representantes da companhia aérea, agentes da Autoridade Portuária, e coisa e tal. Eu e você representaremos a saúde federal.

– Ah, não. Eu não tenho tempo. O Jim pode se encarregar disso...

– Jim *pode*, mas hoje vai ser você, Ephraim. Como eu disse, é hora de tomar a frente do caso. Você é o chefe do projeto Canário, e eu quero ver lá alguém que tenha lidado com as vítimas em primeira mão. Nós precisamos dar um rosto aos nossos esforços.

Era esse o motivo de todo o falatório sobre a falta de isolamento ou quarentena. Barnes estava expondo a posição oficial.

– Mas eu realmente ainda não sei coisa alguma – disse Eph. – Por que tão cedo?

O diretor Barnes sorriu, mostrando novamente seus dentes reluzentes.

– O mandamento do médico é: "Primeiro, não cause mal." Já o do político é "Primeiro, vá para a televisão." Além do mais, eu soube que há um elemento de tempo envolvido nisso. Querem dar a entrevista antes desse maldito evento solar. As manchas solares afetam as ondas de rádio ou coisa assim.

– Solar? – Eph esquecera completamente daquilo. O raro eclipse solar total que ocorreria por volta de três e meia da tarde. Seria o primeiro eclipse solar total na região de Nova York em mais de quatrocentos anos, desde o nascimento do país. – Cristo, eu esqueci.

– Nossa mensagem para o povo deste país será simples. Uma grave perda de vidas ocorreu aqui, e está sendo inteiramente investigada pelo Centro de Controle de Doenças. É uma catástrofe humana, mas o incidente já foi contido, aparentemente é único e não deve ser, em absoluto, causa para mais alarme.

Eph escondeu sua careta do diretor. Seria obrigado a ficar diante das câmeras e dizer que tudo estava simplesmente correndo às mil maravilhas. Saiu da área de contenção e atravessou o espaço estreito entre as grandes portas do hangar, indo para a condenada luz do dia. Ainda estava tentando descobrir uma saída, quando o celular zumbiu no bolso da calça junto a sua coxa. Ele pegou o aparelho, vendo o ícone de um envelope girando vagarosamente na tela. Era uma mensagem de texto enviada do celular de Matt. Eph abriu a mensagem.

Yanks 4 Sox 2. Assentos legais, gostaria que vc estivesse aqui, Z.

Eph ficou olhando para a mensagem eletrônica do filho até seus olhos perderem o foco. Continuou ali, olhando para a própria sombra na pista do aeroporto. A menos que ele estivesse imaginando coisas, a sombra já começara a se esvanecer.

OCULTAÇÃO

OCULTAÇÃO

Chegando à totalidade

A expectativa em terra aumentou quando a fina nesga no lado oeste do sol, o "primeiro contato" lunar, virou um negrume crescente, uma mordida redonda que gradualmente consumia o sol da tarde. A princípio não havia qualquer diferença óbvia na qualidade ou quantidade da luz no solo. Apenas a brecha negra lá no céu, abrindo um crescente no normalmente confiável sol, marcava aquele dia como diferente de qualquer outro.

A expressão "eclipse solar" é, na realidade, uma denominação imprópria. Um eclipse ocorre quando um objeto passa na sombra lançada por um outro. Num eclipse solar, a lua não passa *na* sombra do sol; em vez disso, passa *entre* o sol e a terra, obscurecendo o sol – *causando* a sombra. O termo apropriado é "ocultação". A lua *oculta* o sol, lançando uma pequena sombra sobre a superfície da terra. Não é um eclipse solar, mas na verdade um eclipse da terra.

A distância da terra ao sol é cerca de quatrocentas vezes maior que a distância da lua à terra. Numa coincidência notável, o diâmetro do sol é cerca de quatrocentas vezes maior que o diâmetro da lua. É por isso que as áreas da lua e da fotosfera solar, o disco brilhante, parecem ter o mesmo tamanho vistas da terra.

Uma ocultação total só é possível na fase de lua nova e perto do perigeu, sua menor distância da terra. A duração da totalidade depende da órbita da lua, mas nunca excede sete minutos e quarenta segundos. Aquela ocultação duraria exatamente quatro minutos e cinquenta e sete segundos: pouco menos de cinco minutos de estranha escuridão noturna no meio de uma linda tarde no início do outono.

Já meio encoberto pela lua nova (e de outro modo invisível), o céu ainda brilhante começou a assumir um tom sombrio: como um poente, mas sem o calor da luz. No nível do solo, a luz do sol parecia pálida, como que filtrada ou difusa. As sombras perderam sua nitidez. O mundo, ao que parecia, fora conectado a um redutor de luz.

Enquanto o crescente solar afinava, consumido pelo disco lunar, seu brilho fulgurante explodia como que em pânico. A ocultação pareceu acelerar e ganhar um tipo de velocidade desesperada, enquanto a paisagem se acinzentava, com as cores sangrando fora do espectro normal. A oeste o céu escurecia mais depressa do que a leste, enquanto a sombra da lua se aproximava.

O eclipse deveria ser parcial em grande parte dos Estados Unidos e do Canadá, atingindo a totalidade apenas ao longo de uma faixa comprida e estreita, que media quinze mil quilômetros de comprimento por cento e cinquenta de largura, descrevendo a sombra escura da lua sobre a terra. O curso oeste-leste, conhecido como a "faixa da totalidade", começava no "chifre" da África, fazia uma curva pelo oceano Atlântico e terminava logo a oeste do lago Michigan, deslocando-se a mais de mil e quinhentos quilômetros por hora.

Conforme o crescente solar continuava a se estreitar, o céu adquiria uma estrangulada tonalidade violeta. A escuridão a oeste reunia forças feito uma tempestade silenciosa, sem vento, espalhada por todo o céu e fechando em torno do sol enfraquecido, como um grande organismo que sucumbisse a uma força corruptora vinda de dentro.

O sol foi ficando perigosamente fino. Visto através de óculos de segurança, parecia um tampão de bueiro lá no alto, sendo fechado e expulsando a luz do dia. O crescente fulgurava com uma luz branca, que ficou prateada nos seus últimos momentos de agonia.

Estranhas faixas de sombra começaram a se deslocar sobre o solo. Formadas pela refração da luz na atmosfera da terra e semelhantes ao efeito da luz no fundo de uma piscina, essas oscilações se contorciam como cobras escuras no canto da visão. Eram truques de luz fantasmagóricos que arrepiavam os pelos na nuca de todos que viam o espetáculo.

O final chegou logo. Os últimos espasmos eram assustadores e intensos: o crescente foi encolhendo até virar uma linha curva, uma cicatriz fina no céu, que depois se fragmentou em pérolas individuais de um branco fulgurante, representando os últimos raios do sol a se esgueirarem pelos vales mais profundos ao longo da superfície da lua. As contas foram piscando e se esvanecendo em rápida sucessão, apagadas como a chama moribunda de uma vela afogada em sua própria cera derretida. A faixa escarlate que era a cromosfera, a fina atmosfera superior do sol, fulgurou durante alguns preciosos segundos finais... e então o sol sumiu.

Totalidade.

Rua Kelton, Woodside, Queens

KELLY GOODWEATHER NÃO CONSEGUIA acreditar na rapidez com que o dia escurecera. Ela estava parada, como seus vizinhos da rua Kelton, no que normalmente, àquela hora do dia, seria o lado ensolarado da rua. Olhava para o céu escurecido lá no alto através de óculos com armação de papelão oferecidos gratuitamente com garrafas de dois litros da soda Diet Eclipse. Ela era uma mulher instruída. Em nível intelectual, sabia o que estava acontecendo. Ainda assim, sentiu um acesso de pânico quase estonteante. Um impulso de fugir e se esconder. Aquele alinhamento de corpos celestiais e a passagem na sombra da lua mexiam com algo profundo dentro dela. Tocavam o animal com medo da noite que existia ali.

Outros certamente sentiam o mesmo. A rua ficou silenciosa no momento do eclipse total, aquela luz estranha em que todos estavam imersos. E aquelas sombras serpenteantes que se contorciam pelo gramado ou pelas paredes das casas, fugindo da visão feito espíritos esvoaçantes. Era como se um vento frio soprasse pela rua sem despentear cabelo algum, apenas congelando todos por dentro.

Era aquilo que se diz quando a gente tem um calafrio: *Alguém acabou de passar sobre a sua sepultura.* A tal "ocultação" parecia isso. Alguém ou algo passando sobre a sepultura de todos ao mesmo tempo. A lua morta cruzando sobre a terra viva.

E então, lá em cima surgiu a coroa solar. Um antissol, negro e sem rosto, brilhando loucamente em torno do nada da lua, olhando para a terra aqui embaixo com cabelos brancos brilhantes e diáfanos. Um retrato da morte.

Bonnie e Donna, que alugavam a casa vizinha à de Kelly, estavam de pé abraçadas. Bonnie tinha a mão no bolso traseiro das calças folgadas de Donna.

– Não é incrível? – exclamou ela, sorrindo por cima do ombro.

Kelly não conseguiu responder. Será que elas não percebiam? Para ela, aquilo não era uma mera curiosidade, uma distração à tarde. Como alguém poderia não ver que era uma espécie de presságio? Para o inferno com explicações astronômicas e raciocínios intelectuais: como aquilo poderia não ter um significado? Talvez não tivesse um significado *inerente* por si mesmo. Era uma simples convergência de órbitas. Mas como um ser sensível poderia não tirar dali algum significado, fosse positivo, negativo, religioso, psíquico ou outro qualquer? Compreendermos como algo funciona não significa, necessariamente, que *compreendemos* aquilo...

Sozinha diante da casa, Kelly ouviu alguém exclamar que já era seguro tirar os óculos.

– Você não pode perder isso!

Mas ela não tiraria os óculos. Pouco importava o que a televisão falasse sobre segurança durante a "totalidade". A televisão também falava que ela não envelheceria se comprasse aqueles cremes e pílulas caros.

Exclamações se sucediam pela rua inteira. Aquilo virou um acontecimento realmente comunitário, conforme as pessoas se sentiam mais à vontade com a singularidade, abraçando o momento. Exceto Kelly. *O que há de errado comigo?*, pensou ela.

Uma parte se devia simplesmente a ter visto Eph na tevê. Ele não dissera muita coisa na coletiva de imprensa, mas Kelly percebera, pelo olhar e modo de falar dele, que algo estava errado. Muito errado. Algo além das rotineiras declarações tranquilizadoras do governador e do prefeito. Algo além das súbitas e inexplicáveis mortes de 206 passageiros transatlânticos.

Um vírus? Um ataque terrorista? Um suicídio em massa?

E agora o eclipse.

Kelly queria que Zack e Matt estivessem em casa. Queria ter os dois ali com ela, já. Queria que a tal ocultação solar terminasse, e que ela nunca mais tivesse aquela sensação. Pelo filtro das lentes, olhou para a lua assassina em todo o seu triunfo sombrio, com medo de nunca mais ver o sol.

Estádio Yankee, Bronx

ZACK ESTAVA DE PÉ sobre a cadeira perto de Matt, que olhava para o eclipse com o nariz empinado e a boca aberta, feito um motorista estreitando os olhos diante do tráfego em sentido contrário. Mais de cinquenta mil torcedores dos Yankees, portando óculos comemorativos do eclipse com o emblema do clube, estavam de pé com os rostos para cima, olhando para a lua que escurecia o céu numa tarde perfeita para o beisebol. Todos, exceto Zack Goodweather. O eclipse era maneiro e tudo o mais, mas agora ele já vira o troço, e virou o olhar para o túnel dos Yankees. Queria ver os jogadores. Lá estava o Jeter, com os mesmos óculos que Zack, aboletado sobre um joelho no degrau mais alto, como que esperando ter seu nome anunciado como próximo batedor. Todos os lançadores e apanhadores estavam fora do cercado, reunidos na parte direita do gramado, como todos os demais, aproveitando o espetáculo.

A voz de Bob Sheppard, o locutor, ressoou nos alto-falantes.

– Senhores e senhoras, meninos e meninas, já podem retirar os óculos de segurança.

Foi o que todos fizeram. Cinquenta mil pessoas, quase em uníssono. Houve um arquejo de admiração, seguido de alguns aplausos esparsos, e depois uma gritaria generalizada, como se a multidão quisesse atrair o infalivelmente modesto Matsui para fora do túnel a fim de receber homenagens gerais por ter marcado algum ponto memorável.

Na escola, Zack aprendera que o sol era uma usina termonuclear a seis mil graus Celsius. Já sua borda exterior, também chamada de coroa, formada por hidrogênio superaquecido e visível da terra apenas durante a totalidade, era inexplicavelmente mais quente: ali a temperatura chegava a pouco menos de dois milhões de graus Celsius.

Ao tirar os óculos, Zack viu um disco negro perfeito, rodeado primeiro por um delgado brilho escarlate e depois por uma aura de luz branca difusa. Aquilo parecia um olho: a lua era uma grande pupila negra; a coroa, a parte branca; e os vermelhos vívidos que explodiam da borda da pupila (labaredas de gás superaquecido irrompendo da borda do sol) as veias injetadas. Meio como o olho de um zumbi.

Maneiro.

Céu Zumbi. Não: *Zumbis do Eclipse. Zumbis da Ocultação. Zumbis Ocultos do Planeta Lua!* Espere... a lua não é um planeta. *Lua Zumbi.* Aquele podia ser o conceito do filme que ele e seus amigos fariam no inverno. Raios lunares durante um eclipse total da terra transformam os New York Yankees em zumbis engolidores de cérebros... isso! E o seu chapa Ron parecia uma versão jovem de Jorge Posada. "Ei, Jorge Posada, pode me dar um autógrafo... espere, o que você está... ei, isso é o meu... o que há de errado com... seus olhos... argh... não... NÃOOOO!!!"

O órgão começou a tocar, coisa que fez alguns bêbados virarem maestros, agitando os braços e exortando as arquibancadas a cantar uma canção piegas de Cat Stevens que falava da lua. As plateias de beisebol raramente precisam de desculpa para fazer barulho. Aquele pessoal teria aplaudido mesmo que a tal ocultação fosse um asteroide caindo do céu a toda a velocidade.

Uau. Espantado, Zack pensou que aquilo era exatamente o tipo de coisa que seu pai teria dito se estivesse ali.

Admirando seus óculos gratuitos, Matt cutucou Zack.

– Um belo suvenir, não é? Aposto que amanhã as páginas de leilão da internet vão estar inundadas dessas coisas.

Então um bêbado empurrou o ombro de Matt, derramando cerveja nos sapatos dele. Matt ficou um instante paralisado e depois revirou os olhos para Zack, com uma expressão de *O-que-se-vai-fazer?* no rosto. Mas não disse ou fez coisa alguma. Nem mesmo virou para olhar. Zack pensou que nunca vira Matt beber uma cerveja, só vinho branco ou tinto, em casa com a mãe. Teve a impressão de que Matt, apesar de todo o entusiasmo pelo jogo, na verdade temia os torcedores sentados ali em volta.

Zack realmente queria que seu pai estivesse ali. Pegou o celular de Matt do bolso da calça e verificou se chegara alguma mensagem de resposta.

Procurando sinal, dizia o visor. Ainda fora de serviço. As explosões solares e a distorção causada pela radiação perturbavam as ondas de rádio e os satélites em órbita; já haviam alertado que isso aconteceria. Zack guardou o celular e esticou a cabeça para o campo, procurando Jeter novamente.

Estação Espacial Internacional

TREZENTOS E TRINTA QUILÔMETROS acima do solo, a astronauta Thalia Charles, engenheira de voo americana na Expedição 18 (junto com um comandante russo e um engenheiro francês), passou flutuando em gravidade zero pelo vestíbulo que ligava o módulo *Unit* com a escotilha da popa do módulo laboratorial *Destiny*. A estação de pesquisa espacial orbitava a Terra dezesseis vezes por dia, ou uma vez a cada noventa minutos, a vinte e cinco mil quilômetros por hora. As ocultações não eram eventos extraordinários numa órbita baixa sobre a terra: bastava bloquear o sol com qualquer objeto circular numa janela para revelar a coroa espetacular. Portanto, o que interessava Thalia não era o alinhamento da lua com o sol, pois da sua perspectiva veloz na verdade nem havia ocultação. Ela estava mais interessada no resultado daquele fenômeno sobre a terra em rotação lenta.

Destiny, o principal laboratório de pesquisa da estação, mede nove metros de comprimento por cinco de largura. Devido ao volume de equipamento preso nas paredes retilíneas, porém, o espaço interior livre desse módulo cilíndrico era menor do que isso, medindo aproximadamente cinco corpos humanos de comprimento por um de largura. Todos os dutos, canos e conexões de fios eram diretamente acessíveis, e, portanto, visíveis, fazendo as quatro paredes parecerem a parte traseira de uma placa-mãe, só que do tamanho de um painel. Às vezes Thalia se sentia pouco mais que um minúsculo microprocessador, realizando zelosamente seus cálculos dentro de um grande computador espacial.

Ela foi avançando com as mãos ao longo do nadir, o "chão" de *Destiny* – no espaço não existe em cima ou embaixo – até alcançar um largo anel semelhante a uma lente, encastoado de parafusos. Era a persiana do portal, destinada a proteger o módulo de colisões com microasteroides ou detritos em órbita. Firmando os pés metidos em meias em um apoio na parede, Thalia abriu manualmente a persiana, revelando a janela de qualidade óptica, com cerca de meio metro de diâmetro.

A bola da Terra, azul e branca, surgiu à frente dela.

A tarefa de Thalia era tirar algumas fotos da Terra com a câmera Hasselblad, montada num suporte e operada por controle remoto. Ao dar a primeira olhadela para o planeta daquele ponto de vista incomum, porém, ela estremeceu diante do que viu. A grande mancha negra formada pela sombra da lua parecia um trecho morto na terra. Uma falha, escura e ameaçadora, na esfera sob outros aspectos saudável e azul que era o lar de Thalia. O mais enervante era que ela não conseguia ver coisa alguma dentro da porção central e mais escura da sombra da lua: toda aquela região fora tragada por um vazio negro. Aquilo lembrava um mapa com fotos tiradas por satélite, mostrando a devastação causada por um gigantesco incêndio que consumira Nova York, e que agora se propagava sobre uma larga faixa do litoral leste.

Manhattan

Os NOVA-IORQUINOS SE CONCENTRARAM no Central Park, enchendo o espaço de vinte e dois hectares como nos concertos de verão. Mesmo quem de manhã cedo trouxera cobertores e cadeiras dobráveis já estava de pé como o resto, as crianças se encarapitavam nos ombros dos pais, e os bebês se aconchegavam no colo das mães. Roxo e cinzento, o castelo Belvedere assomava sobre o parque, dando um estranho toque gótico àquele bucólico espaço aberto, apequenado pelos arranha-céus dos lados leste e oeste do bairro.

A grande metrópole ilhada parou, e o imobilismo da cidade àquela hora foi sentido por todos. A vibração era de blecaute, ansiosa, mas comunitária. A ocultação impusera uma espécie de igualdade sobre a cidade e seus habitantes, com uma suspensão da estratificação social durante cinco minutos. Todos eram iguais debaixo – ou na ausência – do sol.

Rádios tocavam por todo o gramado, levando o pessoal a cantar "Total Eclipse of the Heart", o grande sucesso de Bonnie Tyler.

Ao longo das pontes do lado leste que ligam Manhattan ao resto do mundo, havia gente parada ao lado dos veículos ou sentada nos capôs. Alguns fotógrafos, com câmeras de filtros especiais, clicavam nas calçadas.

Em muitos terraços havia coquetéis inusitados para aquela hora do dia, pareciam comemorações de véspera de Ano-Novo, mas momentaneamente freadas pelo amedrontador espetáculo no céu.

Na penumbra da Times Square, a gigantesca tela da Panasonic Astrovision transmitia a ocultação para as massas terrestres: a fantasmagórica coroa solar bruxuleava sobre "as encruzilhadas do mundo" feito um aviso enviado de um longínquo setor da galáxia, mas a transmissão era interrompida por clarões distorcidos.

Os telefones 911, do sistema de emergência, receberam uma avalanche de chamadas, inclusive de diversas grávidas relatando que haviam entrado em trabalho de parto "induzido pelo eclipse". Equipes de socorro foram devidamente despachadas, embora o tráfego por toda a ilha estivesse virtualmente parado.

Os dois centros psiquiátricos da ilha Randall, na parte norte do rio East, confinaram os pacientes violentos em seus quartos e mandaram abaixar as persianas. Já os pacientes mais calmos foram convidados a se reunir em cantinas com as janelas vedadas, onde ficaram vendo filmes cômicos. Durante a totalidade, porém, alguns ficaram visivelmente inquietos e ansiosos para sair da sala, mas não conseguiam dizer a razão. No hospital Bellevue, a enfermaria psiquiátrica já observara um aumento de admissão de pacientes pela manhã, antes da ocultação.

Entre Bellevue e o Centro Médico Universitário de Nova York, dois dos maiores hospitais do mundo, ficava talvez o mais feio de todos os edifícios de Manhattan. A sede do Departamento Médico-Legal de Nova York era um retângulo deformado em tom turquesa pálido. Enquanto o caminhão pesqueiro desembarcava os cadáveres ensacados, levados em macas com rodas para as salas de autópsia e para os depósitos refrigerados no porão, Gossett Bennett, um dos catorze legistas do departamento, fez uma breve pausa no trabalho e saiu. Do pequeno parque atrás do hospital era impossível avistar aquela lua solar, pois o prédio impedia a visão, de modo que ele ficou olhando os observadores. Por toda a pista da FDR, que podia ser vista ali do parque, havia gente entre carros parados, numa via que jamais parava. Lá do outro lado, o rio East parecia escuro: um rio de asfalto que refletia o céu morto. E sobre todo o bairro de Queens além do rio pairava uma sombra, quebrada apenas pelo brilho da coroa solar. O tal brilho era refletido por algumas janelas mais altas que davam para oeste, como se fosse a incandescente chama branca de um incêndiio espetacular numa fábrica de produtos químicos.

É assim que será o começo do fim do mundo, pensou ele, antes de voltar ao Departamento Médico-Legal para ajudar a catalogar os mortos.

Aeroporto Internacional JFK

Os FAMILIARES DOS PASSAGEIROS e tripulantes falecidos do voo 753 da Regis Air foram encorajados a largar um pouco a papelada e o café oferecido pela Cruz Vermelha (café descafeinado só para os enlutados), e ir até a área restrita asfaltada atrás do terminal 3. Ali, ligados apenas pela tristeza comum e pelos olhos fundos, eles se reuniram e assistiram ao eclipse de braços dados, com os rostos virados para o céu escuro do oeste. Alguns amparavam por solidariedade os que necessitavam de apoio físico real. Ainda não sabiam que logo seriam divididos em quatro grupos e levados em ônibus escolares para os respectivos Departamentos Médico-Legais, onde cada família seria convidada a uma sala de exame para ver uma fotografia *post-mortem* e dizer se podia formalmente identificar o ente querido. Apenas os familiares que exigissem ver os restos mortais teriam permissão para isso. Depois todos receberiam vales para quartos no hotel Sheraton do aeroporto, onde haveria um bufê noturno gratuito e terapeutas especializados à disposição até o dia seguinte.

Por enquanto, eles olhavam para o disco negro que brilhava como se fosse um refletor invertido, sugando a luz deste mundo para os céus. O fenômeno de obliteração daquele instante simbolizava com perfeição a sua perda. Para eles o eclipse era o oposto de notável. Simplesmente, parecia apropriado que o céu e Deus julgassem conveniente assinalar o desespero deles.

Diante do hangar de manutenção da Regis Air, Nora se afastou dos outros investigadores, esperando que Eph e Jim retornassem da coletiva à imprensa. Desfocado, seu olhar se voltou para aquele sinistro buraco negro no céu. Ela se sentia enredada em algo que não compreendia. Era como se um estranho inimigo novo houvesse surgido. A lua morta eclipsava o sol vivo. A noite ocultava o dia.

Então uma sombra passou por ela. Pelo canto dos olhos, Nora detectou um movimento, algo semelhante àquelas sombras deslizantes feito vermes que haviam ondulado sobre o asfalto pouco antes da totalidade. Era algo um pouco além do seu campo de visão, já no limite da percepção, fugindo do hangar de manutenção feito um espírito escuro. Uma sombra que ela *sentiu*.

Na fração de segundo que a pupila de Nora levou para se mexer, a sombra sumiu.

Lorenza Ruiz, a operadora da esteira de bagagem rolante que fora a primeira a chegar ao avião morto, ficara assombrada pela experiência. Não parava de pensar nos momentos que passara parada à sombra do avião na noite da véspera. Nem conseguira dormir; ficara se revirando na cama e, finalmente, se levantara para andar. Uma taça de vinho branco, tomada antes de dormir, não adiantara. O troço pesava sobre ela feito algo impossível de afastar. Quando a aurora finalmente chegou, Lorenza se viu olhando para o relógio, ansiosa para retornar ao trabalho, como ela mesma percebeu. Descobriu que mal podia esperar para voltar ao aeroporto, mas não por curiosidade mórbida, e sim devido à imagem do avião dormente, gravada em sua mente feito uma luz brilhante apontada para o olho. Ela só sabia que precisava voltar para ver aquilo novamente.

Então viera o eclipse, fechando o aeroporto pela segunda vez em vinte e quatro horas. Só que esse fechamento estava previsto havia meses. Preocupada com a visão dos pilotos, que não poderiam usar óculos de filtro em decolagens e pousos, a Administração Federal de Aviação estabelecera quinze minutos de paralisação nos aeroportos durante a ocultação. Ainda assim, a matemática era, para Lorenza, simples e ruim:

Avião Morto + Eclipse Solar = Nada Bom.

Quando a lua escondeu o sol, feito uma mão cobrindo um grito, Lorenza sentiu o mesmo pânico elétrico que sentira ao parar no alto da rampa de bagagem, debaixo da barriga do 777 escuro. O mesmo impulso de correr, dessa vez associado à consciência de que não havia absolutamente lugar algum para ir.

Ela já estava ouvindo outra vez o mesmo ruído que vinha ouvindo desde que chegara ao plantão, só que mais constante e forte. Um zumbido. Um som contínuo, e o mais estranho era que ela ouvia o som no mesmo volume, estivesse ou não com os protetores auriculares. Sob esse aspecto, aquilo parecia uma dor de cabeça. Interior. Só que o ruído ficava mais forte na sua mente, feito um sinal de alerta, quando ela voltava ao trabalho.

Lorenza resolvera aproveitar os quinze minutos de paralisação durante o eclipse para procurar a pé a origem do zumbido. Sem qualquer sensação de surpresa, viu-se olhando para o hangar de manutenção isolado pelas autoridades, onde fora guardado o 777 morto.

O ruído parecia uma máquina diferente de qualquer outra que ela já ouvira. Era quase um turbilhão, um som apressado feito um fluido escorrendo. Ou como o murmúrio de uma dezena de vozes, centenas de vozes diferentes tentando fazer sentido. Talvez ela estivesse captando vibrações de radar nas obturações dos dentes. Diante do hangar havia um grupo de funcionários olhando para o sol bloqueado, mas ninguém estava ali espreitando como ela, incomodada pelo zumbido. Nem sequer pareciam ter consciência de algum ruído. De modo que Lorenza guardou a coisa para si. E, contudo, por alguma razão estranha parecia algo portentoso estar ali naquele momento, ouvindo o ruído e desejando... saciar sua curiosidade, ou era mais do que isso? Ela desejava entrar no hangar para dar outra olhadela no avião. Era como se, vendo a aeronave, Lorenza pudesse de alguma forma acabar com a pulsação na sua cabeça.

Subitamente ela sentiu uma carga na atmosfera, feito uma brisa mudando de curso, e então... sim, parecia que a fonte do ruído se movera para algum lugar à direita. A mudança súbita espantou Lorenza, que foi seguindo o ruído debaixo da luz negativa da lua brilhante, levando nas mãos os protetores auriculares e os óculos de proteção. Mais à frente havia latões de lixo, trailers de armazenagem, alguns grandes contêineres quadrados e uns arbustos rasteiros. Os pinheiros endurecidos e cinzentos, batidos pelo vento, tinham os galhos cheios de restos de lixo. Mais além ficava a cerca antifuracão, e depois centenas de hectares descampados.

Vozes. Lorenza achou que estava ouvindo vozes que tentavam atingir uma única voz, uma palavra... algo.

Quando ela se aproximou dos trailers, um farfalhar abrupto nas árvores, a *elevação* de algo, fez com que pulasse para trás. Gaivotas de barriga cinzenta, aparentemente assustadas pelo eclipse, saíram esvoaçando dos galhos e latões de lixo, feito lascas aladas de uma vidraça estilhaçada se espalhando em todas as direções.

As vozes monótonas já estavam mais agudas, quase dolorosas. Chamavam Lorenza. Feito um coro de condenados, a cacofonia se elevava a um murmúrio, depois a um rugido e então diminuía novamente, na luta para articular uma palavra, que pelo que ela conseguia distinguir era:

– ... *aaaaqqquuuAQUI*...

Lorenza largou os protetores de ouvido na borda do asfalto, mas continuou carregando os óculos de filtro para o final do eclipse. Ela se desviou dos latões de lixo fedorentos e foi na direção dos grandes trailers de armazenagem. O som parecia sair não de dentro dos trailers, mas talvez de trás.

Ela foi caminhando entre dois contêineres de quase dois metros de altura e contornou um velho pneu de avião já em decomposição, chegando a outra fileira de contêineres mais antigos, em tom verde-claro. E então sentiu o troço. Não se tratava só de ouvir, mas de *sentir* um ninho de vozes vibrando em sua cabeça e seu peito. Acenando para ela. Lorenza colocou a mão sobre os contêineres, mas não sentiu pulsação alguma ali, e então foi em frente até o canto, diminuindo o passo e inclinando o corpo.

Posto em cima do lixo espalhado e do esturricado gramado alto, havia um grande caixote de madeira preta, de aparência antiga, com entalhes elaborados. Lorenza adentrou a pequena clareira, tentando imaginar por que alguém largaria uma antiguidade obviamente bem cuidada naquele cafundó. Roubos, organizados ou não, faziam parte da vida no aeroporto; talvez alguém houvesse malocado o caixote ali, planejando uma retirada mais tarde.

Então Lorenza notou os gatos. A parte externa do aeroporto fervilhava de gatos selvagens de rua. Alguns eram animais de estimação que escapavam das gaiolas onde eram transportados. Muitos haviam sido simplesmente soltos no terreno do aeroporto por moradores que queriam se livrar de animais indesejados. Os piores de todos eram os passageiros que abandonavam seus gatos no aeroporto por não querer pagar as altas tarifas de guarda. Geralmente os gatos domésticos não sabiam se defender no ambiente selvagem, mas, quando conseguiam escapar dos animais maiores e sobreviver, uniam-se à colônia de gatos ferozes que vagavam pelas centenas de hectares dos descampados do aeroporto.

Magricelas, os gatos estavam todos sentados sobre as patas traseiras, olhando para o caixote. Eram algumas dezenas de felinos sarnentos e sujos, até que Lorenza olhou para a árvore cheia de restos de lixo e ao longo da cerca antifuração. Então viu que ali havia, na realidade, perto de uma centena de gatos sentados, olhando para o caixote de madeira sem prestar atenção a ela.

O caixote não vibrava nem emitia o ruído em que Lorenza estava sintonizada. Ela ficou intrigada, depois de cobrir todo o percurso até ali, ao descobrir algo tão estranho nas cercanias do aeroporto... e que na realidade não era a origem que ela procurava. O tal coro pulsante continuava soando. Os gatos também estariam sintonizados naquilo? Não. O foco deles era o caixote fechado.

Lorenza estava começando a recuar quando os gatos se enrijeceram. Os pelos ao longo das costas de cada um se eriçaram ao mesmo tempo. Todas as cabeças sarnentas se voltaram para ela, com cem pares de olhos de gatos selvagens no lusco-fusco da noite-dia. Lorenza ficou paralisada, temendo um ataque, e então uma escuridão caiu sobre ela, feito um segundo eclipse.

Os gatos se viraram e saíram correndo. Fugiram da clareira, agarrando atabalhoadamente a cerca alta ou se escafedendo através dos buracos existentes por baixo.

Lorenza não conseguiu se virar. Sentiu um jato de calor por trás, como se viesse da porta de um forno. Uma presença. Quando tentou se mover, os sons na sua cabeça se fundiram em uma única voz horrível.

– *AQUI*.

E então ela foi alçada do chão.

Quando a legião de gatos retornou, encontrou o corpo de Lorenza, com a cabeça esmagada, lançado feito lixo por cima da cerca antifuração. As gaivotas haviam achado o cadáver primeiro, mas foram rapidamente espantadas pelos gatos famintos, que logo entraram em ação, estraçalhando as roupas para se banquetear com o seu conteúdo.

Loja de penhores Knickerbocker, rua 118, Harlem espanhol

O VELHO ESTAVA SENTADO diante das três janelas adjacentes na extremidade oeste do seu apartamento, com o olhar erguido para o sol oculto.

Cinco minutos de noite no meio do dia. O maior acontecimento celeste a ocorrer naturalmente em quatro séculos.

A coincidência do momento não podia ser ignorada.

Mas com que propósito?

O sentido de urgência tomava o velho feito uma mão febril. Ele não abrira a loja pela manhã. Em vez disso, passara as horas desde o alvorecer trazendo coisas da oficina que ficava no porão.

Eram artigos e curiosidades que ele adquirira no decorrer dos anos. Ferramentas de serventia esquecida. Implementos raros de origem obscura. Armas de proveniência perdida.

Era por isso que ele agora estava sentado ali, cansado e com dor nas mãos retorcidas. Ninguém mais senão ele podia prever o que estava para acontecer. O que já estava, ao que tudo indicava, ali.

Ninguém mais acreditaria nele.

Goodfellow. Ou *Goodwilling.* Qual era mesmo o sobrenome daquele homem que falara ao lado do médico em uniforme da Marinha na, sob outros aspectos, ridícula coletiva de imprensa televisionada? Todos os outros pareciam cautelosamente otimistas: exultando a respeito dos quatro sobreviventes e alegando ignorar o número total de mortos. *Queremos assegurar ao público que essa ameaça está contida.* Só um político eleito ousaria declarar uma coisa segura e terminada, quando nem mesmo sabia ainda do que se tratava.

Aquele sujeito era o único por trás dos microfones que aparentava pensar que o incidente podia ser algo mais do que uma aeronave defeituosa cheia de passageiros mortos.

Goodwater?

Ele era do Centro de Controle de Doenças, aquele em Atlanta. Setrakian não sabia ao certo, mas achava que sua melhor chance poderia estar com aquele homem. Talvez sua única chance.

Quatro sobreviventes. Se ao menos eles soubessem...

Setrakian olhou novamente para o disco negro que brilhava no céu. Aquilo era como olhar para um olho cegado por catarata.

Ou como olhar para o futuro.

Grupo Stoneheart, Manhattan

O HELICÓPTERO DESCEU NO heliporto da sede do Grupo Stoneheart em Manhattan, um prédio de aço e vidro negro no coração de Wall Street. Os três andares superiores eram ocupados pela residência particular de Eldritch Palmer em Nova York, uma cobertura luxuosa construída com piso de ônix, mesas cheias de obras do escultor romeno Brancusi e paredes cobertas por quadros do artista irlandês Bacon.

Palmer sentou sozinho na sala de mídia, com todas as persianas baixadas. O brilhante globo ocular negro, com uma feroz silhueta escarlate e um alvo anel flamejante, olhava para ele numa tela de setenta e duas polegadas. Aquela sala, como a casa em Dark Harbor e a cabine do helicóptero hospitalar, era sempre mantida a dezessete graus Celsius.

Ele poderia ter ido lá para fora. Afinal de contas, estava frio o suficiente; poderia ter sido levado ao terraço para observar a ocultação. Mas a tecnologia aproximava mais o evento propriamente dito; não a sombra resultante, mas a imagem do sol subordinado à lua... era o prelúdio da devastação. Aquela estada em Manhattan seria breve. Logo Nova York já não seria um lugar muito agradável de se visitar.

Ele deu alguns telefonemas, fazendo umas consultas discretas pela linha segura. Sua carga realmente chegara, como esperado.

Sorrindo, ele se levantou da cadeira e avançou vagarosamente, mas em linha reta, até a tela gigantesca, como se aquilo não fosse uma tela, mas um portal prestes a ser cruzado. Estendeu a mão para a tela de LCD e tocou a imagem do raivoso disco negro, deixando os pixels líquidos se contorcerem como bactérias debaixo das pontas enrugadas de seus dedos. Parecia que ele estava atravessando a tela e tocando o próprio olho da morte.

Aquela ocultação era uma perversão celeste, uma violação da ordem natural. Uma pedra fria e morta depunha uma estrela viva e incandescente. Para Eldritch Palmer, aquilo provava que qualquer coisa – *qualquer coisa*, até mesmo a maior violação da lei natural – era realmente possível.

De todos os seres humanos que observavam a ocultação naquele dia, em pessoa ou através de transmissões por todo o globo, ele era talvez o único que torcia pela lua.

Torre de controle do Aeroporto Internacional JFK

Quem se encontrava na cabine panorâmica da torre de controle do tráfego aéreo, cem metros acima do solo, via a oeste aquela estranha luz crepuscular além da grande sombra da lua, depois da borda da umbra. A penumbra mais brilhante, iluminada pela fotosfera incandescente do sol, deixara o céu distante amarelo e alaranjado, semelhante à borda em cicatrização de um ferimento.

Essa muralha de luz avançava sobre Nova York, que escurecera exatamente quatro minutos e trinta segundos antes.

– Ponham os óculos – veio a ordem.

Jim Kent pôs os seus, ansioso pelo retorno da luz do sol. Ele deu uma olhada em volta, procurando Eph. Todos os participantes da coletiva de imprensa, inclusive o governador e o prefeito, haviam sido convidados para assistir ao espetáculo da cabine panorâmica. Como não viu Eph, Jim concluiu que ele escapulira de volta para o hangar de manutenção.

De fato, Eph usara aquele intervalo forçado da melhor maneira possível: assim que o sol desaparecera, ele pegara uma cadeira e passara a examinar um pacote de diagramas de construção, que mostravam cortes transversais e plantas do Boeing 777.

O fim da totalidade

O final do evento foi marcado por um fenômeno extraordinário. Proeminências de luz ofuscante surgiram ao longo da borda oeste da lua, combinando-se para formar uma única conta de luz solar incandescente, feito um rasgo na escuridão, produzindo o efeito de um diamante deslumbrantemente refulgente encastoado no anel prateado da lua. Mas o preço dessa beleza, a despeito da forte campanha de serviço público orientada para a segurança dos olhos durante a ocultação, foi o fato de que, em toda a cidade, 270 pessoas, 93 delas crianças, ficaram permanentemente cegas por observar o dramático reaparecimento do sol sem proteção adequada para os olhos. A retina não tem sensores da dor, e os atingidos só perceberam tarde demais que estavam danificando seus olhos.

O anel de diamante se expandiu lentamente, transformando-se num cinto de joias conhecido como "contas de Baily", que mergulhavam no renascido crescente do sol e essencialmente afastavam a lua que se interpunha.

Na terra, as faixas de sombra voltaram, tremeluzindo sobre o solo feito espíritos auspiciosos que saudassem a passagem de uma forma de existência para outra.

Quando a luz natural começou a voltar, o alívio humano no solo foi épico, com gritos, abraços e aplausos espontâneos. As buzinas dos carros ecoavam por toda a cidade, e a voz gravada de Kate Smith cantava nos alto-falantes do Yankee Stadium.

Noventa minutos mais tarde, a lua já se afastara completamente do curso do sol, e a ocultação terminara. Em um sentido bem real, nada acontecera: nada no céu se alterara ou fora de qualquer forma afetado, e nada mudara na terra, com exceção daqueles poucos minutos de sombra no final da tarde passando sobre a região Nordeste dos Estados Unidos. Até mesmo na própria Nova York, as pessoas partiram logo depois, como se os fogos de artifício houvessem terminado, e quem viajara de casa para a cidade transferiu seu temor do sol vespertino oculto para o tráfego congestionado à espera. Um fascinante fenômeno astronômico lançara uma sombra de medo e ansiedade sobre todas as cinco zonas urbanas da cidade. Mas ali era Nova York, e quando tudo acabou... acabou.

DESPERTAR

DESPAIR

Hangar de manutenção da Regis Air

Eph voltou ao hangar no carro elétrico, deixando para trás Jim com o diretor Barnes. Assim, ele e Nora teriam espaço para respirar.

Todas as divisórias hospitalares e lonas já haviam sido retiradas da asa do 777. Agora havia escadas penduradas nas portas dianteira e traseira, e um grupo de funcionários da Comissão Nacional de Segurança em Transporte trabalhava perto da escotilha de carga. A aeronave já estava sendo tratada como uma cena de crime. Eph encontrou Nora com um macacão Tyvek, luvas de látex e o cabelo dentro de uma touca de papel. Ela não estava vestida para uma contenção biológica, mas apenas para a preservação de provas.

– Aquilo foi incrível, hein? – disse ela à guisa de saudação.

– É, foi – disse Eph, com o maço de diagramas do avião debaixo do braço. – Uma vez na vida.

Havia café sobre uma mesa, mas Eph pegou uma caixinha de leite frio da tigela de gelo, abriu o invólucro e despejou o líquido goela abaixo. Desde que abandonara a bebida, ele, como uma criança faminta por cálcio, passara a ser louco por leite integral.

– Aqui, por enquanto nada – disse Nora. – A Comissão Nacional de Segurança em Transporte está retirando o gravador de voz da cabine e a caixa-preta com dados do voo. Não sei por que eles acham que as caixas-pretas funcionarão, se tudo o mais no avião falhou de modo catastrófico, mas até admiro o otimismo deles. Até agora a tecnologia nos levou exatamente a lugar nenhum. Já se passaram vinte horas, e continuamos na estaca zero.

Nora talvez fosse a única pessoa que Eph conhecia que trabalhava melhor e com mais inteligência usando a emoção, e não o contrário.

– Alguém entrou no avião depois que os corpos saíram?

– Acho que não. Ainda não.

Levando os diagramas, Eph subiu a escada e entrou no avião. Os assentos já estavam vazios, e a iluminação interior era normal. Do ponto de vista deles, a única diferença era que não estavam mais isolados dentro de trajes de contato. Já podiam usar todos os cinco sentidos.

– Está sentindo esse cheiro? – disse Eph.

Nora também sentira.

– O que é?

– Amônia. Pelo menos uma parte.

– E... fósforo? – Nora fez uma careta por causa do cheiro. – Foi isso que nocauteou todo mundo?

– Não. O avião está limpo de qualquer gás. – Ele olhou em volta, procurando algo que não podia ver. – Mas... Nora, vá buscar os bastões Luma, tá legal?

Enquanto ela ia buscar o equipamento, Eph foi fechando as persianas das janelas como na noite anterior, escurecendo a cabine.

Nora voltou com duas lanternas Luma, que emitem uma luz negra semelhante à usada nos brinquedos dos parques de diversões, e que dão um aspecto fantasmagórico ao algodão branco lavado. Eph se lembrou da festa do nono aniversário de Zack, num boliche "cósmico", cada vez que o garoto sorria, seus dentes cintilavam com uma alvura brilhante.

Eles ligaram as lanternas, e imediatamente a cabine escura se transformou num redemoinho alucinado de cores, com manchas maciças no soalho e nos assentos, além de contornos escuros onde os passageiros haviam estado.

– Ah, meu Deus... – disse Nora.

Parte da substância brilhante cobria até mesmo o teto num desenho salpicado.

– Isso não é sangue – disse Eph, assombrado com aquela visão. Olhar para aquela cabine era como olhar para uma pintura de Jackson Pollock. – É algum tipo de matéria biológica.

– Seja o que for, está espalhado por toda a parte. Como se alguma coisa houvesse explodido. Mas de onde?

– Daqui. A partir da nossa direita. – Eph se ajoelhou, examinando o carpete. O cheiro era mais pungente ali. – Precisamos colher uma amostra disso para exames.

– Você acha? – disse Nora.

– Olhe só para isso. – Ainda espantado, Eph levantou novamente e mostrou a Nora uma página dos diagramas do avião. Ali se via o acesso para resgate de emergência na série Boeing 777. – Está vendo esse módulo sombreado na proa do avião?

Nora olhou o diagrama e disse:

– Parece um lance de escada.

– Bem na parte traseira da cabine de comando.

– O que significa essa sigla aí?

Eph foi até a cozinha, antes da porta da cabine. As mesmas iniciais estavam impressas no painel da parede ali.

– Área superior de descanso da tripulação de voo – disse Eph. – É normal, nesses pássaros de longa distância.

Nora olhou para Eph.

– Alguém já conferiu aí em cima?

– Eu sei que nós não conferimos – respondeu ele.

Estendendo a mão, Eph girou uma maçaneta embutida na parede e puxou o painel para fora. Uma porta dobrável em três partes revelou degraus estreitos e curvos que levavam para a escuridão lá em cima.

– Ah, merda – disse Nora.

Eph apontou a lanterna Luma para os degraus.

– Concluo que isso significa que você quer que eu vá primeiro.

– Espere. Vamos chamar mais alguém.

– Não. Ninguém vai saber o que procurar.

– E nós sabemos?

Eph ignorou o comentário, já subindo os degraus estreitos e curvos.

O compartimento superior era apertado, com teto baixo. Não havia janelas. Os bastões Luma eram mais adequados para exames forenses do que iluminação interna.

Dentro do primeiro módulo eles distinguiram dois assentos do tamanho da classe executiva, dobrados um ao lado do outro. Atrás havia dois beliches inclinados, também lado a lado, com espaço suficiente apenas para rastejar. A luz escura revelava que ambos os módulos estavam vazios.

Mas também mostrava, no soalho, nos assentos e num dos beliches, mais um pouco daquela mesma bagunça multicolorida descoberta lá embaixo. Só que ali tudo parecia borrado, como que arrastado ainda úmido.

– Que diabo? – disse Nora.

O tal cheiro de amônia também estava presente ali, com algo mais. Um odor pungente.

Nora também sentiu o aroma, levando ao nariz as costas da mão.

– O que é isso?

Eph estava curvado sob o teto baixo, entre as duas poltronas, enquanto tentava encontrar palavras que descrevessem aquilo.

– Lembra minhocas. Eu costumava desenterrar minhocas quando criança. Nós cortávamos os bichinhos ao meio, só para ver cada seção sair se contorcendo. Elas tinham cheiro de terra, do solo frio por onde rastejavam.

Ele passou a luz negra sobre as paredes e o chão, examinando o ambiente. Estava a ponto de desistir, quando notou algo atrás das botas de papel de Nora.

– Nora, não se mexa – disse ele, inclinando o corpo para enxergar melhor o piso acarpetado atrás dela.

Nora ficou imóvel, como se estivesse a ponto de detonar uma mina terrestre. Havia um pequeno pedaço de argila no carpete do compartimento. Não mais do que alguns gramas de terra, uma quantidade mínima, intensamente negra.

– Isso é o que eu estou pensando que é? – disse Nora.

– O caixote – disse Eph.

Eph e Nora desceram a escada externa até a área do hangar reservada para cargas, onde os carrinhos de alimentação já estavam sendo abertos e inspecionados. Lá examinaram as pilhas de bagagem, os sacos com tacos de golfe e o caiaque.

O caixote de madeira preta desaparecera. O espaço antes ocupado na borda da lona estava vazio.

– Alguém só pode ter tirado o caixote dali – disse Eph, ainda procurando. Ele se afastou um pouco, examinando o restante do hangar. – Não pode estar longe.

Os olhos de Nora faiscavam.

– Eles só começaram a examinar tudo agora. Não retiraram coisa alguma ainda.

– Uma única coisa desapareceu – disse Eph.

– Este é um local seguro, Eph. Aquela coisa tinha, o que, dois metros e meio por um metro e pouco, por quase um de altura? Pesava quase duzentos quilos. Seriam necessários quatro homens para carregar aquilo.

– Exatamente. Então alguém sabe onde está.

Os dois foram até o agente de plantão, na porta do hangar, que era responsável pelo inventário do local. O rapaz consultou sua relação principal, um registro das entradas e saídas de tudo e todos.

– Não consta aqui – disse ele.

Eph pressentiu que Nora já ia objetar e falou antes:

– Há quanto tempo você está parado aqui?

– Desde as doze horas, senhor.

– Sem intervalo? – perguntou Eph. – E durante o eclipse?

– Eu fiquei postado bem aqui. – O rapaz apontou para um ponto a poucos metros da porta. – Ninguém passou por mim.

Eph olhou novamente para Nora.

– Que diabo está acontecendo? – disse ela, olhando para o agente de plantão. – Quem mais poderia ter visto um enorme caixão de defunto?

Eph franziu a testa ao ouvir a expressão "caixão de defunto". Olhou novamente para o hangar, e depois apontou para as câmeras de vigilância penduradas nas vigas, dizendo:

– Elas viram.

Eph, Nora e o agente da Autoridade Portuária responsável pelo local subiram uma longa escada de aço até o escritório de controle que dava para o hangar de manutenção. Lá embaixo, mecânicos estavam retirando o nariz do avião para examinar as partes internas.

Quatro câmeras automáticas cobriam constantemente o interior do hangar: uma na porta que levava à escada do escritório; uma focalizada nas portas do hangar; uma nas vigas que Eph apontara; e uma na sala onde eles estavam. Todas mostravam as imagens em quatro telas quadradas.

Eph perguntou ao supervisor da manutenção:

– Por que há uma câmera nesta sala?

O supervisor deu de ombros.

– Provavelmente porque é aqui que fica o dinheiro para pequenos pagamentos.

Ele se sentou numa cadeira de escritório já muito gasta, com os encostos dos braços amarrados por fita isolante, e mexeu no teclado abaixo do monitor, ampliando para a tela toda a imagem vista do alto das vigas. Depois foi voltando a fita. A unidade era digital, mas com alguns anos de uso, e a imagem parecia distorcida demais para que eles conseguissem distinguir alguma coisa com clareza durante a rebobinagem.

O sujeito parou a fita. Na tela, o caixote estava exatamente onde estivera, perto das demais cargas desembarcadas.

– Lá está o troço – disse Eph.

O agente de plantão balançou a cabeça.

– Tá legal. Então vamos ver para onde isso foi.

O supervisor adiantou a fita, que avançava mais devagar do que recuava, mas mesmo assim ia bem depressa. A luz do hangar escureceu durante a ocultação, e quando aumentou novamente o caixote havia desaparecido.

– Pare, pare – disse Eph. – Recue de novo.

O supervisor recuou a fita um pouco e pôs a imagem para rodar outra vez. Na parte inferior, os números que indicavam o tempo decorrido mostravam as cenas avançando mais devagar do que antes.

O hangar escureceu e imediatamente o caixote desapareceu outra vez.

– O quê...? – disse o supervisor, detendo a fita.
– Volte só um pouco – disse Eph.
O supervisor fez o que ele pedia e, depois, deixou a fita avançar em tempo real.
O hangar escureceu um pouco, ainda iluminado pelas luzes internas de serviço. O caixote estava lá. E então desapareceu.
– Uau – disse o agente de plantão.
O supervisor parou a fita. Também parecia perplexo.
– Há uma lacuna. Um corte – disse Eph.
– Que corte? Você viu o código de tempo – disse o supervisor.
– Então volte um pouco outra vez. Um pouco mais... bem aí... e agora de novo.
O supervisor fez o que ele pedia.
E mais uma vez o caixote desapareceu.
– Houdini – resmungou o supervisor.
Eph olhou para Nora.
– O caixote não *desapareceu*, simplesmente – disse o agente de plantão. Ele apontou para as outras bagagens próximas. – Todo o resto fica igual. Sem um tremor.
– Volte de novo. Por favor – disse Eph.
O supervisor correu a fita mais uma vez. O caixote voltou a desaparecer.
– Espere – disse Eph. Ele vira alguma coisa. – Recue a fita... *devagar*.
O supervisor recuou a fita e soltou a imagem novamente.
– Ali – disse Eph.
– Cristo – exclamou o supervisor, quase saltando da cadeira desconjuntada. – Eu vi.
– Viu o quê? – perguntou Nora, junto com o agente de plantão.
O supervisor estava ocupado em recuar a fita alguns centímetros.
– Está quase... – disse Eph, preparando o sujeito. – Está quase... – O supervisor mantinha a mão acima do teclado como se estivesse participando de um programa de jogos, esperando apertar a cigarra. – ... *Ali!*
O caixote desaparecera novamente. Nora chegou mais perto.
– O quê?
Eph apontou para o lado do monitor.

– Bem ali.

Quase imperceptível, na larga margem direita da imagem, havia um borrão negro.

– Alguma coisa passou ventando pela câmera – disse Eph.

– No alto das vigas? – perguntou Nora. – O que, um pássaro?

– Grande demais para isso – disse Eph.

O agente de plantão aproximou o corpo e disse:

– Um falso sinal eletrônico. Uma sombra.

– Tá legal – disse Eph, recuando. – Uma sombra de quê?

O agente de plantão se endireitou.

– Você pode passar a fita quadro por quadro?

O supervisor tentou. O caixote desaparecia do chão... quase *simultaneamente* com a aparição do borrão nas vigas.

– É o máximo que posso fazer com essa máquina.

O agente de plantão estudou a tela novamente e declarou:

– É coincidência. Como alguma coisa poderia se movimentar com aquela velocidade?

– É possível aproximar a imagem? – perguntou Eph.

O supervisor revirou os olhos.

– Isso aqui não veio de um episódio de *CSI*... é um aparelho barato da porra da Radio Shack.

– Então a coisa sumiu – disse Nora virando para Eph, já que os outros pareciam incapazes de ajudar. – Mas por que... e como?

Eph cruzou as mãos atrás da cabeça.

– A terra no caixote... deve ser igual à que acabamos de encontrar. O que significa...

– Nós estamos propondo a tese de que alguém subiu até a área superior de descanso da tripulação de voo vindo do compartimento de carga? – perguntou Nora.

Eph recordou a sensação que tivera parado na cabine de comando com os pilotos mortos, pouco antes de descobrir que Redfern ainda estava vivo. A sensação de uma presença. De algo por perto.

Ele afastou Nora dos outros dois.

– E espalhou parte daquilo... aquele turbilhão de matéria biológica... na cabine dos passageiros.

Nora olhou novamente para a imagem do borrão negro nas vigas. Eph disse:

— Acho que alguém estava escondido naquele compartimento, quando entramos pela primeira vez no avião.

— Tá legal — disse Nora, tentando entender a coisa. — Mas então... onde isso está agora?

— Onde estiver o caixote — disse Eph.

Gus

Gus foi percorrendo a fileira de carros no estacionamento de longo prazo do aeroporto JFK, que era uma garagem de teto baixo. O eco dos guinchos dos pneus carecas que desciam as rampas de saída fazia o lugar parecer uma casa de loucos. Ele pegou a folha dobrada no bolso da camisa e conferiu novamente o número da seção, escrito na caligrafia de outra pessoa. Depois verificou outra vez se não havia mais alguém por perto.

Encontrou a van na extremidade mais afastada da pista: era uma Econoline branca, sem janelas traseiras, maltratada e empoeirada. O veículo estava estacionado numa área de serviço isolada por cones, forrada de lona e pedras soltas, onde parte do suporte superior rachara.

Gus usou um trapo para testar a porta do motorista. Estava destrancada, como fora anunciado. Depois ele recuou e lançou o olhar em torno daquele canto isolado da garagem, onde reinava um silêncio só quebrado pelos tais guinchos distantes, pensando em... *armadilhas*. Podia haver uma câmera num daqueles carros, observando tudo. Ele vira isso em *Cops*: a polícia instalava câmeras pequenas dentro de caminhões estacionados na rua de uma cidade qualquer, como Cleveland ou outro lugar, e ficava vigiando até a rapaziada pular lá dentro e sair, fosse só para se divertir ou levar o veículo até um desmanche. Ser pego era ruim, mas ser enganado daquele jeito, exposto no horário nobre da tevê, era muito pior. Gus preferia levar um tiro e morrer de cueca do que ser taxado de bobo.

Mas ele aceitara os cinquenta dólares do sujeito que lhe oferecera o serviço. Era um dinheiro fácil, que fora guardado na fita do seu chapéu, para servir de prova caso as coisas desandassem.

O cara estava no mercado quando Gus entrara para tomar um refrigerante. Ficara atrás dele na fila para pagar. Já fora do mercado, meio quarteirão adiante, Gus ouviu alguém chamando e se virou depressa. Era o cara, com as mãos abertas, mostrando que estavam vazias. Perguntou se Gus queria ganhar algum dinheiro rápido.

Era um sujeito branco, com um terno bom, completamente fora do contexto. Não parecia policial, mas também não parecia bicha. Parecia uma espécie de missionário.

– É uma van na garagem do aeroporto. Você entra, leva o veículo para Manhattan, estaciona, e vai embora.

– Uma van – disse Gus.

– Uma van.

– O que tem lá dentro?

O cara simplesmente abanou a cabeça e entregou a Gus uma folha dobrada sobre cinco notas de dez novas.

– Só um aperitivo.

Gus puxou as notas para fora como se tirasse a carne de um sanduíche.

– Se tu é cana, isto é uma armação ilegal.

– A hora de pegar a van está escrita aí. Não chegue cedo, nem tarde demais.

Gus correu o polegar pelas notas dobradas como se examinasse um tecido fino. O cara viu o gesto. E também viu, como Gus percebeu, os três pequenos círculos que ele tinha tatuados nas membranas entre os dedos da mão. Era o símbolo da gangue mexicana para ladrão, mas como o cara poderia saber disso? Era por isso que ele fora escolhido lá no mercado? Por que o cara se concentrara nele?

– As chaves e outras instruções estarão no porta-luvas.

O cara começou a se afastar.

– Ei – exclamou Gus para ele. – Eu ainda não falei sim.

Gus abriu a porta da van e esperou. Nenhum alarme. Então entrou, sem ver câmera alguma. Mas isso ele não veria mesmo, não é? Atrás dos bancos dianteiros havia uma divisória de metal, sem janela. Fora soldada ali depois que a van saíra da fábrica. Talvez ele estivesse prestes a sair guiando uma viatura cheia de policiais.

Só que a van parecia silenciosa. Outra vez empunhando o trapo, Gus abriu o porta-luvas suavemente, como se uma cobra de brinquedo pudesse saltar lá de dentro, e a luzinha se acendeu. Lá estavam a chave de ignição, o tíquete do estacionamento de que ele precisava para sair dali e um envelope pardo.

Ele examinou o conteúdo do envelope e a primeira coisa que viu foi seu pagamento. Cinco notas de cem dólares novas, que deixaram Gus cheio de prazer e raiva ao mesmo tempo. De prazer, porque aquilo era mais do que ele esperara; de raiva, porque ninguém trocaria uma nota de cem para ele sem encrenca, principalmente na sua vizinhança. Até mesmo um banco escanearia até o osso aquelas notas, saídas do bolso de um mexicano tatuado com apenas dezoito anos.

Dobrada por cima das notas havia outra folha com o endereço de destino e o código de acesso a uma garagem, VÁLIDO POR UM SÓ PERÍODO.

Ele comparou as duas folhas, lado a lado. A mesma caligrafia.

O nível de ansiedade baixou, enquanto a excitação aumentava. *Que otário!* Confiar aquele veículo a ele. Gus tinha na ponta da língua três endereços diferentes no sul do Bronx que aceitariam *recondicionar* aquele bebê. E que rapidamente satisfariam sua vontade de saber que tipo de mercadoria contrabandeada havia na traseira da van.

O último item dentro do envelope maior era outro envelope menor, do tamanho de uma carta. Gus retirou dali algumas folhas de papel, que desdobrou. Uma chama quente se levantou do centro de suas costas, ombros e pescoço.

AUGUSTIN ELIZALDE era o título da primeira. Continha o prontuário policial de Gus, com o histórico de delinquência juvenil que levara à condenação por homicídio culposo, e posterior libertação com ficha limpa no seu décimo oitavo aniversário, três curtas semanas antes.

A segunda folha era uma cópia da sua carteira de motorista e, logo abaixo, a carteira de motorista da *mãe* dele, com o mesmo endereço: rua

115 Leste. Depois havia uma pequena foto da portaria do prédio onde eles moravam, no condomínio Taft.

Gus ficou olhando para o papel durante dois minutos inteiros. Sua mente girava em torno do que o tal cara com jeito de missionário sabia, de sua *madre* ali e em que merda ele se metera daquela vez.

Ele não gostava de ameaças. Principalmente referentes à sua *madre*; ela já sofrera bastante por causa dele.

A terceira página estava escrita com a mesma caligrafia das folhas anteriores. Dizia: SEM PARADAS.

Gus sentou na vitrine do Insurgentes, comendo ovos fritos com molho apimentado e olhando para a van branca parada em fila dupla no Queens Boulevard. Ele adorava tomar café da manhã, e, desde que saíra da prisão, tomara café da manhã em praticamente todas as refeições. Agora dera instruções bem específicas, porque podia: bacon supercrocante, com torradas bem passadas.

Que se fodam eles... SEM PARADAS. Gus não estava gostando daquele jogo, principalmente depois que sua *madre* fora incluída. Ficou observando a van, pensando nas opções que tinha e esperando algo acontecer. Será que ele estava sendo vigiado? Em caso afirmativo, de perto ou de longe? E se eles podiam exercer essa vigilância... por que simplesmente não levavam a van eles mesmos? Em que espécie de merda ele se metera?

O que haveria ali dentro?

Dois *cabrones* se aproximaram, xeretando a frente da van, mas abaixaram a cabeça e se mandaram quando Gus saiu da lanchonete. A camisa de flanela, abotoada somente em cima, esvoaçava atrás dele, inflada pela brisa do fim da tarde. As tatuagens cobriam seus antebraços desnudos com fortes tons de vermelho e preto-cadeia. Nascidas no Harlem Espanhol, as credenciais dos Sultões Latinos já haviam se projetado ao norte e ao leste pelo Bronx, bem como ao sul por Queens. Eles eram poucos, mas tinham uma proteção longa. Ninguém se metia com um deles, a menos que quisesse guerra com todos.

Gus saiu rodando pelo bulevar, rumando para oeste na direção de Manhattan, mas de olho em possíveis seguidores. Quando a van passou por um quebra-molas, ele apurou o ouvido, mas não ouviu movimento algum na traseira. Contudo, algo pesava sobre a suspensão.

Ele sentiu sede e parou novamente diante de um mercado de esquina, pegando duas latas de cerveja mexicana. Meteu uma das latas vermelho-ouro no suporte de copos e partiu novamente, vendo os prédios da cidade surgirem do outro lado do rio silhuetados pelo sol que se punha. Chegava a noite. Gus lembrou do irmão em casa: Crispin era um viciado de merda, que reaparecera justo quando ele estava tentando desesperadamente ser bom para a mãe. O irmão ficava suando substâncias químicas no sofá da sala, e Gus só queria meter uma lâmina enferrujada entre as costelas dele. Aquilo trazia a doença para o berço deles. Crispin parecia um espírito maléfico, um perfeito zumbi, mas nunca era expulso pela mãe. Ela deixava o filho mais velho ficar ali, fingindo que ele não estava se picando no banheiro, aguardando o momento de desaparecer outra vez, junto com alguns pertences dela.

Gus precisava reservar um pouco daquele *dinero sucio* para a *madre*. Mas só daria dinheiro a ela *depois* que Crispin se fosse. Meteria um pouco mais no chapéu e guardaria tudo ali para ela. Para que ela ficasse feliz. Para fazer algo direito.

Ele pegou o celular antes de entrar no túnel.

– Felix. Vem aqui me buscar, cara.

– Onde tu tá, mano?

– Indo pro Battery Park.

– Battery? Por que tão longe, Gusto?

– Pega a Nona Avenida e desce direto até lá, seu puto. Hoje nós vamos sair. Vamos festejar, cara. Aquele dinheiro que eu te devo... faturei uma grana hoje. Me traz uma jaqueta ou alguma coisa para usar, com uns sapatos limpos. Para poder entrar numa boate.

– Puta que pariu... mais alguma coisa?

– Só tirar o dedo da *concha* da tua irmã e vir me buscar logo... *compreende*?

Gus saiu do túnel em Manhattan e foi atravessando a cidade antes de virar para o sul. Pegou a rua Church, ao sul de Canal, e começou a verificar as placas. O endereço era um sobrado com andaimes na fachada e janelas cheias de letreiros com permissões para obras, mas sem caminhões de construção em torno. A rua era silenciosa e residencial. A garagem funcionava como anunciado: o código de acesso fez subir uma porta de aço, mal dando passagem para a van, que desceu uma rampa até o subsolo.

Gus estacionou e ficou sentado, escutando. A garagem era suja e mal iluminada, parecendo uma boa armadilha. A poeira levantada redemoinhava na luz mortiça que entrava pela porta aberta. Gus sentiu um ímpeto de fugir depressa, mas precisava ter certeza de que estava tudo certo. Esperou enquanto a porta da garagem se fechava.

Ele dobrou as páginas e o envelope que tirara do porta-luvas, metendo tudo nos bolsos. Bebeu o resto da primeira cerveja, esmagou a lata de alumínio e saiu da van. Depois de pensar um instante, voltou com o trapo na mão, limpando o volante, os botões do rádio, o porta-luvas, as maçanetas internas e externas, além de qualquer outra coisa que achasse que podia ter tocado.

Olhou em torno da garagem, onde a única luz vinha das pás de um exaustor. A poeira revoluteava feito uma névoa naqueles raios débeis. Gus limpou a chave de ignição. Depois deu a volta pelas portas laterais e traseiras do veículo. Testou as maçanetas, só para ver. Estavam trancadas.

Ele refletiu um pouco e depois se deixou levar pela curiosidade. Testou a chave.

As fechaduras eram diferentes da ignição. Em parte, Gus ficou aliviado.

Terroristas, pensou. *Talvez eu já tenha virado uma porra de um terrorista. Dirigindo uma van cheia de explosivos.*

O que ele podia fazer era tirar a van dali novamente. Estacionar diante da delegacia mais próxima e deixar um bilhete no para-brisa. Eles que vissem se aquilo era alguma coisa, ou nada.

Só que os putos tinham o endereço dele. O endereço da sua *madre*. Quem eram eles?

Gus ficou com raiva, sentindo uma labareda de vergonha subir pelas suas costas. Deu um soco na lateral da van branca, demonstrando seu descontentamento com o arranjo. Um barulho satisfatório ressoou lá dentro, quebrando o silêncio. Então ele desistiu. Jogou a chave no assento dianteiro e fechou a porta do motorista com o cotovelo, causando outro baque satisfatório.

Mas então, em vez da rápida volta do silêncio, ele ouviu algo. Ou pensou que ouvira: alguma coisa dentro do veículo. Sob o último resquício de luz que entrava pela grade do exaustor, Gus foi até as portas traseiras para escutar, com o ouvido quase colado no veículo.

Alguma coisa. Quase... como um estômago roncando. Era o mesmo tipo de fome vazia, em movimento. Uma agitação.

Ah, que se foda, decidiu ele, recuando. *O troço já está feito. Desde que a bomba exploda abaixo da rua 110, o que me importa?*

Um baque surdo, mas nítido, vindo do interior da van, fez Gus recuar um passo. O saco de papel com a segunda *cerveja* caiu debaixo do braço dele, e a lata se abriu, espalhando cerveja no chão irregular.

O líquido esparramado foi virando uma espuma mortiça, e Gus se inclinou para pegar a porcariada, mas parou agachado, com a mão no saco molhado.

A van adernou muito ligeiramente. As molas do chassi soltaram um rangido.

Algo se movera ou mudara de posição lá dentro.

Gus se endireitou, deixando a cerveja estourada no chão. Depois foi recuando, com os sapatos raspando no piso. Alguns passos atrás, recuperou a compostura, fazendo força para relaxar. O truque era pensar que alguém estava observando, enquanto ele perdia a calma. Então girou o corpo e foi caminhando calmamente até a porta fechada da garagem.

As molas rangeram novamente.

Gus retardou o passo, mas não parou. Chegou até o painel preto com uma alavanca vermelha perto da porta. Bateu na alavanca com a base da mão, mas nada aconteceu.

Ele bateu mais duas vezes, primeiro devagar e suavemente, depois forte e depressa. A alavanca parecia emperrada, como se fosse por falta de uso.

A van rangeu novamente, e Gus não se permitiu olhar para trás.

A porta da garagem era feita de aço, sem ressaltos ou alças para segurar, nada para puxar. Gus deu um chute no troço, que mal chacoalhou.

Houve outro baque surdo dentro da van, quase que em resposta ao golpe de Gus, seguido de um rangido forte. Gus voltou correndo para a alavanca. Bateu ali com força novamente, várias vezes em sucessão rápida, e então uma roldana rangeu. O motor engrenou, e uma corrente passou a se movimentar.

A porta começou a se levantar do chão.

Gus saiu antes que metade da porta se abrisse. Foi engatinhando pela calçada feito um caranguejo e recuperou rápido o fôlego. Depois se virou e esperou, vendo a porta se abrir, ficar um tempo assim e fechar. Conferiu se estava hermeticamente fechada e que nada saíra da garagem.

Então olhou em volta, espantando o medo e verificando o chapéu. Caminhou até a esquina depressa, como quem tem culpa, querendo pôr mais um quarteirão entre ele e a van. Cruzou até a rua Vesey, parando diante dos cavaletes e das divisórias de cimento que circundavam o quarteirão da cidade onde existira o World Trade Center. O local estava todo escavado. A grande bacia formava um buraco enorme nas tortuosas ruas da parte baixa de Manhattan, com guindastes e caminhões de serviço erigindo novos prédios no local.

Gus espantou o medo e colocou o celular no ouvido.

– Felix, onde tu tá, *amigo*?

– Na Nona Avenida, indo para o centro. O que há?

– Nada. Mas vem para cá logo. Eu fiz uma coisa que preciso esquecer.

Ala de isolamento, Centro Médico do Hospital Jamaica

EPH CHEGOU FURIOSO AO Centro Médico do Hospital Jamaica.

– O que você quer dizer com "eles foram embora"?

– Dr. Goodweather, nós não tínhamos como obrigar o pessoal a ficar aqui – disse a administradora.

– Eu mandei você colocar um guarda para manter lá fora o safado do advogado do Bolivar.

– Nós pusemos um guarda. Um policial de verdade. Ele examinou o mandado judicial e falou que não havia o que fazer. E não foi o advogado do roqueiro. Foi a tal advogada, Joan Luss. A firma dela. Eles passaram por cima de mim e contactaram a diretoria do hospital.

– Então por que eu não fui informado disso?

– Nós tentamos informar tudo. Ligamos para o seu contato.

Eph se virou rapidamente. Jim Kent estava parado junto de Nora. Com ar abalado, ele pegou o celular e procurou as chamadas antigas.

– Eu não estou vendo isso – disse Jim, erguendo o olhar como quem se desculpa. – Talvez tenham sido as manchas solares causadas pelo eclipse ou algo assim. Não recebi essas chamadas.

– Eu ouvi a sua voz na caixa postal – disse a administradora.

Jim conferiu o aparelho novamente.

– Espere... houve algumas chamadas que talvez eu não tenha visto. – disse ele, levantando o olhar para Eph. – Com tanta coisa acontecendo, Eph... lamento, mas acho que pisei na bola.

A notícia esvaziou a raiva de Eph. Não era do feitio de Jim cometer qualquer erro, principalmente numa ocasião tão crítica. Ele olhou para o parceiro de confiança, sentindo a raiva virar uma decepção profunda.

– Minhas quatro melhores chances de resolver essa coisa simplesmente saíram por aquela porta.

– Quatro, não – disse a administradora atrás dele. – Só três.

Eph se virou para ela.

– O que você quer dizer?

O comandante Doyle Redfern estava sentado numa cama na ala de isolamento, rodeado de cortinas plásticas. Ele parecia abatido, com os braços pálidos apoiados num travesseiro sobre o colo. A enfermeira contou que ele recusara toda a comida, reclamando de rigidez na garganta e náusea permanente; rejeitara até mesmo pequenos goles de água. Só era mantido hidratado pelo equipamento de alimentação intravenosa no seu braço.

Eph e Nora pararam ao lado dele, de máscaras e luvas, driblando uma proteção completa.

– Meu sindicato me quer fora daqui – disse Redfern. – A estratégia das empresas é sempre culpar o piloto. Nunca é falha da companhia aérea, excesso de voos no aeroporto ou cortes na manutenção. Eles vão acusar o comandante Moldes por esse acidente, seja como for. E me acusar também, talvez. Mas... alguma coisa não está bem. Por dentro. Eu não me sinto eu mesmo.

– A sua cooperação é crucial – disse Eph. – Nem sei como lhe agradecer por continuar aqui, além de dizer que faremos tudo em nosso poder para lhe devolver a saúde.

Redfern balançou a cabeça. Eph notou que o pescoço dele estava rígido e apalpou a parte inferior do maxilar, sentindo os nódulos linfáticos, que pareciam bastante inchados. O piloto estava, decididamente, lutando contra alguma coisa. Algo relacionado com as mortes no avião, ou apenas algo que ele contraíra durante suas viagens?

– Uma aeronave tão jovem, e uma máquina linda sob todos os aspectos. Eu simplesmente não consigo vê-la apagando tão completamente. Só pode ser sabotagem – disse Redfern.

– Nós testamos a mistura de oxigênio e os reservatórios de água. Ambos estavam perfeitos. Nada indicava por que as pessoas morreram ou por que o avião apagou. – Eph massageou as axilas do piloto, encontrando ali mais nódulos linfáticos do tamanho de jujubas. – Você ainda não recorda coisa alguma sobre o pouso?

– Nada. Isso está me pondo maluco.

– Consegue pensar numa razão para a porta da cabine de comando estar destrancada?

– Nenhuma. Completamente contra as regras da Administração Federal de Aviação.

– Você passou algum tempo na área de descanso da tripulação lá em cima? – perguntou Nora.

– No beliche? – disse Redfern. – Passei, sim. Tirei umas sonecas sobre o Atlântico.

– Lembra se arriou o encosto dos assentos?

– Já estavam abaixados. Quem se estica ali em cima precisa de espaço para as pernas. Por quê?

– Não viu algo fora do comum? – perguntou Eph.

– Lá em cima? Nada, nada. O que era para ver?

Eph ergueu o corpo.

– Sabe alguma coisa sobre um grande caixote embarcado na área de carga?

O comandante Redfern abanou a cabeça, tentando resolver o enigma.

– Não tenho ideia. Mas parece que vocês descobriram alguma coisa.

– Na verdade, não. Continuamos tão perplexos quanto você. – Eph cruzou os braços. Nora ligara a lanterna Luma, passando a luz sobre os braços de Redfern. – É por isso que agora é tão crucial sua concordância em permanecer aqui. Eu quero realizar uma bateria completa de exames com você.

O comandante Redfern ficou observando a luz arroxeada brilhar sobre sua pele.

– Se vocês acham que conseguirão descobrir o que aconteceu, eu posso servir de cobaia.

Eph balançou a cabeça, agradecendo.

– Quando você ganhou essa cicatriz? – perguntou Nora.

– Que cicatriz?

Ela estava olhando para a garganta do piloto, que inclinou a cabeça um pouco para trás a fim de que ela pudesse tocar a fina linha azulada sob a lanterna Luma.

– Parece quase uma incisão cirúrgica – disse Nora.

Redfern alisou a garganta.

– Não sinto coisa alguma aqui.

Na verdade, quando Nora apagava a lanterna a linha ficava quase invisível. Ela acendeu a luz novamente, e Eph examinou a cicatriz. Tinha talvez um centímetro e meio de comprimento, com poucos milímetros de largura. O tecido que brotara sobre o ferimento parecia bem recente.

– Mais tarde vamos tirar chapas. A ressonância magnética deve nos mostrar alguma coisa.

Redfern balançou a cabeça, e Nora desligou a lanterna.

– Vocês sabem... há mais uma coisa aqui. – Redfern hesitou, com a confiança de piloto aéreo momentaneamente enfraquecida. – Eu me lembro de uma coisa, mas acho que para vocês não vai adiantar...

Eph deu de ombros quase imperceptivelmente.

– Nós vamos aceitar qualquer coisa que você puder nos dar.

– Bem, quando eu apaguei... sonhei com uma coisa... uma coisa muito antiga. – O comandante olhou em torno, quase envergonhado, e depois recomeçou a falar com voz bem baixa. – Quando eu era criança... à noite... sempre dormia numa cama grande na casa da minha avó. E toda meia-noite, enquanto os sinos badalavam na igreja próxima, eu costumava ver uma coisa sair de trás de um grande armário antigo. Toda noite, sem falta, a coisa esticava a cabeça negra, os braços compridos e os ombros ossudos... e ficava me *encarando*.

– Encarando? – perguntou Eph.

– A coisa tinha uma boca serrilhada, com lábios finos e pretos... ficava só me olhando... e sorrindo.

Eph e Nora estavam transfixados. Tanto a intimidade quanto a atmosfera sonhadora daquela confissão eram inesperadas.

– Então eu começava a gritar. Minha avó acendia a luz e me levava para sua cama. Isso durou um ano. Eu chamava a coisa de Sanguessuga. Porque sua pele... aquela pele negra... parecia exatamente a das sanguessugas gordas que nós costumávamos pegar num riacho próximo. Alguns psiquiatras infantis me examinaram e conversaram comigo. Falaram que era um caso de "terror noturno" e deram várias razões para que eu não acreditasse no Sanguessuga, mas... toda noite ele voltava. Toda noite eu mergulhava debaixo dos meus travesseiros para me esconder dele, mas era inútil. Eu sabia que ele estava lá, no quarto. – Redfern deu um sorriso forçado. – Nós nos mudamos alguns anos mais tarde. Minha avó vendeu o armário e eu nunca mais vi aquilo. Nunca mais sonhei com o Sanguessuga.

Eph ouvira com atenção.

– Vai me desculpar, comandante... mas o que isso tem a ver com...

– Vou chegar lá – disse ele. – A única coisa que recordo entre a nossa descida e a hora em que despertei aqui... é que ele voltou. Nos meus sonhos. Eu vi novamente o Sanguessuga... e ele estava sorrindo.

INTERLÚDIO II

O BURACO EM CHAMAS

Seus pesadelos eram sempre os mesmos: Abraham, velho ou jovem, nu e ajoelhado diante de um enorme buraco no chão, com os corpos queimando lá embaixo enquanto um oficial nazista percorria a fileira de prisioneiros ajoelhados, matando todos com um tiro na nuca. O buraco em chamas ficava atrás da enfermaria no campo de extermínio conhecido como Treblinka. Os prisioneiros demasiadamente doentes ou velhos para trabalhar eram conduzidos pelo pavilhão pintado de branco com uma cruz vermelha, e depois jogados lá dentro. O jovem Abraham viu muitos morrerem ali, mas ele próprio só chegou perto disso uma vez.

Abraham tentava passar despercebido, trabalhando em silêncio e sempre sozinho. Toda manhã picava o dedo e espalhava uma gota de sangue em cada bochecha, para parecer o mais saudável possível na hora da chamada.

Ele viu o buraco pela primeira vez ao consertar umas prateleiras na enfermaria. Com dezesseis anos, Abraham Setrakian já era um artesão. Não gozava de favores nem era o predileto de alguém, somente um escravo com talento para entalhar madeira; coisa que, num campo de extermínio, ajudava a sobreviver. Ele tinha algum valor para o nazista Hauptmann, que costumava usar Abraham sem piedade, consideração ou descanso. Erguia cercas de arame farpado, montava conjuntos para a biblioteca e consertava ferrovias. Entalhou cachimbos ornamentados para o capitão da guarda ucraniano no Natal de 1942.

Foram as suas mãos que mantiveram Abraham longe do buraco. Durante o crepúsculo ele via o fulgor lá da oficina, e às vezes sentia o cheiro de carne e gasolina misturados com serragem. Enquanto seu coração era tomado pelo medo, o buraco também encontrava guarida ali.

Até hoje Setrakian ainda tinha aquela sensação, toda vez que era assaltado pelo medo – fosse cruzando uma rua escura, fechando a loja à noite ou acordando depois de um pesadelo – os farrapos de suas lembranças reviviam. Ele nu, rezando ajoelhado. Em sonho, a boca da pistola encostava na sua nuca.

Os campos de extermínio não tinham outra função senão matar. O campo de Treblinka era disfarçado para parecer uma estação de trem, com cartazes de viagens, cronogramas e folhagens entrelaçadas no arame farpado. Abraham chegou lá em setembro de 1942 e passou todo o tempo trabalhando. "Ganhando ar para respirar", como ele falava. Era um homem quieto, jovem mas bem-educado, cheio de sabedoria e compaixão. Ajudava o maior número possível de prisioneiros e rezava em silêncio todo o tempo. Mesmo com as atrocidades que testemunhava diariamente, ele acreditava que Deus cuidava de todos os homens.

Em certa noite de inverno, porém, Abraham viu o demônio nos olhos de uma coisa morta. E compreendeu que o mundo não era como ele pensava.

Já passava da meia-noite, e o campo estava mais silencioso do que Setrakian já vira. O murmúrio da floresta se aquietara, e o ar frio rachava os ossos. Em silêncio, Abraham mudou de posição no catre e olhou cegamente para a escuridão em torno. Então ouviu...

Toque-toque-toque.

Exatamente como sua *bubbeh* dissera... o som era exatamente como ela dissera... e, por alguma razão, isso tornava tudo ainda mais apavorante...

A respiração de Abraham desapareceu, e ele sentiu no coração o buraco em chamas. Num canto do pavilhão, a escuridão se movimentou. Uma *Coisa*, uma gigantesca figura emaciada saiu das profundezas escuras e deslizou por cima dos camaradas adormecidos.

Toque-toque-toque.

Sardu. Ou uma coisa que outrora fora Sardu. Sua pele era arrepiada e escura, misturando-se às dobras do traje escuro e frouxo. Muito parecido com um borrão de tinta que houvesse adquirido vida. A Coisa se movimentava sem esforço, um fantasma sem peso deslizando pelo chão. As unhas dos dedos, como garras, arranhavam levemente a madeira do soalho.

Mas... não podia ser. O mundo era real... o mal era real e cercava Abraham todo o tempo... mas aquilo não podia ser real. Era uma *bubbeh meiseh*. Uma *bubbeh*...

Toque-toque-toque.

Numa questão de segundos, a Coisa, morta havia muito, alcançou o catre bem diante de Setrakian, que sentiu o cheiro exalado: folhas secas, terra e mofo. Ele ainda conseguiu entrever o rosto enegrecido que emergiu da escuridão em torno do corpo e se inclinou à frente, cheirando o pescoço de Zadawski, um jovem trabalhador polonês. De pé a Coisa era da altura do pavilhão, e sua cabeça ficava entre as vigas do teto. A respiração tinha um som forte, cavo, excitado e faminto. A Coisa passou para o catre seguinte, e por um breve momento os contornos do seu rosto ficaram delineados pela luz de uma janela próxima.

A pele escura se tornou transparente, feito um naco de carne-seca contra a luz. Tudo ali era seco e opaco, exceto os olhos: duas esferas reluzentes que pareciam fulgurar intermitentemente, como pedaços de brasa sob um sopro reanimador. Os lábios secos recuaram, mostrando gengivas mosqueadas e duas fileiras de pequenos dentes amarelados, incrivelmente afiados.

A Coisa parou acima da frágil figura de Ladizlav Zajak, um velho doente de tuberculose que chegara recentemente de Grodno. Setrakian vinha ajudando Zajak desde a chegada dele, mostrando-lhe como as coisas funcionavam e protegendo o velho das inspeções. A doença já seria motivo para uma execução instantânea, mas Setrakian tomara Zajak como ajudante, mantendo o velho longe dos supervisores da SS e dos guardas ucranianos em momentos críticos. Mas agora Zajak estava perdido. Seus pulmões estavam cedendo e, o mais importante, ele perdera a vontade de viver; fechara-se em copas, quase sem falar, constantemente chorando em silêncio. O velho se tornara um risco para a sobrevivência de Setrakian, e já não se animava com as tentativas de ajuda de seu benfeitor, que via Zajak estremecer com silenciosos espasmos de tosse, soluçando discretamente até o amanhecer.

Mas agora, assomando ali em cima, a Coisa observava Zajak, parecendo obter prazer com a respiração entrecortada do velho. Feito o anjo da morte, estendeu sua escuridão sobre aquele frágil corpo doente e estalou o palato seco ansiosamente.

O que a Coisa fez então... Setrakian não conseguiu ver. Houve um ruído, que os ouvidos dele se recusaram a captar. Aquela Coisa grande e inchada se inclinou sobre a cabeça e o pescoço do velho. Algo na sua postura indicava... que a Coisa estava se alimentando. O velho corpo de Zajak se contorcia em espasmos cada vez mais fracos, e o mais notável é que o velho não acordou.

Nunca mais acordou.

Setrakian abafou um arquejo com a mão. E a Coisa continuou se alimentando sem parecer ligar para ele. Passou bastante tempo sobre vários doentes e inválidos. Ao fim da noite havia três cadáveres ali, e a Coisa pareceu se desvanecer... com a pele mais firme, mas igualmente escura.

Setrakian viu a Coisa desaparecer na escuridão e partir. Cautelosamente, ele se levantou, chegou perto dos corpos e examinou cada um na luz débil. Não havia sinal de trauma, além de um corte fino no pescoço. Um rasgo tão pequeno que era quase imperceptível. Se ele próprio não houvesse testemunhado aquele horror...

Então ele compreendeu. A Coisa voltaria... e em breve. Aquele campo era um terreno fértil, e ali a Coisa devoraria os despercebidos, os esquecidos e os irrelevantes. Poderia se alimentar deles. Todos eles.

A menos que alguém se erguesse para impedir.

Alguém.

Ele.

MOVIMENTO

Classe econômica

Ansel Barbour, um dos sobreviventes do voo 753, estava aninhado com sua esposa, Ann-Marie, e os dois filhos, Benjy, de oito anos, e Haily, de cinco, em um sofá de algodão azul estampado, no jardim de inverno nos fundos de sua casa de três quartos em Flatbush, Nova York. Até mesmo Pap e Gertie, o casal de cães da raça são-bernardo, haviam tido permissão para entrar na casa naquela ocasião especial. Alisando agradecidos o peito de Ansel, com as patas do tamanho de uma mão humana apoiadas nos joelhos dele, os dois pareciam muito felizes por ver seu dono de volta ao lar.

Ansel ocupara a poltrona 39G, junto ao corredor na classe econômica do avião. Estava voltando para casa depois de fazer um curso, pago por sua empresa, sobre segurança de bancos de dados em Potsdam, na zona sudoeste de Berlim. Ele era um programador de computação e assinara um contrato de quatro meses com uma firma varejista de Nova Jersey, após o roubo eletrônico de milhões de números de cartões de crédito de clientes. Mas nunca saíra do país e sentira intensamente a falta da família. O congresso de quatro dias incluía eventos sociais e excursões turísticas, mas Ansel não se aventurou a sair do hotel, preferiu permanecer no quarto com seu computador portátil, conversando com os filhos via câmera embutida e jogando cartas com desconhecidos pela internet.

Sua esposa, Ann-Marie, era uma mulher supersticiosa e tímida. O final trágico do voo 753 apenas confirmava seus temores, ciosamente mantidos, a respeito de viagens aéreas e novas experiências em geral. Ela não dirigia. Vivia presa a dezenas de rotinas, na fronteira de um comportamento obsessivo-compulsivo, inclusive tocando e limpando repetitivamente cada espelho da casa. Acreditava que isso afastava o azar. Seus pais haviam morrido num acidente automobilístico quando ela tinha quatro anos. Ela sobrevivera ao desastre e fora criada por uma tia solteirona, que morrera justamente uma semana antes do casamento dela com Ansel. O nascimento dos filhos só intensificara o isolamento de Ann-Marie, aumentando seus medos. Frequentemente ela passava dias sem deixar a segurança da casa, dependendo exclusivamente de Ansel para coisas que envolvessem transações com o mundo exterior.

A notícia do avião avariado deixara Ann-Marie desesperada, mas a sobrevivência subsequente do marido insuflara nela uma força de exultação que só podia ser definida em termos religiosos: tratava-se de uma dádiva, que confirmava e consagrava a absoluta necessidade daquelas suas rotinas redundantes e salvadoras.

Ansel, de sua parte, estava imensamente aliviado por voltar para casa. Tanto Ben quanto Haily tentavam se encarapitar em cima dele, que precisava manter os filhos a distância devido a uma persistente dor no pescoço. A rigidez – seus músculos pareciam cordas dolorosamente torcidas – estava centralizada na garganta, mas também passava da mandíbula, alcançando até as orelhas. Quando alguém torce uma corda, ela encurta, e era assim que Ansel sentia seus músculos.

Ele esticou o pescoço, na esperança de obter algum alívio quiroprático...

ESTALO... ESTALO... ESTALO...

Seu corpo quase dobrou ao meio. A dor não compensava o esforço.

Mais tarde, Ann-Marie entrou na cozinha justamente quando Ansel estava recolocando o frasco de analgésicos dela, tamanho família, no armário acima do fogão. Ele meteu na boca seis de uma vez, a dosagem recomendada para um dia inteiro, e quase não conseguiu engolir tudo.

Toda a alegria desapareceu dos olhos assustados dela.

– O que é?

– Nada – disse ele, embora sentisse demasiado desconforto até para abanar a cabeça. Mas era melhor não preocupar Ann-Marie. – Só uma rigidez por causa do avião. Minha cabeça deve ter ficado caída lá.

Ann-Marie permaneceu na porta, repuxando os dedos.

– Talvez fosse melhor você ter ficado no hospital.

– E como você conseguiria se virar? – rebateu ele, em tom mais brusco do que planejara.

ESTALO, ESTALO E ESTALO...

– Mas e se... você precisar voltar para lá? E se dessa vez eles quiserem que você fique?

Era exaustivo precisar afastar os temores dela às custas dos seus próprios.

– Eu não posso perder um só dia de trabalho atualmente. Você sabe como andam nossas finanças.

Eles tinham um lar com uma só fonte de renda, num país de lares com duas fontes de renda. Mas Ansel não podia arranjar um segundo emprego, pois quem faria as compras na mercearia?

– Sei que eu... não sobreviveria sem você – disse Ann-Marie. Eles nunca discutiam a doença dela. Pelo menos, jamais admitiam que aquilo *era* uma doença. – Eu preciso de você. *Nós* precisamos de você.

Ansel tentou balançar a cabeça, mas foi obrigado a inclinar o corpo todo.

– Meu Deus, quando eu penso em toda aquela gente. – Ele se lembrou de seus companheiros no longo voo. A família com três filhos crescidos duas fileiras à frente. O casal de idosos sentado do outro lado do corredor, que dormia a maior parte do tempo, com as cabeças brancas dividindo o mesmo travesseiro fornecido pela empresa. A comissária de bordo de cabelo oxigenado que derramara refrigerante no colo dele. – Sabe de uma coisa... por que eu? Há alguma razão para que eu tenha sobrevivido?

– *Há* uma razão – disse Ann-Marie, com as mãos espalmadas sobre o peito. – Eu.

Mais tarde Ansel levou os cachorros de volta para o alpendre no quintal dos fundos. Essa fora a razão principal que levara o casal a comprar aquela casa: havia muito espaço para as crianças e os cachorros.

Ansel já tinha Pap e Gertie antes mesmo de conhecer Ann-Marie, e ela se apaixonara pelos bichos tão intensamente quanto se apaixonara por ele. Os animais retribuíam esse amor incondicionalmente. Tal como Ansel e as crianças, embora Benjy, o mais velho, já estivesse começando a questionar as excentricidades da mãe de vez em quando. Principalmente quando algo conflitava com a programação de treinos e partidas de beisebol. Ansel já sentia Ann-Marie se afastando dele um pouco. Mas Pap e Gertie nunca criariam problema, desde que fossem superalimentados por ela. Ansel temia pelos filhos, quando crescessem: temia que pudessem ultrapassar a mãe numa idade muito precoce, e nunca compreendessem verdadeiramente por que ela talvez parecesse preferir os cachorros a eles.

Nas tábuas do soalho do velho alpendre, fora fincado um poste metálico com duas correntes. Gertie já fugira uma vez naquele ano; voltara com marcas de chicotadas nas costas e pernas, como se alguém houvesse lhe dado uma boa surra. Eles haviam passado a acorrentar os cães à noite, para proteger os bichos. Devagar, com o pescoço e a cabeça alinhados para minimizar o desconforto, Ansel ajeitou a comida e a água dos animais. Ficou alisando as cabeçorras dos cães que comiam, só para sentir que eram reais, apreciando o fato de serem o que eram, ao final daquele dia afortunado. Depois acorrentou os dois ao poste, saiu, fechou a porta e ficou olhando para os fundos da sua casa, tentando imaginar aquele mundo sem ele. Ansel vira os filhos chorando mais cedo, e chorara com eles. Sua família precisava dele mais do que qualquer coisa.

Subitamente ele sentiu uma dor penetrante no pescoço e agarrou o canto do alpendre dos cachorros para não cair. Passou vários instantes paralisado ali, dobrado de lado, tremendo e suportando aquela dor lancinante, que finalmente passou. Ansel ficou com um troar parecido com o de uma concha num dos ouvidos. Ele apalpou delicadamente o pescoço, que parecia sensível demais ao toque. Tentou esticar a garganta para melhorar a mobilidade, inclinando a cabeça para trás o máximo possível na direção do céu noturno. Lá no alto havia luzes de aviões e estrelas.

Eu sobrevivi, pensou ele. *O pior já passou. Isso logo passará.*

À noite ele teve um sonho aterrorizante. Seus filhos estavam sendo perseguidos casa afora por um animal violento, mas quando Ansel correu para salvar os dois descobriu que tinha garras monstruosas em vez de mãos. Acordou com sua metade da cama encharcada de suor e levantou rapidamente, mas foi tomado por outro acesso de dor.

ESTALO...

Seus ouvidos, sua mandíbula e sua garganta pareciam fundidos, unidos pela mesma dor tensa, e ele não conseguia mais engolir.

ESTALO...

A dor daquela retração básica no esôfago era quase incapacitante.

E havia a sede. Ele jamais sentira algo assim, uma ânsia que não conseguia estancar.

Quando conseguiu se movimentar novamente, Ansel avançou pelo corredor e entrou na cozinha escura. Abriu a geladeira e tomou um copo grande de limonada, depois outro e mais outro... logo estava bebendo direto da jarra. Mas nada conseguia saciar aquela sede. Por que ele estava suando tanto?

As manchas na camiseta do pijama exalavam um cheiro pesado... vagamente almiscarado... e o suor tinha uma tonalidade amarelada. Estava tão quente ali...

Ao colocar a jarra de volta na geladeira, Ansel notou um prato com carne marinada. Viu os veios sinuosos de sangue misturados preguiçosamente com azeite e vinagre, e sua boca se encheu de água. Não com a perspectiva de grelhar a carne, mas com a intenção de morder, meter os dentes, estraçalhar e chupar aquilo. Com a ideia de beber aquele sangue.

ESTALO...

Ansel foi perambulando pelo corredor principal e deu uma olhadela nas crianças. Benjy estava metido debaixo dos lençóis Scooby-Doo; Haily roncava suavemente com um braço para fora do colchão, na direção dos livros de figuras que haviam caído ali. Ao ver os filhos, Ansel conseguiu relaxar os ombros e recuperar um pouco o fôlego. Ele foi até o quintal se refrescar, deixando o ar noturno esfriar o suor seco de sua pele. Estar em casa, sentia ele, estar com sua família, podia curar qualquer coisa. Eles ajudariam.

Eles bastariam.

Sede do Departamento
Médico-Legal, Manhattan

O LEGISTA QUE RECEBEU Eph e Nora não estava sujo de sangue. Só isso já era uma visão estranha. Normalmente o sangue escorria pelas batas impermeáveis, manchando as mangas plásticas deles até os cotovelos. Mas não hoje. Aquele legista poderia muito bem ser um ginecologista de Beverly Hills.

Ele se apresentou como Gossett Bennett, um homem de tez morena com olhos ainda mais escuros, e um rosto resoluto atrás da proteção plástica.

– Ainda estamos começando o trabalho aqui – disse ele, mostrando as mesas. A sala de autópsia era um lugar barulhento. Enquanto um centro cirúrgico é um local estéril e silencioso, o necrotério é o oposto: um lugar movimentado e frenético com serras sibilando, água correndo e os médicos ditando os procedimentos. – Já pegamos oito do avião de vocês.

Havia corpos sobre oito mesas feitas de aço inoxidável frio e margeadas por canaletas. A autópsia de cada vítima do voo estava num estágio diferente: duas delas já haviam sido completamente "escavadas", isto é, o tórax já fora eviscerado, e os órgãos colocados em um saco plástico aberto sobre as canelas, enquanto um patologista cortava amostras que punha sobre uma tábua, feito um canibal preparando um sashimi humano. Os pescoços feridos haviam sido dissecados e as línguas extraídas. Os rostos estavam dobrados para baixo feito máscaras de látex, expondo os topos dos crânios, que haviam sido abertos com uma serra circular. Um dos cérebros estava tendo sua ligação com a medula espinhal cortada e, depois, seria colocado numa solução de formol para endurecer. Esse era o último passo da autópsia. Um assistente de necrotério estava ao lado, segurando material de enchimento e uma grande agulha preparada com uma grossa linha encerada, para reencher o crânio esvaziado.

Uma tesoura de poda de cabo longo, do tipo que se compra em lojas de ferragens, foi passada de uma mesa para outra. Lá, um segundo assistente, posicionado sobre um banquinho de metal acima de um corpo com o peito aberto, começou a quebrar as costelas uma a uma, de modo que todo o conjunto torácico e o esterno pudessem ser retirados inteiros. Havia um cheiro forte, de queijo parmesão, metano e ovos podres.

– Depois que vocês telefonaram, eu comecei a verificar os pescoços – disse Bennett. – Até agora, todos os corpos apresentam a mesma laceração que você mencionou. Mas não há cicatrizes. Nunca vi um ferimento aberto tão preciso e limpo assim.

Ele mostrou um corpo feminino, ainda por dissecar, deitado numa mesa. Havia um bloco metálico de quinze centímetros sob o pescoço da mulher, fazendo a cabeça pender para trás, arqueando o peito e alongando o pescoço. Com os dedos enluvados, Eph apalpou a pele da garganta da mulher.

Ele percebeu a linha tênue, fina feito um arranhão, e suavemente abriu o ferimento. Ficou chocado pela precisão, bem como pela aparente profundidade. Soltou a pele e viu a abertura fechar preguiçosamente, feito uma pálpebra sonolenta ou um sorriso tímido.

– O que poderia ter causado isso? – perguntou.

– Nada na natureza, até onde sei – disse Bennett. – A precisão é de bisturi. Algo quase calibrado, pode-se dizer, tanto na mira quanto no comprimento. Mesmo assim... as bordas são arredondadas, ou seja, a aparência é quase orgânica.

– Qual é a profundidade? – perguntou Nora.

– É uma brecha limpa e direta que perfura a parede da carótida comum, mas para ali mesmo, sem sair pelo outro lado ou romper a artéria.

– Em todos os casos? – arquejou Nora.

– Todos que eu examinei até agora. Todos os corpos apresentam essa laceração. Mas preciso admitir que, se vocês não tivessem me alertado, talvez eu não notasse coisa alguma. Principalmente diante de tudo o mais que aconteceu com esses corpos.

– O que mais?

– Já vamos chegar lá. Todas as lacerações são no pescoço, seja na frente ou no lado. Só uma mulher teve a sua no peito, bem em cima do coração. Em um dos homens precisamos procurar, encontrando o corte na parte superior interna da coxa, sobre a artéria femural. Cada ferimento perfurou a pele e o músculo, terminando exatamente dentro de uma artéria importante.

– Uma agulha? – arriscou Eph.

– Só que mais fina do que isso. Eu... eu preciso pesquisar, nós ainda estamos no começo aqui. E há um monte de outras merdas esquisitas acontecendo. Vocês estão a par disso, suponho?

Bennett levou os dois até a porta de um armário refrigerado. O espaço interno era maior do que uma garagem para dois carros. Havia cerca de cinquenta macas sobre rodas, a maioria sustentando um saco de acidente com o zíper aberto até o peito do cadáver. Um punhado tinha os zíperes completamente abertos, com os corpos nus já pesados, medidos e fotografados, prontos para a mesa de autópsia. Havia também cerca de oito cadáveres sem relação com o voo 753, deitados em macas sem sacos, com as costumeiras etiquetas amarelas nos dedos dos pés.

A refrigeração retarda a decomposição, tal como preserva frutas e verduras, ou evita que a carne estrague. Só que os corpos do avião nem sequer haviam começado a se decompor. Trinta e seis horas haviam decorrido, mas eles pareciam tão frescos como quando Eph subira ao avião pela primeira vez. Já os corpos com etiquetas amarelas pareciam inchados, com líquidos escorrendo de cada orifício feito uma purgação negra; ali a carne já estava esverdeada e coriácea devido à evaporação.

– Os mortos de vocês estão com uma aparência bastante boa – disse Bennett.

Eph sentiu um calafrio que nada tinha a ver com a temperatura na geladeira. Ele e Nora passaram por três fileiras de macas. Os cadáveres pareciam... não saudáveis, pois estavam murchos e lividamente exangues... mas mortos há pouco tempo. Tinham a máscara característica dos falecidos, mas pareciam ter acabado de morrer, menos de trinta minutos antes.

Eles seguiram Bennett de volta à sala de autópsia, até o mesmo cadáver feminino, uma mulher com pouco mais de quarenta anos cuja única marca característica era uma cicatriz de cesariana, feita dez anos antes, abaixo da linha do biquíni. O corpo estava sendo preparado para a incisão. Em vez do bisturi, porém, Bennett pegou um instrumento jamais usada em necrotérios. Um estetoscópio.

– Eu notei isso mais cedo – disse ele, oferecendo o instrumento a Eph e pedindo a todos na sala que fizessem silêncio. Um assistente de patologia correu em volta fechando as torneiras com água corrente.

Eph colocou os auriculares, e Bennett apoiou a extremidade acústica do estetoscópio no peito do cadáver, logo abaixo do esterno. Eph escutou ansiosamente, com medo do que ouviria. Mas não ouviu coisa alguma. Olhou novamente para Bennett, que aguardava sem expressão. Eph fechou os olhos e se concentrou.

Era tênue. Muito tênue. Parecia o som de algo se contorcendo, como se estivesse serpenteando na lama. Um som vagaroso, tão enlouquecedoramente fraco que Eph ficou em dúvida se era só imaginação.

Ele deu o estetoscópio para Nora escutar.

– Larvas? – disse ela, endireitando o corpo.

Bennett abanou a cabeça.

– Na verdade não há infestação alguma, o que explica em parte a falta de decomposição. Mas *há* outras anomalias intrigantes...

Bennett fez sinal para que todos retornassem ao trabalho, selecionando numa bandeja lateral um bisturi grande, de lâmina número 6. Em vez de começar com a costumeira incisão em Y no peito, porém, ele pegou na bancada esmaltada uma jarra comum de boca larga, que colocou debaixo da mão esquerda do cadáver. E passou a lâmina do bisturi abruptamente pela parte inferior do pulso, abrindo a pele como se fosse a casca de uma laranja.

Um líquido pálido e opalescente espirrou do corte, respingando de início nas luvas e no quadril de Bennett. Em seguida o jato passou a escorrer persistentemente do braço, caindo no fundo da jarra. O fluxo era rápido, mas depois de escoar pouco menos de cem gramas foi perdendo força, na ausência da pressão circulatória do coração imóvel. Bennett abaixou o braço da mulher para extrair mais.

O choque de Eph diante da rudeza do corte logo foi sobrepujado pelo espanto à vista do líquido que escorria. Aquilo não podia ser sangue. Depois da morte, o sangue para e coagula. Não vaza para fora, feito óleo de motor.

E também não fica branco. Bennett recolocou o braço ao lado do cadáver e levantou a jarra para Eph ver.

Tenente... os cadáveres... eles...

– No início pensei que as proteínas podiam estar se separando, tal como o óleo flutua sobre a água – disse Bennett. – Mas também não é isso.

A substância era branca e pastosa; parecia que leite talhado fora introduzido na corrente sanguínea.

Tenente... ah, Jesus...

Eph não conseguia acreditar no que estava vendo.

– Todos eles estão assim? – perguntou Nora.

Bennett balançou a cabeça.

– Dessangrados. Eles não têm sangue.

Eph olhou para o material branco na jarra, e o apetite por leite integral fez seu estômago revirar.

– Eu tenho mais umas coisas – disse Bennett. – A temperatura interna é elevada. De algum modo, esses corpos continuam gerando calor. Além disso, encontramos pontos escuros em alguns órgãos. Não parecem necrosados, mas sim... machucados.

Bennett recolocou a jarra com líquido opalescente na bancada e chamou uma assistente de patologia. Ela trouxe uma espécie de marmita plástica para sopa, que destampou. Bennett meteu a mão lá dentro, retirando um órgão que colocou numa superfície de corte, como se fosse um pequeno filé recém-chegado do açougue. Mas era um coração humano ainda por dissecar. Ele apontou o dedo enluvado para o lugar onde o coração se ligava às artérias.

– Estão vendo essas válvulas? É quase como se houvessem se aberto. Só que em vida não poderiam funcionar dessa maneira, sem fechar, só abrindo e bombeando sangue. Então, isso não pode ser congênito.

Eph estava estupefato. Aquela anormalidade era um defeito fatal. Como todo anatomista sabe, as pessoas são tão diferentes por dentro quanto por fora. Mas ninguém poderia imaginar que algum ser humano pudesse chegar à idade adulta com aquele coração.

– Você já tem os registros médicos desses pacientes? Qualquer coisa para comparar com isso aqui? – perguntou Nora.

– Por enquanto, nada. Provavelmente só teremos algo de manhã. Mas isso me fez retardar o processo. *Retardar muito.* Vou parar daqui a pouco e fechar o necrotério durante a noite, para conseguir mais apoio amanhã. Quero conferir cada pequeno detalhe. Tal como esse.

Bennett conduziu os dois até um corpo completamente anatomizado: um homem adulto de peso médio. O pescoço fora dissecado até a garganta, expondo a laringe e a traqueia, de modo que as pregas vocais, ou cordas vocais, estavam visíveis acima da laringe.

– Veem as pregas vestibulares? – perguntou ele.

Também eram conhecidas como "falsas cordas vocais": espessas membranas mucosas, cuja única função é proteger as verdadeiras cordas vocais. São verdadeiras singularidades anatômicas, pois se regeneram completamente ao serem removidas por cirurgia.

Eph e Nora se aproximaram mais e viram um apêndice saindo das pregas vestibulares. Era uma protuberância rosada e carnuda... não destrutiva ou disforme feito uma massa tumorosa, mas que se projetava do interior da garganta abaixo da língua. Um acréscimo novo, e aparentemente espontâneo, da parte inferior mole da mandíbula.

Já do lado de fora, eles se esterilizaram mais atentamente do que era costume. Os dois estavam profundamente chocados com o que haviam visto dentro do necrotério. Eph falou primeiro.

– Fico imaginando quando as coisas vão começar a fazer sentido novamente. – Ele secou as mãos completamente, sentindo o ar livre nas mãos sem luvas. Depois apalpou o ponto da garganta onde aproximadamente todas aquelas incisões estavam localizadas. – Um ferimento penetrante, reto e profundo no pescoço. Além de um vírus que, por um lado, retarda a decomposição *post-mortem* e, por outro, causa o crescimento espontâneo de tecido *ante-mortem*?

– Isso é algo novo – disse Nora.

– Ou então... algo muito, muito velho.

Eles saíram pela porta de serviço e foram até o Explorer de Eph, estacionado irregularmente com uma placa de ENTREGA DE SAN-

GUE DE EMERGÊNCIA visível no para-brisa. Os últimos traços de calor do dia já deixavam o céu.

– Precisamos verificar se os outros necrotérios estão encontrando as mesmas anormalidades – disse Nora.

O celular de Eph soou. Era uma mensagem de texto enviada por Zack.

KD VC??? Z

– Merda – disse Eph. – Eu esqueci... a audiência sobre a guarda.

– Agora? – disse Nora, antes de se conter. – Tá legal. Vá para lá. Eu encontro com você depois...

– Não, vou telefonar para eles... tudo vai dar certo. – Ele olhou em volta, sentindo-se dividido. – Precisamos dar outra olhadela no piloto. Por que nele o corte fechou, e não nos outros? Precisamos esclarecer a fisiopatologia dessa coisa.

– E os outros sobreviventes.

Eph franziu a testa, recordando que eles haviam deixado o hospital.

– Essa cagada nem parece coisa do Jim.

Nora sentiu vontade de defender Jim.

– Eles voltarão, se estiverem adoecendo.

– A menos que... seja tarde demais. Para eles e para nós.

– O que você quer dizer com para nós?

– Para nós chegarmos ao fundo desse troço. Em algum lugar deve haver uma resposta, uma explicação, um raciocínio. Alguma coisa impossível está acontecendo. Precisamos descobrir por que, e como dar fim a isso.

Na entrada principal do Departamento Médico-Legal na rua Um, havia equipes de tevê transmitindo ao vivo. Isso atraíra um número considerável de transeuntes, cujo nervosismo era palpável desde a esquina. Havia muita incerteza no ar.

Um homem, porém, destacou-se da multidão. Era um velho que Eph já notara ao entrar no necrotério. O sujeito tinha cabelos brancos em tom de bétula e uma bengala comprida demais. Segurava aquilo feito um cajado, logo abaixo do alto cabo de prata. Parecia um Moisés de café-concerto, mas estava impecavelmente vestido, com roupas formais e antiquadas: um leve sobretudo preto sobre um terno de gabardine, com a corrente de ouro do relógio de bolso sobressaindo do colete. E – detalhe estranho para um guarda-roupa sob outros aspectos distinto – luvas de lã cinzentas com as pontas dos dedos cortadas.

– Doutor Goodweather?

O velho sabia o nome dele. Eph deu outra olhadela para ele e disse:

– Nós nos conhecemos?

O homem falava com um sotaque que parecia eslavo.

– Eu vi você na televisão. Sabia que precisaria vir aqui.

– Estava esperando por mim aqui?

– O que eu tenho para dizer, doutor, é muito importante. Crucial.

Com a atenção atraída pelo cabo de prata da comprida bengala do velho, que tinha a forma de uma cabeça de lobo, Eph disse:

– Só que agora não... telefone para o meu escritório e marque uma entrevista...

Ele se afastou, apertando rapidamente as teclas do telefone celular.

O velho parecia ansioso, feito um homem agitado se esforçando para falar calmamente. Deu um sorriso cavalheiresco para Nora ao se apresentar.

– Abraham Setrakian é o meu nome. Mas isso nada deve significar para vocês. – Ele apontou a bengala para o necrotério. – Vocês viram os corpos lá dentro. Os passageiros do avião.

– Sabe alguma coisa a respeito disso? – perguntou Nora.

– Sei, sim – disse Setrakian, dando um sorriso grato para ela. Depois olhou para o necrotério novamente. Parecia ter esperado tanto tempo para falar que nem sabia direito por onde começar. – Eles estavam muito pouco mudados, não é?

Eph desligou o telefone antes de completar a ligação, pois as palavras do velho ecoavam seus temores irracionais, e perguntou:

– Pouco mudados, como?

– Os mortos. Os cadáveres não estão se decompondo.

Mais por preocupação do que intriga, Eph disse:

– Então é isso que as pessoas estão ouvindo aqui fora?

– Ninguém precisou me contar coisa alguma, doutor. Eu sei.
– "Sabe"? – disse Eph.
– Então conte para nós – disse Nora. – Sabe mais alguma coisa?
O velho pigarreou.
– Vocês encontraram um... caixão?
Eph sentiu Nora se elevar quase dez centímetros acima da calçada e disse:
– O quê?
– Um caixão de defunto. Se vocês ainda têm o caixão, ainda estão com ele.
– *Ele* quem?
– Destruam o caixão. Imediatamente, sem guardar para estudo. Vocês precisam destruir aquele caixão sem demora.
Nora abanou a cabeça e disse:
– O caixão desapareceu. Não sabemos onde está.
Setrakian engoliu sua grande decepção.
– É o que eu temia.
– Mas por que destruir aquilo? – indagou Nora.
Eph cortou o assunto dizendo para Nora:
– Se esse tipo de conversa se espalhar, as pessoas vão entrar em pânico. – Depois olhou para o velho.
– Quem é você? Como ouviu essas coisas?
– Eu tenho uma loja de penhores. Nada me foi dito. São coisas que eu *sei*.
– Sabe? – disse Nora. – Sabe como?
– Por favor... o que eu vou dizer agora não é leviandade. Vou falar por desespero e com a maior honestidade – disse o velho, dirigindo sua atenção para Nora, a mais receptiva dos dois, e apontando para o necrotério. – Aqueles corpos lá dentro? Digo a vocês que eles precisam ser destruídos antes do anoitecer.
– Destruídos? – disse Nora, reagindo negativamente ao velho pela primeira vez. – Por quê?
– Eu recomendo incineração. Cremação. É uma coisa simples e segura.
– *É ele* – disse uma voz nas portas laterais.

Um funcionário do necrotério vinha conduzindo um policial fardado na direção deles. Na direção de Setrakian.

O velho ignorou os dois, já falando mais depressa.

– Por favor. Já é quase tarde demais.

– Ali mesmo – disse o funcionário do necrotério, avançando e apontando Setrakian para o policial. – Foi esse cara.

Em tom amável e entediado, o policial disse para Setrakian:

– Meu senhor?

Setrakian ignorou o sujeito, argumentando diretamente com Nora e Eph.

– Foi quebrada uma trégua. Um pacto antigo, sagrado. Por um homem que não é mais um homem, mas uma abominação. Uma abominação ambulante, devoradora.

– Meu senhor – disse o policial. – Posso ter uma palavra com o senhor?

Setrakian estendeu a mão e agarrou o pulso de Eph para chamar a atenção dele.

– Ele agora está aqui, no Novo Mundo, nesta cidade, no dia de hoje. Nesta noite. Compreende? Ele precisa ser detido.

Os dedos cobertos de lã do velho eram retorcidos e pareciam garras. Eph se afastou, não rudemente, mas com uma força que fez o velho cambalear para trás. A bengala atingiu o policial no ombro, quase no rosto... e subitamente o desinteresse do homem virou raiva.

– Tá legal, já chega – disse o policial, arrancando com uma torção a bengala das mãos de Setrakian e imobilizando o braço dele. – Vamos.

– Ele precisa ser detido aqui – continuou Setrakian, já sendo levado embora.

Nora virou-se para o funcionário do necrotério.

– O que aconteceu aqui? O que você está fazendo?

O funcionário olhou para as tarjetas de identificação laminadas penduradas no pescoço dos dois, vendo as letras vermelhas CCD, antes de responder.

– Ele tentou entrar aqui mais cedo, alegando ser membro de uma das famílias. Insistia em ver os cadáveres – disse o funcionário, observando Setrakian ser levado embora. – É uma espécie de zumbi.

— Luz ultravioleta — bradou o velho por cima do ombro, continuando a defender sua causa. — Examinem os corpos com luz ultravioleta...

Eph ficou paralisado. Acabara de ouvir aquilo mesmo?

— Então vocês verão que eu tenho razão — berrou o velho, sendo enfiado no banco traseiro de uma radiopatrulha. — Destruam os corpos. Agora. Antes que seja tarde demais...

Eph viu os policiais baterem a porta depois que o velho entrou. Um deles assumiu o volante, e a viatura se afastou.

Excesso de bagagem

O TELEFONEMA DE EPH soou com quarenta minutos de atraso para a sessão de cinquenta minutos que ele, Kelly e Zack teriam com a doutora Inga Kempner, a terapeuta familiar indicada pela Justiça. Ele ficou aliviado por não estar sentado no consultório dela, no primeiro andar de um antigo prédio de pedra em Astoria. Ali era o lugar onde seriam tomadas as decisões finais sobre a guarda de Zack.

Eph argumentou com a terapeuta pelo telefone viva-voz.

— Eu posso explicar... passei todo o fim de semana lidando com circunstâncias das mais extremas. Essa situação do avião apagado lá no aeroporto Kennedy. Não pude evitar.

— Mas não é a primeira vez que o doutor deixa de comparecer a uma sessão — disse a terapeuta.

— Onde está o Zack? — perguntou Eph.

— Lá fora, na sala de espera — respondeu a dra. Kempner.

Ela e Kelly já haviam conversado sem a presença dele. As coisas já estavam decididas. Tudo estava acabado antes mesmo de começar.

— Olhe, doutora, só peço que a nossa sessão seja remarcada...

— Doutor Goodweather, infelizmente...

— Não... espere, por favor. — Eph foi direto ao assunto. — Olhe, eu sou o pai perfeito? Não, não sou. Admito isso. E quanto vale a minha sinceridade? Na verdade, nem sei direito se quero ser o "pai perfeito", e criar um garoto pasteurizado que não faça diferença neste mundo. Mas sei perfeitamente que quero ser o melhor pai que puder. Porque é isso que o Zack merece. E essa é minha única meta no momento.

– Todas as aparências indicam o contrário – disse a terapeuta.

Eph ergueu o dedo médio para o telefone. Nora estava parada a poucos passos dali. Ele se sentia irritado, mas estranhamente exposto e vulnerável.

– Ouça aqui – disse Eph, lutando para manter a calma. – A doutora sabe que eu já reorganizei toda a minha vida com base nessa situação, em torno do Zack. Estabeleci meu escritório aqui em Nova York, especificamente, só para poder estar perto da mãe dele, a fim de que o Zack se beneficiasse com a nossa presença conjunta. Eu... em geral... tenho um expediente normal durante a semana, com horários de trabalho e folga previsíveis. Venho trabalhando dobrado nos fins de semana a fim de ter dois de folga para cada um de trabalho.

– Compareceu a alguma reunião dos AA este fim de semana, doutor?

Eph se calou, sentindo todo o ar escapar dos seus pulmões.

– Ouviu o que eu falei, doutora?

– Sentiu necessidade de beber?

– Não – resmungou ele, fazendo um esforço supremo para manter a calma. – Sabe muito bem que estou sóbrio há vinte e três meses, doutora.

A doutora Kempner disse:

– Doutor, não é o caso de saber quem ama mais o filho. Nunca é, nessas situações. É maravilhoso que vocês dois se preocupem *tanto* e com *tanto* ardor. A sua devoção pelo Zack é evidente. Como frequentemente acontece, porém, parece não haver meio de evitar que isso vire uma competição. O estado de Nova York tem orientações que eu preciso seguir na minha recomendação ao juiz.

Eph engoliu amargamente. Ainda tentou interromper, mas a terapeuta continuou falando.

– Sua resistência à inclinação original da Justiça quanto à custódia, mantendo a luta a cada etapa, é considerada por mim uma medida da sua afeição pelo Zachary. Também seus grandes avanços pessoais são tão evidentes quanto elogiáveis. Mas agora chegamos ao que, nas fórmulas que usamos para arbitrar a custódia, chamamos de último recurso judicial. Os direitos de visita, é claro, nunca estiveram em discussão...

– Não, não, não – murmurou Eph, feito um homem prestes a ser atropelado por um carro que se aproxima. Ele já passara todo o fim de semana com aquela sensação de estar afundando. Tentou recorrer à memória: ele e Zack sentados no seu apartamento, comendo comida chinesa e jogando videogames. Com o fim de semana inteiro diante dos dois. Que sensação gloriosa fora aquela.

– O que quero dizer, doutor, é que não vejo mais propósito em levar esse caso adiante – disse a terapeuta.

Eph virou-se para Nora, que olhou para ele, compreendendo num instante tudo que ele estava sofrendo.

– Pode me dizer que está tudo acabado, doutora – sussurrou Eph ao telefone. – Mas não está. E nunca estará.

Com isso, ele desligou.

Depois virou de costas, sabendo que o momento seria respeitado por Nora. Ela não tentaria se aproximar. E ficou agradecido por isso, pois não queria que ela visse as lágrimas nos seus olhos.

A PRIMEIRA NOITE

Poucas horas mais tarde, dentro do necrotério no subsolo da sede do Departamento Médico-Legal de Manhattan, o doutor Bennett encerrou um longo dia de trabalho. Ele deveria se sentir exausto, mas na verdade se sentia entusiasmado. Algo extraodinário estava acontecendo. Era como se as leis que regulavam a morte e a decomposição, normalmente confiáveis, estivessem sendo reescritas ali mesmo. Aquela merda ia além da medicina estabelecida e da própria biologia humana... talvez até entrasse no campo dos milagres.

Conforme planejado, ele suspendera todas as autópsias durante a noite. O trabalho continuava em outros campos, com os legistas trabalhando nos cubículos do andar superior, mas o necrotério era todo de Bennett. Durante a visita dos médicos do Centro de Controle de Doenças, ele observara algo sobre a amostra de sangue que retirara, o fluido opalescente que colhera numa jarra. Guardara a amostra no fundo de uma geladeira destinada a espécimes, escondida atrás de alguns frascos, como se fosse a última sobremesa boa dentro de uma geladeira comunitária.

Sentado numa banqueta junto à bancada de exames perto da pia, Bennett destampou a jarra e ficou examinando a amostra, que tinha cerca de cem gramas. Depois de alguns instantes, a superfície do sangue branco se agitou levemente. Ele estremeceu e respirou fundo para se acalmar. Pensou no que fazer, e então pegou uma jarra idêntica na prateleira superior. Encheu o recipiente com uma quantidade igual de água e colocou as duas jarras lado a lado. Precisava ter certeza de que a perturbação no líquido não era uma vibração causada pela passagem de algum caminhão ou coisa semelhante.

Então ficou observando e esperando.

A coisa se repetiu. No viscoso líquido branco surgiram pequenas ondulações observadas por ele, enquanto a água, consideravelmente menos densa, não se moveu.

Algo estava se mexendo dentro da amostra de sangue.

Bennett refletiu um pouco e jogou a água pelo ralo da pia. Depois passou vagarosamente o líquido oleoso de uma jarra para outra. O fluido tinha uma consistência melosa e vertia devagar, mas consistentemente. Bennett não viu coisa alguma passar pelo fluxo fino. O fundo da primeira jarra permanecia ligeiramente coberto pelo sangue branco, mas não se via coisa alguma ali.

Bennett pousou a segunda jarra, voltando a observar e aguardar.

Não precisou esperar muito tempo. A superfície ondulou, e ele quase saltou da banqueta.

Então ouviu às suas costas um ruído rascante ou farfalhante. Virou-se, sobressaltado com a descoberta. Presas ao teto, lâmpadas iluminavam as mesas de aço inoxidável vazias ali atrás. Todas as superfícies haviam sido limpas, bem como os ralos do piso. As vítimas do voo 753 estavam trancadas dentro do armário refrigerado no necrotério.

Talvez fossem ratos. Era impossível manter as pestes fora do prédio, e eles já haviam tentado tudo. Talvez estivessem dentro das paredes. Ou nos ralos do piso. Bennett ficou escutando mais um pouco e depois virou para a jarra.

Ele verteu o líquido de uma jarra para outra novamente, mas dessa vez parou no meio. A quantidade em cada jarra era aproximadamente igual. Ele colocou as duas debaixo de uma das lâmpadas do teto e ficou vigiando a superfície leitosa em busca de algum sinal de vida.

Lá estava. Na primeira jarra. Um *plip* dessa vez, quase como se fosse um peixinho mordiscando a superfície de um lago turvo.

Bennett ficou olhando para a outra jarra até ficar satisfeito e, então, derramou o conteúdo ralo abaixo. Depois recomeçou os procedimentos, dividindo a sobra entre as duas jarras.

Uma sirene na rua lá fora fez Bennett endireitar o corpo. O som desapareceu e, durante o que deveria ter sido o silêncio posterior, ele voltou a ouvir aqueles ruídos. Eram sons indicando movimento ali atrás. Novamente ele se virou, já se sentindo um idiota paranoico. A sala estava vazia, com o necrotério esterilizado e silencioso.

Contudo... algo estava fazendo aquele ruído. Bennett se levantou da banqueta em silêncio, virando a cabeça para um lado e para outro a fim de localizar a fonte do ruído.

A intuição dirigiu sua atenção para a porta de aço do armário refrigerado. Ele deu alguns passos para lá, com todos os sentidos aguçados.

E ouviu um farfalhar. Uma agitação. Como se viessem lá de dentro. Bennett já passara tempo suficiente ali embaixo para ainda se assustar com a mera proximidade dos mortos... mas então ele se lembrou do tal apêndice que os corpos exibiam. Obviamente, a ansiedade estimulara nele o retorno aos costumeiros tabus humanos usuais acerca dos mortos. Afinal, tudo naquele trabalho – esquartejar cadáveres, profanar os mortos, arrancar a pele do rosto dos crânios, extrair órgãos e esfolar genitais – ia contra o instinto humano normal. Bennett sorriu para si mesmo na sala vazia. Portanto, basicamente ele era normal.

Sua mente estava lhe pregando peças. Provavelmente era um defeito nos ventiladores de refrigeração ou coisa assim. Havia uma chave de segurança dentro da geladeira, um grande botão vermelho, caso alguém ficasse preso lá dentro acidentalmente.

Bennett se virou para as jarras e ficou observando, aguardando outros movimentos. Lamentou não ter trazido seu laptop ali para baixo, a fim de registrar seus pensamentos e impressões.

Plip.

Dessa vez Bennett estava pronto, com o coração aos saltos, mas o corpo firme. Outra vez na primeira jarra. Ele esvaziou a segunda e dividiu o líquido uma terceira vez, com cerca de trinta gramas em cada.

Ao fazer isso, achou que vira alguma coisa nadando no líquido, da primeira jarra para a segunda. Era algo muito fino, com menos de cinco centímetros de comprimento... se é que ele realmente vira o que pensava ter visto.

Um verme. Uma larva. Seria aquilo uma doença parasitária? Havia diversos exemplos de parasitas que modificavam os hospedeiros para favorecer suas próprias características reprodutivas. Seria essa a explicação para as mudanças bizarras após a morte que ele vira na mesa de autópsia?

Bennett levantou a jarra em questão, girando o fino fluido branco debaixo da lâmpada. Examinou cuidadosamente, de perto, o conteúdo... e, sim... não uma, mas duas vezes, viu uma coisa se esgueirando ali dentro. Serpenteando. Era algo fino como um fio e branco como o resto do líquido, deslizando muito depressa.

Bennett precisava isolar aquilo. Mergulhar o troço em formol, para posterior estudo e identificação. Se ele tinha aquele exemplar ali, tinha dezenas, talvez centenas... quem sabe quantos outros, circulando dentro dos outros corpos no...

Um baque forte dentro do armário refrigerado assustou Bennett, fazendo com que ele soltasse a jarra, que caiu sobre a bancada, mas não se partiu. Em vez disso ricochetou e caiu com estardalhaço sobre a pia, derramando e espalhando o conteúdo. Bennett proferiu uma fieira de palavrões, procurando o verme na pia de aço inoxidável. Então sentiu calor no dorso da mão esquerda. Um pouco do sangue branco espirrara ali, e estava ardendo. Não queimava, mas era suavemente cáustico, o bastante para causar desconforto. Rapidamente, Bennett abriu a torneira e deixou a água fria escorrer em sua mão, depois enxugou-a no jaleco, antes de sofrer danos na pele.

Então ele se virou e encarou o armário refrigerado. O tal baque que ouvira ali certamente não se devia a algum defeito elétrico. Parecia mais o barulho de uma maca sobre rodas batendo em outra. Isso era impossível... e a raiva de Bennett aumentou novamente. Seu verme acabara de escapulir pelo ralo. Ele colheria outra amostra de sangue e isolaria o parasita. Aquela descoberta era sua.

Ainda enxugando a mão na lapela do jaleco, Bennett foi até a porta do armário refrigerado e puxou a alavanca, soltando a vedação da câmara. Um silvo de ar confinado e refrigerado soprou sobre ele quando a porta se abriu completamente.

Depois de dar alta a si própria e aos outros da ala de isolamento, Joan Luss alugou um carro para ir direto a New Canaan, em Connecticut, onde ficava a casa de veraneio de um dos sócios fundadores da sua firma de advocacia. Ela fez o motorista parar duas vezes, a fim de vomitar pela janela. Uma combinação de gripe e nervosismo. Mas pouco importava. Agora ela era vítima e advogada. Parte querelante e paladina da causa. Lutando por indenização para as famílias dos mortos e para os quatro afortunados sobreviventes. A importante firma de Camins, Peters e Lilly talvez ganhasse quarenta por cento da maior indenização já paga por alguma empresa. Maior do que a paga pela Vioxx e até mesmo do que a pela WorldCom.

Joan Luss, sócia.

Quem pensa que vive bem em Bronxville nunca visitou New Canaan. Bronxville, onde era a casa de Joan, é um vilarejo arborizado no município de Westchester, vinte e cinco quilômetros ao norte do centro de Manhattan. Meia hora pelo trem Metro-North. Roger Luss cuidava das finanças internacionais de uma firma chamada Clume & Fairstein e viajava para fora do país quase toda semana. Joan já viajara bastante, mas precisara parar depois do nascimento dos filhos, porque não ficava bem. Contudo, ela sentia falta das viagens, e apreciara muito a semana anterior no Ritz-Carlton na Potsdamer Platz em Berlim. Acostumados a morar em hotéis, ela e Roger haviam emulado em casa aquele estilo de vida, com pisos aquecidos nos banheiros, uma sauna a vapor no andar de baixo, entrega de flores frescas duas vezes por semana e jardineiro-paisagista todos os dias. Além, é claro, de uma governanta e uma lavadeira. Tudo, exceto a preparação da cama antes de dormir e o bombom no travesseiro.

A compra de um imóvel em Bronxville vários anos antes, com a ausência de construções novas e a forte alta dos impostos, fora um grande passo para o casal. Mas depois Joan conhecera New Canaan, onde o principal sócio da firma, Dory Camins, vivia feito um senhor feudal numa propriedade com três casas, lago para pescaria, estábulos para cavalos e pista de equitação. Na volta, ela achara Bronxville pitoresca, provinciana e até mesmo... um pouco cansada.

Já em casa, Joan acabara de acordar depois de suportar uma sesta trêmula no final da tarde. Roger ainda estava em Cingapura, e ela não parava de ouvir ruídos na casa. Acabou acordando de susto por causa dos ruídos. Com uma agitação ansiosa. Atribuiu isso à reunião, talvez a reunião mais importante da sua vida.

Joan saiu do gabinete e foi se amparando na parede rumo ao andar de baixo. Entrou na cozinha quando Neeva, a maravilhosa babá das crianças, já limpava a bagunça do jantar, recolhendo com um pano úmido as migalhas na mesa.

– Ah, Neeva, eu podia ter feito isso – disse Joan sem a menor convicção, indo direto para o armário de vidro alto onde guardava os remédios. Neeva era uma avó haitiana que morava em Yonkers, o vilarejo seguinte. Ela tinha pouco mais de sessenta anos, mas parecia basicamente sem idade, sempre com um vestido estampado até os tornozelos e um confortável par de tênis. Era uma influência tranquilizadora, muito necessitada na casa da família Luss. Eles formavam um grupo agitado, devido às viagens de Roger e ao longo expediente de Joan na cidade, além da escola e das outras atividades das crianças; todo mundo ali vivia indo em dezesseis direções diferentes. Neeva era o leme da família e a arma secreta de Joan para manter a casa no rumo certo.

– Joan, você não parece bem.

"Joan" e "não" soavam como "Jô" e "nã" no linguajar haitiano da babá.

– Ah, estou só um pouco cansada. – Ela engoliu uma pílula de Motrin e duas de Flexeril. Depois sentou-se na ilha central da cozinha, abrindo um exemplar de *House Beautiful*.

– Você devia comer alguma coisa – disse Neeva.

– Dói quando engulo – disse Joan.

– Então tome sopa – decretou Neeva, indo preparar um prato para Joan.

Neeva era uma figura maternal para todos eles, não só as crianças. E por que Joan também não poderia ter um pouco de carinho maternal? Deus sabia que sua mãe verdadeira, divorciada duas vezes e residente em um apartamento em Hialeah, Flórida, não estava à altura da função. E a melhor parte? Quando as atenções de Neeva começavam a incomodar, Joan podia simplesmente mandá-la fazer um programa com as crianças. Era a melhor situação do mundo.

– Eu ouvi falar desse ae-ru-planu. – Neeva olhou de volta para Joan, já acionando o abridor de latas. – Não é bom. É uma coisa ruim.

Joan sorriu para a babá. Achava adoráveis aquelas pequenas superstições tropicais. Mas o sorriso foi interrompido abruptamente por uma dor aguda na mandíbula.

Enquanto a tigela de sopa girava sob o zumbido do micro-ondas, Neeva voltou e olhou para Joan. Colocando a mão áspera e escura na testa da patroa, explorou a região glandular no pescoço dela com os dedos de unhas acinzentadas. Joan se retraiu com dor.

– Muito inchado – disse Neeva.

Joan fechou a revista.

– Talvez seja melhor voltar para a cama.

Neeva recuou um passo, olhando para ela de modo estranho.

– Você devia voltar para o hospital.

Joan teria rido, se não soubesse que doeria. Voltar a Queens?

– Acredite em mim, Neeva. Estou muito melhor aqui, nas suas mãos. Além disso, aprenda com quem é do ramo. Todo aquele negócio no hospital foi uma artimanha da empresa aérea por causa do seguro. Foi tudo em benefício deles... e não meu.

Ao esfregar o pescoço dolorosamente inchado, Joan visualizou o processo iminente, ficou outra vez eufórica e lançou o olhar em torno da cozinha. Era engraçado: ela gastara tanto tempo e dinheiro reformando aquela casa, mas de repente tudo ali lhe parecia tão... pobre.

Camins, Peters, Lilly... *e Luss.*

Então as crianças, Keene e Audrey, entraram na cozinha lamentando algum incidente acontecido com um brinquedo qualquer. Suas vozes penetraram tão agudamente na cabeça de Joan, que ela foi tomada por um impulso incontrolável de dar-lhes uma bofetada que faria os dois voarem até a metade da cozinha. Mas ainda conseguiu fazer o que sempre fazia, transformar sua agressividade em um falso entusiasmo, erigido feito uma muralha em torno do seu ego raivoso. Fechou a revista e levantou a voz a fim de silenciar os dois.

– Vocês gostariam de ter um pônei para cada um e um lago só nosso?

Joan acreditava que fora seu generoso suborno que silenciara as crianças. Na verdade, fora seu sorriso exagerado, parecido com o de uma gárgula, e cheio de ódio absoluto que deixara as duas mudas de pavor.

Para Joan, aquele silêncio momentâneo era uma bênção.

O telefonema de emergência falava de um sujeito andando pelado nas saídas do túnel Queens-Midtown. O alerta foi dado com prioridade baixa: havia uma pessoa perturbando a ordem. Uma radiopatrulha chegou em oito minutos e encontrou um engarrafamento grande, pior do que de costume para uma noite de domingo. Alguns motoristas buzinavam, apontando para a frente. O suspeito, gritavam eles, era um gordão que trajava apenas uma etiqueta vermelha no dedo do pé e já seguira adiante.

– Eu estou com crianças aqui! – berrou um sujeito em uma Dodge Caravan maltratada.

O policial Karn, que dirigia a viatura, disse para seu parceiro, policial Lupo:

– Aposto que é um morador da avenida Park. Freguês dos clubes de sexo. Entornou demais antes da sessão pornô no fim de semana.

– Eu estou em plantão de trânsito. O tarado é todo seu – disse o policial Lupo, soltando o cinto de segurança e abrindo a porta.

– Muito obrigado – disse Karn, ouvindo a porta bater. Ligou a luz vermelha giratória na capota e esperou pacientemente que o nó no trânsito se desfizesse, pois não ganhava adicional para se apressar.

Ele foi levando a viatura pela rua 38, espiando as ruas transversais. Não devia ser muito difícil encontrar um gordão nu à solta. As pessoas nas calçadas pareciam ser gente normal, e não tipos marginais. Um cidadão prestativo, fumando diante de um bar, viu a viatura vagarosa e avançou, apontando rua acima.

Chegaram um segundo e um terceiro alertas, ambos sobre um homem nu desfilando diante da sede das Nações Unidas. O policial Karn acelerou, querendo terminar aquilo logo. Passou pelas bandeiras iluminadas de todas as nações filiadas drapejando na entrada dos visitantes no lado norte. Os cavaletes azuis da polícia nova-iorquina estavam por toda parte, bem como blocos de concreto para evitar carros-bomba.

Karn avançou até um grupo de policiais com expressão entediada, perto dos cavaletes.

– Cavalheiros, estou em busca de um gordão nu.

Um dos policiais deu de ombros.

– Posso lhe dar alguns números de telefone.

Gabriel Bolivar voltou de limusine para seu novo lar em Manhattan, formado por duas casas geminadas na rua Vestry, em Tribeca, que estavam sendo submetidas a uma grande reforma. Quando terminada, a construção teria trinta e um aposentos, com mil e trezentos metros quadrados de área total, incluindo uma piscina revestida por mosaicos, dependências para dezesseis empregados, um estúdio de gravação no porão e um cinema com vinte e seis lugares.

Apenas a cobertura estava terminada e mobiliada; lá as obras haviam sido aceleradas enquanto Gabriel fazia a turnê europeia. Nos andares de baixo os demais aposentos continuavam em obras: alguns já estavam até emboçados, mas outros ainda exibiam plásticos e material isolante. Havia serragem espalhada por todas as superfícies e frestas. O empresário de Gabriel já lhe dera informações sobre o andamento da reforma, mas o roqueiro não estava muito interessado na jornada, apenas no destino de seu palácio, que em breve estaria suntuoso e decadente.

A turnê "Jesus Chorou" não terminara muito bem. Os promotores haviam dado duro para encher as arenas, de modo que Gabriel pudesse alegar, sem mentir, que se apresentara para plateias lotadas em toda parte, e isso realmente acontecera. Então o avião fretado sofrera uma pane na Alemanha. Em vez de esperar lá com os outros, Gabriel aceitara voltar para casa num voo comercial. Ainda estava sentindo os efeitos posteriores desse grande erro. Na verdade, a coisa estava piorando.

Ele entrou pela porta da frente com os seguranças e três garotas lá da boate. Alguns dos seus maiores tesouros já haviam sido instalados ali, inclusive duas panteras de mármore negro, uma em cada lado do saguão, que tinha sete metros de pé-direito. Havia também dois tambores azuis de refugo industrial, reputadamente pertencentes a Jeffrey Dahmer, além de várias fileiras de quadros emoldurados: Mark Ryden,

Robert Williams, Chet Zar. Só coisas grandes e caras. O comutador de luz, ainda frouxo na parede, ativava uma fileira de lâmpadas de construção que serpenteava pela escadaria de mármore, passando por um grande anjo alado, cinzento e lacrimoso. Aquilo tinha uma procedência incerta; fora "resgatado" de uma igreja romena durante o regime de Ceausescu.

— É lindo — disse uma das garotas, erguendo o olhar para as feições sombreadas e gastas da estátua.

Perto do grande anjo, Gabriel cambaleou, assaltado por uma dor na barriga mais forte que uma cólica: aquilo parecia um soco desferido por um órgão interno. Ele segurou a asa da estátua para se firmar, e as garotas avançaram correndo.

— Gatinho — arrulharam elas, ajudando Gabriel a se levantar.

Ele tentou afastar a dor. Será que alguém jogara algo no seu copo lá na boate? Isso acontecera antes. Cristo, ele já fora drogado por garotas desesperadas para se aproximar de Gabriel Bolivar e chegar à lenda sob a maquiagem. Ele afastou as três, e também acenou para os seguranças não se aproximarem, endireitando o corpo apesar da dor. Os homens ficaram ali embaixo, enquanto ele usava uma bengala encastoada de prata para tocar as garotas pela curva da escadaria de mármore com veios azuis que levava à cobertura.

Gabriel deixou as garotas preparando mais drinques no bar ou retocando a maquiagem no outro banheiro. Depois se trancou dentro do banheiro principal. Pegou o frasco de Vicodin malocado lá e se automedicou com duas lindas pílulas brancas, junto com um gole de uísque. Esfregou o pescoço, massageando a crueza sentida na garganta. Estava preocupado com sua voz. Queria abrir a torneira em formato de cabeça de corvo e espargir água no rosto para refrescar, mas ainda estava com a maquiagem. Nas boates, ninguém reconheceria Gabriel sem aquilo. Ele ficou olhando para sua palidez doentia, o sombreado esquálido das maçãs do rosto e as negras pupilas mortas de suas lentes de contato. Na realidade Gabriel era um homem bonito, coisa que nenhuma quantidade de maquiagem poderia esconder, e isso, ele sabia, fazia parte do segredo do seu sucesso. Toda a sua carreira se baseava em corromper a beleza. Em seduzir os ouvidos com momentos de música transcendental, só para subverter tudo com gritos góticos e distorções industriais. Era isso que atraía os jovens. Desfigurar a beleza. Subverter o bem.

Bela Corrupção. Era um título possível para o próximo CD.

O Impulso Lúrido vendera seiscentas mil cópias na primeira semana de lançamento nos Estados Unidos. Era muito, para a era pós-MP3, mas ainda assim fora quase meio milhão de unidades a menos do que *Atrocidades Lascivas*. As pessoas estavam ficando acostumadas às excentricidades dele, tanto dentro quanto fora do palco. Ele não era mais o antitudo que o Wal-Mart adorava banir, e que toda a América religiosa – inclusive seu próprio pai – jurara combater. Era engraçado ver como seu pai concordava com o Wal-Mart, provando sua tese de que tudo era um tédio só. Não obstante, estava ficando cada vez mais difícil chocar as pessoas, com exceção da direita religiosa. Sua carreira empacara, e Gabriel sabia disso. Ele ainda não estava pensando em tentar atrair o público das casas de chá – embora isso realmente fosse chocar o mundo –, mas suas autópsias teatrais, com mordidas e cortes no palco, não tinham mais frescor. Já eram aguardadas, como pedidos de bis. Ele estava atuando para a plateia, e não contra ela. E precisava correr sempre à frente de todos, porque se fosse alcançado seria atropelado.

Mas ele já não chegara ao auge daqueles números? Para onde mais poderia ir dali em diante?

Gabriel ouviu as vozes novamente. Aquilo parecia um coro sem ensaiar: eram vozes sofredoras, com uma dor que ecoava a sua. Ele girou o corpo no banheiro para se certificar de que estava sozinho. Abanou a cabeça com força. O som parecia o de uma concha junto ao ouvido, só que, em vez de ouvir o eco do oceano, ele ouvia o gemido de almas no limbo.

Quando saiu do banheiro, Mindy e Sherry estavam se beijando. Cleo deitara na ampla cama com uma bebida na mão, sorrindo para o teto. Todas se viraram, esperando que ele se aproximasse. Gabriel se enfiou na cama, sentindo o estômago balançar feito um caiaque e achando que precisava exatamente daquilo. Uma vigorosa faxina no encanamento para limpar o sistema. A loura Mindy se aproximou primeiro, correndo os dedos pelo cabelo negro e sedoso de Gabriel, mas ele escolheu Cleo. Havia algo nela, e ele foi passando a mão pálida sobre o pescoço moreno da garota. Ela tirou o top para facilitar o acesso e passou as mãos sobre o couro fino que cobria os quadris de Gabriel, dizendo:

– Eu sou sua fã desde...

– Shhh – disse ele, na esperança de cortar o costumeiro papo-furado de tiete. As pílulas de Vicodin deviam ter agido sobre as vozes em sua cabeça, porque pareciam abafadas, virando um ruído surdo, quase que como uma corrente elétrica, mas com alguma pulsação.

As outras duas garotas se aproximaram rastejando, usando as mãos feito caranguejos para tocar e explorar o corpo dele. Começaram a despir Gabriel, revelando o homem por baixo. Mindy correu novamente os dedos pelo cabelo dele, mas Gabriel se afastou, como se houvesse algo de desajeitado no toque dela. Sherry soltava ganidos brincalhões, já desabotoando os botões da barriguilha dele. Gabriel estava ciente dos boatos que corriam à solta, de conquista em conquista, sobre o seu tamanho e talento prodigiosos. Sherry deslizou a mão pelas calças de couro e por cima da virilha dele: embora não emitisse um gemido de desapontamento, também não soltou um arquejo de espanto. Nada acontecera ali embaixo ainda. Coisa que era intrigante, mesmo levando em conta a doença dele. Gabriel já se saíra bem em condições muito mais adversas, inúmeras vezes.

Ele voltou sua atenção para os ombros, o pescoço e a garganta de Cleo. Tudo ali era encantador, mas não só isso. Gabriel estava com uma sensação pulsante na boca. Não era náusea, mas talvez o oposto: uma carência entre o desejo de sexo e a necessidade de nutrição. Só que mais forte. Uma compulsão. Uma ânsia. Um impulso de violar, possuir e consumir.

Mindy mordiscou o pescoço dele, e finalmente Gabriel se virou para ela, empurrando a garota de costas sobre os lençóis; primeiro num acesso de fúria, mas depois com ternura forçada. Ele empurrou para cima o queixo de Mindy, esticando o pescoço da garota e correndo os dedos quentes sobre aquela bela garganta firme. Apalpou os músculos fortes dentro daquele pescoço jovem... e sentiu desejo. Um desejo maior do que pelos seios, pela bunda ou pelos quadris dela. Aquela pulsação obcecante estava vindo dela.

Gabriel levou a boca à garganta de Mindy. Experimentou dar um beijo ali, mas isso não funcionava direito. Então ele tentou mordiscar. O instinto parecia correto, mas o método... algo ali estava totalmente errado.

Ele queria... de alguma forma... algo mais.

Sentia a pulsação vibrar pelo seu corpo inteiro. Sua pele parecia um tambor sendo batido numa cerimônia antiga, e a cama estava girando um pouco. Seu pescoço e seu tórax corcoveavam com carência e repulsa. Por um momento ele se afastou mentalmente, como se estivesse sob a amnésia de um grande ato sexual. Quando voltou do transe, porém, encontrou Mindy ganindo. Ele estava segurando o pescoço dela e sugando com uma intensidade que superava os chupões adolescentes. Puxava o sangue para a superfície da pele, enquanto ela urrava. Seminuas, as outras duas tentavam afastar Mindy dele.

Gabriel endireitou o corpo. Primeiro ficou chocado pela visão do machucado rubro ao longo da garganta dela; depois se lembrou de sua posição como mastro central do quarteto e reafirmou sua autoridade.

– Fora! – gritou.

Elas obedeceram, com as roupas agarradas ao corpo. A loura Mindy foi gemendo e fungando por toda a escadaria.

Gabriel saiu cambaleando da cama e voltou ao banheiro em busca do estojo de maquiagem. Sentou-se na banqueta de couro e começou a fazer sua preparação noturna. A maquiagem foi saindo, ele sabia disso porque via os lenços de papel, mas no espelho sua pele continuava quase com a mesma aparência. Gabriel esfregou com mais força, raspando as bochechas com a unha, mas nada mais saiu. Será que a maquiagem aderira à pele? Ou ele estava assim mesmo, doente e esquálido?

Gabriel despiu a camisa e examinou seu corpo: branco feito mármore, todo cruzado por veias esverdeadas e manchas arroxeadas de sangue acomodado.

Ele se concentrou nas lentes de contato, retirando cuidadosamente as gelatinas cosméticas e mergulhando as duas no fluido dos estojos. Deu algumas piscadelas de alívio, limpando os olhos com os dedos, e depois sentiu algo estranho. Inclinou-se mais para o espelho, piscando e examinando os olhos.

As pupilas estavam negras feito a morte. Parecia que as lentes continuavam ali, mas agora com mais textura, mais reais. E, ao piscar, Gabriel notou mais atividade dentro dos olhos. Encostou no espelho, já com um olhar esbugalhado, quase temeroso de fechar os olhos.

Uma membrana nictitante se formara debaixo da pálpebra. Era uma segunda pálpebra transparente, que fechava debaixo da pálpebra externa, deslizando horizontalmente pelo globo ocular. Parecia uma catarata muito fina que eclipsava a pupila negra, fechando sobre o olhar loucamente horrorizado de Gabriel.

Augustin "Gus" Elizalde estava derreado na cadeira no fundo de um restaurante, com seu chapéu no assento ao lado. Era um lugar estreito e simples, um quarteirão a leste da Times Square. Hambúrgueres feitos de néon brilhavam na vitrine, enquanto toalhas enxadrezadas em vermelho e branco cobriam as mesas. Comida barata em Manhattan. Você entra, faz seu pedido no balcão na frente – sanduíches, pizzas, algo na grelha –, paga e leva a comida para o fundo, onde há uma sala sem janelas apinhada de mesas. Nas paredes em torno, murais com as gôndolas venezianas. Felix destroçara um prato de macarrão grudento com queijo. Ele só comia macarrão com queijo, e quanto mais enjoativa fosse a tonalidade alaranjada, melhor. Gus baixou o olhar para seu hambúrguer meio comido, subitamente mais interessado na Coca-Cola, por causa da cafeína e do açúcar, para recuperar um pouco de ânimo.

Ele continuava se sentindo mal a respeito daquela van. Virou o chapéu debaixo da mesa e conferiu a fita interna novamente. Ainda estavam ali as primeiras cinco notas de 10 dólares que ele recebera do tal cara, mais os 500 dólares que ganhara por ter trazido a van até a cidade. Uma tentação. Ele e Felix poderiam se divertir às pampas com metade daquela quantia. Ele levaria a outra metade para sua *madre* em casa. Ela *precisava* daquele dinheiro, poderia *usar* o dinheiro.

O problema era que Gus se conhecia. O problema era *parar* na metade. O problema era ficar zanzando pela rua com tanto dinheiro na mão, sem gastar.

O certo seria voltar com Felix para casa imediatamente. E se livrar de metade daquele fardo. Dar logo para a sua *madre*, sem que o escroto do seu irmão Crispin percebesse. O maluco farejava grana feito um demônio.

Só que aquilo era dinheiro sujo. Ele fizera algo errado para ganhar aqueles dólares. Isso estava claro, embora Gus não soubesse o que fizera, e passar aquela grana para sua *madre* seria como passar uma maldição. O melhor a fazer com dinheiro sujo é gastar tudo o mais depressa possível – o que vem fácil, vai embora fácil.

Gus estava dividido. Sabia que, assim que começava a beber, perdia todo o controle sobre os seus impulsos. E se ele era a labareda, Felix era a gasolina. Os dois poderiam torrar os quinhentos e cinquenta dólares antes do alvorecer, e, então, em vez de levar algo belo e bom para sua *madre* em casa, ele chegaria carregando a porra de uma ressaca, com o chapéu todo amassado e os bolsos vazios virados pelo avesso.

– Em que tu tá pensando, Gusto? – disse Felix.

Gus abanou a cabeça.

– Eu sou o meu pior inimigo, *hermano*. Pareço a porra de um vira-lata fuçando na rua sem saber que existe amanhã. Eu tenho um lado escuro, amigo, que às vezes toma conta de mim.

Felix sorveu um gole da Coca-Cola gigante.

– Então o que estamos fazendo nessa espelunca? Vamos sair e pegar umas gatas hoje.

Gus correu o polegar pela fita de couro dentro do chapéu, sobre a grana dobrada que Felix desconhecia. Talvez apenas cem. Duzentos, metade para cada um. Ele podia puxar exatamente isso, que era o seu limite, não mais.

– Tem de pagar para pegar... certo, *hermano*?

– É foda.

Gus deu uma olhadela em volta e viu uma família vestida para o teatro, levantando e saindo sem terminar a sobremesa. Por causa da linguagem de Felix, pensou ele. Pela cara, aquela garotada do Meio-Oeste jamais escutara um palavrão. Ora, eles que se fodessem. Em Nova York, quem ficava com os filhos na rua depois das nove horas estava arriscando ver o show inteiro.

Felix finalmente terminou a gororoba, Gus colocou o chapéu cheio de dinheiro na cabeça, e os dois saíram perambulando noite afora. Quando pegaram a rua 44, com Felix fumando um cigarro, ouviram uns gritos. Mas ali era o centro de Manhattan, e eles só apressaram o passo depois de avistar o gordão nu cruzando a esquina da Sétima Avenida com a Broadway.

– Gusto, tu viu aquela porra? – disse Felix, rindo e quase cuspindo o cigarro. Depois avançou correndo, como se fosse um transeunte chamado por um camelô para assistir a um show.

Gus não estava a fim daquilo e acompanhou o amigo vagarosamente.

Na Times Square as pessoas iam abrindo caminho para o sujeito, com sua bunda alva e bamboleante. As mulheres gritavam diante da cena, meio rindo. Cobriam os olhos ou a boca. Umas garotas solteiras que formavam um grupo festivo tiravam fotos com os celulares. Toda vez que o sujeito se virava, um novo grupo vaiava ao espiar o pinto dele, encolhido e escondido pela banha.

Gus ficou imaginando onde estaria a polícia. Aquilo era a cara dos Estados Unidos: um crioulo não podia se esconder num umbral para mijar discretamente sem tomar esporro, mas um branco podia desfilar nu pelas encruzilhadas do mundo e ir embora na boa.

– Que desperdício de *bunda* – vaiou Felix, seguindo o idiota com um grupo de outros, muitos bêbados, para apreciar aquele teatro ao ar livre. Times Square é um grande X de avenidas, cercada por anúncios espetaculares e letreiros gigantescos, um jogo de fliperama movido por um trânsito eterno – e as luzes da mais brilhante encruzilhada do mundo ofuscaram o homem nu, que começou a rodopiar. Ele tentava se equilibrar, cambaleando feito um urso fugido do circo.

Os fanfarrões perto de Felix riram, mas recuaram quando o gordão pálido se virou e veio cambaleando na direção deles. O sujeito já parecia mais ousado, ou em pânico feito um animal assustado, e mais confuso. Aparentemente sentia dor, pois às vezes apertava a garganta como se estivesse sufocando. Tudo estava realmente muito animado, até que o gordão agarrou a nuca de uma mulher que ria. Ela se contorceu, gritando, e uma parte da sua cabeça saiu na mão do sujeito. Parecia que ele partira o crânio da mulher, mas aquilo era apenas um aplique preto encaracolado.

O ataque cruzou a fronteira entre a diversão e o medo. O gordão saiu cambaleando no meio do trânsito, com o punhado de cabelo falso ainda na mão. A multidão foi atrás, agora em perseguição, berrando com raiva. Felix tomou a frente, seguindo o cara até o canteiro central. Gus acompanhou o amigo, mas longe da multidão, abrindo caminho entre os carros que buzinavam. Gritou para que Felix acabasse com aquilo e se afastasse. A coisa não ia terminar bem.

O gordão foi avançando na direção de uma família reunida no canteiro central para ver Times Square à noite. Ele encurralou o grupo junto ao meio-fio, e, quando o pai tentou intervir, foi atirado para trás com força. Gus viu que era a tal família do restaurante, pronta para ir ao teatro. A mãe parecia mais preocupada em proteger os olhos dos filhos da visão do homem nu do que em se proteger e acabou agarrada pela nuca. Foi puxada para perto da barriga molenga e dos seios flácidos do maluco, que abriu a boca como se quisesse um beijo. Só que ele continuou abrindo a boca como se fosse uma cobra, até deslocar a mandíbula com um estalido nítido.

Gus não gostava de turistas, mas não hesitou em avançar por trás do gordão e dar-lhe uma gravata. Apertou com força, pois o pescoço do cara era surpreendentemente musculoso debaixo daquela banha. Só que Gus tinha a vantagem, e o gordão largou a mãe, que caiu sobre o marido diante das crianças que gritavam.

Agora Gus estava encalacrado. Tinha o sujeito nu preso na gravata, mas aqueles grandes braços de urso continuavam se debatendo. Felix chegou pela frente para ajudar... mas então parou e ficou olhando para o rosto do homem nu como se houvesse algo muito errado ali. Algumas pessoas atrás dele tiveram a mesma reação. Outras se viraram horrorizadas, mas Gus não conseguia ver por que, só sentia o pescoço do sujeito ondular debaixo de seu antebraço de forma antinatural, quase como se ele estivesse engolindo pelos lados. O olhar enojado de Felix fez Gus pensar que o gordão podia estar sufocando, de modo que relaxou um pouco a gravata...

... o bastante para que o sujeito, com a força animal dos insanos, afastasse Gus com um golpe do cotovelo peludo.

Gus tombou com força na calçada, e o chapéu pulou da sua cabeça. Ele se virou a tempo de ver o chapéu rolar pelo meio-fio e cair no meio do tráfego. Levantou para correr atrás do dinheiro, mas virou ao ouvir Felix gritar. Seu amigo fora agarrado numa espécie de abraço maníaco pelo gordão, que já estava abrindo a boca sobre o pescoço dele. Gus viu Felix puxar, do bolso traseiro, algo que abriu com um movimento rápido do pulso.

Gus correu na direção do amigo antes que ele pudesse usar a faca, lançando o ombro no flanco do gordão. Sentiu as costelas do sujeito se quebrarem, e o monte de banha se esparramou no chão. Felix também caiu. Gus viu sangue escorrendo na frente do pescoço do compadre e, o que era mais chocante, uma expressão de puro terror no rosto dele. Felix se sentou, largando a faca para segurar o pescoço. Gus nunca vira uma expressão assim no rosto do amigo. Então percebeu que algo bizarro acontecera – *estava acontecendo* –, mas ele não sabia o que era. Só sabia era que precisava agir para que seu amigo voltasse a ficar bem.

Ele estendeu a mão e pegou a faca, segurando o punho de madeira negra, enquanto o gordão se levantava. O cara tinha a mão cobrindo a boca, quase como se estivesse prendendo algo ali dentro. Algo que se contorcia. Ele tinha manchas de sangue, o sangue de Felix, nas bochechas gordas e no queixo quando partiu para Gus com a outra mão estendida.

O sujeito era rápido, mais rápido do que um homem daquele tamanho deveria ser. Empurrou Gus para baixo e para trás antes que ele pudesse reagir. Gus bateu com a cabeça descoberta na calçada, e por um instante tudo ficou em silêncio. Ele viu os anúncios da Times Square brilhando lá em cima feito uma espécie de câmera lenta líquida... uma jovem modelo que olhava para ele só de sutiã e calcinha... seguida pelo gordão assomando ali em cima. Algo ondulava dentro da boca do cara, que fitava Gus com olhos escuros e vazios...

O homem ajoelhou, engasgado com aquilo na garganta. Rosada e faminta, a coisa se lançou sobre Gus com a sofreguidão gananciosa da língua de uma rã. Gus tentou esfaquear e cortar o troço, brandindo a faca feito um sonhador em luta com uma criatura qualquer num pesadelo. Ele não sabia o que era aquilo – só queria afastar e matar o troço.

O gordão recuou o corpo, fazendo um barulho que parecia um guincho. Gus continuou golpeando, cortando o pescoço do homem e retalhando sua garganta. Depois deu um pontapé nele.

O cara se levantou, com as mãos sobre a boca e a garganta. Seu sangue era branco, e não vermelho; uma substância cremosa mais espessa e brilhante do que leite. Ele cambaleou para trás, caindo do meio-fio entre os veículos que passavam.

O caminhão tentou parar a tempo. Isso foi o pior de tudo. Depois que os pneus dianteiros passaram rolando sobre o rosto, as rodas traseiras pararam bem sobre o crânio esmagado do gordão.

Gus levantou cambaleando. Ainda tonto com a queda, baixou os olhos para a faca de Felix em sua mão. A lâmina estava manchada de branco.

Nesse momento ele foi atingido por trás, com os braços presos e o ombro empurrado sobre a calçada. Reagiu chutando e se contorcendo, como se ainda estivesse sendo atacado pelo gordão.

– *Largue a faca! Largue!*

Gus virou a cabeça e viu três policiais de rosto avermelhado em cima dele, com outros dois apontando armas lá atrás.

Ele largou a faca, deixando seus braços serem torcidos para trás e algemados. Sua adrenalina explodiu.

– *Só agora vocês chegaram, porra?*

– Pare de resistir! – disse o policial, batendo o rosto de Gus sobre a calçada.

– O sujeito estava atacando essa família aí... pergunte a eles!

Gus se virou.

Os turistas haviam sumido.

A maior parte dos transeuntes desaparecera. Só Felix continuava sentado aturdido na borda do canteiro central, segurando a garganta... até ser jogado ao chão por um policial de luvas azuis que firmou o joelho sobre o corpo dele.

Bem atrás de Felix, Gus ainda viu uma pequena coisa preta rolando para longe no meio do trânsito. Era o seu chapéu, com todo aquele dinheiro sujo ainda na fita interna... e sendo esmagado inteiramente por um táxi vagaroso, enquanto Gus pensava: *Isso é a cara dos Estados Unidos.*

Gary Gilbarton serviu-se de um uísque. Todos os amigos e familiares de ambos os lados haviam finalmente ido embora, deixando a geladeira repleta de embalagens para viagem e as cestas de lixo cheias de lenços de papel. Amanhã retomariam suas vidas, cada um com uma história para contar.

Minha sobrinha de doze anos estava naquele avião...

Meu primo de doze anos estava naquele avião...

A filha do meu vizinho, de doze anos, estava naquele avião...

Gary se sentia um fantasma, perambulando por aquela casa de nove cômodos no subúrbio arborizado de Freeburg. Ele tocava nas coisas – uma cadeira, uma parede –, mas nada sentia. Nada mais importava. Embora as lembranças pudessem consolar, era mais provável que conduzissem à loucura.

Ele desligara todos os telefones ao começar a receber ligações de repórteres, querendo saber da vítima mais jovem a bordo do avião. Para humanizar a história. Quem era ela?, perguntavam a ele. Gary levaria o resto da vida para escrever um parágrafo sobre a sua filha, Emma. Seria o mais longo parágrafo da história.

Ele estava mais concentrado em Emma do que em Berwyn, sua esposa, porque os filhos são nossos segundos eus. Gary amava Berwyn, e ela se fora. Mas sua mente continuava a girar em torno da filhota perdida, feito água girando num ralo que nunca se esvazia.

Durante a tarde, ele fora puxado para o gabinete por um amigo advogado que não visitava a casa havia mais de um ano. Depois que Gary se sentara, o sujeito dissera que ele ia virar um homem muito rico. Uma vítima jovem como Emma, com uma longa expectativa de vida interrompida, era garantia de uma enorme indenização.

Gary não respondera. Não enxergava os tais dólares. Nem expulsara o sujeito. Na verdade, nem se importara. Não sentia coisa alguma.

Recusara todas os ofertas de familiares e amigos para passar a noite ali, a fim de que não ficasse sozinho. Convencera cada um e todos de que estava se sentindo bem, embora ideias suicidas já lhe houvessem ocorrido. Não só ideias: uma determinação silenciosa, uma certeza. Só que isso seria mais tarde, e não já. A inevitabilidade daquele gesto parecia um bálsamo, a única espécie de "indenização" que significaria algo para ele. O único jeito de suportar tudo aquilo era saber que haveria um final. Depois de todas as formalidades. Depois que fosse erguido um playground em memória de Emma. Depois que fosse estabelecida a bolsa de estudos. Antes, porém, ele venderia aquela casa mal-assombrada.

Gary estava parado no meio da sala de estar quando ouviu a campainha da porta tocar. Já era bem depois de meia-noite. Se fosse um repórter, Gary atacaria e mataria o sujeito. Sem mais nem menos. Violar aquele momento e aquele lugar? Ele faria o intruso em pedaços.

Abriu a porta depressa... e de repente toda aquela tensão maníaca desapareceu.

Havia uma garota descalça no capacho de entrada. Era a sua Emma.

O queixo de Gary Gilbarton caiu, descrente, e ele se ajoelhou diante dela. O rosto da garota não mostrou qualquer reação ou emoção. Gary estendeu os braços para a filha... e depois hesitou. Será que ela não estouraria feito uma bolha de sabão e desapareceria novamente para sempre?

Gary tocou o braço dela, agarrando o bíceps fino. O tecido do vestido. Ela era real. Estava ali. Ele agarrou e puxou Emma para si, envolvendo o corpo dela nos braços.

Depois recuou e olhou novamente para ela, afastando o cabelo cacheado do rosto sardento. Como aquilo podia estar acontecendo? Ele olhou lá para fora, examinando o jardim enevoado para ver quem trouxera Emma.

Não havia carro algum na alameda da garagem, nem som de motor se afastando.

Emma estava sozinha? Onde estava a mãe dela?

– Emma – disse Gary.

Depois levantou e levou a filha para dentro, fechando a porta da frente e acendendo a luz. Emma parecia aturdida. Ainda estava usando o vestido que a mãe lhe comprara para a viagem. Parecera tão crescida ao rodopiar diante dele experimentando aquela roupa. Em uma das mangas havia terra, e talvez sangue. Gary fez a filha girar, examinando o corpo dela e encontrando mais sangue nos pés descalços. Sem sapatos?

Ela tinha terra por toda parte, além de arranhões nas palmas e machucados no pescoço.

– O que aconteceu, Emma? – perguntou Gary, segurando o rosto da filha. – Como você...

Ele foi assaltado por outra onda de alívio. Quase caiu e abraçou Emma outra vez. Pegou a filha no colo e foi até o sofá, fazendo a menina sentar ali. Ela estava traumatizada e estranhamente passiva. Tão diferente da Emma de sempre, sorridente e voluntariosa.

Gary encostou a mão no rosto dela, como a mãe sempre fazia quando Emma agia estranhamente, e sentiu a temperatura alta. Tão alta que a pele estava pegajosa e terrivelmente pálida, quase transparente. Ele viu veias debaixo da superfície, veias vermelhas salientes que nunca vira.

O azul dos olhos de Emma parecia esmaecido. Uma contusão na cabeça, provavelmente. Ela estava em estado de choque.

Gary até pensou em hospitais, mas não ia deixar Emma sair de casa agora. Nem nunca mais.

– Você já está em casa, Emma – disse ele. – E vai ficar bem.

Pegou a mão da filha e puxou, para fazer com que ela ficasse de pé. Depois foi até a cozinha. Comida. Instalou a menina na cadeira dela à mesa, vigiando da bancada enquanto preparava dois waffles de chocolate, o sabor favorito dela. Emma ficou sentada ali, com as mãos caídas ao lado do corpo, olhando para ele. Não estava olhando fixamente, mas também não parecia consciente das outras coisas na cozinha. Sem histórias bobas, nem tagarelice sobre o dia na escola.

A torradeira saltou. Gary passou manteiga e melado nos waffles, colocando o prato diante dela. Depois sentou na sua cadeira para observar a filha. A terceira cadeira, lugar da mãe, ainda estava vazia. Talvez a campainha tocasse novamente...

– Coma – disse Gary para a filha. Ela ainda não pegara o garfo. Ele cortou um pedaço do waffle, que ergueu diante de Emma. Ela não abriu a boca.

– Não? – disse Gary.

Mostrou a ela como se fazia, pondo os pedaços de waffles na boca e mastigando. Depois tentou novamente com ela, mas a reação foi a mesma. Uma lágrima caiu do olho de Gary, rolando bochecha abaixo. A essa altura ele já percebera que havia algo terrivelmente errado com sua filha. Mas pôs tudo isso de lado.

Emma estava ali. Estava de volta.

– Venha.

Gary subiu a escada com a filha até o quarto dela e entrou primeiro. Emma ficou parada no umbral, observando o quarto. Sua expressão não parecia ser de reconhecimento, mas sim de uma lembrança distante. Como se fosse o olhar de uma velha, voltando milagrosamente ao quarto da sua juventude.

– Você precisa dormir – disse Gary, esquadrinhando as gavetas dela à procura de um pijama.

Emma permaneceu na porta, os braços ao lado do corpo.

Gary voltou com o pijama na mão.

– Quer que eu troque a sua roupa?

Ele se ajoelhou e levantou o vestido dela. Emma era uma típica pré-adolescente, mas não protestou. Gary descobriu no corpo dela mais arranhões e um grande machucado no peito. Os pés da garota estavam imundos, com crostas de sangue entre os dedos. A carne dela parecia quente ao toque.

Mas nada de hospital. Ele nunca mais deixaria Emma sumir de vista.

Enchendo uma banheira de água fria, Gary fez a menina sentar lá dentro. Ajoelhou ao lado e esfregou suavemente uma toalha de rosto ensaboada sobre os arranhões da filha, que nem mesmo se encolheu. Depois passou xampu e condicionador nos sujos cabelos lisos dela.

Emma olhava para ele com aqueles olhos escuros, mas não havia ligação alguma entre os dois. Ela estava numa espécie de transe. Choque. Trauma.

Mas ele podia fazer sua filha melhorar.

Vestiu o pijama na garota, pegou o grande pente da cesta de vime no canto e penteou para baixo os louros cabelos dela. O pente prendeu numa mecha, mas ela não se esquivou ou emitiu qualquer som de queixa.

Estou tendo uma alucinação com minha filha, pensou Gary. *Perdi toda a ligação com a realidade.*

E então, ainda penteando o cabelo dela: *Pouco me importa, merda.*

Ele puxou a borda dos lençóis e da colcha, colocando a filha na cama exatamente como fazia quando ela ainda engatinhava. Depois arrumou as cobertas em torno do pescoço dela. Emma ficou imóvel, como que dormindo, mas com os olhos negros bem abertos.

Gary hesitou, antes de se inclinar para beijar a testa ainda quente da garota. Ela mais parecia o fantasma de Emma. Só que era um fantasma cuja presença lhe era bem-vinda. Um fantasma que ele poderia amar.

Molhando a testa dela com lágrimas de gratidão, Gary disse:

– Boa-noite.

Não obteve resposta. Emma ficou deitada ali, no reflexo róseo da luz noturna do quarto, olhando para o teto sem tomar conhecimento da presença dele. Sem fechar os olhos. Sem esperar o sono. Esperando... outra coisa.

Gary caminhou pelo corredor até o seu quarto, trocou de roupa e deitou na cama sozinho. Também não dormiu. Ficou esperando, embora não soubesse o quê.

Até que ouviu o ruído.

Um pequeno rangido na entrada do quarto. Ele virou a cabeça e viu a silhueta da filha parada ali. Emma saiu das sombras e se aproximou, uma pequena figura no quarto engolfado pela noite. Parou perto da cama dele e escancarou a boca, como quem dá um bocejo gostoso.

Sua Emma voltara para ele. Só isso importava.

Zack tinha dificuldade para dormir. Era verdade o que todo mundo falava: ele era muito parecido com o pai. Obviamente jovem demais para ter uma úlcera, mas já com o peso do mundo nos ombros. Era um garoto intenso e sério. Sofria por causa disso.

Ele sempre fora assim, contara Eph. Ainda no berço, já fazia uma pequena careta de preocupação, com os penetrantes olhos escuros sempre fazendo contato. E aquela pequena expressão de preocupação fazia Eph rir, pois o filho lhe lembrava muito ele próprio... um bebê preocupado no berço.

Durante os últimos anos, Zack sofrera o peso da separação, do divórcio e da batalha pela guarda. Levara algum tempo para se convencer de que aquilo tudo não era culpa sua. Ainda assim, seu coração sabia que, se ele escavasse bem fundo, descobriria que toda aquela raiva estava ligada a ele. Passara anos ouvindo murmúrios raivosos pelas costas... sendo acordado por ecos de discussões noturnas ou socos abafados nas paredes... Tudo isso tivera um efeito adverso. E Zack era agora, na velha idade madura de onze anos, um insone.

Em algumas noites ele silenciava os ruídos domésticos com seu nano-IPod e lançava o olhar pela janela do quarto. Em outras, abria a janela e ficava ouvindo cada pequeno ruído que a noite tinha para oferecer, escutando com tanta atenção que os ouvidos zumbiam à passagem do sangue.

Ele cultivava aquela esperança antiga de muitos garotos, que à noite a rua revelava seus mistérios, por acreditar que não estava sendo observada. Fantasmas, assassinatos, luxúria. Até o sol se levantar novamente no horizonte, porém, Zack jamais vira algo além do trêmulo azulado hipnótico da tevê distante na casa do outro lado da rua.

O mundo não tinha heróis nem monstros, embora na sua imaginação Zack procurasse ambos. A falta de sono cobrava seu preço dele, e fazia o garoto cochilar durante o dia. Na escola Zack parecia lesado, e os outros garotos, mesquinhos demais para deixar uma diferença passar despercebida, imediatamente encontraram para ele apelidos que iam do comum "Cabeça-Oca" até o mais inescrutável "Morto-Vivo". Cada grupo social escolhia o seu favorito.

E Zack ia aguentando os dias de humilhação, até chegar a hora de mais uma visita do seu pai.

Com Eph ele se sentia confortável. Até mesmo em silêncio, e *principalmente* em silêncio. Sua mãe era perfeita demais, atenta demais, bondosa demais. Era impossível atingir seus padrões silenciosos, em que tudo era para "o bem de Zack". Estranhamente, ele sabia que, desde o momento em que nascera, decepcionara a mãe. Por ser menino e por ser parecido demais com o pai.

Já com Eph ele se sentia vivo. Contava a ele tudo que a mãe sempre queria saber: coisas anticonvencionais que ela ficava ansiosa para conhecer. Nada crítico, só particular. Coisas suficientemente importantes para não serem reveladas. Suficientemente importantes para serem narradas só ao pai, e era isso que Zack fazia.

Deitado acordado ali, em cima das cobertas, Zack ficou pensando no futuro. Já tinha certeza de que eles nunca mais voltariam a ser uma família. Sem chance. Mas ele ficava imaginando até onde a coisa pioraria. Isso era Zack numa casca de noz. Sempre imaginando: *Até onde a coisa pode piorar?*

Pode piorar muito, era sempre a resposta.

Ao menos ele tinha esperança de que, em breve, um exército de adultos preocupados fosse enfim banido de sua vida: terapeutas, juízes, assistentes sociais e o namorado de sua mãe. Todos eles mantinham Zack como refém para satisfazer suas próprias necessidades e objetivos idiotas. Todos "se importavam" com ele, com o bem-estar dele. Na realidade, porém, estavam cagando para ele.

"My Bloody Valentine" acabou de tocar no iPod, e Zack tirou os fones de ouvido. O céu ainda não começara a clarear, mas ele finalmente sentia cansaço. Atualmente, ele adorava essa sensação. Adorava não pensar.

Então se preparou para dormir. Assim que se ajeitou, porém, ouviu passos.

O barulho parecia produzido por pés descalços lá no asfalto. Zack olhou pela janela e viu um sujeito nu.

O cara vinha descendo a rua, com uma pele pálida feito o luar. Suas estrias brilhavam na noite, entrecruzando a barriga murcha. Obviamente ele deve ter sido gordo, mas depois perdera muito peso, porque agora sua pele se dobrava de tantos modos diversos e em tantas direções diferentes que parecia impossível definir sua silhueta exata.

O cara era velho, mas aparentava não ter idade. A calvície parcial, os poucos cabelos mal tingidos e as varizes nas pernas pareciam pertencer a um setentão, mas ele avançava com um vigor nos passos e uma cadência no caminhar que faziam imaginar um jovem. Zack pensou em todas essas coisas, observou todos esses detalhes, porque ele se parecia muito com Eph. Sua mãe teria mandado que ele se afastasse da janela e telefonasse para a emergência, enquanto Eph enfatizaria todos os detalhes que formavam o quadro daquele homem estranho.

A criatura pálida rodeou a casa que ficava do outro lado da rua. Zack ouviu um gemido suave e depois a cerca traseira chacoalhando. O homem voltou e foi até a porta da frente da casa. Zack pensou em chamar a polícia, mas isso levaria sua mãe a lhe fazer todo tipo de perguntas: ele precisava esconder sua insônia, ou então aguentar dias e semanas com consultas e exames, além da preocupação dela.

O sujeito caminhou até o meio da rua e parou. Tinha os braços flácidos ao lado do corpo e o peito murcho. Talvez nem estivesse respirando. Seu cabelo se agitava à suave brisa noturna, expondo as raízes mal tingidas com uma tintura marrom-avermelhada.

Ele levantou o olhar para a janela de Zack, e por um estranho momento os olhares dos dois se cruzaram. O coração de Zack disparou. Era a primeira vez que ele via o sujeito pela frente. Durante todo o tempo, só conseguira ver um dos flancos ou a pele das costas, mas agora viu o tórax inteiro e a pálida cicatriz em Y que cobria tudo.

E os olhos do homem... eram tecidos mortos, vidrados, opacos até mesmo sob o suave luar. Mas o pior de tudo era que exibiam uma energia frenética, girando para a frente e para trás. Depois se fixaram em Zack, olhando para ele ali no alto, com um sentimento que era difícil de definir.

Zack recuou e se afastou da janela, morto de pavor diante da cicatriz e dos olhos vazios que encarara. O que era aquela expressão?

Ele conhecia aquela cicatriz, sabia o que aquilo significava. Uma cicatriz de autópsia. Mas como algo assim podia acontecer?

Zack arriscou outra espiadela sobre a borda da janela, com muito cuidado, mas a rua já estava vazia. Ele sentou para ver melhor, mas o homem desaparecera.

Será que o sujeito estivera ali mesmo? Talvez a falta de sono já estivesse *realmente* cobrando seu preço. Ver cadáveres masculinos andando nus pela rua não é algo que o filho de pais divorciados queira compartilhar com um terapeuta.

E então ele lembrou: fome. Era isso. Aqueles olhos mortos olhavam para ele com uma intensa *fome*...

Zack mergulhou nos lençóis e escondeu o rosto no travesseiro. A ausência do sujeito não era fonte de calma; tinha um efeito exatamente oposto. O homem desaparecera, mas agora estava por toda parte. Poderia estar no andar térreo, arrombando uma janela da cozinha. Logo estaria nos degraus, subindo tão devagar, e depois no corredor, diante da porta do quarto de Zack... *será que ele já estava ouvindo os passos dele?* A fechadura chacoalhando suavemente, o ferrolho quebrado que não funcionava. Logo ele chegaria à cama de Zack e então... o que aconteceria? Ele temia a voz do homem e aquele olhar morto. Porque tinha a certeza terrível de que, embora se movimentasse, o sujeito não estava mais vivo.

Zumbis...

Zack se escondeu cheio de medo debaixo do travesseiro, com a mente e o coração disparando. Começou a rezar para que a manhã salvadora chegasse. Por mais que detestasse a escola, implorou para a manhã chegar.

Na casa vizinha do outro lado da rua, a luz da tevê apagou de repente, e o ruído distante de vidro quebrado foi ouvido na rua deserta.

A nsel Barbour foi murmurando consigo mesmo enquanto perambulava pelo segundo andar de sua casa. Ainda usava a camiseta e shorts largos com que tentara dormir, e seu cabelo estava todo espetado em ângulos esquisitos, de tanto ser espremido e repuxado. Ansel não sabia o que estava acontecendo com ele. Ann-Marie suspeitava de febre, mas quando se aproximara dele com o termômetro, Ansel não aguentou pensar naquela sonda com ponta de aço sendo metida debaixo de sua língua inflamada. Eles tinham um termômetro de ouvido para as crianças, mas ele não conseguiu ficar sentado tempo suficiente para se obter uma leitura precisa. A mão experiente da esposa encostada na testa dele detectava calor, muito calor... mas isso ele próprio poderia ter dito a ela.

Ansel percebeu que Ann-Marie estava petrificada. E sua esposa nem tentava esconder isso. Para ela, qualquer doença era um ataque à santidade da sua unidade familiar. Os enjoos das crianças eram encarados com o mesmo temor sombrio que alguém poderia reservar, digamos, para um exame de sangue negativo ou a aparição de um caroço inexplicado. *Chegou a hora.* O começo da tragédia terrível que, Ann-Marie tinha certeza, um dia se abateria sobre ela.

A tolerância de Ansel para com as excentricidades da esposa baixara bastante. Ele estava lidando com algo sério e precisava que ela ajudasse, não que criasse mais estresse. Ansel não podia ser o elemento forte naquele momento. Precisava que Ann-Marie assumisse o comando.

Até mesmo as crianças se mantinham afastadas, assustadas com a expressão ausente nos olhos do pai ou talvez com o cheiro da doença dele, que Ansel percebia vagamente: era um odor que lembrava gordura de cozinha talhada, esquecida por muito tempo numa lata enferrujada debaixo da pia da cozinha. De vez em quando ele via os filhos escondidos atrás do balaústre ao pé da escada, vendo o pai cruzar o patamar do corredor no segundo andar. Queria dissipar os temores dos dois, mas temia perder a paciência ao tentar explicar isso a eles, e assim piorar as coisas. O meio mais seguro de tranquilizar as crianças era... melhorar. Superar aquele surto de desorientação e dor.

Ansel parou dentro do quarto da filha, achou roxas demais as paredes roxas e voltou para o corredor. Ficou completamente imóvel ali no patamar – o mais imóvel que pôde – até ouvir o ruído novamente. Aqueles baques. Uma batida contínua, baixa e próxima. Inteiramente separada da dor de cabeça que martelava seu crânio. Era quase... como nos cinemas de cidades pequenas, onde se ouve, durante os momentos de silêncio nos filmes, o ruído da fita nos carretéis do projetor lá atrás. Aquele barulho que nos distrai e fica nos trazendo de volta à realidade, dizendo *isso não é real*, como se nós e apenas nós percebêssemos essa verdade.

Ele balançou a cabeça com força, fazendo uma careta devido à dor provocada pelo movimento... tentando usar a dor feito um detergente, para limpar seus pensamentos... mas os baques. A *pulsação*. Aquilo estava por toda parte à sua volta.

Os cachorros também. Agindo de forma estranha perto dele. Pap e Gertie, o casal de são-bernardos brincalhões. Andavam rosnando, como faziam quando algum animal desconhecido entrava no quintal.

Mais tarde Ann-Marie subiu sozinha, e encontrou o marido sentado ao pé da cama, segurando a cabeça como se fosse um ovo frágil.

– Você devia dormir – disse ela.

Ansel agarrou os cabelos como se fossem as rédeas de um cavalo enlouquecido, reprimindo o impulso de repreender a esposa. Algo estava errado na sua garganta. Sempre que ele passava algum tempo deitado, sua epiglote crescia e cortava o fluxo de ar. Ansel ficava sufocando, até engasgar e recuperar o fôlego. Ele já estava com pavor de morrer durante o sono.

– O que eu faço? – perguntou ela, parada no umbral com a mão comprimindo a testa.

– Traga um pouco de água – disse ele. Sua voz saiu sibilando pela garganta inflamada, ardendo feito vapor. – Morna. Dissolva dentro um pouco de Advil, ibuprofen... qualquer coisa.

Ann-Marie não se mexeu. Ficou parada ali, com um olhar de preocupação.

– Você não está nem um pouco melhor?

Aquela timidez, que normalmente suscitava em Ansel fortes instintos protetores, dessa vez só provocou raiva.

– Ann-Marie, traga a água, caceta, e depois leve as crianças lá para fora, ou coisa assim, mas *mantenha as duas longe de mim, diabo!*

Ela saiu correndo aos prantos.

Quando Ansel ouviu as crianças irem para o quintal escuro, desceu ao andar térreo, caminhando com uma das mãos agarrada ao corrimão. Ann-Marie deixara o copo na bancada da pia, sobre um guardanapo dobrado, com as pílulas já dissolvidas nublando a água. Ele levou o copo aos lábios com as duas mãos e se forçou a beber. Despejou a água na boca, sem dar à garganta outra escolha que não engolir. Conseguiu ingerir um pouco do líquido antes de engasgar com o resto do conteúdo, tossindo na janela da pia que dava para o quintal. Arquejou quando viu o líquido esparramado na vidraça, distorcendo sua visão de Ann-Marie: ela estava parada atrás das crianças que brincavam no balanço, olhando para o céu escuro, só descruzando os braços para ocasionalmente empurrar o balanço mais baixo de Haily.

O copo escapou da mão de Ansel, e o conteúdo se espalhou pela pia. Ele saiu da cozinha e foi para a sala, tombando sobre o sofá numa espécie de estupor. Sua garganta estava inchada, e ele nunca se sentira tão doente.

Precisava voltar ao hospital. Ann-Marie simplesmente teria de se virar sozinha durante algum tempo. Ela conseguiria, se não houvesse outra saída. Talvez aquilo acabasse lhe fazendo bem.

Ansel tentou se concentrar, para determinar o que era preciso fazer antes de partir. Gertie apareceu na porta, arquejando suavemente. Pap entrou atrás, sentou perto da lareira e começou a rosnar em tom baixo. Os baques ressurgiram nos ouvidos de Ansel, que então percebeu: o ruído vinha dos cães.

Ou não? Ele saiu do sofá e foi engatinhando na direção de Pap, chegando mais perto para escutar. Gertie ganiu e recuou até a parede, mas Pap continuou agachado, sem relaxar, intensificando os rosnados. Ansel agarrou a coleira exatamente quando o cão tentou se erguer e escapar.

Trum... Trum... Trum...

Aquilo estava *dentro* dos cachorros. De alguma forma. Em algum lugar. Alguma *coisa*.

Pap estava puxando a coleira e ganindo, mas Ansel, um homem grande que raramente precisava usar de força, enroscou o braço no pescoço do são-bernardo, prendendo o bicho numa gravata canina. Encostou o ouvido no pescoço do cão, sentindo os pelos fazerem cócegas no seu canal auditivo.

Sim. Uma pulsação surda. Seria o sangue do animal circulando?

O ruído vinha dali. Ganindo, Pap tentou se soltar, mas Ansel encostou o ouvido com mais força no pescoço do cão. Precisava saber.

– Ansel?

Ele se voltou depressa – depressa demais, sentindo uma ofuscante pontada de dor branca – e viu Ann-Marie na porta, com Benjy e Haily atrás. Haily agarrara a perna da mãe, e Benjy estava parado sozinho, mas ambos tinham os olhos arregalados. Ansel relaxou o braço, e o cachorro se afastou.

Ainda ajoelhado, ele berrou.

– O que vocês querem?

Ann-Marie ficou paralisada no umbral, transida de pavor.

– Eu... eu não... eu vou dar uma caminhada com as crianças.

– Ótimo – disse Ansel, que se abateu um pouco diante do olhar dos filhos, e limpou o cuspe na boca com as costas da mão. Devido à garganta outra vez engasgada, sua voz assumiu um tom rascante, e ele disse: – Papai está bem. Papai vai ficar bem.

Depois virou a cabeça para a cozinha, onde estavam os cachorros. Todos os seus pensamentos bonzinhos se esvaíram diante dos baques ressurgentes. Com mais força do que antes. Pulsando.

Eles.

Uma vergonha nauseante brotou dentro de Ansel. Ele estremeceu e levou o punho à têmpora.

– Vou levar os cachorros lá para fora – disse Ann-Marie.

– *Não!* – berrou Ansel ajoelhado no chão da sala, estendendo a palma da mão aberta para ela. Depois se controlou e recuperou o fôlego. Tentando *parecer* normal, disse em tom mais moderado: – Eles estão bem. Deixe os dois aqui dentro.

Ann-Marie hesitou, querendo dizer algo mais. Queria fazer alguma coisa, qualquer coisa. Mas no final acabou se virando e saindo com os filhos.

Ansel usou a parede para levantar e ir até o banheiro do andar térreo. Puxou a corrente que acendia a luz acima do espelho, querendo ver dentro dos próprios olhos. Pareciam ovos brilhantes de marfim amarelado, com veias vermelhas. Ele enxugou o suor da testa e do lábio superior, abrindo a boca para tentar enxergar o interior da garganta. Esperava ver amígdalas inflamadas ou uma espécie de infecção com pontos brancos, mas tudo parecia escuro ali. Era doloroso levantar a língua, mas ele conseguiu, examinando a parte de baixo. O tecido escarlate estava inflamado, com um tom raivoso de vermelho. Parecia brilhar feito uma brasa. Ansel tocou o local. A dor crua era de rachar o cérebro, atingindo os dois lados da mandíbula e repuxando os tendões do pescoço. Em protesto, a garganta engasgou, soltando uma tosse áspera feito um latido e lançando ciscos escuros no espelho. Era sangue, misturado com algo branco, talvez catarro. Alguns pareciam mais pretos que outros. Era como se ele houvesse expelido resíduos sólidos, feito nacos podres do corpo. Ansel estendeu a mão para aquelas partículas escuras, pegando uma na ponta do dedo. Cheirou e depois esfregou com o polegar a coisa, que parecia um coágulo de sangue descolorido. Ele levou o dedo à ponta da língua e, antes de perceber o que estava fazendo, provou o troço. Ficou girando a pequena massa macia dentro da boca. Quando tudo se dissolveu, pegou no espelho outro cisco, que também provou. Não era tanto pelo gosto, mas havia algo quase curativo naquela sensação na sua língua.

Ansel se inclinou à frente, lambendo as manchas de sangue no espelho frio. O ato deveria ter sido doloroso para sua língua, mas, pelo contrário, a inflamação na boca e na garganta diminuíra. Até mesmo na parte inferior da língua, mais sensível, a dor se reduzira a um formigamento. A pulsação nos ouvidos também esmaecera, embora não houvesse desaparecido completamente. Ele olhou para seu reflexo no espelho borrado de vermelho, tentando compreender aquilo.

O alívio foi enlouquecedoramente curto. Logo ressurgiu aquela rigidez que fazia sua garganta parecer torcida por mãos poderosas, e Ansel afastou o olhar do espelho, cambaleando até o corredor.

Gertie ganiu e recuou para se afastar dele, trotando até a sala. Na cozinha, Pap arranhava a porta dos fundos, querendo sair, mas sumiu depressa quando viu Ansel entrar. Ele parou ali, com a garganta pulsando. Depois abriu o armário dos cachorros e pegou uma caixa de biscoitos. Meteu um entre os dedos, como geralmente fazia, e foi para a sala.

Gertie estava deitada no patamar de madeira ao pé da escada, com as patas estendidas, pronta para fugir. Ansel se sentou num tamborete e agitou o biscoito.

– Venha cá, neném – disse ele, num murmúrio sem emoção que arranhava sua alma.

As narinas enrugadas de Gertie se agitaram, farejando o cheiro no ar.

Trum... trum...

– Venha, garota. Pegue o seu presente.

Gertie ficou lentamente de quatro. Deu um pequeno passo à frente, mas parou novamente, farejando. Instintivamente, sabia que havia algo errado naquela barganha.

Mas Ansel manteve o biscoito imóvel, e isso pareceu tranquilizar a cadela, que avançou lentamente sobre o tapete, mantendo a cabeça baixa e o olhar alerta. Ansel balançou a cabeça à guisa de incentivo, sentindo a pulsação se intensificar na sua cabeça à medida que Gertie avançava.

– Vamos lá, menina – disse ele.

Gertie se aproximou e deu uma lambida no biscoito com a língua espessa, que encostou no dedo de Ansel. Fez isso novamente, querendo confiar nele e querendo o biscoito. Com a outra mão, Ansel começou a alisar a cabeça da cadela, como ela gostava. Lágrimas brotaram nos seus olhos ao fazer isso. Gertie se inclinou à frente para morder o biscoito, que saiu dos dedos de Ansel. Foi então que ele agarrou a coleira dela e lançou todo o seu peso sobre o animal.

A cadela esperneou ali embaixo, rosnando e tentando morder Ansel, que aproveitou o pânico dela para concentrar sua fúria. Com a mão, empurrou para cima o maxilar inferior de Gertie, fechando eficazmente a boca e elevando a cabeça da cadela. Então levou a própria boca ao pescoço felpudo dela.

Ele foi com tudo. Mordeu o pelo sedoso e ligeiramente oleoso, abrindo um ferimento. A cadela uivou quando Ansel sentiu o gosto da pelagem, com a textura da espessa carne macia desaparecendo rapidamente debaixo do jorro de sangue quente. A dor da mordida provocou uma reação frenética nela, mas Ansel manteve a firmeza, forçando a grande cabeça de Gertie ainda mais para cima e expondo inteiramente o pescoço.

Ele estava bebendo a cadela. De alguma forma, bebendo sem engolir. Ingerindo. Era como se houvesse algum mecanismo novo, do qual ele não estava ciente, funcionando na sua garganta. Ansel não conseguia compreender aquilo; só compreendia a satisfação que sentia. Um prazer paliativo naquele ato. E poder. Sim... poder. Aquilo era extrair a vida de um ser para dar a outro.

Pap entrou na sala com um uivo lamentoso que parecia um fagote, e Ansel percebeu que precisava impedir que aquele são-bernardo de olhos tristes alarmasse os vizinhos. Deixando Gertie estremecendo debilmente, ele se levantou e, com rapidez e força, correu pela sala atrás de Pap. Derrubou um abajur de pé ao saltar e agarrar o cachorrão desajeitado já no corredor.

Foi um prazer extasiante beber o segundo cachorro. Ansel sentiu dentro de si uma transformação semelhante à de um sifão, como quando a desejada mudança de pressão é alcançada e a sucção começa. O fluido entrava sem esforço para restaurar sua energia.

Ao terminar, ele se recostou, por um momento entorpecido e estonteado. Vagarosamente, foi retornando ao aqui e agora do aposento. Baixou o olhar para o cão morto a seus pés, sentindo-se subitamente desperto e com frio. O remorso chegou de repente.

Ele ficou de pé e viu Gertie. Depois baixou o olhar para o próprio peito, agarrando a camiseta ensopada de sangue canino.

O que está acontecendo comigo?

O sangue formara uma feia mancha preta no tapete enxadrezado. Contudo, não havia muito sangue ali. Só então Ansel se lembrou que bebera tudo.

Primeiro ele foi até Gertie e tocou o pelo da cadela, sabendo que ela estava morta... fora morta por ele. Depois, colocando de lado seu nojo, enrolou o corpo no tapete arruinado. Levantou o fardo nos braços com um grande bufo e atravessou a cozinha. Saiu, desceu os degraus e foi até o alpendre dos cachorros no quintal dos fundos. Lá dentro Ansel se ajoelhou e desenrolou o tapete com a cadela pesada. Depois foi buscar Pap.

Ansel colocou os corpos dos dois lado a lado, junto à parede do pequeno alpendre, abaixo do quadro onde ficavam penduradas as ferramentas. Sua repulsa era distante e exterior. O pescoço ainda estava rígido, mas não doía. A garganta esfriara subitamente, e a mente estava calma. Ele olhou para as mãos ensanguentadas, e teve de aceitar o que não compreendia.

O que ele fizera só causara efeitos benéficos.

Ansel voltou para o banheiro no andar superior da casa. Tirou a camiseta e os shorts ensanguentados, vestindo um velho conjunto de malha. Sabia que Ann-Marie e as crianças voltariam a qualquer momento. Ao procurar um par de tênis no quarto, sentiu a pulsação voltar. Não ouviu; sentiu. E o significado disso era apavorante.

Vozes na porta da frente.

Sua família estava chegando em casa.

Ansel desceu apressadamente, saiu pelos fundos sem ser visto e foi pisoteando a grama do quintal com os pés descalços, fugindo daquela pulsação que já enchia sua cabeça.

Virou para a alameda da garagem, mas ouviu vozes na rua escura. Como deixara aberta a porta do alpendre dos cães, entrou desesperado ali para se esconder, fechando ambas as portas. Não sabia mais o que fazer.

Gertie e Pap jaziam mortos junto à parede lateral. Um grito quase escapou dos lábios de Ansel.

O que foi que eu fiz?

Os invernos nova-iorquinos haviam empenado as portas do alpendre, que não fechavam perfeitamente. Ele podia espiar pela fresta e viu a cabeça de Benjy surgir na janela da cozinha. O filho estava pegando um copo de água na pia da cozinha, diante da pequenina mão de Hailey estendida para cima.

O que está acontecendo comigo?

Ele parecia um cachorro louco. Um cão raivoso.

Eu peguei alguma forma de raiva canina.

Ouviu vozes. Iluminadas pela lâmpada de segurança acima do deque, as crianças estavam descendo os degraus da varanda dos fundos, chamando os cachorros. Ansel olhou em torno rapidamente. Pegou no canto um ancinho que enfiou nos trincos internos da porta, com o máximo de pressa e silêncio, trancando as crianças pelo lado de fora e se trancando por dentro.

– Ger...tie! Pa...ap!

Ainda não havia preocupação verdadeira nas vozes delas. Os cachorros já haviam fugido algumas vezes nos últimos meses, e era por isso que Ansel cravara uma estaca de ferro no chão dentro do alpendre. Assim os animais podiam ficar acorrentados em segurança durante a noite.

As vozes que chamavam foram esmaecendo nos ouvidos de Ansel, enquanto a pulsação enchia sua cabeça: era o ritmo cadenciado do sangue circulando nas jovens veias das crianças. Pequenos corações bombeando com firmeza e força.

Jesus.

Haily chegou às portas do alpendre. Ansel viu o tênis cor-de-rosa da filha pela fresta ali embaixo e recuou. A menina empurrou as portas, que chacoalharam, mas não cederam.

Ela chamou o irmão. Benjy veio e sacudiu as portas com toda a força de seus oito anos. As quatro paredes estremeceram, mas o cabo do ancinho aguentou.

Trumiti... trumiti... trum...

Era o sangue dos filhos. Chamando Ansel. Ele estremeceu e se concentrou na estaca dos cães ali no meio. Fora enterrada a quase dois metros num sólido bloco de concreto. Era forte o bastante para manter dois são-bernardos acorrentados durante um temporal de verão. Ansel olhou para as prateleiras e viu uma coleira de metal adicional com a etiqueta de compra ainda pendurada. Tinha certeza de que havia um velho cadeado por ali, em algum lugar.

Esperou até as crianças estarem a uma distância segura, antes de estender a mão e pegar a coleira de aço.

O comandante Redfern estava metido na sua bata hospitalar sobre a cama, cercado pelas cortinas plásticas transparentes, com os lábios abertos numa careta parcial. Sua respiração era profunda e lenta. Tendo ficado cada vez mais desconfortável conforme a noite se aproximava, ele recebera uma dose de sedativos suficientemente alta para passar horas apagado. Eles precisavam do comandante imóvel para fazer os exames de ressonância. Eph diminuiu a intensidade luminosa dentro do recinto e ligou a lanterna Luma, novamente dirigindo o brilho azulado para o pescoço do piloto, pois queria dar outra olhadela na cicatriz. Dessa vez, porém, com a luz ambiente reduzida, viu outra coisa também: um estranho efeito ondulado na pele de Redfern, ou, melhor, *debaixo* da pele. Aquilo parecia uma psoríase subcutânea, com manchas pretas e cinzentas que surgiam logo abaixo da superfície da carne.

Quando ele aproximou a lanterna Luma para examinar mais de perto, as tais sombras debaixo da pele reagiram, girando e serpenteando, como que tentando fugir da luz.

Eph recuou, afastando a lanterna. Com a luz negra removida, a pele do homem adormecido parecia normal.

Eph voltou, dessa vez passando a lanterna violeta sobre o rosto de Redfern. A imagem revelada ali embaixo, a subcarne mosqueada, formava uma espécie de máscara. Era como um segundo eu espreitando por baixo do rosto do piloto, envelhecido e deformado. Uma fisionomia cruel, uma coisa maléfica acordada ali dentro, enquanto o homem doente dormia. Eph aproximou a lanterna ainda mais... e novamente a sombra interior ondulou, quase fazendo uma careta, tentando escapulir.

Redfern abriu os olhos, como que acordado pela luz. Eph recuou depressa, chocado com a visão. O piloto tinha uma dose de secobarbital suficiente em seu organismo para dois homens. Estava sedado demais para voltar a ficar consciente.

Os olhos do piloto estavam bem abertos nas órbitas. Ele ficou olhando para o teto, com um ar assustado. Eph afastou a lanterna e entrou no campo de visão dele.

– Comandante Redfern?

Os lábios do piloto estavam se mexendo. Eph chegou mais perto, querendo ouvir o que ele estava tentando dizer.

Os lábios dele se moveram secamente.

– Ele está aqui.

– Quem está aqui, comandante Redfern?

Os olhos do piloto se arregalaram, como que testemunhando uma cena terrível que se desenrolava diante dele.

– O Sanguessuga – disse ele.

Muito mais tarde Nora voltou, encontrando Eph no corredor da seção de radiologia. Os dois ficaram conversando diante de uma parede coberta de desenhos feitos com lápis de cera por jovens pacientes agradecidos. Ele contou a ela o que vira debaixo da carne de Redfern.

– Essa luz negra das nossas lanternas Luma... não é luz ultravioleta de onda curta? – disse Nora.

Eph balançou a cabeça. Ele também andara pensando naquele velho do lado de fora do necrotério.
– Eu quero ver isso – disse Nora.
– O Redfern está na radiologia agora – disse Eph para ela. – Tivemos que dar a ele um sedativo ainda mais forte para fazer a ressonância magnética.
– Já tenho os resultados daquele líquido espalhado no avião – disse Nora. – Você tinha razão. Há amônia e fósforo...
– Eu sabia...
– Mas também ácido oxálico, úrico e ferroso. Plasma.
– O quê?
– Plasma em estado bruto, com um monte de enzimas.
Eph pôs a mão na testa, como que medindo a própria temperatura.
– Como acontece na digestão?
– Bem... o que isso faz lembrar?
– Excreções. Pássaros, morcegos. Feito guano. Mas como...
Nora balançou a cabeça, sentindo ao mesmo tempo excitação e confusão.
– Quem... ou o quê... estava no avião... deu uma cagada gigantesca na cabine.
Enquanto Eph tentava entender aquela informação, um homem com bata hospitalar surgiu apressadamente no corredor, chamando o nome dele. Eph reconheceu o técnico da sala de radiologia.
– Doutor Goodweather, não sei o que aconteceu. Eu saí um instante para pegar um café. Não demorei nem cinco minutos.
– O que você quer dizer? O que houve?
– O seu paciente. Ele fugiu do aparelho de ressonância magnética.

Jim Kent estava perto da porta fechada da loja de suvenires no andar térreo, longe dos outros, falando ao celular.
– Eles estão fazendo a ressonância magnética nele agora – disse Jim para a pessoa do outro lado da linha. – O estado dele parece estar se deteriorando bem depressa. Sim, eles vão ter os resultados dentro de

algumas horas. Não... não há notícia dos outros sobreviventes. Achei que o senhor ia querer saber. Sim, senhor, eu estou sozinho...

Jim se distraiu ao ver um ruivo alto, de bata hospitalar, caminhando com passo incerto pelo corredor e arrastando pelo chão os tubos de alimentação intravenosa que pendiam do seu braço. Se ele não estava enganado, aquele era o comandante Redfern.

– Eu... está acontecendo alguma coisa... ligo de volta para o senhor.

Ele desligou e tirou o fio do ouvido, metendo o fone no bolso do paletó. Depois foi acompanhando o tal sujeito, a dez metros de distância. O paciente diminuiu o passo por um momento, virando a cabeça como que percebendo seu perseguidor.

– Comandante Redfern – disse Jim.

O paciente dobrou um canto à frente. Jim seguiu atrás, mas quando dobrou o mesmo canto viu o corredor vazio.

Examinou os letreiros nas portas. Experimentou a que marcava ES-CADA e lançou o olhar pelo poço estreito entre os andares. Avistou um tubo de alimentação intravenosa sendo arrastado degraus abaixo.

– Comandante Redfern? – disse Jim, ouvindo a voz ecoar no vão da escada. Pegou alvoroçadamente seu celular enquanto descia, para avisar Eph. A tela mostrava SEM SERVIÇO porque ele já se achava no subsolo. Empurrou a porta que dava para o corredor do porão e, distraído pelo telefone, não viu Redfern se aproximar correndo pelo lado.

Vasculhando o hospital, Nora passou pela porta que ligava a escada ao corredor do subsolo e encontrou Jim encostado na parede, com as pernas estendidas. Ele tinha uma expressão sonolenta no rosto.

Descalço e ainda com a bata hospitalar, o comandante Redfern estava parado diante de Jim, de costas para Nora. Algo pendurado na sua boca respingava gotículas de sangue no chão.

– Jim! – berrou Nora.

Jim não reagiu ao chamado dela. Já o comandante enrijeceu o corpo. Quando ele se virou, Nora não viu coisa alguma na boca dele. Ficou chocada com a cor de Redfern, que antes era bem pálida, e não corada. A frente da bata hospitalar estava realmente manchada de sangue, e também havia sangue nos lábios dele. A primeira impressão de Nora foi que ele sofrera uma espécie de ataque. Ficou até com medo de que ele houvesse mordido um pedaço da língua e estivesse engolindo sangue.

Mais de perto, porém, seu diagnóstico se tornou incerto. As pupilas de Redfern estavam negras feito a morte, e a esclerótica vermelha, em vez de branca. A boca estava aberta de modo estranho; parecia desconjuntada, como se a mandíbula houvesse sido rearticulada num encaixe mais baixo. E ele exalava um calor extremo, maior que o calor produzido por qualquer febre normal ou natural.

– Comandante Redfern – disse Nora. Repetiu o chamado várias vezes, tentando tirar o piloto daquele transe. Ele avançou para ela com uma expressão de abutre faminto nos olhos nublados. Jim continuou caído no chão, sem se mover. Obviamente, Redfern era violento, e Nora sentiu falta de uma arma. Olhou em torno, vendo apenas o telefone interno do hospital. O código de alerta era 555.

Ela tirou o fone da parede e mal teve tempo de segurar o aparelho antes de ser lançada ao chão pelo piloto. Mas não largou o fone, cujo fio foi arrancado da parede. Redfern exibia uma força maníaca, caindo sobre ela e imobilizando os braços de Nora firmemente no piso envernizado. Tinha o rosto contorcido e a garganta pulsante. Nora achou que ele estava prestes a vomitar em cima dela.

Quando Nora começou a gritar, Eph entrou correndo pela porta da escada e se lançou nas costas de Redfern, derrubando o piloto no chão longe dela. Depois ele endireitou o corpo, fez um gesto de advertência para o paciente, que já ia se levantando, e disse:

– Fique aí...

Redfern emitiu um som sibilante. Não feito uma cobra, mas usando a garganta. Seus olhos negros estavam inexpressivos e vazios, quando ele começou a sorrir. Ou pareceu sorrir, usando os mesmos músculos faciais... só que a boca se abriu e continuou se abrindo.

O maxilar inferior desceu, revelando uma coisa rosada, carnuda e serpenteante que não era a língua do piloto. Era mais longa, mais musculosa e complexa... e se contorcia. Era como se Redfern houvesse engolido uma lula viva, e um dos tentáculos do bicho ainda estivesse se debatendo desesperadamente na sua boca.

Eph pulou para trás. Agarrou o suporte de alimentação intravenosa para não cair e depois empunhou o suporte feito um aguilhão para manter Redfern e aquela coisa a distância. O piloto agarrou a barra de aço, e então a tal coisa que ele levava na boca atacou. Tinha quase dois metros, a altura do suporte intravenoso, mas Eph conseguiu se esquivar. Ouviu um ruído quando a ponta do apêndice, estreita feito um ferrão carnudo, bateu na parede. Redfern jogou o suporte intravenoso para o lado, partindo a barra ao meio, enquanto Eph recuava cambaleando para uma sala.

Redfern entrou também, ainda com aquela expressão faminta nos olhos negros e vermelhos. Eph procurou alucinadamente algo que ajudasse a manter o sujeito longe, encontrando apenas uma trefina num carregador sobre uma prateleira. A trefina é um instrumento cirúrgico com uma lâmina cilíndrica rotativa, geralmente usada para abrir crânios humanos em autópsias. A lâmina, semelhante a uma hélice de helicóptero, começou a girar. O tal ferrão de Redfern estava quase todo retraído, mas ainda se movia, flanqueado por bolsas de carne pulsantes. Antes que o piloto pusesse atacar novamente, Eph tentou cortar aquilo.

Seu golpe falhou, arrancando um pedaço do pescoço do piloto e fazendo sangue branco brotar, exatamente como Eph vira no necrotério: sem espirrar de forma arterial, e sim fluindo pela frente do corpo. Eph largou a trefina antes que a lâmina rotativa fizesse a substância respingar nele. Redfern levou a mão ao pescoço, e Eph agarrou o objeto pesado mais próximo que encontrou: um extintor de incêndio. Usou a base plana do extintor para bater no rosto de Redfern, escolhendo o tal ferrão horrendo como alvo principal. Bateu no rosto do piloto mais duas vezes, até a cabeça cair para trás com o último golpe, e a espinha emitir um estalo audível.

Redfern desabou, com o corpo amolecendo. Eph largou o extintor e cambaleou para trás, olhando horrorizado para o que fizera.

Nora entrou correndo, com um pedaço quebrado do suporte intravenoso nas mãos, e viu Redfern caído no chão. Largou a barra e correu até Eph.

Ele abraçou Nora e perguntou:

– Você está legal?

Ela balançou a cabeça com a mão na boca e apontou para Redfern. Eph baixou o olhar e viu vermes que saíam serpenteando do pescoço dele. Eram avermelhados, como que cheios de sangue. Estavam escapando do pescoço do piloto, feito baratas que fogem de uma sala quando a luz é acesa. Eph e Nora foram recuando até a porta aberta.

– Que diabo acabou de acontecer? – disse Eph.

Nora tirou a mão da boca, e disse:

– O Sanguessuga.

Eles ouviram Jim gemer no corredor e foram correndo cuidar dele.

INTERLÚDIO III
REVOLTA, 1943

Agosto ardia no calendário. Colocando as vigas de um telhado, Abraham Setrakian sentia o fardo do verão mais do que a maioria. Estava sendo assado pelo sol, e todo dia era a mesma coisa. Mais ainda que o sol, porém, ele passara a odiar a noite. Antes, o catre e o sonho de ter um lar ainda aliviavam um pouco o horror do campo da morte. Mas agora ele virara refém de dois senhores igualmente impiedosos.

A Coisa Sombria, Sardu, espaçara suas visitas de forma regular, indo se alimentar duas vezes por semana no pavilhão de Setrakian. Provavelmente fazia o mesmo nos outros pavilhões. As mortes passavam completamente despercebidas, tanto pelos presos quanto pelos carcereiros. Os guardas ucranianos registravam os cadáveres como vítimas de suicídio, e para as SS aquilo significava apenas uma alteração nos livros de registro.

Setrakian passara meses, após a primeira visita da Coisa-Sardu, obcecado pela ideia de derrotar aquele mal. Com outros prisioneiros nascidos na região, ele aprendera o máximo que pudera sobre uma antiga cripta romana localizada em algum lugar na floresta circunvizinha. Tinha certeza de que a Coisa estabelecera o seu covil ali, emergindo toda noite para saciar sua sede diabólica.

Se Setrakian alguma vez compreendeu o que era sede verdadeira, foi naquele dia. Carregadores de água circulavam entre os prisioneiros constantemente, embora muitos deles próprios sofressem convulsões devido ao calor. O buraco em chamas estava bem suprido naquele dia.

Setrakian conseguira arranjar o que precisava: um galho de carvalho-branco e um pouco de prata para a ponta. Esse era o antigo método para enfrentar o *strigoi*, o vampiro. Ele passara dias afiando uma ponta do galho antes de encaixar a prata. Só trazer aquilo para o seu pavilhão consumira quase duas semanas de planejamento. Ele colocara a estaca num espaço vazio diretamente atrás da cama. Se por acaso os guardas vissem aquilo, Setrakian seria executado no ato, pois era impossível não ver a forma da dura madeira como uma arma.

Na véspera, Sardu entrara no campo tarde da noite, bem mais tarde do que costumava fazer. Setrakian ficara imóvel, esperando pacientemente que a criatura começasse a se alimentar de um romeno inválido. Sentia repulsa e remorso, rezando por perdão, mas aquela era uma parte necessária de seu plano, pois engurgitada de sangue a criatura estaria menos alerta.

A luz azulada da aurora iminente era filtrada pelas pequenas janelas gradeadas na extremidade leste do pavilhão. Era exatamente o que Setrakian estava esperando. Ele picou o dedo indicador, extraindo uma perfeita pérola escarlate da carne ressecada. Mas estava totalmente despreparado para o que aconteceu a seguir.

Ele nunca ouvira a Coisa emitir um som. O repasto diabólico sempre ocorria em silêncio total. Diante do cheiro do sangue do jovem Setrakian, porém, a Coisa *gemeu*. O som lembrava o estalo de madeira seca quando torcida ou de água escoando por um ralo entupido.

Em questão de segundos, a Coisa estava ao lado dele.

Quando o jovem deslizou cautelosamente a mão para trás a fim de pegar a estaca, os olhares dos dois se cruzaram. Setrakian não pôde evitar se virar para a criatura que se aproximou da cama.

A Coisa sorriu para ele e disse:

– Faz séculos que não nos alimentamos olhando para olhos vivos. Séculos...

Seu hálito tinha cheiro de terra e cobre, e a língua fazia estalidos na boca. A voz profunda soava como um amálgama de muitas vozes e parecia lubrificada por sangue humano.

Incapaz de guardar o nome para si, Setrakian sussurrou:

– Sardu...

Os penetrantes olhos reluzentes da Coisa se esbugalharam e, por um momento fugaz, pareceram quase humanos.

– Ele não está sozinho neste corpo – sibilou a Coisa. – Como você ousa falar com ele?

Setrakian agarrou a estaca atrás da cama, puxando a arma vagarosamente para fora...

– Um homem tem o direito de ser chamado pelo próprio nome antes de se encontrar com Deus – disse Setrakian, com a honestidade da juventude.

A Coisa gorgolejou de alegria.

– Então, jovem coisa, você pode me dizer o seu...

Nesse momento Setrakian golpeou, mas a ponta de prata da estaca produziu um pequeno ruído áspero, revelando sua presença um instante antes de voar na direção do coração da Coisa.

Mas esse instante foi o bastante. A Coisa desenrolou sua garra e deteve a arma a poucos centímetros de seu corpo.

Setrakian tentou se livrar, golpeando com a outra mão, mas foi novamente barrado pela Coisa, que lacerou o lado do pescoço dele com a ponta do ferrão. Foi apenas um pequeno corte, feito com a velocidade de um piscar de olhos, mas suficiente para injetar nele o agente paralisante.

Então a Coisa agarrou as duas mãos do jovem firmemente, levantou o corpo dele acima da cama e disse:

– Mas você não se encontrará com Deus, pois esse eu conheço pessoalmente, e sei que ele *desapareceu*...

Setrakian estava prestes a desmaiar devido à pressão insuportável que aquelas garras exerciam sobre as suas mãos, as mesmas mãos que haviam garantido sua sobrevivência por tanto tempo no campo. Seu cérebro explodia de dor, a boca estava aberta, e seus pulmões buscavam ar, mas ele não gritou.

A Coisa perscrutou profundamente os olhos de Setrakian e viu a alma dele. Ronronando feito um gato, disse:

– Abraham Setrakian... um nome tão suave e doce, para um garoto cheio de vigor... – Depois a Coisa se aproximou mais do rosto dele. – Mas por que me destruir, garoto? Por que serei eu merecedor de seu ódio, quando na minha ausência há ainda mais morte em torno de você? Não sou eu o monstro aqui. É Deus. O seu Deus e o meu, o Pai ausente que nos abandonou há muito tempo... Nos seus olhos eu vejo o que você mais teme, jovem Abraham, e não sou eu... É o fosso. Pois agora veremos o que acontece quando eu jogar você lá, e Deus nada fizer para evitar isso.

Então, com um estalo brutal, a Coisa esmagou os ossos das mãos de Abraham.

O jovem tombou no chão, enrodilhado numa bola de dor, com os dedos quebrados junto ao peito. Caíra num pálido raio de sol.

Aurora.

A Coisa sibilou, tentando se aproximar dele mais uma vez.

Mas os prisioneiros no pavilhão começaram a se mexer, e, enquanto Abraham Setrakian desmaiava, a Coisa desapareceu.

Abraham foi encontrado, sangrando e machucado, antes da chamada. Foi mandado para a enfermaria, de onde os prisioneiros feridos nunca retornavam. Um carpinteiro com as mãos quebradas não tinha utilidade no campo, e o supervisor-chefe imediatamente aprovou a execução de Abraham. Ele foi arrastado para junto do buraco em chamas com o restante dos reprovados na chamada, e lá todos foram obrigados a se ajoelharem numa fileira. Uma fumaça negra, espessa e gordurosa, ocultava lá em cima o sol, de uma quentura desapiedada. Setrakian foi despido e arrastado até a borda do buraco. Segurando as mãos destruídas, ficou tremendo de medo enquanto olhava para o fosso.

O fosso incandescente. As chamas famintas se contorciam, e a fumaça gordurosa se elevava numa espécie de balé hipnótico. O ritmo da fileira de execução – tiro, estalido do mecanismo da arma, baque suave do cartucho vazio na terra – fez Setrakian entrar num transe mortal. Ele baixou o olhar para as chamas que consumiam carne e ossos, revelando o que o homem realmente é: simples matéria. Sacos de carne descartáveis, esmagáveis e inflamáveis, facilmente transformáveis em carbono.

A Coisa era perita em horror, mas aquele horror humano realmente excedia qualquer outro destino possível. Não apenas por não ter piedade, mas por ser exercido racionalmente e sem compulsão. Era uma escolha. A matança não tinha relação com a guerra maior e não servia a qualquer propósito além do mal. Homens escolhiam fazer aquilo com outros homens, inventando razões, lugares e mitos a fim de satisfazer seu desejo de maneira lógica e metódica.

Enquanto o oficial nazista dava, mecanicamente, um tiro na nuca de cada homem, chutando o corpo para dentro do fosso ardente, a vontade de Abraham foi se esvaindo. Ele sentia náusea, não por causa dos cheiros ou das cenas, mas por saber, e ter certeza, de que Deus não estava mais no seu coração. Apenas aquele fosso.

O jovem chorou diante do seu fracasso, e do fracasso de sua fé, ao sentir na pele desnuda a boca do cano da Luger...

Outra boca em seu pescoço...

Então ele ouviu tiros. Do outro lado do pátio, um grupo de prisioneiros tomara as torres de observação e já dominava o campo, baleando todos os oficiais uniformizados à vista.

O sujeito atrás de Setrakian foi embora, deixando o rapaz postado na borda daquele fosso.

Um polonês ao seu lado na fileira levantou e saiu correndo, fazendo a vontade voltar ao corpo do jovem Setrakian. Com as mãos aninhadas no peito, ele logo se viu correndo, nu, em direção à cerca de arame farpado camuflada.

O tiroteio se espalhara por toda parte. Guardas e prisioneiros caíam ensanguentados. A fumaça já não vinha somente do fosso: incêndios irrompiam por todo o campo. Abraham chegou à cerca, junto com alguns outros. De alguma forma, foi erguido para o alto por mãos anônimas que substituíam suas mãos quebradas e tombou do outro lado.

Caiu deitado no solo, enquanto tiros de fuzil e metralhadora levantavam a poeira em torno. Novamente erguido por mãos prestativas, ficou de pé.

Enquanto seus ajudantes invisíveis eram ceifados por balas, Setrakian saiu correndo sem parar, sempre chorando... pois na ausência de Deus encontrara o Homem. Homem matando homem, homem ajudando homem, ambos anônimos: o flagelo e a bênção.

Uma questão de escolha.

Ele correu por quilômetros, ao mesmo tempo que os reforços austríacos se aproximavam. Seus pés ficaram retalhados, com os dedos rachados pelas pedras, mas ele já não podia ser detido, agora que estava além da cerca. Tinha um único propósito em mente quando finalmente chegou à floresta e tombou na escuridão, escondido pela noite.

AURORA

AURORA

17ª Delegacia, rua Cinquenta e Um Leste, Manhattan

Setrakian mudou de posição, tentando ficar confortável no banco encostado à parede da cela de triagem na delegacia. Ele passara a noite inteira dentro de um recinto envidraçado, antes de ser fichado, junto com muitos dos mesmos ladrões, bêbados e pervertidos com quem estava detido agora. Durante a longa espera, tivera tempo suficiente para refletir sobre a cena que fizera diante do necrotério, e percebeu que desperdiçara sua melhor oportunidade para alcançar a Agência Federal de Controle de Doenças, personificada pelo doutor Goodweather.

É claro que ele fora visto como um velho maluco. Talvez já estivesse mesmo variando. Começando a oscilar, como um giroscópio ao final de suas revoluções. Talvez os anos de espera por aquele momento, vividos na fronteira entre o medo e a esperança, houvessem cobrado seu preço.

Em parte, envelhecer significa ficar se examinando constantemente. Manter a mão firme no corrimão. Ter certeza de que você ainda é você.

Não. Ele sabia o que sabia. A única coisa errada agora era que ele estava sendo levado à loucura pelo desespero. Ali estava ele, preso numa delegacia, bem na região central de Manhattan, enquanto tudo em volta...

Fique esperto, seu velho idiota. Descubra um jeito de sair daí. Você conseguiu se safar de lugares muito piores do que esse.

Ele reviveu mentalmente a cena na área onde fora fichado. Depois de dar seu nome e endereço, fora indiciado por perturbar a paz e invadir um prédio público, conforme lhe explicaram. Então assinara um for-

mulário de propriedade referente à sua bengala, dizendo ao sargento:
— Isso tem um imenso significado pessoal. — Ao entregar também suas pílulas para o coração, ele vira um jovem mexicano de dezoito ou dezenove anos ser trazido com as mãos algemadas às costas. O rapaz tinha o rosto arranhado e a camisa rasgada.

Mas foram os buracos queimados na calça preta e na camisa dele que mais atraíram o olhar de Setrakian.

— Que *bosta* é essa, cara?! Aquele *puto* era maluco. O cara estava *loco*, correndo nu pelas ruas. Atacando as pessoas. Veio para cima de *nós*! — disse o rapaz, com os braços presos firmemente nas costas, inclinando o corpo para trás ao ser empurrado rudemente para a frente pelos detetives em direção a uma cadeira. — Vocês não viram o filho da puta, cara. O sangue dele era *branco*. Ele tinha uma porra de... de uma *coisa* saindo da boca! Não era *humano*, caralho!

Enxugando o suor do rosto com uma toalha de papel, um dos detetives se aproximou do cubículo do sargento que estava fichando Setrakian, e disse:

— Mexicano doidão. Mal acabou de fazer dezoito anos, mas já foi preso duas vezes antes. Agora matou um homem numa briga. Ele e um amigo devem ter atacado o sujeito, arrancando as roupas dele. Tentaram jogar o cara bem no meio do tráfego da Times Square.

O sargento que fazia os indiciamentos revirou os olhos e continuou a olhar para o teclado do computador. Fez outra pergunta a Setrakian, que não ouviu. Mal sentia o assento ali embaixo, nem os punhos retorcidos formados pelas velhas mãos quebradas. Estava quase tomado pelo pânico diante da ideia de enfrentar novamente o que não podia ser enfrentado. Já antevia o futuro: famílias despedaçadas, aniquilação, um apocalipse de agonias. A escuridão reinando sobre a luz. O inferno na terra.

Naquele momento Setrakian se sentia o homem mais velho do planeta.

De repente, o pânico sombrio foi suplantado por um impulso igualmente sombrio: vingança. Uma segunda oportunidade. A resistência, a luta e a guerra vindoura precisavam começar com ele.

Strigoi.

A praga começara.

Ala de isolamento
Centro Médico do Hospital Jamaica

AINDA VESTIDO COM SUA própria roupa, Jim Kent estava deitado na cama do hospital, gaguejando.

– Isso é ridículo. Eu me sinto bem.

– Digamos que se trata de uma simples precaução – disse Eph, parado ao lado da cama. Nora estava do outro lado.

– Nada aconteceu. Ele deve ter me derrubado quando eu passei pela porta. Acho que só fiquei desmaiado um minuto. Talvez tenha uma pequena concussão.

Nora balançou a cabeça.

– É que... você é um dos nossos, Jim. Queremos ter certeza de que tudo está bem.

– Mas... por que o isolamento?

– Por que não? – Eph forçou um sorriso. – Já estamos aqui. E veja... você tem uma ala hospitalar inteira só para você. Não existe coisa melhor em Nova York.

Jim sorriu, mostrando que não estava convencido, e disse:

– Está bem. Mas posso ficar com meu telefone, pelo menos, para sentir que estou ajudando?

– Acho que podemos providenciar isso. Depois de fazer alguns exames – disse Eph.

– E... por favor, falem para a Sylvia que eu estou bem. Ela deve estar em pânico.

– Combinado – disse Eph. – Vamos telefonar para ela logo que sairmos daqui.

Abalados, os dois foram embora, mas pararam antes de sair da unidade de isolamento.

– Precisamos contar a ele – disse Nora.

– Contar o quê? – perguntou Eph, com certa rudeza. – Primeiro precisamos descobrir com o que estamos lidando.

Fora da unidade, uma mulher de cabelo crespo preso por uma fita larga levantou de uma cadeira plástica que trouxera do saguão. Jim dividia um apartamento na rua 80 Leste com sua namorada, Sylvia, que escrevia horóscopos para o *New York Post*. Ela trouxera cinco gatos para o relacionamento, e ele trouxera um tentilhão, o que criava muita tensão no lar dos dois.

– Posso entrar? – perguntou Sylvia.

– Desculpe, Sylvia. Regras da ala de isolamento... só pessoal médico. Mas Jim mandou dizer a você que está se sentindo bem.

Sylvia agarrou com força o braço de Eph.

– Mas o que *você* diz?

– Ele parece bastante saudável. Mas queremos realizar uns exames, só para ter certeza – disse Eph diplomaticamente.

– Falaram que ele desmaiou e que estava um pouco tonto. Por que a ala de isolamento?

– Você sabe como trabalhamos, Sylvia. Eliminamos todas as possibilidades ruins. Vamos passo a passo.

Sylvia olhou para Nora, como que pedindo confirmação feminina. Nora balançou a cabeça e disse:

– Nós devolveremos o Jim a você logo que pudermos.

Já no subsolo do hospital, Eph e Nora encontraram uma administradora esperando por eles na porta do necrotério.

– Doutor Goodweather, isso é completamente irregular. Essa porta nunca deve ficar trancada, e o hospital insiste em ser informado do que está acontecendo...

– Desculpe, mas isso é assunto oficial do Centro de Controle de Doenças – disse Eph, que detestava apelar para a hierarquia feito um burocrata. Ocasionalmente, porém, ser funcionário do governo tinha suas vantagens. Ele pegou a chave que estava em seu poder e destrancou a porta. – Obrigado pela sua cooperação.

Entrou com Nora e trancou a porta novamente.

As luzes se acenderam automaticamente. O corpo de Redfern jazia debaixo de um lençol numa mesa de aço. Eph selecionou um par de luvas na caixa perto do comutador de luz e abriu um conjunto de instrumentos para autópsias.

Também calçando luvas, Nora disse:

– Eph, nós ainda não temos uma certidão de óbito. Você não pode ir simplesmente retalhando o Redfern.

– Não temos tempo para formalidades. Pelo menos com o Jim lá em cima. Além disso, eu nem sei como vamos explicar a morte dele, em primeiro lugar. Sob qualquer ponto de vista, eu assassinei esse homem. Meu próprio paciente.

– Em legítima defesa.

– Eu sei disso. Você sabe disso. Mas com certeza não tenho tempo para desperdiçar explicando isso para a polícia.

Ele pegou o bisturi grande e foi fazendo a incisão em Y no peito de Redfern. Começou das clavículas esquerda e direita, em duas diagonais, até o alto do osso esterno, e depois continuou reto pelo centro do tronco, sobre o abdômen, até o osso pubiano. Depois puxou para baixo a pele e os músculos subjacentes, expondo a caixa torácica e o avental abdominal. Não tinha tempo para realizar uma autópsia médica completa, mas precisava confirmar algumas coisas que haviam aparecido na ressonância magnética interrompida do piloto.

Usando uma mangueira de borracha macia para lavar o líquido branco parecido com sangue, Eph examinou os principais órgãos da caixa torácica. A cavidade do peito parecia uma mixórdia, atulhada de grosseiras massas negras alimentadas por afluentes esguios, excrescências semelhantes a veias ligadas aos órgãos ressecados de Redfern.

– Meu Deus! – exclamou Nora.

Eph examinou as excrescências entre as costelas.

– O troço se apossou dele. Veja o coração.

O órgão estava deformado e encolhido. A estrutura arterial também fora alterada, com o sistema circulatório mais simplificado e as próprias artérias cobertas por uma substância cancerosa escura.

– Impossível – disse Nora. – Só se passaram trinta e seis horas desde o pouso do avião.

Eph abriu o pescoço do piloto, expondo a garganta. O novo constructo se enraizava no meio do pescoço, partindo das dobras vestibulares. A protuberância que aparentemente funcionava como um ferrão se retraíra. Estava ligada diretamente, e na realidade fundida, com a traqueia, de forma muito semelhante a um apêndice canceroso. Eph preferiu não prosseguir com a autópsia, na esperança de remover aquele músculo, ou órgão, ou seja lá o que fosse, inteiro em outra ocasião, para estudar o troço por completo e determinar sua função.

Então seu telefone tocou. Ele se virou para que Nora pudesse tirar o aparelho de seu bolso com as luvas limpas.

– É da sede do Departamento Médico-Legal – disse ela, lendo a tela. Atendeu por ele, e depois de passar alguns instantes ouvindo, disse para o interlocutor:

– Já estamos indo.

Sede do Departamento Médico-Legal, Manhattan

O DIRETOR BARNES CHEGOU à sede do Departamento Médico-Legal, na esquina da rua Trinta com a rua Um, ao mesmo tempo que Eph e Nora. Ele saltou do carro, inconfundível devido ao cavanhaque e ao uniforme de oficial da Marinha. O cruzamento estava cheio de viaturas policiais e equipes televisivas paradas diante da fachada turquesa do prédio do necrotério.

As credenciais dos três garantiram acesso direto ao doutor Julius Mirnstein, chefe do Departamento Médico-Legal de Nova York. Mirnstein era careca, a não ser por uns tufos de cabelo castanho nas laterais e na parte de trás da cabeça. Tinha um rosto comprido, naturalmente triste, e usava o obrigatório jaleco branco de médico sobre calças cinzentas.

– Achamos que houve um arrombamento aqui durante a noite. Ainda não sabemos, porque não conseguimos telefonar para qualquer membro da equipe noturna – disse ele, parado diante de um monitor de computador revirado e lápis derrubados de um copo. Depois olhou para uma assistente com um fone de ouvido, que meneou a cabeça confirmando a informação. – Venham comigo.

Lá no necrotério do subsolo tudo parecia estar em ordem, desde as mesas de autópsia limpas até as bancadas, as balanças e os instrumentos de medição. Não havia qualquer sinal de vandalismo. O doutor Mirnstein foi até o armário refrigerado, aguardando que Eph, Nora e o diretor Barnes se juntassem a ele.

A geladeira de corpos estava vazia. As macas continuavam todas lá, e havia lençóis descartados junto com peças de roupa. Alguns cadáveres permaneciam alinhados junto à parede esquerda. Todas as vítimas do avião haviam desaparecido.

– Onde estão eles? – perguntou Eph.

– Aí é que está – disse Mirnstein. – Não sabemos.

O diretor Barnes arregalou os olhos para ele.

– Está me dizendo que acredita que alguém entrou aqui à noite e *roubou* quarenta cadáveres?

– Seu palpite vale tanto quanto o meu, doutor Barnes. Minha esperança era que seu pessoal pudesse me esclarecer.

– Mas eles simplesmente não saíram andando – disse Barnes.

– E lá no Brooklyn ou no Queens? – perguntou Nora.

– Ainda não tenho notícia do Queens. Mas no Brooklyn já avisaram que a mesma coisa aconteceu lá.

– A mesma coisa? – disse Nora. – Os corpos dos passageiros da companhia aérea *sumiram*?

– Exatamente – disse Mirnstein. – Eu chamei vocês aqui na esperança de que sua agência pudesse ter requisitado os cadáveres sem nosso conhecimento.

Barnes olhou para Eph e Nora, que balançaram a cabeça.

– Cristo. Preciso ligar para a Agência Federal de Aviação – disse Barnes.

Eph e Nora alcançaram o diretor antes que ele fizesse a chamada, já longe de Mirnstein.

– Precisamos conversar – disse Eph.

O diretor olhou para os rostos dos dois.

– Como está o Jim Kent?

– Ele parece bem. Fala que se sente bem.

– Legal – disse Barnes. – E aí?

– Ele tem uma perfuração no pescoço, através da garganta. Igual às que encontramos nas vítimas do voo 753.

Barnes fez uma careta.

– Como pode ser isso?

Eph informou ao diretor a fuga de Redfern da sala de ressonância magnética e o ataque subsequente. De um grande envelope de raios X, tirou um exame de ressonância que prendeu numa leitora de parede, ligando a luz de fundo.

– Essa é a imagem do piloto "antes".

Os órgãos principais estavam à vista, parecendo normais.

– Sim? – disse Barnes.

Eph colocou na leitora uma imagem que mostrava o tronco de Redfern nublado por sombras, e disse:

– Essa é a imagem "depois".

– Tumores? – perguntou Barnes, colocando óculos de leitura.

– É... hum... difícil de explicar, mas parece um tecido novo, que se alimenta de órgãos que estavam completamente sadios há apenas vinte e quatro horas – disse Eph.

Barnes tirou os óculos e fez outra careta.

– Tecido novo? Que diabo você quer dizer com isso?

– Eu estava me referindo a isso. – Eph passou para uma terceira imagem, que mostrava o interior do pescoço de Redfern. O apêndice novo debaixo da língua era evidente.

– O que é isso? – perguntou Barnes.

– Uma espécie de ferrão – respondeu Nora. – De construção muscular. Retrátil e carnudo.

Barnes olhou para Nora como se ela estivesse maluca.

– Um ferrão?

– Pois é – disse Eph, apoiando apressadamente sua auxiliar. – Nós acreditamos que isso é responsável pelo tal corte no pescoço do Jim.

Barnes olhou para um e depois para o outro.

– Vocês estão me dizendo que um dos sobreviventes dessa catástrofe aérea desenvolveu um ferrão e atacou Jim Kent?

Eph balançou a cabeça e mostrou a imagem como prova.

– Everett, nós precisamos colocar os outros sobreviventes em quarentena.

Barnes olhou para Nora, que balançou a cabeça rigorosamente, em total concordância com Eph.

– A conclusão é que vocês creem que esse... apêndice tumoroso, essa transformação biológica... é transmissível de alguma forma? – perguntou Barnes.

– Isso é o que nós supomos e tememos – disse Eph. – É bem possível que o Jim tenha sido infectado. Precisamos determinar a progressão dessa síndrome, seja lá qual for, se quisermos ter alguma chance de deter isso e curar nosso amigo.

– Vocês estão me dizendo que viram esse... esse ferrão retrátil, como vocês estão falando?

– Nós dois.

– E onde está o comandante Redfern agora?

– No hospital.

– O prognóstico dele?

Eph respondeu antes de Nora.

– Incerto.

Barnes olhou para ele, começando a perceber algo estranho no ar.

– Só estamos pedindo uma ordem para obrigar os outros a receber tratamento médico... – disse Eph.

– Colocar três pessoas em quarentena tem o potencial de fazer trezentos milhões de outras entrarem em pânico. – Barnes examinou o rosto dos dois novamente, como quem busca uma confirmação final. – Vocês acham que isso tem alguma ligação com o desaparecimento daqueles corpos?

– Não sei – disse Eph. Quase falou: *Não quero saber.*

– Muito bem – disse Barnes. – Vou começar o processo.

– *Começar* o processo?

– Isso vai dar algum trabalho.

– Precisamos disso agora. Imediatamente – disse Eph.

– Ephraim, você me apresentou aqui uma coisa bizarra e desconcertante, mas aparentemente isolada. Eu sei que você está preocupado com a saúde de um colega, mas para conseguir uma ordem federal de quarentena eu preciso solicitar e receber uma ordem executiva do presidente, e não carrego essas coisas na minha carteira. Como ainda não vejo indícios de uma pandemia em potencial, preciso percorrer os canais normais. Até então, não quero que vocês perturbem os outros sobreviventes.

– Perturbar? – disse Eph.

– Já haverá pânico suficiente, mesmo se não ultrapassarmos nossas obrigações. Quero lembrar uma coisa... se os outros sobreviventes realmente adoeceram, por que não tivemos notícias deles até agora?

Eph ficou calado, sem resposta.

– Entro em contato com vocês – disse Barnes, indo dar seus telefonemas.

Nora olhou para Eph e disse:

– Não faça isso.

– Não faça o quê?

Ela sempre sabia o que ele estava pensando.

– Não vá atrás dos outros sobreviventes. Não estrague nossa chance de salvar o Jim perturbando aquela advogada ou assustando os outros.

Enquanto Eph tentava se acalmar, as portas externas se abriram. Dois homens do serviço de emergência entraram empurrando um saco para cadáveres em cima de uma maca com rodas, e foram recebidos por dois auxiliares do necrotério. Os mortos não esperariam que aquele mistério fosse solucionado. Simplesmente continuariam chegando. Eph já antevia o que aconteceria se Nova York fosse atingida por uma praga verdadeira. Depois que se esgotassem os recursos municipais (polícia, bombeiros, saneamento, agentes funerários), em poucas semanas a ilha inteira viraria um monturo de adubo fedorento.

Um auxiliar do necrotério abriu parcialmente o zíper do saco e, então, arquejou de modo nada característico. Depois recuou, com algo branco pingando das mãos enluvadas. O fluido opalescente foi escorrendo do saco de borracha preta e caiu no chão pela lateral da maca.

– Que diabo é isso? – perguntou o auxiliar para os funcionários da emergência, que estavam parados na porta, parecendo particularmente enojados.

– Vítima de trânsito após uma briga – disse um deles. – Não sei... só pode ter sido um caminhão de leite ou coisa assim.

Eph pegou luvas numa caixa sobre a bancada e se aproximou do saco, espiando lá dentro. – Onde está a cabeça?

Um dos homens disse:

– Em algum lugar por aí.

Eph viu que o cadáver fora decapitado na altura dos ombros, e que a massa restante do pescoço estava salpicada de branco.

– E o cara estava nu – acrescentou o outro. – Que noite.

Eph abriu completamente o zíper do saco. O tal homem sem cabeça era gordo, com cerca de cinquenta anos. Então ele notou os pés do sujeito.

Viu um arame em volta do dedão do pé nu. Como se antes houvesse ali uma etiqueta de vítima fatal.

Nora também viu o arame e empalideceu.

– Você falou numa briga? – perguntou Eph.

– Foi o que nos contaram – disse o homem, abrindo a porta externa. – Bom-dia para vocês, e boa sorte.

Eph fechou o zíper. Não queria que alguém visse o arame da etiqueta. Não queria que alguém perguntasse coisas que ele não sabia responder. Depois se virou para Nora e disse:

– Aquele velho.

Nora balançou a cabeça, lembrando.

– Ele queria que destruíssemos os cadáveres.

– E sabia da luz ultravioleta. – Eph tirou as luvas de látex, pensando novamente em Jim, deitado sozinho na ala de isolamento, com a tal coisa crescendo dentro do corpo. – Precisamos descobrir o que mais ele sabe.

17ª Delegacia, rua Cinquenta e Um Leste, Manhattan

SETRAKIAN CONTOU MAIS TREZE homens com ele dentro daquela gaiola do tamanho de uma sala, inclusive uma alma perturbada com arranhões recentes no pescoço. O sujeito estava acocorado num canto, esfregando vigorosamente cuspe nas mãos.

Ele já vira coisas piores, é claro, muito piores. Em outro continente, em outro século, fora preso como um judeu romeno durante a Segunda Guerra Mundial, no campo de extermínio conhecido como Treblinka. Quando o campo foi derrubado em 1943, ele tinha dezenove anos, ainda um rapaz. Se houvesse entrado no campo com a idade que tinha agora, não duraria mais que alguns dias... talvez nem resistisse à viagem de trem até lá.

Olhou para o jovem mexicano a seu lado no banco, aquele que vira ao ser fichado; o rapaz tinha aproximadamente a mesma idade que ele ao final da guerra. Sua bochecha assumira um tom azul raivoso, e havia sangue preto coagulado no corte abaixo do olho. Mas ele não parecia infectado.

Setrakian estava mais preocupado com o amigo do jovem, deitado no banco perto dele, curvado sobre o lado do corpo sem se mover.

De sua parte, Gus, irritado, dolorido e nervoso, agora que sua adrenalina se esvaíra, foi se aborrecendo com o olhar insistente daquele velho.

– Algum problema?

Outros na cela se agitaram, atraídos pela perspectiva de uma briga entre o ladrão de gangue mexicano e o velho judeu.

– Na verdade, eu estou com um grande problema – disse Setrakian.

Gus lançou um olhar sombrio para ele.

– Quem não está?

Setrakian sentiu os demais desviarem a atenção, já que não haveria distração para interromper o tédio. Deu um olhar mais atento para o amigo do mexicano, encolhido ali. Ele tinha o braço sobre o rosto e o pescoço, com os joelhos puxados muito para cima, quase em posição fetal.

Gus examinou Setrakian, já com um olhar de reconhecimento.

– Eu conheço você.

Acostumado àquilo, Setrakian balançou a cabeça, dizendo:

– Rua 118.

– Loja de Penhores Knickerbocker... merda. Você espancou o meu irmão uma vez.

– Ele roubou alguma coisa?

– Tentou. Uma corrente de ouro. Ele virou um viciado de merda, nada além de um fantasma. Mas na época era durão. Alguns anos mais velho do que eu.

– Ele deveria ter pensado duas vezes.

– Ele *pensou* duas vezes. E por isso tentou. Aquela corrente de ouro era só um troféu, na verdade. Ele queria desafiar a rua. Todo mundo preveniu meu irmão: "Ninguém faz merda com o dono do penhor."

– Uma semana depois que assumi a loja, alguém quebrou a vitrine da frente – disse Setrakian. – Eu troquei o vidro... e então fiquei de tocaia, só esperando. Peguei o próximo bando que veio arrombar a porta. Dei a eles algo em que pensar, e algo para contar aos amigos. Isso aconteceu há mais de trinta anos. Desde então não tive mais problema com a vitrine.

Gus olhou para os dedos retorcidos do velho, metidos em luvas de lã, e disse:

– O que aconteceu com as suas mãos... você foi pego roubando alguma vez?

– Não, roubando não – respondeu o velho, esfregando as mãos através da lã. – Isso foi um ferimento antigo. Um ferimento que só teve tratamento médico quando já era tarde demais.

Gus mostrou a ele sua tatuagem, cerrando o punho para que as membranas entre o polegar e o indicador aparecessem mais, revelando três círculos negros.

– Feito aquele desenho na placa da sua loja.

– Antigamente os donos de penhor tinham três bolas como símbolo. Mas o significado das suas é diferente.

– É o símbolo da gangue – disse Gus, recostando na parede. – Significa ladrão.

– Mas você nunca roubou de mim.

– Pelo menos não que você saiba – disse Gus, sorrindo.

Setrakian olhou para os buracos queimados no tecido preto das calças de Gus.

– Eu ouvi dizer que você matou um homem.

O sorriso de Gus desapareceu.

– Você não se feriu? Esse corte no seu rosto foi feito pela polícia?

Gus ficou olhando fixamente para o velho, como se ele pudesse ser uma espécie de informante na prisão.

– O que interessa isso?

– Você deu uma olhadela dentro da boca dele? – perguntou Setrakian.

Gus se virou para o velho, que estava inclinado à frente, quase como se rezasse, e perguntou:

– O que você sabe sobre isso?

Sem erguer o olhar, Setrakian disse:

– Eu sei que uma praga foi solta sobre essa cidade. E logo estará solta sobre o mundo inteiro.

– Aquilo não era uma praga. Era um psicopata maluco, com uma espécie de... língua doida saindo da boca. – Gus se sentiu ridículo falando aquilo em voz alta. – O que *era* aquela porra, afinal?

– Você estava lutando contra um homem morto, possuído por uma doença.

Gus se lembrou da expressão no rosto do sujeito, vazia e faminta. Do sangue branco.

– Como assim... feito um zumbi *pinche*?

– Pense mais num homem de capa preta. Com caninos grandes. E um sotaque engraçado. – Setrakian virou a cabeça para Gus poder ouvir melhor. – Agora esqueça a capa, os caninos e o sotaque engraçado. Esqueça tudo que é engraçado nesse caso.

Gus se concentrou nas palavras do velho, pois precisava entender aquilo. Sua voz sombria e seu medo melancólico eram contagiosos.

– Ouça o que eu tenho para dizer – continuou o velho. – Seu amigo aqui foi infectado. Você poderia dizer... mordido.

Gus olhou para Felix, imóvel ali.

– Não. Não. Ele só está... foi nocauteado pelos policiais.

– Ele está mudando. Foi possuído por algo além da sua compreensão. Uma doença que transforma gente humana em zumbis. Essa pessoa não é mais seu amigo. Ele está transformado.

Gus se lembrou do gordo em cima de Felix, do abraço maníaco dos dois, da boca do homem procurando o pescoço de Felix e da expressão no rosto de Felix, uma expressão de terror.

– Você sente como ele está quente? O metabolismo dele disparou. É preciso muita energia para mudar... mudanças dolorosas e catastróficas estão acontecendo dentro do corpo dele agora, com o desenvolvimento de um sistema de órgãos parasitas para acomodar seu novo estado de ser. Ele está se metamorfoseando num organismo alimentador. Em breve, doze a trinta e seis horas após o momento da infecção, mas mais provavelmente hoje à noite, ele se erguerá. Estará com sede. Não se deterá até satisfazer essa ânsia.

Gus ficou olhando para o velho, como que num estado de animação suspensa.

– Você ama o seu amigo? – perguntou Setrakian.

– O quê? – disse Gus.

– Por "amor" eu quero dizer honra, respeito. Se você ama o seu amigo, deve destruir o corpo dele antes que ele seja completamente transformado.

– Destruir o Felix? – O olhar de Gus se sombreou.

– Matar o seu amigo. Se não, ele transformará você.

Gus abanou a cabeça em câmera lenta.

– Mas... se você diz que ele já está morto... como eu posso matar alguém assim?

– Há maneiras – disse Setrakian. – Como você matou o seu agressor?

– Uma faca. O troço que saía da boca dele... eu cortei aquela merda.

– E a garganta dele?

Gus balançou a cabeça.

– Também. Depois ele foi atropelado por um caminhão, que terminou o serviço.

– Separar a cabeça do corpo é o modo mais seguro. A luz do sol também funciona... luz solar direta. E há outros métodos, mais antigos.

Gus olhou para Felix deitado ali, sem se mover. Quase sem respirar.

– Por que ninguém sabe dessas coisas? – perguntou ele. Depois se virou para Setrakian, tentando imaginar qual dos dois era doido. – Quem é você, na verdade, meu velho?

– *Elizalde! Torrez!*

Gus estava tão absorto na conversa que não vira os policiais entrando na cela. Levantou o olhar ao ouvir seu nome ser chamado com o de

Felix, e viu quatro policiais avançando com luvas de látex, prontos para brigar. Foi posto de pé antes de entender o que estava acontecendo.

Eles bateram de leve no ombro de Felix e deram uns tapas no joelho dele. Quando viram que ele não acordava, uniram os braços por baixo e levantaram o corpo. Felix foi sendo levado com a cabeça caída para trás e os pés arrastando no chão.

– Por favor, escutem. – Setrakian se levantou lá atrás. – Esse homem está doente. Perigosamente doente. Ele tem uma doença transmissível.

– É por isso que usamos essas luvas, vovô – disse um policial olhando para trás. Eles ergueram os braços inertes de Felix ao arrastar o corpo pela porta. – Nós lidamos com doenças venéreas o tempo inteiro.

– Ele precisa ficar segregado, estão ouvindo? Trancafiado separadamente – disse Setrakian.

– Não se preocupe, vovô. Nós sempre oferecemos tratamento preferencial para assassinos.

Ao ser empurrado pelos policiais, Gus manteve o olhar no velho até a porta da cela ser fechada.

Grupo Stoneheart, Manhattan

ALI ERA O QUARTO do grande homem.

A temperatura era controlada e completamente automatizada, com os parâmetros ajustáveis por meio de um pequeno console à distância de um braço. O concerto, formado pelo zumbido dos umidificadores no canto, pelo ruído monótono do ionizador e pelo sibilo do sistema de filtragem do ar, parecia um reconfortante sussurro maternal. Todo homem, pensou Eldritch Palmer, deveria dormir à noite em um útero. E dormir como um bebê.

O crepúsculo ainda demoraria muitas horas a chegar, e ele estava impaciente. Agora que tudo se pusera em movimento, pois a linhagem já se espalhava por Nova York com a certeira força exponencial de juros compostos, duplicando e reduplicando a cada noite, ele cantarolava com a alegria de um banqueiro ganancioso. Mas jamais se entusiasmara tanto com algum sucesso financeiro, e já tivera muitos, quanto com aquele vasto empreendimento.

Seu telefone de cabeceira tocou uma vez, com a luz piscando. Qualquer chamada para aquele aparelho precisava ser encaminhada através de seu enfermeiro e assistente, Fitzwilliam, um homem com um grau extraordinário de equilíbrio e discrição.

– Boa-tarde, senhor.

– Quem é, Fitzwilliam?

– Jim Kent, senhor. Ele diz que é urgente. Vou passar a ligação.

Após um instante, Jim Kent, um dos muitos membros da Sociedade Stoneheart colocados em boas posições, disse:

– Sim, alô?

– Pode falar.

– Sim... está me ouvindo? Eu preciso falar em voz baixa...

– Estou ouvindo. Nós fomos interrompidos da última vez.

– É. O piloto tinha escapado. Fugiu ao ser examinado.

Palmer sorriu.

– E agora... sumiu?

– Não. Eu não sabia o que fazer, de modo que fui seguindo atrás dele pelo hospital até que ele foi alcançado pelo doutor Goodweather e a doutora Martinez. Eles disseram que o Redfern está bem, mas eu não consigo confirmar essa informação. Ouvi outra enfermeira dizendo que eu estava sozinho aqui em cima. E que os membros do projeto Canário haviam se instalado numa sala trancada no subsolo.

Palmer assumiu uma expressão sombria.

– Você está sozinho onde?

– Na ala de isolamento. Só por precaução. O Redfern deve ter me atingido ou coisa assim, ele me nocauteou.

Depois de um breve silêncio, Palmer disse:

– Entendi.

– Se me explicasse exatamente o que devo procurar, eu poderia ajudar mais...

– Você falou que eles requisitaram uma sala no hospital?

– No subsolo. Talvez seja o necrotério. Vou descobrir mais depois.

– Como? – perguntou Palmer.

— Quando sair daqui. Eles só precisam me submeter a uns exames.

Palmer se lembrou que Jim Kent não era um epidemiologista, mas sim um facilitador do projeto Canário, sem formação médica.

— Pela sua voz, parece que você está com a garganta inflamada.

— Estou. É uma coisinha de nada.

— Hum, hum. Boa-tarde, senhor Kent.

Palmer desligou. A exposição de Jim Kent era apenas uma perturbação, mas a notícia sobre a sala no necrotério do hospital era preocupante, embora em qualquer empreendimento arriscado sempre haja obstáculos a serem vencidos. As transações que ele passara a vida inteira fazendo haviam ensinado a Palmer que são as armadilhas e os contratempos que tornam tão doce a vitória final.

Ele pegou o fone novamente, apertando o botão com asterisco.

— Pois não?

— Fitzwilliam, nós perdemos o nosso contato dentro do projeto Canário. Ignore qualquer outra ligação do celular dele.

— Sim, senhor.

— E precisamos despachar uma equipe para o Queens. Talvez seja preciso recuperar algo no subsolo do Centro Médico do Hospital Jamaica.

Flatbush, Brooklyn

Ann-Marie Barbour verificou novamente se trancara todas as portas. Depois percorreu a casa duas vezes, aposento por aposento, de alto a baixo, tocando cada espelho duas vezes para se acalmar. Ela não conseguia passar por qualquer superfície refletora sem encostar ali os dois primeiros dedos da mão direita, acompanhando cada toque com um meneio de cabeça, numa rotina rítmica semelhante à genuflexão. Depois ainda percorreu a casa uma terceira vez, limpando cada superfície com uma mistura em partes iguais de detergente e água benta, até ficar satisfeita.

Quando sentiu que já se autocontrolara, telefonou para a cunhada Jeanie, que morava em Nova Jersey.

– Elas estão bem – disse Jeanie acerca das crianças, que pegara na véspera. – Muito comportadas. Como está o Ansel?

Ann-Marie fechou os olhos, vertendo lágrimas.

– Eu não sei.

– Ele está melhor? Você deu a ele a canja que eu levei?

Ann-Marie temia que o tremor em seu maxilar inferior fosse percebido ao falar.

– Eu... eu ligo para você mais tarde.

Desligou e lançou o olhar pela janela dos fundos em direção às sepulturas, dois canteiros de terra revolvida. Pensou nos cachorros que jaziam ali.

Também pensou em Ansel. E no que ele fizera aos bichos.

Ann-Marie lavou as mãos e depois percorreu a casa novamente, dessa vez apenas o andar térreo. Tirou a arca de mogno do aparador na sala de jantar e abriu a prataria que ganhara ao casar. Brilhante e polida. Aquilo era seu tesouro secreto, que ela escondia ali como outra mulher poderia esconder doces ou pílulas. Ann-Marie tocou cada utensílio, com as pontas dos dedos indo da prata para os lábios. Sentia que desmoronaria se não tocasse cada um.

Depois foi até a porta dos fundos. Parou ali, exausta, com a mão na maçaneta, rezando em busca de orientação e força. Rezou para saber, para compreender o que estava acontecendo e para que lhe fosse mostrada a coisa certa a fazer.

Então abriu a porta e desceu os degraus na direção do alpendre. Sem saber o que fazer, ela arrastara os cadáveres dos cachorros de lá até o canto do quintal. Felizmente havia uma pá velha debaixo da varanda da frente, de modo que ela não precisara voltar ao alpendre. Enterrara os bichos em covas rasas, chorando sobre os túmulos. Chorara pelos cães, pelas crianças e por si mesma.

Ann-Marie foi até a lateral do alpendre, onde havia crisântemos alaranjados e amarelos plantados numa jardineira abaixo de uma pequena janela com quatro vidraças. Hesitou antes de olhar para o interior, protegendo os olhos da luz do sol. Lá dentro havia ferramentas de jardinagem penduradas em ganchos na parede, ferramentas empilhadas em prateleiras e uma pequena bancada de trabalho. A luz do sol que entrava pela janela formava um retângulo perfeito no chão, e a sombra de Ann-Marie caía sobre uma estaca metálica enterrada no solo. Uma corrente igual à da porta tinha uma das pontas fixada à estaca e a outra fora do campo de visão de Ann-Marie. O solo mostrava ter sido escavado.

Ela voltou para a frente do alpendre, parou diante das portas trancadas e ficou escutando. Depois sussurrou:

– Ansel?

Ann-Marie ficou escutando novamente. Sem ouvir coisa alguma, encostou a boca na fresta de dois centímetros entre as portas empenadas pela chuva e disse:

– Ansel?

Ouviu algo farfalhando. O som vagamente animalesco parecia aterrorizante... mas ao mesmo tempo era reconfortante.

Ele ainda estava lá dentro. Continuava com ela.

– Ansel... eu não sei o que fazer... por favor... diga o que devo fazer... não consigo viver sem você. Preciso de você... querido. Por favor, me responda. O que devo fazer?

O tal farfalhar aumentou, como se fosse terra sendo sacudida. Ann-Marie ouviu um ruído gutural, como que saído de um cano entupido.

Se ela pelo menos pudesse ver Ansel. Ver seu rosto tranquilizador.

Ann-Marie meteu a mão no decote, tirando a chave rombuda que pendia de um cordão de sapato. Pegou o cadeado que prendia a corrente nas maçanetas das portas e girou a chave ali até ouvir um clique e ver a parte superior curva se soltar da grossa base de aço. Depois foi puxando os elos para fora das maçanetas metálicas, largando a corrente sobre a grama.

As portas se abriram sozinhas, girando alguns centímetros para fora. O sol já estava bem a pino, deixando escuro o interior do alpendre, a não ser pela luz residual da pequena janela. Ann-Marie ficou parada diante da porta, tentando espiar lá dentro.

– Ansel?

Ela viu uma sombra se mexer.

– Ansel... você precisa fazer mais silêncio à noite... o Otish, do outro lado da rua, chamou a polícia, pensando que eram os cachorros... os cachorros...

Os olhos de Ann-Marie se encheram de lágrimas. Tudo dentro dela ameaçava transbordar.

– Eu... quase falei de você para ele. Não sei o que fazer, Ansel. Qual é o certo? Estou tão perdida. Por favor... eu preciso de você...

Ela já estava estendendo a mão para as portas, mas ficou chocada ao ouvir lá dentro um grito semelhante a um gemido. Ansel atacou, avançando para as portas do alpendre e para ela, mas foi detido bruscamente pela corrente presa à estaca, estrangulando um rugido animal em sua garganta quando as portas se abriram. Ann-Marie ainda viu o marido antes de soltar seu próprio grito e bater as portas com força sobre ele, como quem fecha as persianas diante de um furacão feroz. Ansel estava agachado nu na terra, com apenas a coleira de cachorro apertada em torno do pescoço tenso. Tinha a boca aberta e enegrecida. Arrancara a maior parte do cabelo junto com as roupas. O corpo pálido cheio de veias azuis estava imundo por dormir e se esconder debaixo da terra, como uma coisa morta que houvesse cavado a própria sepultura. Ele arreganhou os dentes manchados de sangue, revirando os olhos e fugindo do sol. Um demônio. Ann-Marie passou a corrente pelas maçanetas outra vez, com as mãos tremendo incontrolavelmente, e fechou o cadeado. Depois se virou e fugiu de volta para casa.

Rua Vestry, Tribeca

A LIMUSINE LEVOU GABRIEL Bolivar direto para o consultório de seu médico particular num edifício com garagem subterrânea. O doutor Ronald Box era médico de muitas celebridades do cinema, da televisão e da música que moravam em Nova York. Ele não era uma mera máquina de receitas... embora fosse liberal com sua caneta eletrônica. Era um especialista em doenças internas, com muita experiência em centros para reabilitação de drogados, doenças sexualmente transmissíveis, hepatite C e outras moléstias relacionadas com a fama.

Bolivar subiu no elevador sentado numa cadeira de rodas, vestido apenas com um roupão preto, e encolhido feito um velho. Sua cabeleira sedosa ressecara e estava caindo. Ele cobriu o rosto com as mãos magras e artríticas para não ser reconhecido. Tinha a garganta tão inchada e dolorida que mal conseguia falar.

O doutor Box atendeu Gabriel de imediato, já examinando as imagens transferidas eletronicamente da clínica. A mensagem chegara com um bilhete de desculpas do clínico-chefe, que vira apenas os resultados e não Gabriel: prometia consertar as máquinas e sugeria outra bateria de exames dentro de um ou dois dias. Ao ver o paciente, porém, o médico achou que a adulteração não estava nos equipamentos. Ele se aproximou de Gabriel com o estetoscópio, auscultando o coração e pedindo que ele respirasse. Tentou espiar dentro da garganta dele, mas Gabriel se recusou, sem dizer palavra. Seus olhos preto-avermelhados luziam de dor.

– Há quanto tempo você tem essas lentes de contato? – perguntou o doutor.

O paciente fez um esgar com a boca, enquanto abanava a cabeça.

O médico olhou para um fortão parado à porta com uniforme de motorista. Elijah, o guarda-costas de Gabriel – com quase dois metros de altura, pesava cento e vinte quilos –, e parecia muito nervoso. O doutor Box começou a ficar amedrontado. Examinou as mãos do roqueiro, que pareciam envelhecidas e inflamadas, mas nada frágeis. Tentou apalpar os nódulos linfáticos debaixo do maxilar, mas a dor provocada era grande demais. A temperatura medida lá na clínica fora de cinquenta graus Celsius, uma impossibilidade humana. Ao chegar perto o suficiente para sentir o calor que emanava de Gabriel, porém, o doutor acreditou naquela medição e recuou.

– Eu realmente não sei como lhe dizer isso, Gabriel. Parece que o seu corpo está tomado por neoplasmas malignos. Isso é câncer. Estou vendo carcinomas, sarcomas e linfomas, tudo espalhado numa metástase desenfreada. Que eu saiba não há precedente médico para esse quadro, mas insisto em convocar alguns especialistas da área.

Gabriel Bolivar ficou sentado ali, escutando com uma expressão sinistra nos olhos descoloridos.

– Não sei o que é, mas algo se apossou de você. Estou falando literalmente. Pelo que vejo, seu coração parou de bater por conta própria e está sendo manipulado pelo câncer, que faz o órgão funcionar para você. O mesmo acontece nos seus pulmões, que estão sendo invadidos e quase absorvidos... transformados. – Nesse momento o médico começou a perceber o que havia. – É como se... você estivesse no meio de uma metamorfose. Clinicamente, poderia ser considerado morto. Parece que só é mantido vivo pelo câncer. Não sei mais o que dizer para você. Todos os seus órgãos estão entrando em falência, mas o seu câncer... bom, o seu câncer está ótimo.

Gabriel permaneceu sentado, com aqueles olhos assustadores fixados a meia distância. Seu pescoço se contraiu ligeiramente, como se ele estivesse tentando formular palavras, mas não conseguisse fazer a voz vencer uma obstrução.

– Quero internar você na Sloan-Kettering imediatamente – disse o doutor Box. – Podemos fazer isso sob um nome fictício, inventando um número de seguro social. É o melhor hospital de câncer no país. Quero que o senhor Elijah leve você para lá agora...

Gabriel emitiu um longo gemido surdo vindo do peito, que indubitavelmente era um *não*, e colocou as mãos nos braços da cadeira de rodas. Elijah avançou para segurar as alças de trás da cadeira. O roqueiro se levantou e levou um instante para recuperar o equilíbrio. Depois pegou o cinto do roupão com as mãos inflamadas e desfez o nó.

Ali embaixo estava seu pênis mole, escurecido e enrugado, pronto para cair da virilha feito um figo podre numa árvore moribunda.

Bronxville

Ainda muito abalada pelos acontecimentos das últimas vinte e quatro horas, a babá Neeva havia deixado as crianças da família Luss sob os cuidados de seu sobrinho Emile, e sua filha Sebastiane a levava de carro de volta a Bronxville. Keene e Audrey, sua irmã de oito anos, almoçariam os flocos de milho com salada de frutas que Neeva levara da casa da família ao fugir.

Agora ela estava voltando para pegar mais coisas. As crianças não comeriam a comida haitiana, e, o que era mais premente, Neeva esquecera o remédio de Keene contra asma. O menino já respirava com dificuldade e parecia pálido.

Ao chegar, Neeva viu o carro verde da senhora Guild, a governanta, na alameda da garagem da casa dos Luss. Hesitou e mandou Sebastiane esperar ali fora. Depois saltou, endireitou a combinação debaixo do vestido e foi até a entrada lateral com a chave na mão. A porta se abriu sem fazer soar o alarme, que não estava armado. Neeva atravessou a área de serviço apuradamente equipada, com armários embutidos, cabides para casacos e piso de cerâmica. Depois cruzou a porta que dava para a cozinha.

Ninguém parecia ter estado ali desde que ela partira com as crianças. Neeva parou no umbral e ficou escutando com extraordinária atenção, prendendo a respiração ao máximo antes de soltar o ar. Não ouviu coisa alguma.

– Olá? – exclamou algumas vezes, pensando se a governanta, que ela suspeitava ser uma racista enrustida e com quem mantinha um relacionamento extensamente silencioso, responderia. Pensando se Joan, uma mãe tão desprovida de instinto maternal a ponto de ser, a despeito de todo o sucesso como advogada, ela própria uma criança, responderia. E sabendo, em ambos os casos, que isso não aconteceria.

Como não ouviu som algum, ela passou pela bancada central da cozinha, largando a bolsa silenciosamente entre a pia e o fogão embutido. Abriu o armário dos petiscos e, rapidamente, mais feito uma ladra do que imaginara, encheu uma sacola de supermercado com biscoitos salgados e embalagens de suco, além de pacotes de pipoca. De vez em quando, parava a fim de escutar.

Depois de assaltar a geladeira, de onde tirou queijo fatiado e iogurte, ela notou o número do telefone de Roger Luss na folha de contatos colada à parede, perto do telefone da cozinha. Um relâmpago de incerteza passou pela sua cabeça. O que ela podia dizer a ele? *Sua esposa está doente. Ela não está bem. Então eu levei as crianças.* Não. Na vida cotidiana, ela mal falava com o patrão. Havia algo maléfico naquela casa magnífica. Seu primeiro e único dever, tanto como empregada quanto como mãe, era cuidar da segurança das crianças.

Neeva conferiu o armário sobre a adega refrigerada embutida, mas a caixa do remédio contra asma do garoto estava vazia, exatamente como ela temera. Assim, seria preciso descer à despensa no porão. No topo da escadaria curva acarpetada, ela parou e tirou da bolsa um crucifixo negro esmaltado. Desceu com o objeto a seu lado, só por precaução. Ao chegar ao último degrau, viu que o porão parecia muito escuro para aquela hora do dia. Acionou todos os comutadores no quadro de luz e ficou escutando depois que as luzes se acenderam.

Eles chamavam aquilo de porão, mas na realidade era mais um andar da casa, completamente mobiliado. Haviam instalado uma sala para ver televisão, com poltronas de cinema, e até uma carrocinha de pipoca. O aposento contíguo estava atulhado de brinquedos e mesas de jogos; em outro ficava a lavanderia, onde a governanta cuidava das roupas da família. Havia também um quarto banheiro e a despensa. Recentemente fora instalada uma adega de temperatura controlada em estilo europeu, sendo preciso que os operários quebrassem os alicerces do porão para criar um piso de terra pura.

O aquecimento foi ligado com um rugido, como se alguém estivesse dando pontapés na fornalha. As verdadeiras entranhas funcionais do porão ficavam escondidas atrás de uma porta em algum lugar, e o barulho quase fez Neeva atravessar o teto. Ela chegou a se virar para a escada, mas o garoto precisava do remédio para nebulização; a cor dele não estava boa.

Ela cruzou o porão com determinação, e já estava entre duas poltronas de couro do cinema, a meio caminho da porta da despensa, quando notou a tralha junto à janela. Era por isso que estava tão escuro ali embaixo, no meio do dia: havia brinquedos e velhas caixas de papelão empilhados como uma torre até o teto junto à parede, tapando as pequenas janelas, com roupas e jornais velhos bloqueando cada raio de sol.

Neeva arregalou os olhos, imaginando quem poderia ter feito aquilo. Depois correu para a despensa, encontrando os remédios para a asma de Keene empilhados na mesma prateleira aramada que as vitaminas de Joan. Pegou duas caixas compridas com os frascos plásticos e, na pressa, ignorou o restante da comida, e fugiu sem fechar a porta.

Ao atravessar novamente o porão, ela percebeu que a porta para a lavanderia estava entreaberta. Algo a respeito daquela porta, que nunca era deixada aberta, representava a perturbação da ordem normal que Neeva sentia tão palpavelmente naquela casa.

Então ela viu no carpete espesso manchas de terra fortes e escuras, espaçadas, quase como pegadas. Seu olhar seguiu as manchas até a porta da adega, pela qual ela precisava passar para chegar à escada. Também havia manchas de terra na maçaneta da porta.

Neeva já foi sentindo aquilo ao se aproximar da porta da adega. Era algo que vinha daquele aposento com piso de terra e uma escuridão de sepultura. Uma ausência de alma. Contudo, não parecia uma friagem, e sim um calor contraditório. Um calor que espreitava e fervilhava.

A maçaneta da porta começou a girar quando ela passou correndo em direção à escada. Neeva era uma mulher de cinquenta e três anos, com joelhos ruins. Seus pés foram esbarrando nos degraus ao subir correndo. Ela foi cambaleando, e, quando pôs a mão na parede para se apoiar, o crucifixo arrancou um pequeno pedaço do reboco. Algo estava lá embaixo, subindo a escada atrás dela. Neeva deu um berro no dialeto crioulo quando emergiu no ensolarado andar térreo. Correu pela cozinha toda, agarrando sua bolsa e derrubando a sacola do supermercado. Petiscos e bebidas se espatifaram no chão, mas ela estava apavorada demais para voltar.

Ao ver sua mãe fugir da casa gritando, com seus sapatos pretos e vestido estampado até os tornozelos, Sebastiane saiu do carro.

– Não! – berrou Neeva, acenando para que ela entrasse novamente. A mãe corria como se estivesse sendo perseguida, mas na realidade ninguém estava atrás dela. Alarmada, Sebastiane tornou a sentar no banco do motorista.

– Mamãe, o que aconteceu?

– Vamos embora – berrou Neeva com o peito enorme ofegante e os olhos ainda desvairados focalizando a porta lateral aberta.

– Mamãe – disse Sebastiane, engrenando a marcha a ré. – Isso é sequestro. Aqui existem *leis*. Você ligou para o marido? Você falou que ia ligar para ele.

Neeva abriu a mão, vendo o sangue ali. Ela agarrara o crucifixo com tanta força que se cortara na parte menor da cruz. Deixou o sangue pingar no soalho do carro.

17ª Delegacia,
rua Cinquenta e Um Leste, Manhattan

O VELHO PROFESSOR ESTAVA sentado bem na ponta do banco da cela, o mais longe possível de um homem sem camisa que roncava, e que acabara de mijar nas calças por não querer incomodar os outros perguntando onde ficava o canto com o vaso, ou mesmo tirar a calça.

– Setraykeen... Setarkian... Setrainiak...

– Aqui – respondeu ele, levantando e andando na direção do hesitante leitor com uniforme de polícia parado na porta aberta. O policial deixou que ele passasse e fechou a cela.

– Vou ser liberado? – indagou Setrakian.

– Acho que sim. Seu filho chegou.

– Meu...

Setrakian calou a boca e acompanhou o policial até uma sala de interrogatório sem placa alguma. O policial abriu a porta e acenou para que ele entrasse.

Setrakian levou alguns instantes, suficientes para que a porta se fechasse, até reconhecer a pessoa do outro lado da mesa vazia como o doutor Ephraim Goodweather, do Centro de Controle de Doenças.

Ele estava com a mesma médica de antes. Setrakian deu um sorriso de agradecimento pela artimanha dos dois, embora não ficasse surpreendido com a presença deles.

– Então já começou – disse ele.

Círculos escuros, causados por fadiga e falta de sono, adornavam os olhos do doutor Goodweather, que examinou o velho de alto a baixo.

– Se você quiser sair daqui, podemos dar um jeito. Mas primeiro eu preciso de uma explicação. Preciso de informação.

– Eu posso responder a muitas perguntas suas. Mas nós já perdemos tanto tempo. Precisamos começar agora, já, imediatamente, para termos uma chance mínima de conter essa coisa insidiosa.

– É disso que eu estou falando – disse o doutor Goodweather, estendendo a mão com uma certa rudeza. – O *que* é essa coisa insidiosa?

— Os passageiros do avião — disse Setrakian. — Os mortos se levantaram.

Eph não sabia como responder. Ele não podia dizer. E não ia dizer.

— Vocês vão precisar se livrar de muita coisa, doutor — disse Setrakian. — Entendo que acreditam estar correndo um risco ao confiar na palavra de um velho estranho. Mas, de certo modo, eu estou correndo um risco mil vezes maior ao lhes confiar essa responsabilidade. O que estamos discutindo aqui é nada menos do que o destino da raça humana, embora eu não espere que vocês acreditem totalmente nisso, nem que compreendam isso. Vocês acham que estão me recrutando para a sua causa, mas na verdade eu é que estou recrutando vocês para a minha.

O VELHO PROFESSOR

Loja de penhores Knickerbocker, rua 118 Leste, Harlem espanhol

Colocando a tabuleta de EMERGÊNCIA – ENTREGA DE SANGUE no para-brisa, Eph estacionou numa área de carga e descarga na rua 119 Leste. Depois acompanhou Setrakian e Nora até a esquina da loja de penhores, que ficava um quarteirão ao sul dali. As portas eram gradeadas, e as janelas tinham persianas de metal aferrolhadas. Apesar do letreiro onde se lia FECHADO enfiado sobre o horário de funcionamento no vidro da porta, havia um sujeito parado diante da fachada. Ele trajava um casaco preto puído e um gorro de crochê do tipo que os rastafáris gostam de usar, só que não tinha aquela cabeleira cacheada, de modo que o gorro parecia um suflê murcho. Estava segurando uma caixa de sapatos e deslocando o peso do corpo de um pé para outro.

Setrakian pegou um molho de chaves pendurado numa corrente e começou a abrir as trancas das grades da porta, fazendo seus dedos tortos trabalharem.

– Nada de penhores hoje – disse ele, dando uma olhadela para a caixa na mão do homem.

– Veja só. – O sujeito tirou da caixa de sapatos um embrulho de linho. Era um guardanapo de jantar que ele abriu, revelando nove ou dez talheres. – É prata da boa. Você compra prata, eu sei disso.

– Compro sim. – Depois de destrancar a grade, Setrakian pousou no ombro o cabo da longa bengala e selecionou uma faca que sopesou, esfregando a lâmina com os dedos. Depois de apalpar os bolsos, ele se virou para Eph. – Tem dez dólares, doutor?

Interessado em acabar logo com aquilo, Eph tirou do bolso um maço de cédulas e pegou uma nota de dez dólares, que entregou ao homem com a caixa de sapatos.

Setrakian devolveu ao sujeito os talheres, dizendo:

– Leve isso. Não é prata de verdade.

O homem aceitou a devolução agradecendo e foi embora com a caixa debaixo do braço.

– Deus abençoe vocês.

– Logo veremos se isso vai acontecer – disse Setrakian, entrando na loja.

Eph viu seu dinheiro descer a rua depressa e depois entrou atrás de Setrakian.

– As luzes ficam bem aí na parede – disse o velho, puxando e juntando as extremidades da grade para trancar a porta.

Nora mexeu nos três interruptores simultaneamente, iluminando as cristaleiras, os mostruários nas paredes e a entrada onde eles estavam. Era uma pequena loja de esquina, no feitio de cunha, cravada no quarteirão com um martelo de madeira. A primeira palavra que veio à mente de Eph foi "tralha". Montes e montes de tralha. Velhos aparelhos de som estéreo, videocassetes e outros artigos eletrônicos ultrapassados. Numa parede havia instrumentos musicais, inclusive um banjo e um teclado Keytar semelhante a uma guitarra, da década de 1980. Estatuetas religiosas e pratos de colecionador. Duas vitrolas e pequenas mesas de mixagem. Um mostruário trancado, com broches baratos e bijuterias berrantes de má qualidade. Cabides de roupas, na maioria casacos de inverno com golas de pele.

Era tanta tralha que Eph ficou um pouco desanimado. Será que investira aquele tempo precioso num maluco?

– Olhe aqui – disse ele ao velho. – Nós temos um colega... achamos que ele está infectado.

Setrakian passou por ele, batendo no chão com aquela bengala desproporcional. Com a mão enluvada, levantou a ponta do balcão, que tinha dobradiças, convidando Eph e Nora a entrar.

– Vamos subir por aqui.

Nos fundos, uma escada levava a uma porta no segundo andar. O velho tocou a *mezuzah* antes de entrar, encostando a bengala na parede.

Era um apartamento antigo, de teto baixo e tapetes gastos. Já fazia uns trinta anos que a mobília não era afastada do lugar.

– Vocês estão com fome? Se olharem em volta, vão encontrar alguma coisa para comer. – Setrakian levantou a tampa de um recipiente elegante, mostrando uma caixa de Devil Dogs já aberta. Tirou um, rasgando o invólucro de celofane. – Não deixem sua energia baixar. Mantenham a força. Vão precisar dela.

O velho foi mordendo o bolo recheado de creme enquanto ia para um quarto mudar de roupa. Eph olhou em volta da pequena cozinha e depois para Nora. O lugar tinha cheiro de limpeza, apesar da aparência atulhada. Da mesa, onde só havia uma cadeira, Nora levantou um retrato emoldurado em preto e branco: era uma jovem de cabelos negros e singelo vestido escuro, sentada em cima de um grande rochedo numa praia aparentemente deserta. Ela tinha os dedos cruzados sobre o joelho desnudo e um sorriso cativante no rosto simpático. Eph voltou ao corredor por onde eles haviam entrado, examinando os velhos espelhos pendurados nas paredes. Eram dezenas, de todos os tamanhos diferentes, marcados pelo tempo e cheios de defeitos. Havia livros velhos empilhados dos dois lados do chão, estreitando a passagem.

Setrakian reapareceu, trajando peças diferentes do mesmo tipo de roupa: um velho terno enxadrezado com colete, suspensórios, gravata e sapatos de couro marrom, finos de tanto serem engraxados. Nas mãos aleijadas, continuava usando aquelas luvas sem as pontas dos dedos.

– Estou vendo que você coleciona espelhos – disse Eph.

– Certos tipos. Acho os vidros mais antigos muito reveladores.

– Já está pronto para nos contar o que anda acontecendo?

O velho inclinou a cabeça suavemente.

– Doutor, isso não é uma coisa que a gente simplesmente conta. É algo que precisa ser revelado. Por favor, venham comigo...

Ele passou por Eph, indo até a porta por onde haviam entrado.

Eph foi descendo a escada atrás dele, seguido por Nora. Os três cruzaram a loja de penhores no andar térreo e passaram por outra porta trancada, indo até uma segunda escadaria curva que descia. O velho desceu, um degrau angulado de cada vez, com a mão retorcida deslizando no ferro frio do corrimão e a voz enchendo a estreita passagem.

– Eu me considero um repositório de conhecimento antigo, de pessoas já mortas e livros há muito esquecidos. Conhecimento acumulado durante uma vida inteira de estudo.

– Você falou algumas coisas quando nos deteve diante do necrotério. Insinuou que sabia que os mortos do avião não estavam se decompondo naturalmente – disse Nora.

– Correto.

– Baseado em quê?

– Na minha experiência.

Nora ficou confusa.

– Experiência com outros incidentes relacionados a aviões?

– O fato de estarem num avião é completamente irrelevante. Eu já vi esse fenômeno antes, na realidade. Em Budapeste, em Basra, em Praga e a menos de dez quilômetros de Paris. Vi isso acontecer num vilarejo de pescadores às margens do rio Amarelo. E também na cordilheira Altai, da Mongólia, a mais de dois mil metros de altura. Assim como também vi neste continente. Vi os indícios. Que geralmente são descartados como um fruto do acaso, ou atribuídos à hidrofobia, esquizofrenia e insanidade. Mais recentemente, foram rotulados de assassinatos em série...

– Espere, espere. Você mesmo já viu cadáveres que se decompunham devagar?

– É o primeiro estágio, sim.

– O primeiro estágio – disse Eph.

O patamar fazia uma curva e terminava numa porta trancada. Setrakian pegou uma chave separada das outras, pendurada numa corrente em torno do seu pescoço. Com os dedos retorcidos, meteu a chave em dois cadeados, um grande e o outro pequeno. A porta se abria para dentro, e luzes quentes se acendiam automaticamente. Ouvindo um zumbido, os três entraram num amplo e iluminado aposento no porão.

A primeira coisa que atraiu a atenção de Eph foi uma parede repleta de armaduras de batalha, que incluíam a equipagem completa de um cavaleiro, cotas de malha e placas metálicas para o peito ou pescoço de samurais japoneses, além de equipamentos mais grosseiros, feitos de couro trançado, para proteger o pescoço, o peito e as virilhas. Havia armas também: espadas e facas de montaria, com lâminas feitas de frio aço reluzente. Dispositivos mais modernos estavam arrumados numa velha mesa baixa, com as baterias inseridas em carregadores. Eph reconheceu óculos de visão noturna e carabinas de pregos com algumas modificações. Além de mais espelhos, principalmente de bolso, dispostos de tal modo que ele podia se ver olhando espantado para aquela galeria de... de quê?

– A loja me deu uma boa renda – disse o velho, fazendo um gesto para o andar superior. – Mas não entrei nesse ramo por gostar de radiotransistores e joias herdadas.

Ele fechou a porta e as luzes em torno do umbral se apagaram. As instalações corriam por toda a altura e largura da porta; eram tubos roxos que Eph reconheceu como sendo lâmpadas ultravioleta, dispostos em torno da entrada como um campo de força de luz.

Para proibir germes de entrar no aposento? Ou para manter alguma outra coisa do lado de fora?

– Não – continuou o velho. – Só escolhi essa profissão porque assim teria acesso fácil ao mercado clandestino de artigos esotéricos, antiguidades e livros. Tudo ilícito, embora geralmente nada ilegal. Coisas adquiridas para a minha coleção particular, e minha pesquisa.

Eph lançou outro olhar em torno. Aquilo parecia mais um pequeno arsenal do que uma coleção de museu.

– Sua pesquisa?

– É verdade. Por muitos anos fui professor de literatura e folclore da Europa Oriental na Universidade de Viena.

Eph avaliou o velho outra vez. Ele certamente se vestia como um professor vienense.

– Então se aposentou para virar colecionador e dono de uma loja de penhores no Harlem?

– Eu não me aposentei. Fui obrigado a sair. Caí em desgraça. Certas forças se alinharam contra mim. Olhando em retrospecto, porém, ir para a clandestinidade naquela época certamente salvou a minha vida. Na verdade, eu não podia ter feito coisa melhor. – Setrakian se virou para eles, cruzando as mãos às costas numa atitude professoral. – Esse flagelo, que atualmente testemunhamos em seus primeiros estágios, já existe há séculos. Há milênios. Eu suspeito, embora não possa provar, que exista desde os primórdios do tempo.

Eph balançou a cabeça, sem compreender o homem, mas satisfeito por finalmente fazer algum progresso.

– Então estamos falando de um vírus.

– Sim. Algo assim. Uma linhagem doentia, que corrompe tanto a carne quanto o espírito. – O velho estava posicionado de tal forma que, do ponto de vista de Eph e Nora, o conjunto de espadas na parede se abria em leque dos dois lados atrás dele, feito asas com lâminas de aço. – Portanto, um vírus? Sim. Mas eu também gostaria de apresentar vocês a outra palavra com *v*.

– Qual é? – perguntou Eph.

– Vampiro.

Uma palavra assim, dita com seriedade, fica pendurada no ar durante algum tempo.

– Vocês estão pensando em um canastrão sinistro, com uma capa de cetim preto – disse Setrakian, em tom de antigo professor. – Ou num poderoso vulto galante, com garras ocultas. Ou numa alma existencial, curvada sob a maldição da vida eterna. Ou então... Bela Lugosi encontra Abbott e Costello.

Nora lançou outro olhar em volta da sala.

– Não estou vendo crucifixos ou água benta. Nem réstias de alho.

Dando de ombros, Setrakian disse:

– O alho tem certas propriedades imunológicas interessantes e pode ser útil por si próprio. Assim, sua presença na mitologia é biologicamente compreensível, pelo menos. Mas os crucifixos e a água benta? Produtos de sua época. Frutos da febril imaginação irlandesa de um escritor vitoriano e do ambiente religioso da época.

Já esperando a expressão de dúvida dos dois, ele continuou:

– Eles sempre estiveram aqui. Fazendo ninhos e comendo. Em segredo e na escuridão, pois essa é sua natureza. Há sete originais, conhecidos como os Antigos. Os Mestres. Mas não um por continente. Via de regra não são seres solitários, tendem a se reunir em clãs. Até uma época bem recente, se considerarmos que a expectativa de vida deles está sempre em aberto, todos eles se espalhavam pela maior massa de terra, que hoje engloba a Europa, a Ásia, a Federação Russa, a península arábica e o continente africano. Ou seja, o Velho Mundo. Mas houve um cisma, um conflito entre eles. A natureza dessa desavença, eu não sei. Basta dizer que a cisão precedeu em séculos a descoberta do Novo Mundo. Então a fundação das colônias americanas abriu a porta para uma terra nova e fértil. Três deles permaneceram no Velho Mundo, e três se transferiram para o Novo. Ambos os lados respeitaram o domínio do outro. Foi feito e mantido um armistício. O problema aconteceu com o sétimo Antigo. Ele é um rebelde, que virou as costas para ambas as facções. Embora eu ainda não possa provar, a natureza abrupta desse ato me leva a crer que ele está por trás disso.

– Disso – disse Nora.

– Essa incursão ao Novo Mundo. A quebra do armistício solene. Esse desequilíbrio na existência da raça deles. Essencialmente, um ato de guerra.

– Uma guerra de vampiros – disse Eph.

Setrakian sorriu para si mesmo.

– Vocês simplificam porque não conseguem acreditar. Reduzem e minimizam, porque foram criados para duvidar e desmascarar. Reduzir tudo a um pequeno conjunto conhecido, para facilitar a digestão. Porque você é um médico, um homem da ciência, e porque estamos nos Estados Unidos, onde tudo é conhecido e compreendido, Deus é um ditador benevolente, e o futuro precisa ser sempre brilhante. – Ele uniu as mãos retorcidas o melhor que pôde, levando aos lábios as pontas dos dedos nuas com uma expressão pensativa. – Esse é o espírito aqui, e é lindo. É verdade... não estou caçoando. É maravilhoso acreditar apenas no que desejamos acreditar e descartar tudo o mais. Eu respeito muito o seu ceticismo, doutor. E digo isso na esperança de que, em troca, minha experiência no assunto seja respeitada, permitindo que minhas observações penetrem na sua mente científica e altamente civilizada.

– Você está dizendo que o avião... que um deles estava no avião. Esse tal rebelde – disse Eph.

– Exatamente.

– No caixão de defunto. No compartimento de carga.

— Um caixão cheio de terra. Eles são da terra e gostam de voltar ao lugar de onde surgiram. Como vermes. *Vermis*. Cavam para fazer seus ninhos. Nós chamaríamos isso de sono.

— Longe da luz do dia — disse Nora.

— Da luz do sol, sim. É em trânsito que eles ficam mais vulneráveis.

— Você falou que essa é uma guerra de vampiros. Mas não são os vampiros contra as pessoas? Todos aqueles passageiros mortos.

— Vocês também acharão difícil aceitar isso. Mas para eles nós não somos inimigos. Não somos adversários dignos. Aos olhos deles, nem mesmo chegamos a esse nível. Para eles, somos apenas presas. Alimento e bebida. Animais num cercado. Garrafas numa prateleira.

Eph sentiu um calafrio, mas, com a mesma rapidez, rejeitou essa sua reação trêmula.

— E para alguém que diria que isso parece mera ficção científica?

Setrakian apontou para ele.

— Esse dispositivo no seu bolso. O seu telefone celular. Você aperta umas teclas e imediatamente começa a conversar com alguém do outro lado do mundo. Isso é ficção científica, doutor. Ficção científica tornada realidade. — Ele sorriu.

— Quer uma prova?

Setrakian foi até um banco baixo junto à parede comprida, onde havia algo coberto com um manto de seda preta. Ele o alcançou de modo esquisito, esticando o braço e pegando a borda mais próxima do pano, enquanto mantinha o corpo o mais afastado possível, e puxou.

Era um recipiente de vidro. Uma jarra de amostras, dessas que se compram em qualquer loja de artigos médicos.

Lá dentro, suspenso num fluido escuro, havia um coração humano bem preservado.

Eph se curvou para observar a coisa a cerca de um metro.

— Mulher adulta, a julgar pelo tamanho. Sadia. Ainda jovem. Um espécime fresco. — Ele olhou de volta para Setrakian. — Isso é prova de quê?

— Eu extraí isso do peito de uma jovem viúva num vilarejo perto de Shkodër, no Norte da Albânia, na primavera de 1971.

Diante da estranheza do relato do velho, Eph sorriu e se inclinou para examinar mais de perto o conteúdo da jarra.

Algo parecido com um tentáculo pulou do coração. A ventosa na ponta tentou agarrar o vidro na frente do olho de Eph.

Ele se endireitou depressa e ficou imóvel, olhando fixamente para a jarra.

Perto dele, Nora disse:

– Meu Deus... que diabo foi isso?

O coração começou a se movimentar dentro do soro.

Estava pulsando.

Batendo.

Eph viu a tal ponta achatada com a ventosa, que parecia uma boca, esquadrinhar o vidro. Viu Nora, ali ao lado, olhando fixamente para o coração. Depois olhou para Setrakian, que não se movera, com as mãos descansando dentro dos bolsos.

– Sempre revive quando há sangue humano por perto – disse Setrakian.

Eph arregalou os olhos, sem conseguir acreditar. Foi se reaproximando devagar, dessa vez pela direita da ventosa receptora, pálida e sem lábios. O apêndice se soltou da superfície interna do vidro e, subitamente, deu outro bote na direção dele.

– *Jesus!* – exclamou Eph. O órgão pulsante boiava na jarra feito um peixe mutante carnudo. – Isso sobrevive sem...

Não havia suprimento de sangue. Eph olhou para os cotos seccionados das veias e artérias.

– Isso não está nem vivo nem morto – disse Setrakian. – Está em estado de animação. Possuído, pode-se dizer, mas no sentido literal. Examine mais de perto e você verá.

Eph notou que a pulsação era irregular, diferente da pulsação de um coração normal. E viu algo se mexendo dentro do órgão. Serpenteando.

– Um... verme? – perguntou Nora.

Era algo fino, pálido, de um tom labial, com seis ou sete centímetros de comprimento. Eles ficaram observando a coisa dar voltas dentro do coração, feito uma sentinela solitária patrulhando diligentemente uma base há muito abandonada.

— Um verme de sangue — disse Setrakian. — Um parasita capilar que se reproduz nos infectados. Eu suspeito, embora não tenha prova, de que isso é o transmissor do vírus. O verdadeiro vetor.

Eph balançou a cabeça, sem acreditar.

— E essa... ventosa?

— O vírus imita a forma do hospedeiro, embora reinvente seus sistemas vitais para se sustentar melhor. Em outras palavras, coloniza e adapta o hospedeiro para sobreviver. Como nesse caso o hospedeiro é um órgão seccionado que flutua em uma jarra, o vírus encontrou um meio de desenvolver seu próprio mecanismo para receber nutrientes.

— Nutrientes? — disse Nora.

— O verme vive de sangue. Sangue humano.

— Sangue? — Eph aguçou o olhar para o coração possuído. — De quem?

Setrakian tirou a mão esquerda do bolso, mostrando as pontas enrugadas dos dedos na extremidade da luva. A almofada do dedo médio estava cheia de cicatrizes.

— Bastam algumas gotas a cada poucos dias. Sua fome já deve ser grande. Eu estive ausente.

Ele foi até o banco e levantou a tampa da jarra. Eph recuou para observar. Com um pequeno canivete pendurado na corrente do chaveiro, Setrakian espetou a ponta do dedo por cima da jarra. Nem sequer fez uma careta, pois o ato era tão rotineiro que não doía mais.

O sangue foi pingando no soro.

A ventosa bebeu as gotas vermelhas com lábios semelhantes aos de um peixe faminto.

Quando acabou, o velho passou sobre o dedo um pouco de curativo líquido tirado de um pequeno frasco na bancada, e voltou a tampar a jarra.

Eph viu a ventosa ficar vermelha. Dentro do órgão, o verme já se movimentava com mais fluidez e força redobrada.

— E você diz que vem mantendo essa coisa aqui por...?

— Desde a primavera de 1971. Eu não tiro muitas férias. — Setrakian sorriu da pequena piada, olhou para o dedo perfurado, e esfregou a ponta seca. – Ela era uma morta-viva, uma pessoa que fora infectada. Que fora *transformada*. Os Antigos, que desejam se manter ocultos, matam imediatamente após se alimentar, para evitar qualquer propagação do seu vírus. Mas algum infectado fugiu, voltando para casa a fim de reivindicar seus familiares, amigos e vizinhos, ficando entocado no pequeno vilarejo. Quando encontrei essa viúva, seu coração fora transformado menos de quatro horas antes.

– Quatro horas? Como você podia saber?

– Eu vi a marca. A marca do *strigoi*.

– *Strigoi?* – disse Eph.

– Um termo do Velho Mundo para vampiro.

– E a marca?

– O ponto de penetração. Uma pequena fenda na frente da garganta, que a essa altura vocês já devem ter visto, imagino.

Eph e Nora balançaram a cabeça, pensando em Jim.

– Preciso salientar que não tenho o hábito de cortar corações humanos. Isso foi um trabalho sujo de que participei por acaso. Mas era absolutamente necessário – acrescentou Setrakian.

– E desde então continuou alimentando a coisa feito um... animal de estimação? – disse Nora.

– Sim. – Setrakian olhou para a jarra, quase que com ternura. – Isso me serve de lembrete diariamente. Lembra aquilo que combato. Que agora *nós* estamos combatendo.

Eph estava horrorizado.

– Durante todo esse tempo... por que não mostrou isso para alguém? Uma escola de medicina. O noticiário da noite?

– Se fosse tão fácil, doutor, o segredo teria sido revelado há muitos anos. Existem forças alinhadas contra nós. Esse é um segredo antigo, com raízes profundas. Alcança muitos. A verdade jamais teria permissão para chegar a uma audiência de massa; seria suprimida junto comigo. É por causa disso que eu vivi tantos anos escondido aqui, em plena luz do dia. Aguardando.

Esse tipo de conversa eriçava os pelos da nuca de Eph. A verdade estava bem à sua frente: o coração humano numa jarra, abrigando um verme sedento do sangue do velho.

– Eu não lido bem com segredos que ameaçam o futuro da raça humana. Ninguém mais sabe disso?

– Ah, alguém sabe. Sim. Alguém poderoso. O Antigo não poderia ter viajado sem ajuda. Algum aliado humano deve ter providenciado segurança e transporte para ele. Os vampiros não podem cruzar massas de água corrente sem a ajuda de seres humanos, entendem? Algum humano está convidando os vampiros para cá. E agora o pacto, o armistício, foi quebrado. Por uma aliança entre *strigoi* e humanos. É por isso que essa incursão é tão chocante. E tão incrivelmente ameaçadora.

Nora se voltou para Setrakian.

– Quanto tempo nós temos?

O velho já fizera os cálculos.

– Essa coisa precisará de menos de uma semana para exterminar Manhattan inteira, e menos de três meses para se apossar do país. Em seis meses... o mundo.

– De jeito nenhum – disse Eph. – Isso não vai acontecer.

– Eu admiro a sua determinação, doutor – disse Setrakian. – Mas ainda não conhece direito o que está enfrentando.

– Tá legal – disse Eph. – Então me diga... por onde começamos?

Park Place, Tribeca

VASILIY FET ENCOSTOU A van com logomarca da prefeitura diante de um prédio residencial na parte baixa de Manhattan. Por fora, a construção não parecia grande coisa, mas tinha um toldo e um porteiro na fachada. Afinal, ali era Tribeca. Vasiliy teria conferido o endereço outra vez, se uma van do Departamento de Saúde já não estivesse estacionada irregularmente ali na frente, com as luzes amarelas girando. Ironicamente, na maior parte dos prédios e lares da maioria dos bairros, os exterminadores de pragas eram recebidos de braços abertos, como se fossem policiais chegando à cena de um crime. Mas Vasiliy achava que ali a história seria diferente.

Sua van ostentava na traseira um letreiro que dizia: DEPARTAMENTO DE CONTROLE DE PRAGAS – CIDADE DE NOVA

YORK. Ele encontrou o inspetor do Departamento de Saúde, Bill Furber, na escada interna do prédio. Billy tinha um bigode louro comprido surfando as ondas faciais causadas pelo uso constante de chiclete antifumo. Ele exclamou:
— Vaz.

Vaz era o diminutivo de Vasya, que já era o seu apelido russo. Vaz, ou simplesmente V, como muitas vezes era chamado, era filho de imigrantes russos, mas sua voz áspera parecia típica do Brooklyn. Grandalhão, ele ocupava praticamente a escada inteira.

Billy bateu no braço dele, grato por Vasiliy ter aparecido.
— A sobrinha do meu primo foi mordida na boca aqui. Eu sei que não é o meu tipo de prédio, mas o que posso fazer? Eles casaram com gente que tem imóveis. Só para você saber... são da família. Eu falei que ia trazer o melhor exterminador de ratos nas cinco zonas da cidade.

Vasiliy balançou a cabeça, com o orgulho silencioso característico de sua profissão. Um exterminador tem êxito em silêncio. Ter êxito significa não deixar para trás qualquer indicação desse êxito, qualquer indício de que havia um problema, de que existia alguma praga ou de que fora armada alguma armadilha. Significa que a ordem foi preservada.

Ele foi puxando o equipamento rolante, como se aquilo fosse o conjunto de ferramentas de um técnico de computador. O apartamento tinha pé-direito alto e aposentos amplos, com quase duzentos metros quadrados de área. Pelos valores dos imóveis nova-iorquinos, custaria facilmente três milhões de dólares. Sentada em um sofá curto, firme e alaranjado, dentro de uma sala high-tech decorada com vidro, cromo e madeira de lei, uma garotinha agarrava a boneca e a mãe ao mesmo tempo. Ela tinha parte da boca e da bochecha cobertas por gaze. A mãe usava cabelo bem curto, óculos com uma estreita armação retangular e uma saia de lã verde até os joelhos. Para Vasiliy, ela parecia uma visitante vinda de um futuro andrógino e muito moderno. A garota era bem pequena, com cinco ou seis anos, e ainda parecia assustada. Vasiliy teria tentado um sorriso, mas sua fisionomia raramente punha crianças à vontade. Ele tinha um queixo que mais parecia a traseira chata da lâmina de um machado, além de olhos muito espaçados.

Um televisor de plasma estava pendurado na parede, feito um quadro largo com moldura de vidro. Ali, o prefeito falava diante de um verdadeiro buquê de microfones, tentando responder a perguntas sobre os mortos no avião desaparecidos ou os corpos que haviam sumido dos necrotérios municipais. A polícia estava em estado de alerta máximo, detendo todos os caminhões refrigerados em pontes e túneis. Fora divulgado o número telefônico do Sistema de Informação e Prevenção de Terrorismo. As famílias das vítimas estavam revoltadas, e os enterros haviam sido adiados.

Billy levou Vasiliy até o quarto da garota, onde havia uma cama com dossel, um televisor Bratz incrustado de joias e um laptop no mesmo estilo, além de um pônei mecânico no canto. O olhar de Vasiliy foi imediatamente atraído para um invólucro perto da cama. Dentro havia bolachas recheadas com creme de amendoim. Ele mesmo gostava da guloseima.

– Ela estava tirando uma soneca aqui – disse Billy. – Acordou sentindo algo mordiscando seu lábio. O bicho já estava no travesseiro dela, Vaz. Um rato na cama. A garota vai passar um mês sem dormir. Você já ouviu falar numa coisa dessas?

Vasiliy balançou a cabeça. Havia ratos dentro e perto de cada prédio em Manhattan, pouco importando o que dissessem os proprietários ou pensassem os inquilinos, mas eles não gostavam de divulgar sua presença, principalmente no meio do dia. Os ataques de ratos geralmente envolvem crianças, e com mais frequência ocorrem em torno da boca, porque é ali que está o cheiro da comida. Os ratos da Noruega, *Rattus norvegicus*, isto é, ratos urbanos, têm o olfato e o paladar altamente desenvolvidos. Os dentes incisivos da frente são longos, afiados e mais fortes do que alumínio, cobre, chumbo ou ferro. Em Nova York, os ratos roedores são responsáveis por um quarto das rupturas de cabos elétricos, e provavelmente culpados pela mesma porcentagem de incêndios de origem desconhecida. Em termos de dureza, seus dentes são comparáveis ao aço, e a estrutura de suas mandíbulas, semelhante à do aligátor, permite mordidas com centenas de quilos de pressão. Eles conseguem abrir caminho mastigando cimento, e até mesmo pedra.

– Ela viu o rato? – perguntou Vasiliy.

– Mas não sabia o que era. Gritou se debatendo, e o bicho fugiu. No pronto-socorro falaram que tinha sido um rato.

Vasiliy foi até a janela, entreaberta para deixar a brisa entrar. Abriu-a mais um pouco e lançou o olhar para uma pequena viela calçada com pedras, três andares abaixo. A escada de incêndio ficava a três ou quatro metros da janela, mas a parede de tijolos, que tinha séculos de idade, era cheia de calombos e buracos. As pessoas pensam que os ratos são atarracados e molengas, mas na realidade se movimentam com a agilidade de esquilos. Principalmente quando motivados por comida ou medo.

Vasiliy afastou a cama da garota da parede e levantou as cobertas. Afastou também uma casa de bonecas, uma escrivaninha e uma estante para espiar atrás, embora não esperasse encontrar o rato ainda ali. Estava simplesmente eliminando o óbvio.

Depois passou para o corredor, puxando o equipamento rolante ao longo do liso piso de madeira envernizada. Os ratos têm visão precária e seus movimentos são mais guiados pelo tato. Eles caminham rápido por repetição, criando trilhas ao longo de paredes baixas. Raramente se afastam mais de vinte metros do ninho e não confiam em ambientes pouco familiares. Provavelmente aquele rato encontrara a porta e dobrara o canto, seguindo junto à parede da direita, com os pelos ásperos deslizando nas tábuas do soalho. A próxima porta aberta levava ao banheiro particular da garota, decorado com um tapete em forma de morango, uma cortina rosada no chuveiro, e uma cesta com brinquedos e bolhas para banho. Vasiliy esquadrinhou o aposento procurando esconderijos e depois farejou o ar. Balançou a cabeça para Billy, que então fechou a porta atrás dele.

Billy ficou parado um instante, escutando, e depois resolveu descer para tranquilizar a mãe. Estava quase chegando lá quando ouviu, vindo do banheiro no corredor, um BANGUE terrível, seguido pelo som de frascos caindo dentro da banheira, um forte grunhido e uma fieira de palavrões em russo jorrando em tom feroz da voz de Vasiliy.

A mãe e a filha pareciam consternadas. Billy levantou a mão para elas pedindo paciência, depois de engolir acidentalmente seu chiclete, e voltou apressadamente para o corredor.

Vasiliy abriu a porta do banheiro. Estava usando luvas de borracha próprias para captura e segurava uma sacola grande. Algo na sacola se debatia e esperneava. E era algo grande.

Vasiliy balançou a cabeça uma vez e entregou a sacola a Billy.

Billy não tinha escolha além de segurar aquilo, senão a sacola cairia e o rato escaparia. Só rezava para que o tecido fosse tão forte quanto parecia, pois lá dentro o rato continuava se contorcendo e lutando. Ele ficou segurando a sacola com o braço esticado longe do corpo, mantendo suspenso o rato que se debatia. Enquanto isso Vasiliy ia calmamente, embora devagar demais, abrindo o carrinho e tirando um pacote vedado, que continha uma esponja embebida em halotano. Ele pegou de volta a sacola, para felicidade de Billy, abriu-a o bastante para jogar o anestésico lá dentro e depois fechou tudo novamente. O rato lutou violentamente a princípio. Depois começou a esmorecer. Vasiliy sacudia a sacola para acelerar o processo.

Ainda esperou alguns instantes, depois do fim da luta, antes de abrir a sacola, meter a mão lá dentro e puxar o rato pela cauda. O bicho estava sedado, mas não inconsciente. Suas patas dianteiras, com dedos rosados, ainda cravavam as afiadas unhas no ar, enquanto a mandíbula dava dentadas. Os brilhantes olhos negros continuavam abertos. Era um animal de bom tamanho, com cerca de vinte centímetros de corpo e mais vinte de cauda. O pelo áspero tinha um tom cinza-escuro no dorso e branco sujo na barriga. Não era um bicho de estimação fugido, e sim um rato urbano selvagem.

Billy recuara bastante. Ele já vira muitos ratos na vida, mas nunca se acostumara com os bichos. Já Vasiliy parecia bastante à vontade.

– Ela está grávida – disse ele. Os ratos têm uma gestação de apenas vinte e um dias, podendo parir ninhadas com até vinte filhotes. Uma fêmea sadia pode gerar duzentos e cinquenta ratos todo ano, e metade deles é de mais fêmeas prontas para acasalar. – Quer uma amostra de sangue para o laboratório?

Billy abanou a cabeça de nojo, como se Vasiliy houvesse perguntado se ele queria comer o bicho.

– A garota já foi vacinada no hospital. Veja o tamanho disso, Vaz. Pelo bom nome de Cristo. – Ele baixou a voz. – Não estamos num conjunto habitacional em Bushwick, você sabe o que quero dizer?

Vasiliy sabia o que ele queria dizer. Intimamente. Seus pais haviam ido morar lá ao chegar. Bushwick vira várias ondas de imigrantes desde meados de 1800: alemães, ingleses, irlandeses, russos, poloneses, italianos, afro-americanos e porto-riquenhos. Agora eram dominicanos, guianenses, jamaicanos, equatorianos, indianos, coreanos e gente do Sudeste Asiático. Vasiliy vivera muito tempo nos bairros mais pobres de Nova York. Conhecia famílias que toda noite isolavam partes de seus apartamentos com almofadas, livros e móveis, para tentar impedir que os ratos entrassem.

Mas aquele ataque era realmente diferente. À luz do dia. Que ousadia. Geralmente só os ratos mais fracos, expulsos da colônia, vêm à superfície procurar alimento. Mas aquela fêmea era forte e sadia. Uma coisa altamente inusitada. Os ratos coexistem com os seres humanos mantendo um equilíbrio precário: exploram as vulnerabilidades da civilização, aproveitam o lixo desperdiçado pela espécie maior, e vivem espreitando escondidos, por trás das paredes ou debaixo das tábuas do soalho. A aparição de um rato simboliza a ansiedade e o medo da humanidade. Qualquer incursão além da costumeira busca noturna por comida indica uma alteração no ambiente. Tal como os seres humanos, os ratos não estão acostumados a assumir riscos desnecessários; precisam ser forçados a sair dos subterrâneos.

– Quer que eu passe o pente no pelo, para ver se tem pulgas?
– Por Cristo, não. Basta ensacar e se livrar disso. Seja como for, não mostre o bicho à garota. Ela ficou traumatizada com o que aconteceu.

Vasiliy pegou no carrinho uma grande bolsa plástica e fechou o rato ali dentro com outra esponja de halotano, dessa vez uma dose fatal. Meteu a bolsa dentro da sacola para esconder a prova e continuou seu trabalho, começando pela cozinha. Afastou o pesado fogão de oito bocas e a lavadora de pratos. Verificou os orifícios dos canos debaixo da pia. Não viu fezes ou buracos, mas como já estava ali colocou algumas iscas envenenadas atrás dos armários. Fez isso sem avisar os moradores. O veneno deixa as pessoas nervosas, principalmente os pais, mas a verdade é que há veneno de rato espalhado em cada prédio e rua de Manhattan. Se você avistar algo parecido com balas azuis ou verdes, pode ter certeza de que há ratos por perto.

Billy acompanhou Vasiliy até o porão, que era limpo e arrumado, sem lixo ou dejetos macios para abrigar ninhadas. O exterminador esquadrinhou o espaço, tentando farejar fezes. Tinha bom olfato para ratos, tal como os ratos tinham um bom olfato para seres humanos. Depois apagou a luz, para grande desconforto de Billy, e acendeu uma lanterna que usava presa ao cinto do macacão azul-claro. A luz era roxa, e não branca. A urina de roedores adquire um tom azul-escuro sob a luz negra, mas ali não se via vestígio algum. Vasiliy deixou iscas com raticida nos espaços mais baixos e colocou armadilhas do tipo "motel" nos cantos, só por precaução. Depois acompanhou Billy de volta ao saguão.

Billy agradeceu a Vasiliy, falando que não esqueceria aquele favor. Ao sair, os dois tomaram rumos diferentes. Só que Vasiliy continuava intrigado. Depois de guardar o equipamento e o rato morto na traseira da van, ele acendeu um charuto dominicano e saiu caminhando. Desceu a rua e entrou na viela calçada de pedras que avistara da janela da garota. Tribeca era a única parte de Manhattan onde ainda existiam vielas.

Ele dera apenas alguns passos, quando avistou o primeiro rato se esgueirando pela borda do prédio, tateando o caminho. Depois viu outro, no galho de uma pequena árvore que brotara com dificuldade junto a uma curta parede de tijolos. E um terceiro, agachado na sarjeta de pedra, bebendo o líquido marrom que fluía de uma fonte oculta de lixo ou esgoto.

Vasiliy ficou parado ali observando, enquanto os ratos iam surgindo das pedras do calçamento. Literalmente. Vinham abrindo caminho com as garras entre as pedras gastas, até chegar à superfície. Como os ratos têm esqueletos maleáveis, conseguem se espremer por buracos do tamanho de seus crânios, com cerca de dois centímetros de largura. Eles estavam subindo pelas falhas no calçamento em grupos de dois ou três, e rapidamente se espalhavam. Usando as pedras de trinta por oito como padrão, Vasiliy avaliou que aqueles ratos tinham de vinte a vinte e cinco centímetros de comprimento, tamanho esse dobrado pela cauda. Em outras palavras, eram ratos completamente adultos.

Dois sacos de lixo ali perto estavam inchando e se agitando. Havia ratos abrindo caminho lá dentro. Um rato pequeno tentou passar velozmente por ele na direção de um latão de lixo, mas Vasiliy deu-lhe um pontapé com a botina de trabalho, lançando o bichinho a uns cinco metros de distância. Ele caiu no meio da viela, sem se mover. Em segundos, outros ratos famintos já estavam atacando-o, com os longos incisivos amarelos mordendo o pelo. A maneira mais eficiente e eficaz de exterminar ratos é retirar do ambiente sua fonte de alimento, e depois deixar que eles se entredevorem.

Aqueles ratos estavam famintos e estavam fugindo. Tal atividade na superfície, em plena luz do dia, era inusitada. Esse tipo de deslocamento em massa só acontecia depois de algo como um terremoto ou o desabamento de um prédio.

Ou, ocasionalmente, devido a um grande projeto de construção.

Vasiliy avançou mais um quarteirão, cruzando a rua Barclay e chegando a um ponto onde a cidade se abria para o céu lá em cima, uma área de seis hectares em obras.

Ele subiu numa das plataformas panorâmicas que davam para o terreno onde antes se erguia o World Trade Center. A bacia subterrânea profunda que suportaria a nova construção estava quase completa: as colunas de concreto e ferro já começavam a surgir do solo. A área parecia um corte na cidade, como a mordida no rosto da garotinha.

Vasiliy se lembrava daquele setembro apocalíptico em 2001. Poucos dias depois do colapso das Torres Gêmeas, ele chegara com o Departamento de Saúde e começara pelos restaurantes fechados no perímetro da área, removendo alimentos abandonados. Depois descera para os porões e dependências no subsolo. Lá não vira um rato sequer, apenas muitos indícios da presença deles, inclusive quilômetros de rastros de ratos marcados na poeira assentada. Recordava vividamente uma loja de biscoitos quase inteiramente devorada. A população dos ratos estava explodindo na área, e a preocupação era que saíssem das ruínas à procura de novas fontes de alimento, invadindo as ruas e vizinhanças próximas. Por isso, fora desencadeado um programa de contenção maciço, com verbas federais. Milhares de iscas envenenadas e ratoeiras de arame haviam sido colocadas dentro e perto do Marco Zero. Graças à vigilância de Vasiliy e de outros como ele, a temida invasão não se materializara.

Ele ainda continuava contratado pelo governo: seu departamento supervisionava uma pesquisa de controle de ratos dentro e perto do parque Battery. Portanto, ele estivera muito envolvido com as infestações locais desde o começo do projeto de reconstrução. E até então tudo se desenrolara de maneira normal.

Vasiliy baixou o olhar para os caminhões derramando concreto e os guindastes deslocando entulho. Esperou três minutos, até um garoto terminar de espiar por um dos visores montados ali, iguais aos que há no alto do Empire State. Depois colocou no aparelho suas duas moedas de 25 centavos e esquadrinhou a área em obras.

Num instante percebeu os pequenos corpos marrons que saíam dos cantos e corriam em torno de pilhas de pedras. Alguns fugiam apressadamente pela pista de acesso que levava à rua Liberty. Corriam em torno das estacas que marcavam os alicerces da torre Freedom, como se participassem de uma maldita corrida de obstáculos. Vasiliy procurou as brechas que ligariam a nova construção à linha do metrô Trans-Hudson, da Autoridade Portuária. Depois apontou o visor mais para cima, acompanhando uma fileira de ratos que subiam as escoras de uma plataforma de aço no canto leste e se aventuravam pelos cabos esticados. Era um êxodo em massa. Estavam fugindo às pressas da bacia, seguindo qualquer rota de fuga que conseguiam encontrar.

Ala de isolamento, Centro Médico do Hospital Jamaica, Queens

ATRÁS DA SEGUNDA PORTA da ala de isolamento, Eph calçou as luvas de borracha. Quando ia insistir para Setrakian fazer o mesmo, deu uma olhadela nos dedos torcidos do velho e duvidou que isso fosse possível.

Eles entraram no compartimento de Jim Kent, que era o único ocupado na enfermaria vazia. Jim estava dormindo, ainda com as roupas normais. Do peito e da mão saíam fios em direção a máquinas, que faziam suas medições silenciosamente. A enfermeira de plantão dissera que os níveis dele estavam baixando tanto que os alarmes automáticos de batimento cardíaco, pressão sanguínea, respiração e nível de oxigenação haviam sido desligados, pois disparavam continuamente.

Eph passou pelas cortinas plásticas transparentes, sentindo Setrakian ficar tenso a seu lado. Quando chegaram perto, os sinais vitais de Jim subiram em todas as telas de leitura, coisa que era muito estranha.

– Feito o verme na jarra – disse Setrakian. – Ele nos percebeu. Sentiu que há sangue por perto.

– Não pode ser – disse Eph, chegando mais perto, vendo os sinais vitais e a atividade cerebral de Jim aumentarem. Então disse: – Jim.

O sono deixara o rosto dele frouxo, e sua pele escura assumira um tom acinzentado. Eph viu as pupilas se movendo rápido debaixo das pálpebras, numa espécie de sono REM maníaco.

Com a cabeça de lobo feita de prata que havia no punho da sua bengala, Setrakian afastou a última cortina à frente deles.

– Não cheguem perto demais. Ele está se transformando – alertou ele, metendo a mão no bolso do casaco. – Pegue o seu espelho.

No bolso interno do paletó de Eph havia um espelho com moldura de prata, medindo dez por sete centímetros. Era um dos muitos itens que o velho trouxera do seu arsenal contra vampiros no porão.

– Você consegue se ver aí?

Eph viu seu reflexo no vidro velho.

– Claro.

– Por favor, olhe pelo espelho para mim.

Eph inclinou o espelho para ver o rosto do velho.

– Tá legal.

– Os vampiros não têm reflexo – disse Nora.

– Não é bem assim – disse Setrakian. – Por favor, agora, com cuidado, olhe pelo espelho para o rosto dele.

Como o espelho era muito pequeno, Eph precisou chegar mais perto da cama, com o braço estendido, segurando o espelho inclinado acima do rosto de Jim.

A princípio ele não conseguia ver o reflexo de Jim. A imagem dava a impressão de que sua mão estava tremendo violentamente. Mas o fundo, o travesseiro e o leito estavam imóveis.

O rosto de Jim parecia um borrão. Era como se sua cabeça estivesse tremendo com enorme velocidade, ou vibrando com tal força que suas feições ficavam imperceptíveis.

Eph puxou o braço para trás rapidamente.

– Revestido de prata – disse Setrakian, apontando para o espelho. – É esse o segredo. Os espelhos modernos, produzidos em massa, com o fundo cromado, não revelam coisa alguma. Mas o vidro revestido de prata sempre diz a verdade.

Eph examinou novamente sua imagem no espelho. Normal. Exceto pelo ligeiro tremor de sua mão.

Inclinou o espelho novamente para o rosto de Jim Kent, tentando manter o braço imóvel, e viu o borrão trêmulo que era o reflexo de Jim. Era como se o corpo dele estivesse num estertor furioso, fazendo seu ser vibrar com força e velocidade demais para conseguir projetar uma imagem.

Contudo, a olho nu ele parecia calmo e sereno.

Eph passou o espelho para Nora, que sentiu o mesmo espanto e medo. – Então, isso significa... que ele está se transformando em uma coisa... uma coisa como o comandante Redfern.

– Após uma infecção normal – explicou Setrakian –, eles podem completar a transformação e passar à fase de alimentação em apenas um dia e uma noite. Leva sete noites para um deles se transformar completamente, até a doença consumir e reformular o corpo para seus próprios fins... seu novo estado parasitário. Daí são trinta noites para a maturidade total.

– Maturidade total? – exclamou Nora.

– Rezem para não vermos essa fase – respondeu Setrakian, acenando na direção de Jim. – As artérias do pescoço humano oferecem o ponto de acesso mais rápido, embora a artéria femoral seja outro caminho direto para o nosso fluxo sanguíneo.

O corte no pescoço era tão perfeito que não estava visível naquele momento.

– Mas por que sangue? – disse Eph.

– Oxigênio, ferro e muitos outros nutrientes.

– Oxigênio? – perguntou Nora.

Setrakian balançou a cabeça.

– Os corpos dos hospedeiros deles mudam. Parte da mudança é a fusão dos sistemas circulatório e digestivo, que se unem. Tal como os insetos. A substância sanguínea deles não tem a combinação de ferro e oxigênio que dá a cor vermelha ao sangue humano. O produto deles fica branco.

– E os órgãos – disse Eph. – Os de Redfern quase pareciam cânceres.

– O sistema corporal é consumido e transformado. O vírus toma conta. Eles já não respiram. Sorvem o ar, meramente como um reflexo residual, mas não se oxigenam mais. Sem função, os pulmões acabam murchando e são readaptados.

– Quando o Redfern me atacou – disse Eph –, exibiu um apêndice altamente desenvolvido na boca. Como se fosse um ferrão muscular bem desenvolvido debaixo da língua.

Setrakian balançou a cabeça, como que concordando com Eph sobre as condições de tempo.

– Isso fica ingurgitado quando eles se alimentam. A carne se torna quase escarlate nos globos oculares e nas cutículas. Esse ferrão, como você diz, na realidade é uma reconversão ou um redirecionamento da faringe, da traqueia e dos alvéolos pulmonares de antes com a carne recém-desenvolvida. Algo como uma manga de paletó virada do avesso. A partir da cavidade torácica, o vampiro pode projetar esse órgão a mais de um metro e vinte, chegando mesmo a um metro e oitenta. Se você dissecar uma vítima madura, vai encontrar um tecido muscular, uma bolsa que impulsiona o ferrão para se alimentar. Eles só precisam ingerir sangue humano puro com regularidade. São como diabéticos, sob esse aspecto. Sei lá. Você é o médico aqui.

– Eu pensava que era – resmungou Eph. – Até agora.

– Eu achava que os vampiros bebiam sangue de virgens. Eles hipnotizam... se transformam em morcegos... – disse Nora.

– Eles são muito romantizados, mas a verdade é mais... como posso dizer? – disse Setrakian.

– Perversa – completou Eph.

– Nojenta – disse Nora.

– Não – disse Setrakian. – Banal. Vocês encontraram a amônia?

Eph balançou a cabeça.

– Eles têm um sistema digestivo muito compacto – continuou Setrakian. – Não há lugar para armazenar alimento. Todo plasma não digerido e outros resíduos precisam ser expelidos para dar lugar ao nutriente que chega. O carrapato também é assim... vai excretando enquanto come.

Subitamente a temperatura dentro do compartimento mudou. A voz de Setrakian se transformou num sussurro gélido.

– *Strigoi* – sibilou ele. – Aqui.

Eph olhou para Jim, que abrira os olhos. As pupilas estavam escuras, enquanto a esclerótica em torno adotava um tom cinza-alaranjado, quase como um céu incerto ao anoitecer. Ele olhava fixamente para o teto.

Eph sentiu uma pontada de medo. Setrakian se enrijeceu, com a mão contorcida perto da cabeça de lobo no punho da bengala e pronta para golpear. Eph sentiu a eletricidade da intenção do velho, mas ficou chocado com o ódio profundo e antigo que viu nos olhos dele.

Jim soltou um ligeiro gemido e disse:

– Professor...

Depois seus olhos se fecharam novamente, e ele recaiu naquele transe que parecia o estágio REM do sono.

Eph voltou-se para o velho.

– Como vocês se... conheceram?

Setrakian continuava alerta, pronto para golpear.

– *Ele* não me conhece. Já passou a ser um zangão fazendo parte de uma colmeia. Um corpo com muitas partes, mas uma única vontade. – Ele olhou para Eph. – Isso precisa ser destruído.

– O quê? – exclamou Eph. – Não.

– Ele não é mais seu amigo – disse Setrakian. – É seu inimigo.

– Mesmo que seja verdade... ele ainda é meu paciente.

– Esse homem não está doente. Já pertence a um reino além da doença. Em questão de horas, nada restará dele. Além disso, a permanência dele aqui é extremamente perigosa. Como aconteceu com o piloto, você estará pondo as pessoas neste edifício em grande risco.

– E se... e se ele não conseguir sangue?

– Sem alimentação, começará a desmoronar. Depois de quarenta e oito horas sem se alimentar, o corpo começará a falhar. O sistema irá canibalizar os músculos e as células de gordura do corpo humano, consumindo devagar e dolorosamente seus próprios recursos. Até que apenas os sistemas vampirescos prevaleçam.

Eph abanou a cabeça com força.

– Eu preciso estabelecer algum protocolo para o tratamento. Se essa doença é causada por um vírus, preciso trabalhar para descobrir uma cura.

– Só há uma cura. A morte. Destruição do corpo. Uma morte misericordiosa – disse Setrakian.

– Aqui, nós não somos veterinários – disse Eph. – Não podemos simplesmente sacrificar pessoas doentes demais para sobreviver.

– Mas fizeram isso com o piloto.

Eph gaguejou.

– Aquilo foi diferente. Ele atacou a Nora e o Jim... e me atacou.

– Sua filosofia de legítima defesa, se aplicada verdadeiramente, é válida nesta situação.

– Tal como uma filosofia de genocídio.

– Caso o objetivo deles seja esse, a total subjugação da raça humana, qual é a sua resposta?

Eph não queria se enredar em abstrações ali. Estava olhando para um colega. Um amigo.

Setrakian viu que não conseguiria fazer os dois mudarem de ideia ali, ao menos por enquanto.

– Vamos até os restos mortais do piloto, então. Talvez eu possa convencer vocês.

Ninguém falou enquanto o elevador ia para o subsolo. Lá, em vez de encontrar o necrotério com a porta fechada, eles viram a porta aberta, com a polícia e a administradora do hospital por perto.

Eph foi até eles.

– O que vocês pensam que estão fazendo...

Ele viu que o batente da porta estava arranhado. O umbral metálico tinha mossas e sinais de arrombamento. O ferrolho estava quebrado pelo lado de fora.

Não foi a administradora que abriu a porta; ela fora arrombada por alguém.

Eph lançou um rápido olhar lá para dentro.

A mesa estava vazia. O corpo de Redfern desaparecera.

Eph voltou-se para a administradora, esperando mais informações, mas para sua surpresa viu a mulher recuar alguns passos pelo corredor, lançando um olhar para ele enquanto falava com os policiais.

Setrakian disse:

– Devemos ir agora.

– Mas eu preciso descobrir onde estão os restos mortais dele – disse Eph.

– Desapareceram – disse Setrakian. – E nunca serão recuperados. – O velho agarrou o braço de Eph com uma força surpreendente. – Acredito que eles já cumpriram seus objetivos.

– Seus objetivos? O que é isso?

– Desviar nossa atenção, em última análise. Pois não estão mais mortos do que os passageiros que estavam no necrotério.

Sheepshead Bay, Brooklyn

GLORY MUELLER ENVIUVARA POUCO tempo antes. Procurando na rede o que fazer quando o cônjuge morre sem deixar testamento, ela viu uma notícia sobre os corpos desaparecidos do voo 753. Seguiu o link, lendo um despacho intitulado EM ANDAMENTO, que informava que o FBI marcara uma coletiva de imprensa dali a uma hora. A finalidade era anunciar uma nova e grande recompensa por qualquer informação sobre o desaparecimento dos cadáveres das vítimas da tragédia da Regis Air.

A matéria deixou Glory profundamente assustada. Por alguma razão ela esquecera que, na noite da véspera, acordara no meio de um sonho e ouvira ruídos no sótão.

Do sonho Glory recordava apenas que Hermann, seu marido recentemente falecido, voltara dos mortos para se reunir a ela. Houvera um engano, e na realidade aquela estranha tragédia do voo 753 jamais ocorrera. Hermann chegara à porta dos fundos da casa deles, em Sheepshead Bay, com um sorriso do tipo você-acha-que-se-livrou-de-mim, querendo o jantar.

Em público, Glory desempenhara o papel de uma viúva discretamente chorosa, como continuaria a fazer durante qualquer inquérito ou ação judicial que surgisse. No íntimo, porém, achava uma grande bênção a trágica circunstância que roubara a vida de seu marido após treze anos de convivência.

Treze anos de casamento. Treze anos de abuso incessante. Abuso esse que aumentara ao longo dos anos, ocorrendo com frequência cada vez maior na frente dos meninos, que hoje tinham nove e onze anos. Glory vivia com medo das mudanças de humor de Hermann. Na semana anterior, chegara a se permitir um devaneio demasiadamente arriscado para tentar na realidade: arrumar as malas e partir com os meninos enquanto ele estivesse visitando a mãe doente em Heidelberg. Mas para onde ela poderia ir? E o mais importante era: o que Hermann faria com ela e os meninos se descobrisse o paradeiro deles, como Glory tinha certeza de que aconteceria?

Mas Deus era bom e finalmente ouvira as preces dela. Glory e os filhos haviam sido libertados. Aquele manto escuro de violência fora afastado do lar deles.

Glory desceu até o final da escada e ergueu o olhar para o alçapão lá no teto, com a corda pendurada.

Os guaxinins. Eles estavam de volta. Hermann já pegara um no sótão. Levara o intruso até o quintal dos fundos e lá transformara o bicho louco de medo num exemplo diante dos filhos...

Não mais. Glory não tinha mais coisa alguma a temer. Como os garotos só voltariam para casa dali a uma hora, no mínimo, ela decidiu subir até lá. De qualquer modo, planejara começar a examinar as coisas de Hermann. Terça-feira era dia de jogar lixo fora, e Glory queria se livrar de tudo dele até então.

Ela precisava de uma arma, e a primeira que lhe veio à mente foi o facão que Hermann trouxera para casa alguns anos antes. Ele o mantinha dentro de um encerado, junto com outras ferramentas, trancado no alpendre feito de plástico que ficava encostado na lateral da casa. Quando Glory perguntara para que Hermann queria aquilo, uma ferramenta usada na selva, logo ali em Sheepshead Bay, ele respondera com uma careta debochada: – Nunca se sabe.

Essas pequenas ameaças insinuadas faziam parte da rotina diária de Hermann. Glory pegou a chave no gancho atrás da porta da despensa, saiu de casa e abriu o cadeado. Encontrou o encerado debaixo de umas ferramentas de jardinagem e de um jogo de croqué, velho e rachado, que lhes fora dado como presente de casamento. A partir de agora, ela usaria aquilo para acender a lareira. Voltou para a cozinha e colocou o encerado na mesa, fazendo uma pausa antes de abrir o embrulho.

Ela sempre ligara aquele objeto ao mal. Sempre imaginara que o facão, de alguma forma, teria um papel importante no destino daquele lar: possivelmente seria o instrumento da sua própria morte nas mãos de Hermann. E por isso desembrulhou a arma com grande cuidado, como se estivesse tirando a fralda de um bebê demônio adormecido. Hermann nunca gostara que ela mexesse em suas coisas especiais.

A lâmina era comprida, larga e chata. O cabo era formado por tiras de couro enroladas, tão gastas pela mão do antigo dono que haviam assumido um suave tom marrom. Glory ergueu e girou o facão, sentindo o peso daquele objeto estranho na sua mão. Viu o reflexo da lâmina na porta do forno de micro-ondas e ficou assustada. Uma mulher parada com um facão na sua cozinha.

Ela fora levada à loucura por Hermann.

Depois subiu a escada com o facão na mão. Parou debaixo do alçapão no teto e estendeu a mão para o nó na ponta da corda branca pendurada. O alçapão se abriu num ângulo de quarenta e cinco graus, com as molas gemendo. O barulho deveria espantar quaisquer criaturas à espreita. Glory procurou escutar ruídos de fuga, mas nada ouviu.

Ela estendeu a mão para o comutador no alto da parede, mas não viu luz alguma se acender lá em cima. Ligou e desligou o comutador algumas vezes. Nada. Ela não subia até lá desde o Natal, e a lâmpada podia ter queimado em qualquer momento desse período. Entre as vigas, porém, havia uma pequena claraboia que forneceria luz suficiente.

Glory desdobrou a escada com dobradiças e começou a subir. Três degraus fizeram com que seus olhos ficassem acima do piso do sótão, que nunca recebera acabamento. Havia mantas de isolamento, feitas de fibra de vidro cor-de-rosa com fundo metálico, desenroladas entre as vigas expostas. Placas de compensado estavam dispostas de norte para sul e de leste para oeste, feito uma cruz, criando trilhas até os quatro quadrantes do espaço de armazenagem.

O lugar estava mais escuro do que Glory esperava, e então ela viu que duas de suas velhas araras de roupa haviam sido deslocadas, tapando eficazmente a claraboia baixa. Eram roupas pertencentes à sua vida antes de Hermann, acondicionadas sob plástico e guardadas treze anos antes. Glory seguiu o compensado e afastou as araras para deixar entrar mais luz, brincando com a ideia de selecionar algumas roupas e revisitar sua antiga personalidade. Mas então viu, além da passarela de compensado, uma trilha de piso nu entre duas longas vigas, onde por alguma razão o isolamento fora arrancado.

Depois percebeu outra trilha livre.

E mais outra.

Glory ficou paralisada. Subitamente, sentiu algo às suas costas. Ficou com medo de se virar, mas então se lembrou do facão na sua mão.

Atrás dela, junto da borda vertical do sótão, o mais longe possível da claraboia, as faixas de isolamento sumidas haviam sido empilhadas, formando um monte frouxo. Pedaços de fibra de vidro haviam sido rasgados, como se algum animal estivesse preparando um ninho enorme.

Não era um guaxinim. Era algo maior. Muito maior.

O monte estava completamente imóvel, arrumado como se escondesse algo. Será que Hermann vinha desenvolvendo algum projeto estranho que ela desconhecia? Que segredo sombrio ele escondera ali?

Com o facão erguido na mão direita, Glory foi puxando a ponta de uma das faixas para longe do monte, criando uma longa trilha, até revelar...

... nada.

Então foi puxando uma segunda faixa... mas parou ao ver o braço peludo de um homem.

Ela conhecia aquele braço. E também conhecia a mão que estava ligada ao braço. Conhecia tudo aquilo intimamente.

Não conseguia acreditar no que estava vendo.

Com o facão erguido à frente, puxou outra faixa de isolamento.

E viu a camisa dele. Uma das camisas de botão, com mangas curtas, de que ele gostava, mesmo no inverno. Hermann era um homem vaidoso, que tinha orgulho dos braços peludos. Seu relógio de pulso e sua aliança haviam desaparecido.

Glory ficou pregada ao chão diante daquilo, com as pernas bambas de pavor. Apesar disso, precisava ver mais. Pegou outra faixa, que ao ser puxada fez quase todo o resto do isolamento deslizar até o chão.

Seu marido morto, Hermann, dormia ali no sótão, numa cama feita de faixas de fibra de vidro cor-de-rosa. Ele estava completamente vestido, a não ser pelos pés, que pareciam imundos, como se ele houvesse caminhado descalço.

Glory não conseguia processar aquele choque. Não conseguia lidar com aquilo. O marido de quem ela pensara que se livrara. O tirano. O espancador. O estuprador.

Ela ficou parada diante do corpo adormecido. Seu facão parecia uma espada de Dâmocles, pronta para cair se Hermann fizesse o menor movimento.

Então Glory foi baixando o braço gradualmente, até a lâmina do facão parar ao lado do seu corpo. Hermann virara um fantasma, percebeu ela. Uma presença. Um homem que voltara dos mortos com a intenção de assombrar a vida dela para sempre. Ela nunca se livraria dele.

Enquanto Glory pensava nisso, Hermann abriu os olhos.

As pálpebras se levantaram sobre os globos oculares, que olhavam fixamente para cima.

Glory ficou paralisada. Queria correr, queria gritar, mas não conseguia fazer nem uma coisa nem outra.

Hermann girou a cabeça até fixar o olhar nela. Era aquele mesmo olhar de escárnio, como sempre. De deboche. O olhar que sempre precedia coisas ruins.

E então algo fez um clique dentro da cabeça dela.

Lucy Needham tinha quatro anos de idade e, naquele instante, estava parada na alameda da sua garagem, a quatro casas dali, alimentando uma boneca chamada Querida Bebê com petiscos tirados de um saco. Lucy parou de mastigar os salgadinhos ruidosos e ficou escutando os gritos abafados, com golpes duros e cortantes, que vinham de... algum lugar próximo. Ela ergueu o olhar para a sua casa e depois para o norte, com o nariz franzido numa confusão inocente. Ficou completamente imóvel, com a língua alaranjada pelos petiscos de queijo semimastigados para fora da boca aberta, escutando alguns dos ruídos mais estranhos que já ouvira. Estava indo contar tudo ao papai, quando ele saiu de casa com o telefone. A essa altura, porém, Lucy derrubara o saco e estava acocorada, comendo os petiscos caídos na alameda. Depois de ser repreendida aos gritos, ela esqueceu a coisa toda.

Glory ficou parada ali, quase vomitando, com o facão nas duas mãos. Hermann jazia em pedaços sobre o isolante cor-de-rosa pegajoso. A parede do sótão estava salpicada de um líquido branco que pingava.
Branco?
Tremendo, com a alma doente, Glory examinou o estrago que fizera. Por duas vezes a lâmina ficara cravada na viga de madeira, mas ela só se lembrava de Hermann tentando arrancar o facão de sua mão. Precisara balançá-lo para a frente e para trás, violentamente, para soltar a lâmina e continuar golpeando a carne do marido.
Ela recuou um passo. Tinha a sensação de estar fora do seu corpo. Fizera uma coisa chocante.
A cabeça debochada de Hermann rolara entre duas vigas e parara com o rosto para baixo. Havia um pequeno pedaço felpudo de fibra de vidro cor-de-rosa preso na maçã do rosto, feito algodão-doce. O tórax estava fendido e ensanguentado; as coxas, cortadas até o fêmur; na virilha borbulhava um líquido branco.
Branco?
Glory sentiu algo cutucando seu chinelo. Viu sangue ali, sangue vermelho, e percebeu que de alguma forma se cortara no braço esquerdo, embora não sentisse dor. Levantou o braço para examinar o corte,

fazendo grossas gotas vermelhas pingarem no compensado, e viu uma pequena coisa escura se esgueirando pelo chão. Mas como continuava piscando com os olhos turvos, ainda possuídos por aquela raiva homicida, não podia confiar na própria vista. Ela sentiu uma coceira no tornozelo, por baixo do chinelo ensanguentado. A coceira subiu pela perna, e Glory bateu na coxa com o lado plano da lâmina ainda sujo de branco.

Branco?

Então sentiu mais uma comichão na frente da outra perna. E, separadamente, na cintura. Percebeu que aquilo era uma espécie de reação histérica, como se ela estivesse sendo atacada por insetos. Deu mais um passo cambaleante para trás e quase caiu da passarela de compensado.

Depois então teve a sensação enervante de que algo estava se contorcendo em torno da sua virilha. E, subitamente, sentiu um desconforto serpenteante no reto. Era um invasor deslizante que fez Glory pular e agarrar as nádegas, como se estivesse prestes a se borrar toda. Seu esfíncter se dilatou, e ela ficou paralisada ali durante um longo momento, até a sensação começar a diminuir. Só então relaxou o corpo. Precisava ir ao banheiro. Mas foi perturbada por outra comichão, dessa vez dentro da manga da blusa. E sentiu uma coceira ardente sobre o corte no braço.

Então uma dor torturante, nas profundezas dos intestinos, fez Glory se curvar e largar o facão no compensado, soltando um urro de angústia e violação. Ela sentiu algo subir ondulando pelo seu braço, já por baixo da carne, formigando a pele. Enquanto ainda gritava de boca aberta, outro fino verme capilar veio deslizando da nuca de Glory, cruzou a mandíbula até o lábio, pulou para a parede interna da bochecha e foi serpenteando goela abaixo.

Freeburg, Nova York

A NOITE SE APROXIMAVA rapidamente, e Eph rumou para leste, entrando no município de Nassau pela rodovia Cross Island.

— Está me dizendo que todos os passageiros que fugiram dos necrotérios municipais, procurados pela cidade inteira, voltaram para suas casas? – disse ele.

Sentado no banco traseiro, com o chapéu no colo, o velho professor disse:

— Sangue quer sangue. Uma vez transformados, os mortos-vivos logo procuram os familiares e amigos que ainda não foram infectados. À noite, retornam para aqueles com quem têm uma ligação emocional. Seus "Entes Queridos". Algo semelhante ao instinto de volta ao lar, acho eu. O mesmo impulso animal que leva cães perdidos de volta à casa dos donos, a centenas de quilômetros. À medida que as funções cerebrais mais elevadas vão falhando, sua natureza animal assume. Essas criaturas são movidas por impulsos. Arranjar alimentos. Achar esconderijos. Fazer ninhos.

— E então retornam às pessoas que estão de luto por elas – disse Nora, sentada junto a Eph no banco do carona. – Para atacar e infectar?

— Para se alimentar. É da natureza dos mortos-vivos atormentar os vivos.

Eph pegou a pista de saída da rodovia em silêncio. Aquele negócio de vampiro era o equivalente mental de comer comida ruim: sua mente se recusava a digerir aquilo. Ele mastigava e mastigava, mas não conseguia engolir.

Quando Setrakian lhe pedira para escolher uma das vítimas do voo 753, a primeira a ser lembrada fora Emma Gilbarton, a tal menina que ele encontrara ainda de mãos dadas com a mãe dentro do avião. Aquilo parecia um bom teste para a hipótese de Setrakian. Como uma garota morta, de apenas onze anos, conseguiria ir do necrotério do Queens até a casa de sua família em Freeburg, durante a noite?

Contudo, ao chegar à residência da família Gilbarton, uma construção imponente em estilo georgiano numa rua transversal larga com propriedades grandemente espaçadas, Eph percebeu que, caso estivessem errados, ele estava prestes a acordar um homem enlutado pelo fim de sua família, com a perda da esposa e da única filha.

Era algo que Eph conhecia em parte.

Setrakian saltou do Explorer, colocando o chapéu na cabeça. Carregava aquela longa bengala de que não precisava para caminhar. A rua estava silenciosa àquela hora da noite. Luzes brilhavam dentro de algumas das outras casas, mas ninguém estava ali fora ou por perto. Tampouco havia carros passando. Todas as janelas da casa dos Gilbarton estavam às escuras. Setrakian entregou a Eph e Nora lanternas movidas a bateria, com lâmpadas escuras que pareciam as lanternas Luma deles, só que mais pesadas.

Os três caminharam até a porta, e Setrakian tocou a campainha usando o cabo da bengala. Quando ninguém respondeu, tentou a maçaneta, usando apenas a parte enluvada da mão e mantendo os dedos nus afastados do trinco. Sem deixar impressões digitais.

Eph percebeu que o velho já fizera esse tipo de coisa antes.

A porta parecia firmemente trancada, e Setrakian disse:

– Venham.

Eles desceram os degraus da varanda e começaram a dar a volta na casa. O quintal dos fundos era uma larga clareira cercada por um bosque antigo. A lua nascera cedo e lançava uma luz razoável, suficiente para projetar tênues sombras dos corpos deles no gramado.

Setrakian parou e apontou com a bengala.

A entrada do porão se projetava em ângulo para fora da casa, com as portas completamente abertas sob a noite.

O velho encaminhou-se para lá, com Eph e Nora atrás. Degraus de pedra levavam a um porão escuro. Setrakian esquadrinhou as altas árvores que circundavam o quintal.

– Nós não podemos simplesmente entrar aí – disse Eph.

– Isso é extremamente perigoso depois do crepúsculo – disse Setrakian. – Mas não podemos nos dar ao luxo de esperar.

– Não, estou falando... que isso é invasão de domicílio. Devemos chamar a polícia primeiro – disse Eph.

Setrakian pegou a lanterna de Eph com um olhar de repreensão.

– O que precisamos fazer aqui... a polícia não compreenderia.

Ele ligou a lanterna, equipada com duas lâmpadas roxas que emitiam luz negra. Era semelhante aos bastões de nível médico que Eph usava, mas tinham mais brilho, mais calor e baterias maiores.

– Luz negra? – disse Eph.

– A luz negra não passa de luz ultravioleta de ondas longas ou UVA. Reveladora, mas inofensiva. A UVB tem ondas médias e pode causar queimaduras ou câncer de pele. Isso aqui é UVC, de ondas curtas – disse Setrakian, tomando cuidado para manter o facho longe dos dois, bem como de si próprio. – É germicida, usada para esterilização. Excita e destrói os elos de DNA. A exposição direta é muito danosa à pele humana. Já contra um vampiro... isso vira uma arma.

O velho começou a descer os degraus segurando a lanterna, com a bengala na outra mão. Como o espectro ultravioleta fornece pouca iluminação real, a luz UVC até aumentava, em vez de diminuir, a escuridão reinante. Nas paredes de pedra nas laterais da escada, o musgo brilhava com um branco fantasmagórico, enquanto eles passavam do frio da noite para o ambiente apenas fresco de um porão com alicerces de cimento.

Lá dentro, Eph conseguiu distinguir o contorno escuro da escada que levava ao andar térreo. Havia também uma lavanderia e uma antiquada máquina de fliperama.

Além de um corpo caído no chão.

Um homem jazia ali, com um pijama enxadrezado. Eph começou a se aproximar dele, impelido pelo hábito médico, mas parou. Nora apalpou a parede oposta à porta e acionou o comutador, mas nenhuma luz se acendeu.

Setrakian foi até o homem, aproximando a lanterna do pescoço dele. A estranha luminosidade azulada revelou uma pequena fissura brilhante, perfeitamente reta, um pouco à esquerda do centro da garganta.

– Ele já foi transformado – disse Setrakian, passando a lanterna novamente para as mãos de Eph.

Nora ligou a sua e lançou o facho sobre o rosto do homem, revelando uma criatura subcutânea louca, uma máscara mortuária com expressão pavorosa, que mudava e se contorcia, parecendo indefinivelmente, ainda que indiscutivelmente, malévola.

Setrakian avançou e encontrou, junto a uma bancada no canto, um machado novo, com cabo de madeira polida. A lâmina de aço era brilhante, vermelha e prateada. Ele voltou com a ferramenta nas mãos retorcidas.

– Espere – disse Eph.

— Por favor, se afaste, doutor — disse Setrakian.

— Ele só está deitado ali — disse Eph.

— Logo se levantará. A garota já saiu, para se alimentar de outros — disse Setrakian, apontando para os degraus de pedra que levavam à entrada do porão, mas sem tirar o olhar do homem no chão. Depois posicionou o machado. — Eu não peço que aceite isso, doutor. Só preciso que se afaste.

Eph viu a determinação no rosto do velho e percebeu que ele golpearia de qualquer maneira. Então recuou. O machado era pesado para o tamanho e a idade de Setrakian. Quando ele levantou ambos os braços acima da cabeça, a parte plana da lâmina quase encostou na cintura às suas costas.

Então seus braços relaxaram. Os cotovelos abaixaram.

A cabeça se virou para as portas da entrada do porão, escutando.

Eph também ouviu o ruído. A grama seca estava sendo pisoteada.

A princípio ele imaginou que fosse um animal. Mas não. Aquele ruído tinha a cadência simples de um bípede.

Eram passadas humanas... ou que haviam sido humanas. Chegando perto.

— Fiquem perto da porta. *Em silêncio*. Fechem a porta assim que ela entrar — disse Setrakian, passando o machado para Eph e pegando de volta a lanterna que estava com ele. — Ela não pode escapar.

Ele recuou até a parede onde sua bengala estava encostada, do lado oposto da porta, e depois apagou a lanterna quente, desaparecendo na escuridão.

Eph ficou junto à porta aberta do porão, rigidamente encostado na parede, com Nora a seu lado, ambos com medo por estarem no porão da casa de um **des**conhecido.

As passadas foram se aproximando, ligeiras e suaves, até pararem no alto da escada. O luar lançou uma sombra tênue sobre o chão do porão: cabeça e ombros.

As passadas começaram a descer e, ao final da escada, bem diante da porta, pararam.

A menos de três metros de distância, com o machado apertado ao peito, Eph ficou transfixado pelo perfil da garota. Ela era pequena, e seus cabelos louros caíam sobre os ombros de uma recatada camisola que ia até o meio das canelas. Estava descalça e tinha os braços soltos ao lado do corpo, numa imobilidade peculiar. Seu peito subia e descia, mas a boca não exalava hálito algum sob o luar.

Mais tarde, ele aprenderia muito mais. Aprenderia que os sentidos da audição e do olfato da garota haviam se tornado muito mais aguçados. Que ela era capaz de ouvir o sangue pulsando dentro dos corpos deles três ali, e conseguia farejar o dióxido de carbono emitido por quem respirava. Aprenderia que para a menina o sentido da visão era o menos aguçado, pois ela já estava num estágio em que começara a perder a visão das cores. Apesar disso, sua capacidade de ver "imagens térmicas", de "ler" assinaturas de calor como halos monocromáticos, ainda não estava plenamente desenvolvida.

A garota avançou alguns passos, saindo do pálido retângulo enluarado e penetrando na total escuridão do porão. Um fantasma entrara no local. Eph deveria ter fechado a porta, mas ficara petrificado diante da presença da garota.

Ela se voltou para o lugar onde Setrakian estava, concentrando sua atenção no velho, que ligou a lanterna. A garota olhou para a lanterna sem expressão. Então ele começou a avançar para ela, que sentiu o calor da luz e virou para a porta do porão a fim de fugir.

Eph empurrou a porta pesada, que bateu com força. O som reverberou até nos alicerces. Ele imaginou que a casa ia desabar.

A jovem Emma Gilbarton avistou os dois. Ela estava iluminada de roxo pela lateral, e Eph viu traços azulados ao longo dos lábios e do queixo dela, que era pequeno e bonito. Era algo bizarro, como se ela fosse uma frequentadora de raves usando tinta fluorescente.

Então ele se lembrou: o sangue brilha com um tom azulado debaixo da luz ultravioleta.

Setrakian manteve a lanterna brilhante à sua frente, forçando a garota a recuar, com uma reação animalesca e confusa. Ela se encolhia como se estivesse diante de uma tocha acesa. Setrakian avançou cruelmente, encurralando a garota na parede. Do fundo da garganta dela, saiu um ruído baixo e gutural, um gemido de aflição.

Setrakian chamou Eph.

– Doutor, venha. Agora!

Eph se aproximou do velho, pegou a lanterna e passou o machado para ele, mantendo o foco de luz em cima da garota o tempo todo.

Setrakian deu um passo atrás e atirou longe o machado, que bateu no chão duro com um clangor. Pegou a comprida bengala com as mãos enluvadas, segurando a madeira um pouco abaixo do punho com a cabeça de lobo. Com uma firme torção do pulso, destacou o topo do restante da bengala.

Da bainha de madeira, tirou uma lâmina de espada banhada em prata.

– Depressa – disse Eph, vendo a garota se encolher contra a parede, presa ali pelos raios mortíferos da lanterna.

A garota viu a lâmina do velho, com um brilho quase branco, e algo semelhante ao medo surgiu no seu rosto. Depois esse medo se transformou em fúria.

– Depressa! – disse Eph, querendo que tudo acabasse logo. A garota fez um barulho sibilante. Ele viu a sombra escura dentro dela. Por baixo da pele, havia um demônio rosnando para escapar dali.

Nora estava observando o pai da garota, caído no chão. O corpo dele começara a se mexer, e os olhos se abriram.

– Professor? – disse Nora.

Mas o velho estava com a atenção centrada na garota.

Nora viu Gary Gilbarton se sentar e depois se levantar sobre os pés descalços. Era um homem morto, parado ali de pijama, com os olhos abertos.

– Professor? – disse Nora, ligando a lanterna.

A luz falhou. Ela sacudiu a lanterna, batendo no fundo, onde ficava a bateria. A luz roxa piscou, depois apagou – e em seguida acendeu novamente.

– Professor! – gritou ela.

A luz oscilante atraíra a atenção de Setrakian. Ele se voltou para o morto-vivo, que parecia confuso e tonto. Mostrando mais técnica do que agilidade, o velho fez Gilbarton se curvar, dando estocadas na barriga e no peito dele. Um líquido branco começou a escorrer dos ferimentos abertos na parte superior do pijama.

Sozinho com a garota, vendo o tal demônio se afirmar dentro dela e ignorando o que acontecia ali atrás, Eph disse:

– Professor Setrakian!

O velho deu mais estocadas nas axilas de Gilbarton para fazer com que ele baixasse as mãos ao lado do corpo. Depois lacerou os tendões atrás dos joelhos, obrigando o morto-vivo a cair de quatro, já com a cabeça erguida e o pescoço estendido. Levantou a espada e falou algumas palavras numa língua estrangeira, como se fosse um pronunciamento solene. Então passou a lâmina pelo pescoço de Gilbarton, separando a cabeça do tronco e fazendo o morto-vivo desabar no chão.

– Professor! – gritou Eph, mantendo o foco da luz em Emma. Ele estava torturando uma garota mais ou menos da idade de Zack, cujos olhos desvairados estavam ficando azulados... eram lágrimas sangrentas... enquanto lá dentro o tal ser se enfurecia.

A boca da garota se abriu, como se ela fosse falar. Quase como se fosse cantar. Só que a boca continuou se abrindo, e de lá saiu a tal coisa, o ferrão que brotava do palato mole debaixo da língua. O apêndice foi inchando, enquanto os olhos da garota mudavam de tristeza para fome, quase brilhando de expectativa.

Setrakian voltou para ela com a espada estendida à frente, exclamando:

– Para trás, *strigoi*!

A garota se virou para o velho, com os olhos ainda fulgurantes. A espada de prata de Setrakian já estava coberta de sangue branco. Ele entoou as mesmas palavras que antes, segurando a espada com as duas mãos sobre o ombro. Eph se esquivou no momento exato em que a lâmina passou.

No último instante a garota levantara a mão para protestar, e a espada ainda cortou o pulso antes de seccionar a cabeça do pescoço. O corte foi limpo e perfeitamente reto. O sangue branco espirrou sobre a parede, não como um jorro arterial, e sim como um respingo doentio, enquanto o corpo dela desabava no chão, junto com a mão e a cabeça, que rolou para longe.

Setrakian abaixou a espada e pegou a lanterna das mãos de Eph, mantendo o facho de luz esmaecente perto do corte no pescoço da garota, quase que num gesto de triunfo. Mas não era triunfo: Eph viu coisas se contorcendo na poça do espesso sangue branco que se acumulava.

Os vermes parasitários. Eles se enroscavam e ficavam imóveis quando atingidos pela luz. O velho estava espalhando radiação no local.

Eph ouviu passos na escada de pedra. Era Nora, fugindo pela porta do porão. Ele correu atrás dela, quase tropeçando sobre o corpo decapitado do pai da garota.

Quando pisou na grama e sentiu o ar noturno, viu Nora correndo para as árvores escuras que balançavam. Conseguiu chegar ao lado dela antes que Nora alcançasse o bosque, então puxou o braço dela e deu-lhe um abraço forte. Nora gritou junto ao peito dele, como se temesse que seu grito fosse ouvido na noite. Os dois ficaram abraçados ali até Setrakian sair do porão e aparecer no gramado.

O hálito do velho era visível na friagem da noite, e seu peito arfava pelo esforço feito. Ele tinha a mão sobre o coração. Sob o luar, seu cabelo branco e emaranhado parecia brilhar, fazendo com que ele parecesse totalmente louco, tal como tudo o mais para Eph naquele momento.

Setrakian limpou a lâmina na grama antes de reenfiar a espada dentro da bainha de madeira. Fixou as duas peças com uma torção firme, e a bengala exagerada retomou a aparência que tinha antes.

– Agora a garota está livre. Ela e o pai estão em paz – disse ele. Depois examinou os sapatos e as pernas das calças ao luar, para ver se não havia vestígios de sangue de vampiro.

Nora lançou para ele um olhar desvairado, dizendo:

– Quem é você?

– Um simples peregrino – respondeu ele. – Tal como vocês.

Eles voltaram logo para o Explorer de Eph, que se sentia nervoso e completamente exposto ali no jardim. Setrakian abriu a porta traseira do veículo e tirou um conjunto de baterias sobressalentes. Trocou a bateria que estava na lanterna de Eph e depois testou a luz roxa rapidamente na lateral da picape.

– Esperem aqui, por favor – disse ele.

– Para quê? – perguntou Eph.

– Você viu o sangue nos lábios e no queixo da garota. Ela parecia corada. Estava alimentada. Isso aqui ainda não acabou. – O velho partiu na direção da casa vizinha, observado por Eph.

Nora deixou Eph e foi se apoiar no veículo. Engoliu em seco, como que prestes a ficar enjoada.

– Nós acabamos de matar duas pessoas no porão da casa delas.

– Essa coisa é disseminada por pessoas. Por não pessoas.

– Vampiros, meu Deus...

– A regra número um é sempre... lutar contra a doença, não contra as vítimas – disse Eph.

– Não demonize os doentes – disse Nora.

– Mas agora... agora os doentes *são* demônios. Agora os infectados são vetores ativos da doença e precisam ser detidos. Mortos. Destruídos.

– O que o diretor Barnes dirá a respeito disso?

– Não podemos esperar por ele. Já esperamos tempo demais – disse Eph.

Eles se calaram. Logo Setrakian retornou, carregando a bengala, que também era uma espada de vampiro, e a lanterna ainda quente.

– Acabou – disse ele.

– Acabou? – disse Nora, ainda horrorizada com o que vira. – E agora? Espero que saiba que havia cerca de duzentos outros passageiros naquele avião.

– É muito pior do que isso. A segunda noite chegou. A segunda onda de infecção já está acontecendo.

A SEGUNDA NOITE

A SECOND NOTE

Patricia correu a mão vigorosamente pelos cabelos, como se quisesse esquecer as horas perdidas de mais um dia que se fora. Ela até estava ansiosa para que Mark chegasse em casa. E não era só pela satisfação de poder jogar os filhos em cima dele, dizendo: – Tome.

Na realidade, ela queria dar ao marido a única notícia verdadeira do dia: a babá da família Luss, que Patricia espionava pelas janelas frontais da sala de jantar, fugira da casa menos de cinco minutos depois de chegar. As crianças não estavam à vista, e a preta velha saíra correndo como se estivesse sendo perseguida.

Aaah, aquela família. Como a vizinhança pode incomodar *tanto*? Sempre que Patricia pensava na magricela da Joanie descrevendo sua "adega com chão de terra pura, em estilo europeu", automaticamente erguia o dedo médio na direção geral da casa dos Luss. Ela estava *louca* para descobrir o que Mark sabia sobre Roger Luss, e se ele ainda estava no exterior. Queria cotejar informações. O único assunto em comum entre ela e o marido era ficar desancando amigos, familiares e vizinhos. De certa forma, saborear os problemas conjugais e os infortúnios familiares dos outros parecia tornar os dela e de Mark menos aflitivos.

Fofoca sempre caía bem com uma taça de pinot, e Patricia sorveu a segunda do dia com um floreio. Deu uma olhadela para o relógio da cozinha, pensando sinceramente em ir mais devagar, dada a previsível impaciência de Mark sempre que chegava em casa e via que ela já estava dois drinques à sua frente. Só que o puto passava o dia inteiro no escritório na cidade, almoçando, passeando e paquerando no último trem de volta para casa. Enquanto isso, ela ficava presa ali com a neném, Marcus, a babá e o jardineiro...

Patricia se serviu de outra taça, imaginando quanto tempo Marcus, aquele pequeno demônio ciumento, levaria para perturbar a sesta vespertina da irmã. A babá pusera Jacqueline na cama antes de ir embora, e a neném ainda não acordara. Patricia verificou novamente as horas, notando, surpresa, o longo período de silêncio na casa. Uau... era o sono dos justos. Fortalecida por outro gole de pinot e atenta ao seu perverso terrorista de quatro anos, ela largou a revista atulhada de anúncios e partiu escada acima.

Primeiro Patricia verificou o quarto de Marcus, e encontrou o filho deitado de bruços no tapete dos New York Rangers, perto da cama em formato de trenó, com o jogo de videogame portátil ainda ligado, ao alcance da mão estendida. *Exausto.* Claro que ela e o marido pagariam caro por aquela sesta tardia, quando o dervixe dançante ficasse sem sono na hora de dormir, mas caberia a Mark lidar com o problema.

Ela percorreu o corredor, com a testa franzida diante dos torrões de terra escura na passadeira (*aquele diabinho*), até a porta fechada que tinha uma almofada de seda em forma de coração, com os dizeres SHSHSH! ANJO DORMINDO, na ponta de uma fita rendada, pendurada na maçaneta. Patricia entreabriu a porta do aposento escuro e quente, mas levou um susto ao ver um adulto sentado na cadeira de balanço perto do berço, balançando para a frente e para trás. Era uma mulher, segurando uma pequena trouxa nos braços.

A desconhecida estava embalando a neném, Jacqueline. No entanto, o calor aconchegante do quarto, a suavidade da iluminação embutida e a maciez do grosso tapete debaixo dos pés faziam tudo parecer normal.

– Quem é você? – disse Patricia, entrando no quarto. Ao chegar mais perto, algo na postura daquela mulher na cadeira de balanço fez um clique na sua cabeça. – Joan? Joan... é você? O que você está fazendo? Entrou pela garagem?

Era ela. Joan parou de balançar lentamente e se levantou da cadeira diante de um abajur de cúpula rosada. Patricia não conseguia enxergar direito a expressão esquisita no rosto da vizinha, particularmente uma torção estranha na boca. Joan exalava um cheiro de sujeira. Patricia se lembrou imediatamente da irmã, e do horrível Dia de Ação de Graças no ano anterior. Será que Joan estava tendo um colapso nervoso semelhante?

E por que ela estava ali àquela hora segurando Jacqueline?

Joan estendeu os braços entregando a criança a Patricia, que embalou a neném, e num instante percebeu que havia algo errado. A imobilidade da filha estava além da lassidão do sono infantil.

Ansiosamente, Patricia afastou com dois dedos o cobertor que cobria o rosto de Jacqueline.

Os lábios rosados do bebê estavam entreabertos. Os olhos pequenos pareciam escuros, imóveis e arregalados. O cobertor estava úmido em torno do pequeno pescoço. Patricia afastou os dois dedos, pegajosos de sangue.

O grito que brotou na sua garganta nunca chegou ao destino.

Ann-Marie Barbour estava literalmente ficando maluca. Murmurava preces agarrada à borda da pia da cozinha, como se a casa em que vivera desde que se casara fosse um pequeno bote colhido em um mar negro tempestuoso. Rezava sem parar, pedindo orientação e alívio. Uma centelha de esperança. Ela sabia que seu Ansel não era maléfico. Ele não era o que parecia. Só estava muito, muito doente. (*Mas ele matou os cachorros.*) Fosse qual fosse, aquela doença passaria como uma febre má, e tudo voltaria ao normal.

Ela lançou o olhar para o alpendre trancado no quintal escuro, que agora estava silencioso.

As dúvidas retornaram, como acontecera quando ela vira o noticiário sobre as pessoas mortas no voo 753 que haviam desaparecido dos necrotérios. Algo estava acontecendo, algo terrível (*Ele matou os cachorros*), e sua avassaladora sensação de pavor só era aliviada por repetidas idas aos espelhos e à pia. Lavando e tocando, temendo e rezando.

Por que Ansel se enterrava na terra durante o dia? (*Ele matou os cachorros.*) Por que olhava para ela com tamanha ânsia? (*Ele matou os cachorros.*) Por que o marido não *dizia* coisa alguma, só rosnava e uivava (*feito os cães que ele matara*)?

A noite já tomara novamente o céu, coisa que ela passara o dia inteiro temendo.

Por que Ansel estava tão quieto lá agora?

Antes que pudesse pensar sobre o que estava fazendo, antes que pudesse perder a coragem, Ann-Marie saiu porta afora e desceu os degraus da varanda dos fundos. Não olhou para as sepulturas dos cachorros no canto do quintal... não podia ceder àquela loucura. Ela precisava ser a parte forte do casal agora. Ao menos por mais algum tempo...

As portas do alpendre. O cadeado e a corrente. Ann-Marie ficou parada ali escutando, com o punho apertado fortemente sobre a boca até os dentes da frente começarem a doer.

O que Ansel faria? Ele abriria a porta, se fosse ela quem estivesse lá dentro? Ansel se forçaria a enfrentar a situação?

Sim. Ele faria isso.

Ann-Marie destrancou o cadeado com a chave que pendia de seu pescoço e retirou a grossa corrente. Enquanto as portas se abriam, foi recuando para um ponto onde não poderia ser alcançada por Ansel, além do comprimento da corrente presa à estaca dos cães.

Um cheiro pavoroso. Um fedor demoníaco. Só aquele aroma já fez os olhos de Ann-Marie lacrimejarem. Era o seu Ansel ali dentro.

Ela não conseguia enxergar coisa alguma. Ficou escutando. Não se deixaria atrair ali para dentro.

– Ansel?

Foi quase um sussurro da parte dela. Nada veio em retorno.

– Ansel?

Um farfalhar. Movimento na terra. Ah, por que ela não trouxera uma lanterna?

Ann-Marie estendeu a mão, só o bastante para abrir uma das portas um pouco mais, deixando o luar entrar lá dentro.

Lá estava ele. Meio deitado numa cama de terra, com o rosto voltado para as portas, os olhos fundos e prenhes de dor. Ela viu imediatamente que ele estava morrendo. Seu Ansel estava morrendo. Pensou novamente nos cachorros que costumavam dormir ali, Pap e Gertie. Para ela, os queridos são-bernardos eram mais do que simples animais de estimação. Ansel matara os dois e tomara voluntariamente o lugar deles... sim... para salvar Ann-Marie e as crianças.

E então ela percebeu. Ele precisava ferir mais alguém para se reanimar. Para viver.

Ann-Marie estremeceu ao luar, encarando a criatura sofredora que seu marido virara.

Ansel queria que ela se entregasse a ele. Ann-Marie percebeu isso. Podia sentir isso.

Ele soltou um gemido gutural, sem voz, que parecia vir das profundezas do seu estômago vazio.

Ann-Marie não podia fazer aquilo, e chorou ao fechar as portas do alpendre sobre ele. Encostou o ombro nas portas, trancando o marido feito um cadáver nem vivo, nem morto. Ansel já estava fraco demais para atacar as portas, e soltou apenas outro gemido de protesto.

Ela estava recolocando a primeira volta da corrente nas alças das portas, quando ouviu uma passada no cascalho ali atrás. Ficou paralisada, imaginando que o policial voltara. Ouviu outra passada e, então, se virou.

Viu um homem mais velho, de calva incipiente, com uma camisa de colarinho duro, casaco de lã aberto e folgadas calças de veludo cotelê. Era o sr. Otish, o viúvo que morava do outro lado da rua e que chamara a polícia. Aquele tipo de vizinho que varre suas folhas secas para a rua, a fim de que sejam sopradas até o jardim dos outros. Um sujeito que nunca viam e do qual nunca ouviam falar, a não ser quando ele desconfiava que um membro da família deles causara algum problema.

– Os seus cachorros vêm encontrando meios cada vez mais criativos de me manter acordado à noite – disse o sr. Otish.

A presença dele, feito uma intrusão fantasmagórica num pesadelo, intrigou Ann-Marie. *Os cachorros?*

Ele estava falando de Ansel, dos ruídos que ele fazia à noite.

– Qualquer animal doente precisa ser levado ao veterinário e tratado, ou então sacrificado.

Ela estava tão aturdida que não conseguiu responder. O vizinho se aproximou, saindo da alameda da garagem e chegando à borda do gramado do quintal, olhando para o alpendre com desprezo.

Um gemido rouco soou lá dentro.

O rosto de sr. Otish se enrugou de nojo.

— É preciso fazer alguma coisa sobre esses vira-latas, senão vou chamar a polícia outra vez, imediatamente.

— *Não!* — O medo escapou antes que Ann-Marie conseguisse evitar.

Ele sorriu, surpreendido pela agitação da vizinha. Gostou de sentir controle sobre ela.

— Então o que vai ser feito?

A boca de Ann-Marie se abriu, mas ela não conseguiu pensar em algo para dizer.

— Eu... eu vou resolver isso... não sei como.

Ele olhou para a varanda dos fundos, curioso ao ver luz acesa na cozinha.

— O dono da casa está? Eu prefiro falar com ele.

Ann-Marie abanou a cabeça.

Outro gemido soou no alpendre.

— Caceta, é melhor vocês fazerem alguma coisa sobre essas criaturas nojentas. Se não, eu vou fazer. Qualquer pessoa criada numa fazenda lhe dirá que os cachorros são animais de serviço e não precisam ser paparicados. Para eles, é muito melhor conhecer a dor da chibatada do que a carícia da mão. Principalmente para uma raça desajeitada como o são-bernardo.

Algo no que ele disse calou fundo em Ann-Marie. Algo sobre os cachorros...

A dor da chibatada.

Eles só haviam fincado aquela estaca com a corrente no alpendre, em primeiro lugar, porque Pap e Gertie haviam fugido algumas vezes... e, certa vez, pouco tempo antes... Gertie, a queridinha dos dois, que era mais dada, voltara para casa com as costas e pernas todas lanhadas...

... como se alguém houvesse batido nela.

Normalmente tímida e retraída, Ann-Marie Barbour esqueceu todo o seu medo nessa hora. Olhou para aquele homem, aquele nojen-

to e enrugado arremedo de homem, como se houvesse se livrado de um véu. Com o queixo tremendo, não mais de timidez, mas de raiva, disse:
– Foi você... *você* fez aquilo com a Gertie. Você *machucou* minha cadela...

Os olhos de Otish piscaram depressa, desabituados a serem confrontados, e, simultaneamente, denunciando a sua culpa.
– *Se* eu fiz, tenho certeza que ele mereceu – disse ele, recuperando o habitual ar condescendente.

Ann-Marie explodiu de ódio subitamente, com tudo que vinha se acumulando nos últimos dias: mandar embora as crianças... enterrar os cachorros mortos... temer pelo marido doente...
– *Ela* – disse Ann-Marie.
– O quê?
– *Ela*. A Gertie. É *ela*.

Outro gemido trêmulo soou dentro do alpendre.

A necessidade de Ansel. Sua ânsia...

Ann-Marie recuou, tremendo. Intimidada não pelo vizinho, mas por seus novos sentimentos de fúria. E ouviu sua voz dizendo:
– Quer ver com seus próprios olhos?
– O que é isso?

O alpendre se agachava ali atrás feito um animal.
– Vá em frente, então. Quer uma chance de domar os bichos? Veja o que pode fazer.

Ele olhou para ela indignado. Desafiado por uma mulher.
– Não está falando sério?
– Quer consertar as coisas? Quer paz e silêncio? Pois eu também quero! – Ela enxugou um pouco de saliva no queixo e abanou o dedo molhado para ele. – *Pois eu também quero!*

O sr. Otish ficou bastante tempo olhando para ela, então disse:
– O pessoal tem razão. Você *é* maluca.

Ann-Marie deu um breve sorriso desvairado, concordando, e Otish foi até o galho baixo de uma das árvores que circundavam o quintal. Pegou um ramo fino, torcendo e puxando com força, até finalmente quebrar a madeira. Testou a vara, ouvindo o ruído sibilante quando golpeava o ar, e, satisfeito, avançou para as portas.

– Quero que você saiba que faço isso em seu benefício, mais do que do meu próprio – disse ele.

Tremendo, Ann-Marie viu o vizinho soltar a corrente das alças do alpendre. As portas começaram a se abrir, e Otish ficou parado suficientemente perto da abertura para ser alcançado por Ansel.

– Então... onde estão as feras? – disse ele.

Ann-Marie ouviu o rosnado desumano e a corrente interior se movimentando depressa, como moedas caindo. Então as portas se escancararam, Otish avançou e, num instante, seu grito de estupefação foi sufocado. Ann-Marie correu e se lançou sobre as portas do alpendre, lutando para fechar as duas enquanto Otish se debatia para fugir. Com dificuldade, ela passou a corrente pelas alças, fechando o cadeado... e depois se refugiou dentro de casa, longe do alpendre que estremecia no quintal e da crueldade que acabara de cometer.

Mark Blessige estava de pé no saguão de sua casa, com o seu BlackBerry na mão, sem saber que caminho tomar. Sua esposa não deixara recado. O celular dela estava dentro da bolsa Burberry. A caminhonete Volvo não saíra da alameda da garagem. O balde de bebê continuava na área de serviço. Não havia bilhete algum na bancada central da cozinha, apenas uma taça de vinho abandonada pela metade. Patricia, Marcus e a neném Jacqueline haviam desaparecido.

Ele examinou a garagem, e viu que os veículos e os carrinhos das crianças continuavam lá. Deu uma olhadela no calendário pendurado no saguão, mas não havia aviso algum ali. Será que Patricia ficara puta com mais um atraso dele e decidira lhe dar um pequeno castigo passivo-agressivo? Mark tentou esperar vendo televisão, mas então percebeu que sua ansiedade era real. Por duas vezes pegou o telefone para chamar a polícia, mas achou que não suportaria o escândalo de ter uma radiopatrulha diante da sua casa. Foi até a porta da frente e ficou parado nos degraus de tijolos que davam para o gramado e os luxuriantes canteiros de flores. Olhou para os dois lados da rua, pensando se eles não poderiam ter dado um pulo até a casa do vizinho, e então percebeu que praticamente todas as casas estavam às escuras. Não havia aquele convidativo brilho amarelo de abajures antigos luzindo em cima de aparadores envernizados. Nem luzes de monitores de computadores ou de televisores de plasma piscando através de cortinas rendadas feitas à mão.

    Mark olhou para a casa dos Luss, bem do outro lado da rua, examinando a nobre e imponente fachada, de velhos tijolos brancos. Aparentemente, ali também ninguém estava em casa. Será que era iminente algum desastre natural que ele desconhecia? Fora dada ordem de evacuar o bairro?

    Então ele viu alguém surgir dos altos arbustos que formavam uma cerca ornamental entre as propriedades dos Luss e dos Berry. Era uma mulher. Sob a sombra mosqueada das folhas de carvalho no alto, ela parecia desgrenhada. Carregava nos braços o que parecia ser uma criança adormecida, de cinco ou seis anos. Cruzou direto pela alameda da garagem, ficando oculta durante um instante pelo Lexus, o utilitário esportivo dos Luss, e depois entrou pela porta lateral, junto da garagem. Antes de entrar virou a cabeça, vendo Mark parado nos degraus da frente. Não acenou ou fez qualquer outro gesto de reconhecimento. Embora rápido, aquele olhar gelou o coração de Mark.

    Ele percebeu que a mulher não era Joan Luss. Mas poderia ser a governanta da família.

    Mark ficou esperando que uma luz fosse acesa dentro da casa. Mas isso não aconteceu. Era superesquisito. Em todo caso, porém, ele não vira mais ninguém fora de casa naquela linda noite. De modo que foi caminhando pela alameda da garagem, sem pisar no gramado, e depois cruzou a rua. Com as mãos metidas despreocupadamente nos bolsos da calça do terno, avançou pela alameda da garagem dos Luss até a mesma entrada lateral.

    A porta externa fora fechada, mas a interna estava aberta. Em vez de tocar a campainha, Mark deu uma sonora pancada no vidro e entrou.

    – Olá? – exclamou ele. Depois de cruzar o piso de cerâmica da área de serviço, chegou à cozinha e acendeu a luz. – Joan? Roger?

    O chão ali estava todo manchado de pegadas, aparentemente feitas por pés descalços. Havia marcas de mãos sujas de terra nos armários e nas bordas das bancadas. Peras apodreciam em uma cesta de arame na bancada central.

— Tem alguém em casa?

Mark apostava que Joan e Roger haviam saído, mas de qualquer forma queria falar com a governanta. Ela não sairia fofocando que o casal Blessige não sabia onde seus filhos andavam, ou que ele não conseguia seguir os passos da esposa bebum. E, caso houvesse se enganado e Joanie *estivesse* em casa, ele perguntaria sobre sua família como se portasse uma raquete de tênis no ombro: *As crianças são tãããão ocupadas, como você consegue acompanhar a vida delas?* E, se um dia ouvisse mais alguém falar da sua família desgarrada, ele traria à baila aquela horda de camponeses descalços que evidentemente viviam cruzando a cozinha dos Luss.

— É o Mark Blessige, que mora do outro lado da rua. Tem alguém em casa?

Ele não entrava ali desde a festa do aniversário do garoto, em maio. Os pais haviam dado ao filho um desses carrinhos de corrida elétricos, mas como o brinquedo não viera com um engate para trailers — coisa que aparentemente era uma obsessão do garoto — ele dirigira o carrinho direto para a mesa do bolo, logo depois que o animador, fantasiado de Bob Esponja, enchera todos os copos de suco.

— Pelo menos ele sabe o que quer — dissera Roger, seguido por risos forçados e nova rodada de suco.

Mark passou por uma porta de vaivém e entrou numa sala de estar. Dali, através de uma janela frontal, podia ver sua casa bem. Ficou saboreando a vista durante um momento, já que raramente tinha a perspectiva do vizinho. Uma casa bonita pra cacete. Mas o idiota do mexicano novamente podara mal as sebes do lado oeste.

Passadas soaram na escada do porão. Não era uma pessoa só, mas várias. Mark pensou naquelas hordas descalças e achou que ele próprio estava à vontade demais na casa do vizinho.

— Olá... olá, vocês aí... sou o Mark Blessige, que mora do outro lado da rua. — Nenhuma voz em resposta. — Desculpe invadir assim, mas eu estava imaginando...

Ele cruzou novamente a porta de vaivém e parou. Cerca de dez pessoas estavam paradas à sua frente. Duas eram crianças que saíram detrás da bancada central da cozinha, e não eram os filhos dele. Mark reconheceu algumas das pessoas pela fisionomia; eram vizinhos, gente que ele via na lanchonete, na estação de trem ou no clube. Uma delas, Carole, era mãe de um amigo de Marcus. Outra era apenas o entregador da UPS, uma companhia de remessas postais, com a camisa e a bermuda marrons características da empresa. Uma variedade bem estranha de pessoas para fazer uma reunião. Ninguém ali era da família Luss ou da família Blessige.

– Desculpem. Estou interrompendo...?

Só então Mark começou realmente a ver as feições e os olhos daquelas pessoas, que olhavam para ele sem falar. Jamais fora encarado assim por alguém. O calor emanado por aquela gente era algo separado dos olhares fixados nele.

Ali atrás estava a governanta, com o rosto avermelhado. Seus olhos arregalados tinham um tom escarlate, e havia uma mancha vermelha na parte da frente da sua blusa. O cabelo estava desgrenhado, precisando ser lavado; já a roupa e a pele só poderiam estar tão sujas caso ultimamente ela andasse dormindo na terra.

Mark afastou dos olhos um cacho de cabelo. Sentiu os ombros encostarem na porta de vaivém e percebeu que estava recuando. As pessoas foram se aproximando dele, com exceção da governanta, que ficou parada observando. Uma das crianças, um garoto com tremeliques e sobrancelhas pretas espetadas, pisou numa gaveta aberta para subir na bancada central da cozinha, de modo a ficar mais alto do que qualquer outra pessoa. Ele correu sobre o tampo de granito e se lançou no ar na direção de Mark, que foi obrigado a estender os braços e agarrar o menino. Ele abriu a boca ao saltar e, quando agarrou os ombros de Mark, já havia colocado o pequeno ferrão para fora. Feito a cauda de um escorpião, o apêndice se flexionou antes de se projetar direto à frente, perfurando a garganta de Mark, cortando a pele e o músculo, antes de ancorar na artéria carótida. Mark sentiu uma dor que parecia causada por um espeto quente enfiado até a metade no seu pescoço.

Ele caiu para trás, atravessando a porta e desabando no chão com o garoto agarrado ali, preso à sua garganta, sentado em cima de seu peito. E então começaram as tragadas. O esvaziamento. A sucção. O escoamento.

Mark tentou falar, tentou gritar, mas as palavras se aglomeraram na sua garganta, e ele engasgou com elas. Ficou paralisado. Algo na sua pulsação mudou ou foi interrompido... e ele não conseguiu pronunciar um único som.

Mark sentia junto ao peito a batida débil do coração, ou o que fosse, do garoto. Enquanto o sangue fluía para fora de seu corpo, ele viu o ritmo do garoto se acelerar e se tornar mais forte – *tum, tum, tum* –, alcançando um galope frenético e íntimo, próximo do prazer.

O ferrão do garoto foi ingurgitando enquanto ele se alimentava, e o branco dos olhos, encarando a presa, ficou escarlate. Metodicamente, o garoto continuava emaranhando os dedos tortos e ossudos no cabelo de Mark. Apertando seu controle sobre a presa...

Os outros irromperam pela porta e se lançaram sobre Mark, despedaçando as roupas de sua vítima. Enquanto os ferrões deles perfuravam sua pele, Mark sentiu no corpo uma renovada mudança de pressão. Não era descompressão, mas *compressão*. Um colapso produzido pelo vácuo, feito uma caixa de suco ao ser consumida.

Ao mesmo tempo, ele foi assaltado por um odor que subia até suas narinas e seus olhos feito uma nuvem de amônia. Sentiu em cima do peito uma súbita umidade, quente como sopa que acaba de ser feita. Agarradas ao corpo do pequeno demônio, suas mãos ficaram molhadas e quentes. O garoto se aliviara, evacuando em cima de Mark enquanto se alimentava, embora o excremento parecesse mais químico do que humano.

A dor era foda, por todo o corpo: pontas dos dedos, peito, cérebro. A pressão sumiu da sua garganta, e Mark ficou ali, feito uma brilhante estrela branca de dor resplandecente.

Neeva empurrou a porta do quarto só um pouco, para ver se as crianças haviam finalmente caído no sono. Keene e Audrey Luss estavam deitados em sacos de dormir no chão perto da cama de Narushta, a neta de Neeva. Na maior parte do tempo eles se comportavam bem, pois, afinal de contas, Neeva fora a única babá da família desde que Keene completara quatro meses de idade, mas naquela noite haviam chorado. Sentiam falta das suas camas. Queriam saber quando seriam levados de volta para casa por Neeva. Sebastiane, a filha de Neeva, não cessava de perguntar quanto tempo a polícia demoraria para chegar e bater na porta deles. Mas não era a vinda da polícia que preocupava Neeva.

Sebastiane nascera nos Estados Unidos, fora educada em escolas americanas e exibia uma arrogância americana. Neeva levava a filha ao Haiti uma vez por ano, mas a terra natal dela não era lá. Sebastiane rejeitava o antigo país e o velho estilo de vida. Rejeitava os conhecimentos antigos, porque os novos pareciam tão reluzentes e certeiros. Mas o fato de Sebastiane considerar a mãe uma idiota supersticiosa era quase insuportável para Neeva. Principalmente porque ao agir como agira, resgatando aquelas duas crianças mimadas, mas que ainda podiam ser salvas, ela realmente colocara em perigo seus próprios familiares.

Neeva fora criada como católica romana, mas seu avô pelo lado materno era adepto do vodu e *bokor* da sua aldeia. *Bokor* é uma espécie de *houngan* ou sacerdote, que alguns chamam de feiticeiro, praticante de magia, tanto do tipo benéfico como do tipo sombrio. Ele era tido como possuidor de grande *ashe* (poder espiritual), e frequentemente lidava com a cura de astrais *zombi*, ou seja, capturando um espírito num fetiche (um objeto inanimado). Apesar disso, nunca tentara a arte mais sombria, que era reanimar cadáveres, levantando um zumbi de um corpo morto cuja alma já havia partido. Nunca fizera isso porque declarava ter demasiado respeito pelo lado sombrio, e cruzar essa fronteira infernal era uma afronta direta aos *loa*, ou espíritos da religião vodu, semelhantes aos santos e anjos que agem como intermediários entre os homens e o Criador indiferente. Mas ele já participara de cerimônias que pareciam um tipo de exorcismo caipira, corrigindo os malefícios de outros *houngan* rebeldes. Neeva acompanhara o avô nessas ocasiões e vira o rosto dos mortos-vivos.

No dia em que Joan voltara para casa, ao anoitecer, ela se trancara no quarto, que era ricamente mobiliado, tão bonito quanto as suítes dos hotéis que Neeva limpava em Manhattan ao chegar aos Estados Unidos. Ouvindo os gemidos da patroa finalmente cessarem, Neeva dera uma espiadela para verificar. Joan tinha um olhar morto e distante. Seu coração parecia disparado. Os lençóis estavam ensopados, fedendo a suor. O travesseiro exibia manchas de sangue tossido e esbranquiçado. Neeva já cuidara tanto de doentes quanto de moribundos. Ao olhar para Joan Luss, ela percebeu que a patroa estava afundando não apenas na doença, mas no mal. Fora então que pegara as crianças e fugira.

Neeva percorreu os aposentos conferindo as janelas. Eles moravam no andar térreo de uma casa com três famílias. Só podiam ver a rua e as casas dos vizinhos através de barras de ferro. Grades serviam para dissuadir ladrões, mas fora isso Neeva não tinha certeza. Ela rodeara a casa por fora à tarde, testando as grades, e sentira que estavam firmes. Como precaução extra, pregara (sem Sebastiane saber, para evitar uma preleção da filha sobre segurança contra incêndios) os caixilhos das janelas nos peitoris, e depois tapara a janela das crianças com uma estante, feito uma barricada improvisada. Também esfregara (espertamente, sem contar a ninguém) alho em cada uma das barras de ferro. Mantinha em casa um litro de água benta consagrada pelo pároco da igreja, embora continuasse ciente da ineficácia do seu crucifixo dentro do porão da casa dos Luss.

Nervosa mas confiante, ela fechou todas as persianas e acendeu cada uma das luzes. Depois sentou na sua cadeira e pôs os pés para o alto. Não descalçou os sapatos pretos de sola grossa (ortopédicos devido aos pés chatos), pois talvez precisasse correr para algum lugar. Estava pronta para passar mais uma noite de sentinela. Ligou a tevê com o som baixo, só para se sentir acompanhada. O aparelho atraía mais eletricidade da parede do que atenção dela.

Talvez ela não devesse se incomodar tanto com a condescendência da filha. Todo imigrante teme que seus descendentes cresçam abraçando a cultura adotiva em detrimento da herança natural. Mas o medo de Neeva era muito mais específico: ela temia que a filha americanizada acabasse se prejudicando por excesso de confiança. Para Sebastiane, a escuridão noturna era uma mera inconveniência, uma quantidade deficiente de luz, que imediatamente desaparecia quando ela acionava um interruptor. Para ela, a noite era um período de lazer, um horário para se divertir e relaxar. Era quando ela soltava a cabeleira e baixava a guarda. Já para Neeva, a eletricidade não passava de um pequeno talismã contra a escuridão. A noite é real. A noite não é uma ausência de luz; na realidade, é o dia que constitui um breve alívio na escuridão que assoma...

Neeva ouviu um leve arranhão e acordou bruscamente, erguendo o queixo do peito. Viu que a televisão mostrava um comercial de um rodo esponjoso que funcionava também como aspirador. Ficou paralisada, ouvindo os estalidos que vinham da porta da frente. A princípio pensou que Emile, seu sobrinho, que era taxista noturno, estava chegando em casa, mas ele tocaria a campainha se tivesse esquecido a chave novamente.

Havia alguém ali do lado de fora. Mas ninguém bateu na porta ou tocou a campainha.

Neeva se levantou o mais depressa possível. Foi se esgueirando pelo corredor e parou diante da porta, escutando, separada apenas por uma folha de madeira de quem... ou do que... estava do lado de fora.

Então sentiu uma presença. Imaginou até que sentiria calor caso tocasse na porta, coisa que não fez.

Era uma porta externa comum, com um ferrolho. Não tinha tela por fora, nem postigos na madeira, apenas uma antiquada fresta para correspondência no centro, trinta centímetros acima do chão.

A dobradiça da fresta rangeu. A tampa de latão se moveu, e Neeva se apressou de volta pelo corredor. Ficou parada um instante ali, escondida, em pânico. Depois correu até a cesta de brinquedos das crianças no banheiro. Agarrou a pistola de água da neta, destampou a garrafa de água benta e verteu o líquido pelo pequeno orifício, desperdiçando grande parte ao encher o cano de plástico.

Depois levou o brinquedo até a porta. Tudo agora estava silencioso, mas ela continuava sentindo a tal presença. Desajeitadamente, apoiou o joelho inchado no chão, prendendo a meia na madeira áspera do soalho. Estava perto o suficiente para sentir o sopro da friagem noturna passando pela tampa de latão e ver uma sombra ao longo da borda.

A pistola de brinquedo tinha um cano comprido. Neeva lembrou-se de puxar para trás a alavanca da bomba, embaixo da pistola, para criar pressão, e depois usou a ponta do cano para levantar a tampa de latão. Quando a dobradiça soltou um rangido de protesto, ela enfiou o cano inteiro da arma pela fresta e apertou o gatilho.

Mirou cegamente, para cima, para baixo e de lado a lado, espirrando água benta em todas as direções. Imaginou Joan Luss sendo queimada, e feito um ácido, a água penetrando no corpo dela, feito ácido, como a própria espada dourada de Jesus. Mas não ouviu coisa alguma.

Então uma mão se enfiou na fenda e agarrou o cano, tentando arrancar a pistola da mão de Neeva. Por puro reflexo, ela puxou a arma de volta, dando uma boa olhadela naqueles dedos, que eram sujos feito dedos de coveiros. As unhas tinham um tom vermelho-sangue. A água benta só escorrera pele abaixo, lambuzando a lama, mas não produziu vapor ou queimadura.

Não causou efeito algum.

A mão puxou com força o cano da pistola, que entalou na fresta do correio. Neeva percebeu que a mão estava tentando chegar até ela, de modo que soltou a pistola. A mão continuou puxando e torcendo até que o brinquedo plástico rachou, soltando um jorro final de água. Neeva se afastou da fresta, apoiada nas mãos e nas nádegas, enquanto a visita começava a bater na porta, jogando o corpo inteiro contra a madeira e chacoalhando a maçaneta. As dobradiças tremiam, e as paredes adjacentes balançavam, o quadro do homem e do menino caçando caiu do prego, estilhaçando o vidro protetor. Neeva foi se arrastando até a ponta do curto corredor de entrada e derrubou com o ombro o porta guarda-chuva, que tinha também um bastão de beisebol. Sentada ali no chão, ela agarrou o bastão e segurou o cabo revestido de fita preta.

A madeira aguentou. A velha porta, que Neeva odiava por inchar e emperrar no umbral no calor do verão, mostrou solidez suficiente para aguentar os golpes, assim como o ferrolho reforçado e até mesmo a lisa maçaneta de ferro. Por fim a tal presença atrás da porta se aquietou. Talvez houvesse até mesmo ido embora.

Neeva olhou para a poça de lágrimas de Cristo no chão. Quando o poder de Jesus nos falha, sabemos que a sorte realmente nos abandonou.

Esperar o amanhecer. Era tudo que ela podia fazer.

– Neeva?

Keene, o filho dos Luss, apareceu ali atrás, com uma calça de malha e uma camiseta. Neeva foi mais rápida do que imaginava que pudesse ser, tapando a boca dele com a mão e levando-o para o canto. Ficou encostada na parede ali, com o garoto enlaçado nos braços.

Será que a tal coisa na porta ouvira a voz do filho?

Ela tentou escutar. O garoto se contorcia nos braços dela, tentando falar.

– *Psiu, garoto.*

Então ela ouviu o rangido outra vez. Agarrou o menino com mais força ainda, enquanto se inclinava para a esquerda, arriscando uma olhadela em torno do canto.

A tampa da fresta para correspondência estava erguida por um dedo sujo. Neeva se escondeu rapidamente em torno do canto outra vez, mas não antes de ver um par de fulgurantes olhos vermelhos espiando por ali.

Rudy Wain, o empresário de Gabriel Bolivar, pegou um táxi da rua Hudson até a casa do roqueiro depois de um tardio jantar de negócios com o pessoal da BMG no Mr. Chow. Não conseguira falar com Gabriel por telefone, mas precisava conferir a saúde do astro, alvo de boatos após o negócio do voo 753 e uma foto tirada por um paparazzi, em que ele aparecia numa cadeira de rodas.

Quando Rudy apareceu na rua Vestry, não havia paparazzis à vista, apenas alguns fãs góticos, com expressão apalermada, fumando sentados ao longo da calçada. Vendo Rudy subir a escada da frente, eles se levantaram com ar de expectativa.

– O que há? – perguntou Rudy.

– Ouvimos dizer que ele anda deixando o pessoal entrar.

Rudy olhou para cima, mas não viu luz alguma acesa nas casas geminadas ou na cobertura.

– Parece que a festa já acabou.

– Não é festa – disse um moleque gorducho, com elásticos coloridos pendurados num alfinete cravado na bochecha. – Ele também deixou os paparazzis entrarem.

Rudy deu de ombros, teclou seu código de acesso, entrou e fechou a porta, pensando que ao menos Gabriel estava se sentindo melhor. Passou pelas panteras de mármore preto e chegou ao saguão escuro. Todas as luzes da obra estavam apagadas, e os comutadores ainda não haviam sido conectados a coisa alguma. Rudy pensou por um instante. Depois pegou seu BlackBerry, passou o visor para SEMPRE LIGADO e lançou a luz azulada em torno. Ao pé do anjo alado junto da escada, notou uma pilha de câmeras e filmadoras sofisticadas: as armas dos paparazzis. Todas largadas ali, feito sapatos ao lado de uma piscina.

– Olá?

Sua voz provocou um eco cavo nos primeiros andares sem acabamento. Rudy começou a subir a escadaria de mármore em espiral, seguindo o facho eletrônico azulado do BlackBerry. Precisava motivar Gabriel para o show no Roseland na semana seguinte, e havia preparativos a fazer para várias datas em torno do Halloween país afora.

Ele chegou ao último andar, onde ficava a suíte de Gabriel, e encontrou todas as luzes desligadas.

– Ei, Gabriel? Sou eu, cara. Mas não quero interromper nada.

Silêncio demasiado. Rudy entrou na suíte principal, esquadrinhando o ambiente com a luz do telefone. Viu a cama desfeita, mas nem vestígio de Gabriel com ressaca. Provavelmente ele fora curtir a noite, como sempre. Não estava ali.

Rudy foi até o banheiro da suíte dar uma mijada. Viu um frasco aberto de Vicodin sobre a bancada e uma taça de cristal com cheiro de bebida. Refletiu um pouco e pegou dois comprimidos, enxaguando a taça na pia e engolindo tudo com água da torneira.

Ao recolocar a taça na bancada, percebeu um movimento às suas costas. Virou depressa, vendo Gabriel sair da escuridão e entrar no banheiro. As paredes espelhadas dos dois lados faziam parecer que havia centenas de versões dele.

– Jesus... você me assustou, Gabriel – disse Rudy. O sorriso caloroso do empresário desapareceu sob o olhar do roqueiro, parado ali. A luz azulada do telefone era indireta e fraca, mas a pele de Gabriel parecia escura. Os olhos tinham um tom vermelho. Ele estava usando um robe preto fino até os joelhos, sem camisa por baixo. Seus braços pendiam retos, e ele não ofereceu qualquer indicação de cumprimento ao empresário. Tinha sujeira nas mãos e no peito. – Qual é o problema, cara? Você passou a noite numa carvoaria?

Gabriel continuou parado ali, infinitamente multiplicado pelos espelhos.

– Você tá fedido, cara – disse Rudy, levando a mão ao nariz. – Em que diabo se meteu?

Ele sentiu que o roqueiro exalava um calor estranho e segurou o telefone mais perto do rosto dele. Os olhos de Gabriel não reagiram à luz.

– Xará, você já passou tempo demais com essa maquiagem.

As pílulas estavam começando a bater. O aposento revestido de espelhos parecia se expandir feito um acordeão fora da caixa. Rudy moveu o facho do telefone, e o banheiro inteiro cintilou.

– Olhe, cara – disse Rudy, enervado pela falta de reação de Gabriel. – Se tu tá viajandão, eu volto outra hora.

Ele tentou passar pela esquerda de Gabriel, mas o roqueiro não se afastou. Tentou outra vez, mas Gabriel não abriu caminho. Rudy recuou e lançou o facho do celular sobre seu velho cliente.

– Gabriel... cara, qual é...

Então Gabriel abriu o robe, estendendo os braços feito asas antes de deixar o traje cair ao chão.

Rudy soltou um arquejo. O corpo do roqueiro estava cinzento e esquálido, mas o que deixou o empresário tonto foi a visão da sua virilha.

Estava sem pelos, lisa feito uma boneca, sem genitália alguma.

A mão de Gabriel tapou a boca de Rudy com força. O empresário começou a lutar, mas tarde demais. Ele viu Gabriel sorrir, e então o sorriso foi substituído por algo feito um chicote, serpenteando dentro da boca do roqueiro. Sob a trêmula luz azulada do telefone, enquanto tentava teclar num frenesi cego os números 9, 1 e 1 de emergência, Rudy viu o ferrão emergir flanqueado por apêndices vagamente definidos, que inchavam e desinchavam feito sacos geminados de carne esponjosa, com aberturas laterais semelhantes a guelras, que abriam e fechavam ferozmente.

Ele viu tudo isso um segundo antes que seu pescoço fosse penetrado pelo ferrão. O telefone caiu no piso do banheiro aos pés de Rudy, que chutavam, sem que a tecla de ENVIAR chegasse a ser apertada.

A caminho de casa com a mãe, Jeanie Millsome não estava nem um pouco cansada. Aos nove anos de idade, ver *A pequena sereia* na Broadway era tão incrível que ela jamais se sentira tão acordada na vida. Agora ela sabia de verdade o que queria ser quando crescesse. Nada de professora de balé (depois de Cindy Veeley ter quebrado dois dedos num salto). Nada de ginasta olímpica (a prova do cavalo era assustadora demais). Ela ia ser... (tambores, por favor)... *Atriz da Broadway*! Ia tingir seu cabelo de vermelho-coral e estrelar *A pequena sereia*. Faria a protagonista Ariel, e ao final receberia a maior ovação da história do teatro. Depois dos aplausos trovejantes ao fim do espetáculo, encontraria seus jovens fãs teatrais, autografaria os programas deles e sorriria para fotos de celular com eles. Então, numa noite muito especial, ela escolheria a mais polida e sincera menina de nove anos na plateia, que seria convidada a ser sua substituta *e* Eterna Melhor Amiga. Sua mãe seria sua cabeleireira, e seu pai, que ficara em casa com Justin, seria seu empresário, tal como o pai de Hannah Montana. E Justin... bom, Justin podia simplesmente ficar em casa e ser ele mesmo.

E assim ia ela, sentada com o queixo na mão, virada para a janela do metrô que corria para o sul debaixo da cidade. Jeanie via seu reflexo na vidraça, e via a claridade no vagão atrás dela, mas às vezes as luzes piscavam. E numa dessas piscadelas escuras, ela ficou olhando para um espaço aberto, onde um túnel se juntava a outro. E então viu algo: o clarão subliminar de uma imagem, feito um único quadro perturbador dentro de um trecho totalmente monótono de filme. Foi uma coisa tão rápida, que a mente consciente dela não teve tempo de processar aquela imagem incompreensível para uma menina de nove anos. Jeanie nem sequer conseguiu explicar por que irrompeu em lágrimas, acordando a mãe elegantemente vestida que cochilava ao lado. Reconfortada e instada a indicar o que causara aquele choro, ela só conseguia apontar para a janela. E passou o resto da viagem para casa aninhada sob o braço da mãe.

Mas ela fora vista pelo Mestre, que tudo via. Até, e principalmente, enquanto se alimentava. Sua visão noturna era extraordinária, quase telescópica, em variados matizes acinzentados, e registrava fontes de calor com um fulgurante branco espectral.

Ele acabara, embora não estivesse satisfeito. Jamais ficava satisfeito. Suas grandes mãos soltaram o humano transformado, deixando a presa inerte deslizar pelo seu corpo até o piso de cascalho. Sua capa escura esvoaçava com os ventos que sussurravam nos túneis ao redor. A distância, os trens uivavam. Era ferro golpeando aço, como o uivo de um mundo subitamente consciente da sua chegada.

EXPOSIÇÃO

Sede do projeto Canário, esquina da Décima Primeira avenida com a rua 27

Na terceira manhã depois do pouso do voo 753, Eph levou Setrakian para a sede administrativa do projeto Canário, na borda oeste de Chelsea, um quarteirão a leste do rio Hudson. Antes que Eph iniciasse o projeto, as três salas do escritório do Centro de Controle de Doenças haviam abrigado o Programa de Triagem Médica de Trabalhadores e Voluntários do World Trade Center, que investigava ligações entre os esforços de recuperação do 11 de Setembro e persistentes doenças respiratórias.

Eph se animou ao parar na Décima Primeira avenida. Duas radiopatrulhas e um par de sedãs sem logomarcas, mas com placas governamentais, estavam estacionados na entrada. O diretor Barnes finalmente se mexera. Ele, Nora e Setrakian iam receber o auxílio necessário. Não tinham como lutar sozinhos contra aquele flagelo.

Quando chegaram ao terceiro andar, a porta do escritório estava aberta, e Barnes confabulava com um homem em trajes civis que se identificou como agente especial do FBI.

— Everett, o seu senso de oportunidade foi perfeito. Esse é exatamente o homem que eu queria ver — disse Eph, aliviado ao ver o diretor pessoalmente envolvido, e indo até uma pequena geladeira perto da porta.

Os tubos de ensaio tintilaram quando ele estendeu a mão para pegar um litro de leite integral, abrindo a embalagem e bebendo rapidamente. Precisava de cálcio tal como antes precisava de bebida. Nós trocamos nossas dependências, percebeu ele. Por exemplo, na semana anterior ele estava totalmente dependente das leis da ciência e da natureza. Agora estava viciado em espadas de prata e luz ultravioleta.

Depois afastou a garrafa meio vazia dos lábios, percebendo que acabara de aplacar sua sede com o produto de outro mamífero.

– Quem é esse? – perguntou o diretor Barnes.

– O professor Abraham Setrakian – disse Eph, enxugando o bigode de leite em cima do lábio. Setrakian estava segurando o chapéu, com a cabeleira de alabastro brilhando sob as luzes do teto baixo. Eph engoliu mais leite, apagando o fogo em seu estômago, e disse: – Tanta coisa aconteceu, Everett, que eu nem sei por onde começar.

– Por que não começamos pelos corpos que sumiram dos necrotérios municipais? – disse Barnes.

Eph abaixou o litro de leite, vendo que um dos policiais já se aproximara da porta ali atrás, e que um segundo agente do FBI estava sentado, bisbilhotando no computador que ele usava no escritório.

– Ei, com licença – disse Eph.

– Ephraim, o que você sabe sobre os corpos desaparecidos?

Eph ficou tentando ler a expressão do diretor do Centro de Controle de Doenças. Depois olhou para Setrakian, mas o velho continuou calado, completamente imóvel com o chapéu nas mãos torcidas.

– Eles voltaram para casa – disse Eph.

– Para casa? – disse Barnes, virando a cabeça, como que tentando ouvir melhor. – Lá no céu?

– Voltaram para suas famílias, Everett.

Barnes olhou para o agente do FBI, que continuou olhando para Eph.

– Eles estão mortos – disse Barnes.

– Eles não estão mortos. Pelo menos, não como nós entendemos isso.

– Só existe uma forma de estar morto, Ephraim.

Eph abanou a cabeça.

– Isso não é mais verdade.

Barnes deu um passo solidário à frente.

– Ephraim, eu sei que você vem enfrentando uma enorme quantidade de estresse ultimamente. Sei que tem tido problemas familiares...

— Espere aí – disse Eph. – Acho que não estou entendendo que diabo é isso...

O agente do FBI disse:

— O que está em questão aqui é um dos seus pacientes, doutor. O piloto do voo 753 da Regis Air, o comandante Doyle Redfern. Nós temos umas perguntas sobre o tratamento dado a ele.

Eph disfarçou um calafrio.

— Com uma ordem judicial, eu responderei às suas perguntas.

— Talvez prefira explicar isso aqui.

O agente abriu e ligou um videocassete portátil na borda da mesa, mostrando a imagem de um quarto hospitalar gravada por uma câmera de vigilância. Redfern era visto por trás, cambaleando, com a bata hospitalar aberta nas costas. Parecia ferido e confuso, em vez de agressivo e enfurecido. O ângulo da câmera não mostrava o ferrão que ele projetava da boca.

Mas mostrava Eph empunhando a trefina que girava e atingindo a garganta do piloto com a lâmina circular.

Depois de uma oscilação e um corte na imagem, Nora aparecia ao fundo cobrindo a boca, enquanto Eph arquejava junto à porta. Redfern estava caído no chão.

Então começava outra sequência, gravada por uma câmera diferente, posicionada mais adiante no mesmo corredor do subsolo, com um ângulo mais elevado. As imagens mostravam duas pessoas, um homem e uma mulher, arrombando a sala trancada do necrotério onde o corpo de Redfern fora colocado. Depois apresentavam a dupla partindo com um saco de cadáveres pesado.

Eram duas pessoas muito parecidas com Eph e Nora.

A sequência terminou. Eph olhou para Nora, que estava chocada. Depois olhou para Barnes e o agente do FBI.

— Isso foi... esse ataque foi editado para parecer hostil. Houve um corte ali. O Redfern tinha...

— Onde estão os restos mortais do comandante Redfern?

Eph não conseguia pensar. Estava paralisado pela mentira que acabara de ver.

— Não éramos nós ali. A câmera estava alta demais para...

— Está dizendo que não eram vocês dois ali?

Eph olhou para Nora, que estava abanando a cabeça. Ambos pareciam perplexos demais para montar de pronto uma defesa coerente.

– Vou lhe perguntar mais uma vez, Ephraim. Onde estão os corpos que sumiram dos necrotérios?

Eph olhou para Setrakian, parado junto à porta. Depois olhou para Barnes, sem conseguir pensar em algo para dizer.

– Ephraim, eu estou fechando o projeto Canário. Neste exato momento.

Eph voltou a si.

– O quê? Espere aí, Everett...

Ele se aproximou depressa de Barnes. Os policiais avançaram como se Eph fosse perigoso, e essa reação fez com que ele estancasse, cada vez mais alarmado.

– Doutor Goodweather, precisa nos acompanhar – disse o agente do FBI. – Todos vocês... ei!

Eph se virou. Setrakian desaparecera.

O agente mandou dois policiais atrás dele.

Eph olhou de novo para Barnes.

– Everett, você me conhece. Sabe quem sou. Escute o que vou lhe dizer. Há uma praga se espalhando pela cidade... um flagelo diferente de tudo que já vimos.

O agente do FBI disse:

– Queremos saber o que o doutor injetou no Jim Kent.

– O que eu... o *quê*?

– Ephraim, eu fiz um trato com ele – disse Barnes. – A Nora será poupada, se você concordar em cooperar. Poupe Nora do escândalo da prisão e preserve a reputação profissional dela. Eu sei que vocês dois... são íntimos.

– E como, exatamente, você sabe disso? – Eph olhou para seus perseguidores em torno, passando do espanto para a raiva. – Isso é papo-furado, Everett.

– Você foi filmado atacando e assassinando um paciente, Ephraim. Vem relatando resultados de exames fantasiosos, inexplicáveis por qualquer medição racional, sem comprovação e provavelmente manipulados. Eu estaria aqui se tivesse escolha? Se você tivesse escolha?

Eph se virou para Nora. Ela poderia ser poupada. Talvez conseguisse continuar a luta.

Barnes tinha razão. Ao menos naquele momento, numa sala cheia de homens da lei, ele não tinha alternativa.

– Não deixe isso atrapalhar você – disse Eph a Nora. – Talvez você seja a única pessoa que ainda sabe o que está realmente acontecendo.

Nora balançou a cabeça e se virou para Barnes.

– Senhor, há uma conspiração aqui, seja deliberada ou não...

– Por favor, doutora Martinez – disse Barnes. – Não complique ainda mais a sua situação.

O outro agente recolheu os computadores de Eph e Nora. Eles começaram a descer as escadas com Eph.

No patamar do segundo andar, encontraram os policiais que haviam partido atrás de Setrakian. Os dois estavam postados lado a lado, quase com as costas coladas. Algemados juntos.

Setrakian surgiu atrás do grupo com a espada já desembainhada, e colocou a ponta no pescoço do agente do FBI que ia na frente. A outra mão segurava uma pequena adaga, também antiquada, feita de prata, que foi apontada para a garganta do diretor Barnes.

– Os cavalheiros são peões num esquema muito além da sua compreensão. Doutor, pegue essa adaga – disse o velho professor.

Eph segurou o cabo da arma, mantendo a ponta na garganta do seu chefe.

– *Por Cristo*, Ephraim. Você perdeu o *juízo*? – disse Barnes, sem respirar.

– Everett, esse negócio é maior do que você pensa. Vai além do Centro de Controle de Doenças, e até mesmo do cumprimento normal das leis. Uma doença catastrófica, diferente de tudo que já vimos, está se espalhando pela cidade. E isso é só metade.

Nora surgiu ao lado dele, recuperando os computadores confiscados pelo outro agente do FBI.

– Já peguei todo o resto que precisamos do escritório. Parece que não vamos voltar.

– Pelo amor de Deus, Ephraim, caia em si – disse Barnes.

– Foi para fazer esse serviço que você me contratou, Everett. Para soar o alarme quando surgisse uma crise na saúde pública. Nós estamos à beira de uma pandemia mundial. Uma extinção em massa. E alguém, em algum lugar, está fazendo tudo para que isso dê certo, droga.

Grupo Stoneheart, Manhattan

Eldritch Palmer ligou um conjunto de monitores de televisão, mostrando seis canais de notícias. O televisor no canto esquerdo inferior era o mais interessante. Palmer elevou em alguns graus o ângulo da cadeira e isolou o canal, aumentando o volume.

O repórter estava parado diante da Décima Sétima Delegacia, na rua 51 Leste, com um policial que se recusava a comentar os inúmeros desaparecimentos de pessoas relatados em toda a área de Nova York nos dias anteriores. A imagem mostrava pessoas enfileiradas na calçada da delegacia, preenchendo formulários enquanto aguardavam: era gente demais para caber lá dentro. O repórter salientou que outros incidentes aparentemente inexplicáveis, tais como arrombamentos em que nada parecia ter sido roubado e ninguém parecia estar em casa, também estavam sendo relatados. O mais estranho de tudo era o fracasso da moderna tecnologia no auxílio à busca pelas pessoas desaparecidas: os telefones celulares, quase todos com tecnologia GPS rastreável, pareciam ter sumido com os donos. Isso levara alguns a especular que os desaparecidos podiam estar abandonando família e emprego voluntariamente. O pico dos sumiços parecia ter coincidido com a recente ocultação lunar, sugerindo uma ligação entre as duas ocorrências. Então um psicólogo comentou que certos eventos celestiais espantosos sempre tinham o potencial de causar uma leve histeria de massa. A matéria terminava com o repórter abrindo espaço para uma mulher chorosa erguer o retrato de uma desaparecida, mãe de dois filhos.

Então o programa foi interrompido pelo comercial de um creme "desafiador da idade", para "ajudar você a viver mais e melhor".

O congenitamente doente magnata desligou o áudio. O único som, além do barulho da máquina de diálise, era do seu cantarolar atrás de um sorriso avarento.

Outra tela exibia um gráfico que mostrava os mercados financeiros em queda, enquanto o dólar também declinava. O próprio Palmer estava induzindo os mercados, livrando-se constantemente de ações e investindo em metais: lingotes de ouro, prata, paládio e platina.

O comentarista passou a sugerir que a recente recessão representava oportunidades em títulos do mercado futuro. Palmer discordava com veemência. Ele estava encurtando os futuros. De todo mundo, menos o seu.

Uma chamada telefônica foi passada para a sua cadeira por Fitzwilliam. Era um prestimoso membro do FBI, ligando para informar que o epidemiologista do projeto Canário, doutor Ephraim Goodweather, escapara.

– Escapou? – perguntou Palmer. – Como isso foi possível?

– Ele estava com um senhor idoso, que aparentemente era mais astuto do que parecia e que levava uma comprida espada de prata.

Palmer ficou em silêncio, respirando fundo. Depois sorriu vagarosamente.

Havia forças se alinhando contra ele. Muito bem. Que viessem juntas. Seria mais fácil eliminar todas.

– Senhor? – disse a pessoa que telefonava.

– Ah... nada – disse Palmer. – Eu só estava pensando num velho amigo.

Loja de penhores Knickerbocker, rua 118 Leste, Harlem espanhol

EPH, NORA E SETRAKIAN pararam atrás das portas trancadas da loja de penhores. Os dois epidemiologistas ainda pareciam abalados.

– Eu dei o seu nome a eles – disse Eph, espiando pela janela.

– O prédio está no nome da minha falecida esposa. Por enquanto, estamos em segurança aqui.

Setrakian estava ansioso para descer ao arsenal no porão, mas os dois médicos continuavam aturdidos.

– Eles vão vir atrás de nós – disse Eph.

– Abrindo caminho para a infecção – disse Setrakian. – A linhagem se propagará mais depressa numa sociedade ordeira do que numa em alerta máximo.

– *Eles* quem? – perguntou Nora.

– Alguém com poder suficiente para embarcar aquele caixão num voo transatlântico nessa época de terrorismo – disse Setrakian.

Eph andava de um lado para outro.

– Eles estão armando contra nós. Aquele casal que entrou lá para roubar os restos mortais de Redfern... era até *parecido* conosco!

– Como você mesmo disse, a principal autoridade para fazer soar o alarme geral, em termos de controle da doença, é você. Agradeça por eles só tentarem desacreditar sua voz.

– Sem o Centro de Controle de Doenças para nos apoiar, não temos nenhuma autoridade – disse Nora.

– Então precisamos prosseguir por conta própria, fazendo o controle da doença no nível mais elementar – disse Setrakian.

Nora lançou um olhar para o velho.

– Está falando de... assassinato.

– O que você preferiria? Virar uma... ou encontrar alguém que libertasse você?

– Mesmo assim – disse Eph –, isso é um eufemismo polido de assassinato. E é mais fácil falar do que fazer. Quantas cabeças teremos que decepar? Somos só três.

– Há outros meios, além de cortar a coluna vertebral. A luz do sol, por exemplo. Nosso mais poderoso aliado – disse Setrakian.

O telefone de Eph vibrou dentro do bolso. Ele pegou o aparelho com cautela, examinando a tela. Era uma chamada da sede do Centro de Controle de Doenças, em Atlanta.

– Pete O'Connell – disse ele para Nora, aceitando a chamada.

Nora virou para Setrakian.

– Onde estão todos eles neste exato momento... onde passam o dia?

– No subsolo, em porões e esgotos. Nas entranhas escuras dos prédios, tais como salas de manutenção ou sistemas de aquecimento e refrigeração. Às vezes, nas paredes. Mas geralmente na terra. É lá que eles preferem fazer seus ninhos.

– Então eles dormem durante o dia... é isso?

– Seria muito conveniente, não? Um punhado de caixões num subsolo, cheios de vampiros cochilando. Mas, não, eles nem chegam a dormir, pelo menos como nós entendemos o sono. Apagam por algum tempo, quando estão saciados. Sentem fadiga ao digerir uma quantidade de sangue demasiada. Mas não por muito tempo. Eles só se escondem no subsolo durante o dia para escapar dos mortíferos raios solares.

Nora estava muito pálida e aturdida. Parecia uma menina que acabara de saber que na realidade os mortos não criam asas e voam direto ao céu para virar anjos, mas, em vez disso, permanecem na terra, criando ferrões debaixo das línguas e virando vampiros.

– Aquilo que você falou – disse ela. – Antes de dar os golpes. Uma coisa em outra língua. Feito um pronunciamento ou uma espécie de maldição.

O velho fez uma careta.

– É algo que digo só para me acalmar. Para firmar minha mão ao dar o golpe final.

Nora aguardou que ele contasse o que era aquilo. Setrakian viu que, por alguma razão, ela precisava saber.

– Eu digo: *Strigoi, minha espada canta a prata*. – Ele fez outra careta de desconforto por pronunciar as palavras naquele momento. – Soa melhor na língua antiga.

Nora viu que o velho matador de vampiros era essencialmente um homem modesto e disse:

– Prata.

– Só prata – disse ele. – Reconhecida ao longo dos séculos por suas propriedades antissépticas e germicidas. Eles podem ser cortados com aço ou baleados com chumbo, mas só a prata consegue *realmente* lhes fazer mal.

Eph tapara a outra orelha com a mão livre, tentando ouvir Pete, que estava dirigindo um carro nos arredores de Atlanta.

– O que está acontecendo aí? – perguntou Pete.

– Bom... o que você ouviu dizer?

– Que eu não deveria conversar com você. Que você está encrencado. Saiu do projeto ou coisa assim.

– A coisa aqui está uma bagunça, Pete. Nem sei o que dizer.

– Bom, eu precisava telefonar de qualquer maneira. Andei trabalhando nas amostras que você me mandou.

Eph sentiu outro frio na barriga. O doutor Peter O'Connell era um dos chefes do projeto sobre mortes inexplicáveis do Centro Nacional de Moléstias Zoonóticas, Transmissíveis por Vetores, e Entéricas, do CCD. Esse projeto abrigava um grupo interdisciplinar formado por virologistas, bacteriologistas, epidemiologistas, veterinários e clínicos, recrutados dentro e fora do Centro de Controle de Doenças. Nos Estados Unidos, um grande número de mortes naturais tem causas inexplicáveis, e cerca de setecentas por ano são levadas ao projeto para que sejam feitas mais investigações. Dessas setecentas, apenas quinze por cento são satisfatoriamente resolvidas, e amostras do restante ficam guardadas para possíveis reexames futuros.

Todo pesquisador do projeto tem outro cargo dentro do Centro de Controle de Doenças. Pete chefiava a Patologia de Doenças Infecciosas, pois sua especialidade era como e por que um vírus afeta seu hospedeiro. Eph esquecera que mandara para ele as primeiras biópsias e amostras de sangue do exame preliminar realizado no comandante Redfern.

– É uma linhagem viral, Eph. Não há dúvida disso. Uma amostra notável de ácido genético.

– Espere, Pete, escute só...

– A glicoproteína tem características de ligação extraordinárias. Estou falando da chave mestra. Espantosa. Esse sacaninha não só obriga a célula hospedeira a reproduzir mais cópias de si mesmo. Não. Ele cola no RNA, o ácido ribonucleico. Chega a *se fundir* ao RNA. Consome-o... mas, de alguma maneira, não usa tudo. O que ele faz é produzir uma cópia de si mesmo *acasalado* com a célula hospedeira, pegando apenas as partes necessárias. Eu não sei o que você está vendo no seu paciente, mas, teoricamente, esse troço poderia se replicar, replicar e replicar... Como é algo *rápido*, muitos milhões de gerações mais tarde poderia reproduzir sua própria estrutura de órgãos. Sistemicamente. Poderia transformar o hospedeiro. Em que, não sei... mas adoraria descobrir.

– Pete – disse Eph, com a cabeça rodando. Aquilo fazia muito sentido. O vírus dominava e transformava a célula... exatamente como o vampiro dominava e transformava a vítima.

Aqueles vampiros eram vírus encarnados.

– Eu mesmo quero fazer a genética nele, para ver realmente como isso funciona – disse Pete.

– Pete, escute. Eu quero que você destrua esse troço – disse Eph, ouvindo o ruído do limpador de para-brisa de Pete no silêncio que se seguiu.

– O quê?

– Guarde as suas descobertas, mas destrua aquela amostra imediatamente.

O limpador de para-brisa fez mais ruídos, feito um metrônomo da incerteza de Pete.

– Você está falando de destruir a amostra em que eu estava trabalhando? Porque você sabe que nós sempre guardamos algumas, só para o caso de...

– Pete, eu preciso que você vá direto ao laboratório e destrua aquela amostra.

– Eph. – Eph ouviu o ruído da seta do carro de Pete, que estava saindo da estrada a fim de terminar a conversa. – Você sabe como nós somos cuidadosos com qualquer agente patogênico em potencial. Nosso trabalho é limpo e seguro. E temos um protocolo laboratorial muito rígido, que eu não posso quebrar só para sua...

– Eu cometi um erro terrível ao deixar que aquela amostra saísse da cidade. Não sabia o que sei agora.

– Em que tipo de enrascada, exatamente, você está metido, Eph?

– Jogue alvejante naquilo. Se não funcionar, use ácido. Toque fogo, se precisar. Eu não me importo. Assumo total responsabilidade...

– Não se trata de responsabilidade, Eph. Trata-se de ciência de qualidade. Você precisa ser sincero comigo. Alguém contou que viu algo sobre você no noticiário.

Eph precisava terminar aquela conversa.

– Pete, faça o que eu estou pedindo... e prometo que explicarei tudo quando puder.

Ele desligou. Setrakian e Nora haviam ouvido o final da conversa.

– Você enviou o vírus para outro lugar? – perguntou Setrakian.

– Ele vai destruir a amostra. Sempre que Pete erra, é por se precaver demais... eu o conheço muito bem. – Eph olhou para os televisores à venda ao longo da parede. *Algo sobre você no noticiário...* – Algum desses aí funciona?

Eles encontraram um que funcionava. Não demorou muito para a matéria passar.

A tela mostrava a foto de Eph na carteira de identificação do Centro de Controle de Doenças, uma sequência borrada do encontro com Redfern, e depois o tal casal semelhante a eles tirando um saco de cadáver do quarto do hospital. A reportagem falava que o doutor Ephraim Goodweather estava sendo procurado como "uma pessoa envolvida" no desaparecimento dos corpos dos passageiros do voo 753.

Eph ficou imóvel ali. Pensou em Kelly vendo aquilo. Em Zack.

– Aqueles putos – sibilou ele.

Setrakian desligou a televisão.

– Nisso tudo, a única boa notícia é que você ainda é considerado uma ameaça por eles. Isso significa que ainda há tempo. Ainda há esperança. Uma chance.

– Você fala como se tivesse um plano – disse Nora.

– Não é um plano. Uma estratégia.

– Conte para nós qual é – disse Eph.

– Os vampiros têm leis próprias, tanto bárbaras quanto antigas. Um desses mandamentos, válido até hoje, é que um vampiro não pode cruzar uma massa de água em movimento. Não sem ajuda humana.

Nora abanou a cabeça.

– Por que não?

– Talvez a razão esteja em sua própria criação, há tanto tempo. Essa regra é comum a todas as culturas conhecidas do nosso planeta, em todas as épocas, incluindo povos da Mesopotâmia, gregos e egípcios antigos, hebreus e romanos. Embora bastante velho, não sou velho o suficiente para saber. Mas a proibição persiste até mesmo hoje, e isso nos dá certa vantagem aqui. O que é a cidade de Nova York?

Nora percebeu de imediato.

– Uma ilha.

– Um arquipélago. Nós estamos rodeados de água por todos os lados, neste momento. Os passageiros da companhia aérea foram para necrotérios em todas as cinco zonas da cidade?

– Não – disse Nora. – Só quatro. Não foram para Staten Island.

– Quatro, então. Tanto Queens quanto Brooklyn são bairros separados do continente, respectivamente, pelo rio East e pelo estreito de Long Island. O Bronx é o único bairro ligado à parte continental dos Estados Unidos.

– Se pelo menos a gente pudesse isolar as pontes, estabelecendo barreiras ao norte do Bronx, a leste de Queens e Nassau...

– A essa altura, isso é sonhar acordado – disse Setrakian. – Mas vejam bem... nós não precisamos destruir cada um deles individualmente. Eles formam uma só mente, funcionando com a mentalidade de uma colmeia. Controlados por uma única inteligência. Que provavelmente está cercada de terra em algum ponto aqui de Manhattan.

– O Mestre – disse Eph.

– Aquele que veio na barriga do avião. O dono do caixão desaparecido.

– Como sabe que ele não voltou para perto do aeroporto, já que não consegue atravessar o rio East sozinho? – disse Nora.

Setrakian deu um sorriso seco.

– Eu tenho certeza absoluta de que ele não viajou até os Estados Unidos para se esconder em Queens. – Ele abriu a porta dos fundos, a escada que levava ao arsenal no subsolo. – O que precisamos fazer agora é descobrir seu esconderijo.

Rua Liberty, canteiro de obras do World Trade Center

Vasiliy Fet, o exterminador contratado pelo Departamento de Controle de Pragas da cidade de Nova York, estava parado junto à cerca que rodeava a grande "bacia" dos alicerces do antigo complexo do World Trade Center. Deixara seu carrinho de mão na van, estacionada com outros veículos da obra num lote da Autoridade Portuária na rua West. Numa das mãos ele levava uma sacola Puma, vermelha e preta, com rodenticida e equipamento leve para túneis ali dentro. Na outra, segurava sua velha barra de aço cilíndrica, com cerca de um metro de extensão, que achara num local em obras certa vez. Era perfeita para cutucar tocas de ratos e enfiar iscas lá dentro, além de, ocasionalmente, servir de defesa contra espécimes agressivos ou apavorados.

Ele estava entre as barricadas de cimento e a cerca, na esquina das ruas Church e Liberty, no meio dos tonéis de advertência, brancos e alaranjados, ao longo da larga passarela para pedestres. As pessoas passavam por ele em direção à entrada provisória do metrô no final do quarteirão. Ali havia uma atmosfera de esperança renovada no ar, cálida como a abundante luz do sol que abençoava aquela parte destruída da cidade. Os novos prédios já estavam começando a subir, depois de anos de planejamento e escavações. Era como se aquela terrível ferida negra estivesse finalmente começando a sarar.

Só Vasiliy notava as manchas oleosas descorando as margens verticais do meio-fio. Os excrementos em torno dos cavaletes de estacionamento. As marcas de dentes deixadas na tampa da lata de lixo na esquina. Sinais reveladores da presença de ratos na superfície.

Um dos operários desceu com Vasiliy de picape pela trilha da bacia. Ele parou na base da estrutura que viria a ser a nova estação subterrânea da linha World Trade Center/Trans-Hudson, com cinco pistas e três plataformas no subsolo. Por enquanto, os trens prateados percorriam o fundo da bacia, na direção das plataformas temporárias, à luz do dia e a céu aberto.

Vasiliy saltou da picape sobre o concreto lá embaixo, erguendo o olhar para a rua, sete andares acima. Estava no fundo do poço onde as torres haviam caído. Aquilo era de perder o fôlego, e ele disse:

– Isso aqui é um lugar sagrado.

O operário tinha um bigode grisalho hirsuto. Usava uma camisa folgada de flanela sobre outra camisa de flanela metida nas calças, ambas grudentas de terra e suor, além de calça jeans com luvas enlameadas metidas no cinturão. O capacete era coberto de adesivos.

– Eu sempre pensei assim – disse ele. – Ultimamente já nem sei direito.

Vasiliy olhou para ele.

– Por causa dos ratos?

– Tem isso, claro. Eles vinham jorrando dos túneis nesses últimos dias, como se tivéssemos encontrado petróleo de rato. Mas isso diminuiu.

O operário abanou a cabeça, olhando para a muralha de cimento erguida debaixo da rua Vesey; eram vinte e cinco metros de puro concreto reforçado com tirantes.

– Então o que é? – disse Vasiliy.

O sujeito deu de ombros. Os operários da construção civil costumam ser orgulhosos. Eles construíram a cidade de Nova York, com as linhas de metrô, os esgotos, os túneis, os ancoradouros, os arranha-céus e os alicerces das pontes. Cada copo de água limpa sai das torneiras graças a um operário desses. É um serviço de família, com gerações diferentes trabalhando juntas nos mesmos locais. Trabalho sujo benfeito. De modo que o sujeito relutava em parecer relutante.

– Todo mundo anda meio confuso. Dois caras simplesmente sumiram. Desapareceram. Bateram o ponto no começo do turno, desceram aos túneis, mas não bateram o ponto no final. Aqui tem trabalho vinte e quatro horas por dia, sete dias por semana, mas ninguém quer mais o turno da noite. Ninguém quer trabalhar no subsolo. E esses são caras novos, meus valentões.

Vasiliy olhou para as aberturas dos túneis lá na frente, onde as estruturas subterrâneas se uniam debaixo da rua Church.

– Então não houve obra nova nesses últimos dias? Abertura de novas frentes?

– Depois que escavamos a bacia, não.

– E tudo isso começou com os ratos?

– Mais ou menos. Alguma coisa baixou aqui nos últimos dias. – O operário deu de ombros para afastar aquilo da cabeça, oferecendo a Vasiliy um capacete branco comum. – E eu achava que meu serviço era sujo. O que faz alguém querer ser caçador de ratos?

Vasiliy pôs o capacete, sentindo o vento mudar perto da boca da passagem subterrânea.

– Acho que sou viciado no glamour da coisa.

O operário olhou para as botas, a bolsa Puma e a barra de aço de Vasiliy.

– Já fez isso antes?

– É preciso ir onde a praga está. Há muita cidade debaixo desta cidade.

– E eu não sei? Espero que você tenha uma lanterna. E algumas migalhas de pão.

– Acho que eu estou legal.

Vasiliy apertou a mão do operário e entrou no buraco.

O princípio do túnel já fora estaqueado e estava limpo. Vasiliy foi se afastando da claridade solar. Luzes amarelas penduradas a cada dez metros, mais ou menos, assinalavam o caminho. Ele estava debaixo do local onde antes ficava o saguão original. Depois que tudo fosse aprontado, aquele túnel ligaria a nova estação da linha Trans-Hudson à central de linhas do WTC, localizada entre as torres dois e três, a meio quarteirão de distância. Havia outros túneis de ligação com a água, a energia e o esgoto da cidade.

Ao descer mais, ele não pôde deixar de notar a poeira fina que ainda cobria as paredes do túnel original. Aquele era um local sagrado, ainda muito semelhante a um cemitério. Onde corpos e prédios haviam sido pulverizados, reduzidos a átomos.

Vasiliy avistava buracos, trilhas e dejetos, mas não via ratos. Escarafunchava os buracos com a barra de aço, escutando. Mas não ouvia coisa alguma.

A gambiarra de luzes de construção terminava numa curva. Dali para a frente havia apenas uma escuridão de veludo. Vasiliy levava na bolsa uma grande lanterna elétrica com um milhão de velas de potência (era uma Garrity amarela com punho de megafone), bem como duas mini-Maglites de reserva. No entanto, em ambientes fechados e escuros a luz artificial eliminava inteiramente a visão noturna das pessoas, de modo que para caçar ratos ele preferia a escuridão silenciosa. Ligou apenas um monóculo de visão noturna, que era um artefato portátil preso por uma tira ao capacete, pouco acima do olho esquerdo. O túnel ficava banhado de verde quando o olho direito era fechado. Vasiliy chamava isso de visão de rato: os olhos miúdos dos roedores brilhavam sob o facho.

Nada. A despeito das evidências em contrário, os ratos haviam desaparecido. Haviam sido expulsos.

Isso deixou Vasiliy perplexo. Era preciso muita coisa para desalojar ratos. Até mesmo quando você removia a fonte de alimento deles, semanas podiam passar antes que se notasse alguma mudança. E não dias.

Passagens mais antigas desembocavam naquele túnel. Vasiliy atravessou trilhos de trem cobertos de sujeira, sem uso há anos. A qualidade do solo mudara, e só pela textura da terra ele percebeu que passara da "nova" Manhattan, o aterro trazido a fim de construir o parque Battery por cima da lama, para a "velha" Manhattan, o leito seco de pedra original da ilha.

Vasiliy parou numa junção para conferir se continuava no rumo certo. Ao lançar o olhar ao longo do túnel que cruzava, ele viu, com a sua visão de rato, um par de olhos brilhando de volta. Pareciam olhos de rato, só que maiores e muito acima do solo.

Os olhos sumiram imediatamente, fugindo da vista.

– Ei? – berrou Vasiliy, ouvindo sua voz ecoar. – Ei, você aí!

Depois de um instante, uma voz respondeu, também ecoando nas paredes.

– Quem está aí?

Vasiliy percebeu uma nota de medo na voz. A luz de uma lanterna apareceu na ponta do túnel, bem além do lugar onde o tal par de olhos fora avistado. Ele ergueu o monóculo bem a tempo, protegendo a retina. Depois se identificou, ligando uma pequena Maglite para sinalizar de volta, e avançou. No ponto onde ele avaliava ter visto os olhos, o velho túnel de acesso corria ao lado de outra linha de trem que parecia estar funcionando. O monóculo não mostrava coisa alguma, nem olhos brilhantes, de modo que ele fez a curva até a junção seguinte.

Ali ele encontrou três operários com capacetes cobertos de adesivos e óculos protetores. Eles usavam camisas de flanela, calças jeans e botas. Tinham uma bomba de sucção funcionando, para canalizar um vazamento. As fortes lâmpadas de halogênio das suas luzes de serviço, montadas em tripés, iluminavam o túnel novo como se pertencessem a um filme de criaturas espaciais. Eles ficaram parados juntos, sob tensão, até enxergar Vasiliy completamente.

– Vocês acabaram de ver algum colega ali atrás? – perguntou ele.

Os três se entreolharam.

– O que você viu?

– Achei que vi alguém. – Vasiliy apontou. – Cruzando os trilhos.

Os três operários se entreolharam de novo, e então dois deles começaram a arrumar o equipamento. O terceiro disse:

– Você é o cara que está procurando os ratos?

– Sou, sim.

O operário abanou a cabeça.

– Não há mais ratos aqui.

– Eu não quero contradizer você, mas isso é quase impossível. Como pode acontecer?

– Talvez eles tenham mais juízo do que nós.

Vasiliy lançou um olhar pelo túnel iluminado, na direção da bomba de sucção.

– A saída do metrô fica ali?

– É por ali que se sai.

Vasiliy apontou para a direção oposta.

– O que há para lá?

– Não convém ir para lá – disse o operário.

– Por que não?

– Olhe aqui, esqueça esse negócio de ratos. Venha atrás de nós para sair daqui. Já terminamos o trabalho.

Ainda havia água gotejando na poça que parecia uma sarjeta. Vasiliy disse:

– Já alcanço vocês.

– Bom proveito – disse o cara, com um olhar mortiço. Desligou a luz de um tripé, colocou uma mochila nas costas e partiu atrás dos outros.

Vasiliy ficou olhando enquanto eles se afastavam. As luzes que brilhavam pelo túnel foram escurecendo ao longo de uma curva gradual. Ele ouviu o guincho de rodas de vagões de metrô suficientemente perto para ficar preocupado. Avançou até o trilho mais novo, esperando que seus olhos se reacostumassem à escuridão.

Ligou o monóculo, e tudo assumiu um tom verde subterrâneo. O eco de seus passos mudou quando o túnel desembocou numa interseção cheia de lixo, perto da convergência das linhas. Vigas de aço com rebites se erguiam a intervalos regulares, como pilastras em um salão de baile industrial. À direita havia um alpendre de manutenção, abandonado e vandalizado. Já desmoronando, as paredes de tijolo da construção ainda ostentavam algumas pichações sem graça em torno de um desenho das torres gêmeas em chamas. Numa delas se lia "Saddam" e em outra "Gamera".

Sobre um suporte velho, uma placa antiga da via férrea alertava os trabalhadores:

ATENÇÃO
CUIDADO COM OS TRENS

Depois a placa fora pichada e a última palavra alterada, de modo que agora se lia:

ATENÇÃO
CUIDADO COM OS RATOS

Na verdade, aquele fim de mundo provavelmente fora a central dos ratos. Vasiliy decidiu passar para luz negra. Tirou da sacola Puma o pequeno bastão e ligou a lâmpada, lançando um facho azulado frio na escuridão. A urina de roedores fica fluorescente debaixo de luz negra, devido a seu conteúdo bacteriano. Vasiliy correu a luz pelo chão perto dos suportes, que parecia uma paisagem lunar coberta de lixo seco. Notou algumas manchas mais baças, antigas e insignificantes, mas nada fresco, até balançar a luz perto de um velho latão enferrujado caído de lado. O latão e o chão por baixo se iluminaram com mais força e brilho do que qualquer mijo de rato que ele já vira. Era um jato grande. Com base no que Vasiliy normalmente encontrava, aquele vestígio indicaria um rato com um metro e oitenta.

Era o dejeto corporal recente de algum animal grande, possivelmente um homem.

O pinga-pinga de água sobre os velhos trilhos ecoava pelos túneis agitados pela brisa. Vasiliy sentiu um farfalhar e um movimento distante. Ou então talvez aquele lugar já estivesse dando nos seus nervos. Ele guardou a luz negra e esquadrinhou a área com o monóculo. Atrás de um dos suportes de aço, viu outro par de olhos brilhantes refletindo a luz da sua lanterna... depois se virando e desaparecendo.

Vasiliy não conseguiu calcular a distância. Por causa da visão monocular e do padrão geométrico das vigas idênticas, sua noção de profundidade estava prejudicada.

Dessa vez ele não exclamou coisa alguma. Ficou calado e simplesmente agarrou com mais força a barra de aço. Quando encontrados, os sem-teto raramente se mostravam combativos, mas aquilo ali parecia ser algo diferente. Talvez isso se devesse ao sexto sentido dos exterminadores, à facilidade que ele tinha para farejar a presença de ratos. Subitamente, Vasiliy se sentiu em desvantagem numérica.

Pegou a forte lanterna com punho de megafone e esquadrinhou o ambiente. Antes de se retirar, reenfiou a mão na sacola, abriu uma caixa de pó de rastreamento e pulverizou uma boa quantidade de rodenticida na área. O pó de rastreamento agia mais vagarosamente do que a isca puramente comestível, mas em compensação era mais confiável. Tinha a vantagem adicional de mostrar os rastros dos intrusos, facilitando a colocação de iscas envenenadas nos ninhos.

Ele esvaziou rapidamente três caixas. Depois se virou com a lanterna e foi voltando pelos túneis. Atravessou linhas ativas com o terceiro trilho protegido e chegou à bomba de sucção. Depois foi seguindo a longa mangueira. Em determinado ponto sentiu o vento no túnel mudar. Quando se virou, viu a curva se iluminar ali atrás. Rapidamente se refugiou num recesso na parede e enrijeceu o corpo. O barulho era ensurdecedor. O trem passou rangendo, enquanto Vasiliy olhava para os usuários nas janelas, antes de proteger os olhos do turbilhão de fumaça, cascalho e poeira.

O trem se afastou, e ele foi seguindo pelos trilhos até alcançar uma plataforma iluminada. Subiu à superfície com a sacola e a barra de aço, içando o corpo dos trilhos para a plataforma quase vazia, perto de uma placa onde se lia: SE VOCÊ AVISTAR ALGO, DIGA ALGO. Ninguém fazia isso. Vasiliy subiu a escada do mezanino e passou pelas borboletas, reemergindo nas ruas sob o calor do sol. Foi até uma cerca próxima e viu-se novamente acima da obra do World Trade Center. Acendeu um charuto com a chama azulada do seu Zippo de butano e aspirou o veneno, afastando o medo que sentira debaixo das ruas. Atravessou outra vez a rua que dava para a obra, encontrando dois volantes caseiros pregados na cerca. Eram fotografias coloridas escaneadas de dois operários. Um deles ainda estava de capacete, com terra no rosto. No letreiro azul acima das duas fotos se lia: DESAPARECIDOS.

INTERLÚDIO FINAL

AS RUÍNAS

Nos dias seguintes à queda de Treblinka, a maioria dos fugitivos foi caçada e executada. Contudo, Abraham Setrakian conseguiu sobreviver nos bosques adjacentes, sempre perto do fedor do campo da morte. Engolia raízes e presas pequenas que conseguia agarrar com as mãos quebradas. Saqueando os cadáveres dos outros prisioneiros, arranjou um guarda-roupa imperfeito, com sapatos rasgados e descasados.

Durante o dia ele evitava as patrulhas de busca e os cães que ladravam, enquanto à noite vasculhava os arredores.

Já ouvira falar das ruínas romanas por prisioneiros poloneses no campo. Gastou quase uma semana perambulando, até que no fim de certa tarde, sob a luz moribunda do crepúsculo, chegou aos degraus cheios de musgo no topo de uma antiga ruína.

A maior parte da construção estava soterrada, com apenas algumas pedras visíveis do lado de fora. Ainda havia uma pilastra de pé, em cima de um amontoado de pedras. Abraham conseguiu distinguir algumas letras ali, mas a inscrição estava tão esmaecida pelo tempo que era impossível entender o significado.

Também era impossível ficar parado lá, na boca escura daquelas catacumbas, sem estremecer.

Abraham tinha certeza de que o covil de Sardu ficava ali embaixo. Ele sabia. Foi tomado pelo medo, sentindo o buraco em chamas crescer dentro do seu peito. Mas a vontade no seu coração era mais forte. Pois ele sabia que era sua missão encontrar e matar aquela coisa faminta. Fazer com que ela deixasse de existir. Ele passara semanas e meses procurando o galho de carvalho-branco ainda verde para sua arma, e aquela rebelião no campo acabara com seus planos, mas não com sua necessidade de vingança. De tudo que havia de errado no mundo, aquilo era algo que ele podia remendar. Que podia dar significado à sua existência. E que ele estava prestes a fazer.

    Usando uma pedra quebrada, Abraham preparara uma nova estaca. Era grosseira, feita do galho mais duro que ele conseguira encontrar, e não de puro carvalho-branco. Mas que teria de servir. Ele fabricara aquilo com os dedos machucados, arruinando as mãos doloridas para o resto da vida. Seus passos ecoaram na câmara de pedra que formava a catacumba. O teto da construção era surpreendentemente baixo, diante da altura inusitada da Coisa, e algumas raízes estavam deslocando as pedras que mantinham a estrutura precariamente de pé. A primeira câmara levava a uma segunda e, incrivelmente, a uma terceira. Cada uma era menor que a anterior.

    Abraham Setrakian não tinha como iluminar o caminho, mas a estrutura em ruínas permitia que alguns tênues raios crepusculares penetrassem na escuridão. Ele foi passando cautelosamente pelas câmaras, com o pulso acelerado, abalado por se ver à beira do assassinato. A grosseira estaca de madeira parecia uma arma inteiramente inadequada para lutar na escuridão com a Coisa faminta, principalmente com aquelas mãos quebradas. O que ele estava fazendo? Como mataria aquele monstro?

    Quando Abraham entrou na última câmara, uma pontada ácida de medo crescente ardia na sua garganta. Ele passaria o resto da vida afligido por aquele tipo de refluxo ácido. O lugar estava vazio, mas o carpinteiro Abraham viu claramente no centro do chão a marca do contorno do caixão, como que gravado na terra. Era uma caixa enorme, com dois metros e meio por um metro e pouco. Aquilo só poderia ter sido removido do covil pelas mãos de uma Coisa com poder monstruoso.

    Então Abraham ouviu às suas costas o som de pés se arrastando pelo chão de pedra. Preso dentro da câmara mais interna da Coisa, ele se virou com a estaca de madeira estendida. A fera voltara ao lar para se aninhar, mas encontrara uma presa espreitando junto à sua cama.

A mais tênue das sombras apareceu primeiro, mas os passos eram leves e arrastados. Só que não foi a Coisa que surgiu no canto de pedra para ameaçar Abraham, e sim um homem de tamanho normal. Um oficial alemão, com o uniforme esfarrapado e sujo. Os olhos estavam rubros e aquosos, transbordando com uma fome que se transformara em pura dor maníaca. Abraham reconheceu o sujeito como sendo Dieter Zimmer, um jovem oficial pouco mais velho do que ele. No campo era um verdadeiro sádico, que se gabava de engraxar as botas toda noite para retirar a crosta de sangue judeu.

Agora ele ansiava por esse sangue, o sangue de Abraham Setrakian. Qualquer sangue... para se ingurgitar.

Mas Abraham não se renderia. Já estava fora dos muros do campo, e decidiu que não aguentara aquele inferno só para cair ali, sucumbindo à força infernal daquela Coisa-Nazista amaldiçoada.

Avançou correndo com a ponta da estaca estendida, mas a Coisa foi mais rápida do que ele esperava, agarrando a madeira e arrancando a arma das mãos inúteis dele. O rádio e a ulna do antebraço de Abraham se quebraram. A vara foi jogada para o lado, bateu com força na parede de pedra e caiu ao chão.

A Coisa partiu para cima de Abraham, sibilando de excitação. Ele foi recuando, até perceber que estava no centro do contorno retangular do caixão na terra. Então, com uma força inexplicada, correu para imprensar a Coisa na parede. Pedaços de terra começaram a ruir das pedras expostas, caindo como se fossem volutas de fumaça. A Coisa tentou agarrar a cabeça de Abraham, que contra-atacou, enfiando o braço quebrado debaixo do queixo do demônio e empurrando aquele rosto debochado para cima, para não poder ser mordido ou bebido.

A Coisa firmou o corpo e jogou Abraham para o lado. Ele caiu perto da sua estaca e agarrou a arma, mas a Coisa ficou parada, sorrindo, pronta para retomar aquilo das mãos dele. Em vez de atacar, Abraham cravou a estaca entre duas pedras que sustentavam a parede, e usou as pernas para arrancar do lugar uma pedra frouxa, bem no momento em que a boca da Coisa começou a se abrir.

As pedras cederam, e a parede lateral da entrada da câmara desabou, enquanto Abraham saía rastejando. O barulho foi muito forte, mas breve, e a câmara se encheu da poeira, bloqueando a pouca luz existente. Abraham saiu rastejando cegamente sobre as pedras, e foi agarrado com firmeza por uma mão. Quando a poeira baixou, ele percebeu que uma grande pedra esmagara a cabeça da Coisa do topo até a mandíbula, que mesmo assim ainda estava funcionando. Seu coração escuro, ou o que quer que fosse, ainda pulsava de fome. Setrakian foi dando pontapés até escapar das garras da Coisa, e ao fazer isso deslocou a tal pedra. A metade superior da cabeça estava partida, com o crânio levemente rachado, feito um ovo malcozido.

Setrakian agarrou uma das pernas da Coisa e arrastou o corpo inteiro com seu braço bom. Voltou à superfície fora das ruínas, chegando aos últimos vestígios da luz do dia filtrada pela cobertura vegetal. O crepúsculo era alaranjado e fraco, mas bastava. A Coisa foi se contorcendo de dor enquanto era rapidamente cozida, e depois ficou imóvel no solo.

Abraham ergueu o rosto para o sol que se punha e soltou um uivo animal. Foi um ato insensato, pois ele ainda estava fugindo do campo, mas também um transbordamento de sua alma angustiada, devido à matança de sua família, aos terrores do cativeiro, aos novos horrores que ele descobrira... e, finalmente, para Deus, por quem ele fora abandonado, junto com seu povo.

Quando encontrasse uma daquelas criaturas outra vez, ele teria as ferramentas apropriadas a seu dispor. Entraria na luta com melhores chances. Então percebeu, tão certo como ainda estava vivo, que passaria anos seguindo a pista daquele caixão desaparecido. Décadas, se necessário. Essa certeza lhe deu uma direção recém-descoberta e impeliu Abraham à busca que ocuparia o resto da sua vida.

REPLICAÇÃO

ตัวอย่าง

Centro Médico do Hospital Jamaica

Eph e Nora passaram os crachás pelo sistema de segurança, levando Setrakian até a sala de emergência sem atrair atenção indevida. Na escada que levava à ala de isolamento, o professor disse:

– Isso é um risco excessivo.

– Nora e eu vimos trabalhando com o Jim Kent há um ano – disse Eph. – Não podemos simplesmente abandonar o sujeito.

– Ele está transformado. O que vocês podem fazer por ele?

Eph diminuiu o passo. Arquejando e ofegando atrás dele, Setrakian ficou aliviado por parar e descansou apoiado na bengala. Eph olhou para Nora e sentiu que ela concordava com ele.

– Eu posso libertar o Jim – disse Eph.

Eles saíram da escada e olharam para a entrada da ala de isolamento, no fim do corredor.

– Sem polícia – disse Nora.

Setrakian ficou olhando em torno. Não tinha tanta certeza.

– Lá está a Sylvia – disse Eph, notando a cabeleira crespa da namorada de Jim, que estava sentada numa cadeira dobrável perto da entrada.

Nora balançou a cabeça e se preparou.

– Tá legal – disse ela. Depois avançou sozinha até Sylvia, que se levantou da cadeira ao ver a chegada dela.

– Nora.

– Como está o Jim?

– Não me contaram. – Sylvia olhou para o corredor. – O Eph não está com você?

Nora abanou a cabeça.

– Ele foi embora.

– Não é verdade o que eles dizem, é?

– Nunca. Você parece esgotada. Vamos procurar alguma coisa para comer.

Enquanto Nora perguntava onde ficava a lanchonete, distraindo as enfermeiras, Eph e Setrakian atravessaram sorrateiramente as portas da ala de isolamento. Eph passou pelo depósito de luvas e batas feito um assassino relutante, cruzando as camadas de plástico até o compartimento de Jim.

A cama estava vazia. Jim desaparecera.

Eph examinou rapidamente os outros compartimentos. Todos vazios.

– Devem ter transferido o Jim – disse ele.

– Aquela mulher não continuaria ali fora se soubesse que o namorado não estava mais aqui – disse Setrakian.

– Então?

– Eles levaram o seu amigo.

Eph olhou para a cama vazia.

– Eles?

– Vamos – disse Setrakian. – Isso é muito perigoso. Não temos tempo.

– Espere.

Eph foi até a mesa de cabeceira, vendo o fio de um fone de ouvido pendurado na gaveta. Encontrou o celular de Jim e verificou se a bateria estava carregada. Depois pegou seu próprio aparelho, percebendo que aquilo virara um dispositivo de rastreamento. O FBI podia descobrir seu paradeiro por meio do GPS. Então deixou seu celular na gaveta e em troca pegou o de Jim.

– Doutor – disse Setrakian, ficando impaciente.

– Por favor, me chame de Eph – disse ele, metendo o telefone de Jim no bolso enquanto saía. – Não ando me sentindo um grande médico ultimamente.

Rodovia West Side, Manhattan

Gus Elizalde estava sentado na traseira do furgão policial que transportava prisioneiros, com as mãos algemadas em torno de uma barra de aço às suas costas. Felix estava sentado na frente dele, em diagonal, com a cabeça baixa. Balançava com o movimento do veículo e ficava mais pálido a cada minuto. O furgão só podia estar na rodovia West Side, para andar tão rápido em Manhattan. Com eles havia mais dois prisioneiros: um diante de Gus, e outro a seu lado, diante de Felix. Ambos dormiam. Os imbecis conseguem dormir em qualquer situação.

Mesmo com a divisória fechada, Gus sentiu a fumaça de cigarro que vinha da cabine do furgão sem janelas. Era quase noite quando eles haviam embarcado no veículo. Gus manteve o olho em Felix, quase tombado à frente da barra de algemas. Ficou pensando sobre o que o velho dos penhores dissera... e esperando.

Não precisou esperar muito. Felix começou a mexer a cabeça para cima, e depois para o lado. Então ele se sentou ereto e examinou o ambiente. Olhou para Gus, encarando o amigo. Nada naqueles olhos, porém, mostrava a Gus que ele fora reconhecido por seu eterno compadre.

Ali só havia uma escuridão, um vazio.

A tonitruante buzina de um carro fez o cara junto a Gus acordar assustado.

– Que merda... para onde a gente tá indo, porra? – disse o sujeito, chacoalhando as algemas atrás das costas. – Gus não respondeu. O cara estava olhando para a frente e chutou o pé de Felix, que também olhava para ele. – Porra, eu perguntei... para onde a gente tá indo, maninho?

Felix ficou olhando para ele com uma expressão vazia, quase idiota. Sua boca se abriu como se fosse responder – e o ferrão se projetou, cruzando toda a largura do veículo, e perfurou a garganta do sujeito indefeso, que nada conseguiu fazer além de espernear. Gus começou a fazer o mesmo, ao se ver preso ali na traseira com o antigo Felix, e gritou e chacoalhou até acordar o quarto prisioneiro. Todos urravam e esperneavam, enquanto o cara junto a Gus ficava inerte. A translucidez do ferrão de Felix estava passando para um tom vermelho-sangue.

A divisória entre o compartimento dos prisioneiros e a cabine da frente se abriu. Uma cabeça com quepe policial se virou no assento do carona.

— Calem a porra dessas bocas aí atrás, senão eu...

O policial viu Felix bebendo o sangue do outro prisioneiro. Viu o apêndice ingurgitado cruzando a largura do furgão e se alimentando desajeitadamente pela primeira vez. Então Felix recolheu o ferrão de volta para a boca. O sangue jorrava do pescoço do cara e pingava no peito de Felix.

O policial no banco do carona soltou um ganido e virou o rosto.

— O que é? — gritou o motorista, tentando olhar para trás.

O ferrão de Felix se projetou através da divisória e alcançou a garganta do motorista. Berros soaram na cabine enquanto o furgão oscilava descontroladamente. Gus agarrou a barra de algemas com as duas mãos, bem a tempo de evitar que seus pulsos se quebrassem.

O carro ainda deu uma guinada forte para a direita e outra para a esquerda, antes de emborcar. Deslizou até se chocar com a proteção metálica da rodovia, ricocheteando e rodando até parar. Gus caiu de lado, vendo o prisioneiro ali na frente ganir de dor e medo, com os braços quebrados. O engate que prendia Felix se quebrara, e o ferrão serpenteava fora da sua boca feito um fio elétrico desencapado, respingando sangue humano.

Ele ergueu os olhos mortos para Gus.

Gus viu que a barra do seu lado também se partira, e rapidamente deslizou as algemas pelo metal até se libertar, arrombando a pontapés a porta amassada. Caiu depressa no acostamento lá fora, com os ouvidos rugindo como se uma bomba houvesse explodido.

Ainda tinha as mãos algemadas atrás das costas. Faróis passavam, com os carros diminuindo a marcha para examinar o acidente. Gus saiu rolando depressa e passou os pulsos por baixo dos pés para ter as mãos à frente do corpo. Ficou observando a porta arrebentada do veículo, esperando que Felix saltasse à sua procura.

Então ouviu um grito. Olhou em volta procurando algum tipo de arma, mas precisou se contentar com uma calota de roda amassada. Avançou com o objeto em direção à porta aberta do furgão capotado.

Lá estava Felix, bebendo o prisioneiro de olhos arregalados que continuava algemado à barra.

Gus soltou um palavrão, enojado com a cena. Felix largou o outro prisioneiro e sem hesitar lançou o ferrão em direção ao pescoço de Gus, que só teve tempo de levantar a calota, desviando o golpe antes de sumir de vista em torno da lateral do furgão.

Mais uma vez, Felix não foi atrás dele. Gus ficou parado ali se recuperando, tentando imaginar por que não fora perseguido pelo amigo, e então notou o sol que flutuava entre dois prédios do outro lado do rio Hudson. A luz tinha um tom vermelho-sangue e se extinguia rapidamente no horizonte.

Felix estava se escondendo no carro, esperando o sol se pôr. Dentro de três minutos estaria livre.

Gus olhou em torno desvairadamente. Viu alguns estilhaços do para-brisa quebrado na estrada, mas aquilo não serviria. Então subiu na carroceria do furgão, no lado virado para cima, e foi até a porta do motorista. Chutou o suporte do espelho retrovisor e quebrou a dobradiça. Estava puxando os fios para soltar o espelho quando o policial no banco do motorista deu um berro.

– Pode parar!

Gus olhou para o pescoço ensanguentado do sujeito, que estava agarrado à alça do teto, com o revólver na mão. Então conseguiu soltar o espelho retrovisor com um puxão forte e pulou de volta na estrada.

O sol estava derretendo feito uma gema de ovo furada. Gus calculou o ângulo, segurando o espelho sobre a cabeça para capturar os últimos raios. Viu o reflexo tremeluzir no solo. Aquilo parecia difuso e fraco demais para causar qualquer coisa, de modo que ele rachou o vidro plano com os nós dos dedos, quebrando o espelho mas mantendo os pedaços colados ao fundo. Tentou de novo, e viu que os raios refletidos ficaram mais nítidos.

– Eu mandei parar!

O policial desceu da viatura com a arma estendida. A mão livre segurava a parte do pescoço atacada por Felix, e os ouvidos sangravam devido ao impacto. Ele deu a volta e olhou para o interior do furgão.

Felix estava agachado lá dentro, com as algemas penduradas num dos pulsos. A outra mão desaparecera, arrancada pelas algemas com a força do impacto. Ele não parecia incomodado por aquela ausência, e tampouco pelo sangue branco que jorrava do cotoco aberto.

Felix sorriu, e o policial abriu fogo. Balas perfuraram o peito e as pernas do morto-vivo, arrancando nacos de carne e lascas de osso. Sete, oito tiros, e Felix caiu para trás. Mais dois tiros no corpo. O policial abaixou a arma, e então Felix se sentou ereto, ainda sorrindo.

Ainda sedento. Eternamente sedento.

Nesse momento Gus empurrou o policial para o lado e levantou o espelho. Os últimos vestígios do moribundo sol alaranjado esmaeciam acima do prédio do outro lado do rio. Gus chamou Felix pela última vez, como se o nome pudesse tirar seu amigo daquele transe e, milagrosamente, fazer com que voltasse à vida normal...

Mas Felix não era mais Felix. Era o puto de um vampiro. Gus se lembrou disso ao orientar o espelho para que os alaranjados fachos refulgentes da luz refletida caíssem dentro do furgão capotado.

Os olhos mortos de Felix se encheram de horror quando ele foi atingido pelos raios do sol, que impalaram seu corpo com a força de raios laser, abrindo buracos e incendiando a carne. Um uivo animalesco saiu das entranhas dele, feito o grito de um homem estilhaçado em nível atômico, enquanto os raios consumiam seu corpo.

O som penetrou profundamente na mente de Gus, mas ele continuou lançando o reflexo lá dentro, até só restar de Felix uma massa carbonizada de cinzas fumegantes.

Os raios de luz sumiram.

Gus abaixou o braço e olhou para o outro lado do rio.

Noite.

Ele sentiu vontade de chorar, com todos os tipos de angústia e dor misturados em seu coração... mas a dor foi se transformando em raiva. Debaixo do furgão o combustível se acumulava, quase aos pés dele. Gus foi até o policial que continuava no acostamento, de olhos arregalados diante do que acontecera. Vasculhou os bolsos do sujeito e encontrou um isqueiro Zippo. Abriu a tampa e girou a roda serrilhada. A chama apareceu obedientemente.

— *Lo siento, mano.*

Tocou fogo no combustível derramado e o furgão explodiu com um ruído ensurdecedor, jogando tanto Gus quanto o policial para trás.

— *Chingado...* ele ferrou você — disse Gus para o policial que ainda segurava o pescoço. — Você vai virar um deles.

Pegou a arma e apontou para o policial. Já se ouviam as sirenes.

O policial olhou para Gus, e um segundo depois sua cabeça sumiu. Gus manteve a arma fumegante apontada para o corpo até sair do acostamento. Então jogou o revólver fora e pensou nas chaves das algemas, mas era tarde demais. As luzes giratórias das radiopatrulhas já se aproximavam. Ele se virou e correu para longe do acostamento, adentrando a noite nova.

Rua Kelton, Woodside, Queens

KELLY CONTINUAVA COM SUA roupa de professora: uma camiseta escura debaixo de um corpete transpassado na frente, com uma saia comprida e reta. Zack estava no quarto lá em cima, supostamente fazendo o dever de casa. Matt também estava em casa; trabalhara somente metade do dia, porque à noite precisaria fazer o inventário do estoque da loja.

O noticiário sobre Eph na televisão deixara Kelly horrorizada, e ela ainda não conseguira fazer contato com ele pelo celular.

— Ele finalmente chegou lá — disse Matt, ainda com a fralda da camisa de brim da Sears fora da calça. — Finalmente endoidou.

— Matt — disse Kelly, com apenas um leve tom de repreensão. Mas... será que Eph realmente endoidara? E o que isso significava para ela?

— Delírios de grandeza, o grande caçador de vírus... ele parece esses bombeiros que provocam incêndios só para virar heróis — disse Matt, afundando profundamente na poltrona. — Para mim não será surpresa se estiver fazendo tudo isso por sua causa.

— Por minha causa?

— Para chamar atenção, ou algo parecido. "Olhe para mim, eu sou importante."

Kelly abanou a cabeça depressa, como se ele estivesse desperdiçando o tempo dela. Às vezes ela ficava intrigada... como Matt podia se enganar tanto com as pessoas?

A campainha da porta soou, e Kelly parou de andar de um lado para outro. Matt saltou da cadeira, mas ela chegou à porta primeiro.

Era Eph, seguido por Nora Martinez e um velho num comprido casaco de lã atrás dos dois.

— O que você está fazendo aqui? — disse Kelly, olhando para os dois lados da rua.

Eph foi entrando.

— Estou aqui para ver o Zack. Para explicar.

— Ele não sabe.

Eph olhou em torno, ignorando completamente a presença de Matt, que estava parado bem ali.

— Ele está fazendo o dever de casa no laptop lá em cima?

— Está — disse Kelly.

— Se ele tem acesso à internet, então já sabe.

Eph se dirigiu à escada, subindo de dois em dois degraus.

Ele deixara Nora lá na porta com Kelly. Nora soltou com força o ar preso nos pulmões, totalmente constrangida, e disse:

— Desculpe nós invadirmos a sua casa assim.

Kelly balançou a cabeça suavemente, lançando um leve olhar de avaliação para ela. Sabia que havia algo rolando entre Nora e Eph. Já para Nora, a casa de Kelly Goodweather era o último lugar em que ela gostaria de estar.

Então Kelly voltou sua atenção para o tal velho que tinha uma bengala com cabo em forma de cabeça de lobo.

— O que está acontecendo?

— É a ex-esposa do doutor Goodweather, suponho? — Setrakian estendeu a mão com as maneiras corteses de uma geração perdida. — Abraham Setrakian. Encantado.

— Igualmente — disse Kelly, lançando um olhar de espanto para Matt.

— Ele precisava ver vocês. Para explicar — disse Nora.

— Mas essa rápida visita não vai nos tornar cúmplices de alguma coisa? — disse Matt.

Kelly precisava contrabalançar a grosseria de Matt e perguntou a Setrakian:

– Gostaria de uma bebida... água?

– Meu Deus, nós dois podemos pegar vinte anos por esse copo de água – disse Matt.

Sentado na beira da cama de Zack, que estava à escrivaninha com o laptop aberto, Eph disse:

– Eu me envolvi numa coisa que na verdade nem entendo, mas queria que você ouvisse a minha versão. Nada disso aí é verdade. Só que há pessoas atrás de mim.

– Será que não virão procurar você aqui? – disse Zack.

– Talvez.

Zack baixou o olhar, perturbado, tentando compreender.

– Você precisa se livrar do seu telefone.

– Já fiz isso – respondeu Eph, sorrindo e passando o braço pelo ombro do filho conspirador. Junto ao laptop do garoto, viu a filmadora que comprara para ele no Natal.

– Você ainda está trabalhando naquele filme com seus amigos?

– Já estamos na fase de edição.

Eph pegou a filmadora, uma câmera suficientemente pequena e leve para caber dentro de seu bolso.

– Acha que pode me emprestar isso por algum tempo?

Zack assentiu vagarosamente.

– É o eclipse, pai? Transformando as pessoas em zumbis?

Eph reagiu com surpresa, percebendo que a verdade não era muito mais plausível do que aquilo. Tentou ver a coisa do ponto de vista de um adolescente de onze anos, muito perceptivo e ocasionalmente sensível. Isso fez fluir dentro dele algo que brotava de um reservatório profundo de sentimento. Eph se levantou e abraçou Zack com força. Era um momento singular, frágil e belo entre pai e filho, que Eph sentiu com absoluta clareza. Ele arrepiou o cabelo do garoto, nada mais havia a dizer.

Kelly e Matt foram ter uma conversa sussurrada na cozinha, deixando Nora e Setrakian sozinhos na varanda envidraçada nos fundos da casa. Setrakian parou de costas para Nora, com as mãos nos bolsos, olhando para o céu brilhante daquele início de noite, a terceira desde o pouso do avião amaldiçoado.

Nora percebeu a impaciência do professor.

– Ele... hum... vem tendo problemas familiares. Desde o divórcio.

Setrakian enfiou os dedos no bolso do colete, verificando a caixinha de pílulas. O bolso ficava perto do coração, pois havia benefícios circulatórios só por colocar nitroglicerina perto daquela bomba envelhecida, que ainda batia com firmeza, se não com força. Quantas pulsações lhe sobrariam? Um número suficiente, esperava ele, para fazer o serviço.

– Não tenho filhos – disse ele. – Minha esposa, Anna, falecida há dezessete anos, e eu não fomos abençoados. Era de se supor que a ânsia por filhos diminuísse com o tempo, mas na verdade só aumenta. Eu tinha muito que ensinar, mas nenhum aluno.

Nora olhou para a bengala do professor, apoiada na parede perto da cadeira dela.

– Como você... como você entrou nisso?

– Você quer saber quando descobri a existência deles?

– E a se devotar a isso, durante todos esses anos.

Setrakian fez uma pausa silenciosa, recorrendo à memória.

– Foi na minha juventude. Durante a Segunda Guerra Mundial, eu estava na Polônia ocupada, muito a contragosto. Num pequeno campo a nordeste de Varsóvia, chamado Treblinka.

Nora ficou tão imóvel quanto o velho.

– Um campo de concentração.

– Um campo de extermínio. Estamos falando de criaturas brutais, minha querida. Mais brutais do que qualquer predador que alguém pode ter a infelicidade de encontrar neste mundo. Oportunistas que encaram os jovens e inválidos como meras presas. No campo, eu e meus companheiros de prisão éramos iguarias magras, colocadas inadvertidamente diante dele.

– Dele?

– Do Mestre.

Nora sentiu um calafrio diante do jeito com que Setrakian falou aquela palavra.

– Ele era alemão? Um nazista?

– Não, não. Ele não tem filiação. Presta lealdade a ninguém e a nada. Nem pertence a país algum. Vagueia onde lhe apraz, alimenta-se onde há alimento. Para ele o campo era como uma loja que estivesse em liquidação total. Com presas fáceis.

– Mas você... você sobreviveu. Não poderia ter contado para alguém...?

– Quem teria acreditado nos delírios de um homem emaciado? Levei semanas para aceitar o que vocês estão lidando agora, e fui uma testemunha dessa atrocidade. É mais do que a mente pode aceitar. Preferi não ser considerado louco. Quando a fonte de alimento secou, o Mestre simplesmente partiu. Mas naquele campo eu assumi um compromisso comigo mesmo, um compromisso que nunca esqueci. Segui o rastro do Mestre por muitos anos. Na Europa Central, nos Bálcãs, na Rússia e na Ásia Central. Por três décadas. Às vezes perto dos seus calcanhares, mas nunca suficientemente perto. Virei professor da Universidade de Viena e estudei as lendas. Comecei a colecionar livros, armas e ferramentas. Passei todo esse tempo me preparando para encontrar o Mestre de novo. Uma oportunidade que espero há mais de seis décadas.

– Mas então... quem é ele?

– Ele já teve muitas formas. Atualmente assumiu o corpo de um nobre polonês chamado Jusef Sardu, que desapareceu durante uma expedição de caça no Norte da Romênia, na primavera de 1873.

– Em 1873?

– Sardu era um gigante. Na época da expedição, ele tinha quinze anos e mais de dois metros de altura. Era tão alto que seus músculos não conseguiam suportar os ossos compridos e pesados. Diziam que os bolsos de suas calças eram do tamanho de sacos de nabos. Para se aguentar, ele precisava se apoiar firmemente em uma bengala, cujo cabo tinha o símbolo heráldico da família.

Nora virou de novo para a exagerada bengala de Setrakian, com o cabo de prata, e arregalou os olhos.

– Uma cabeça de lobo.

– Os restos mortais dos outros homens do clã Sardu foram achados muitos anos depois, junto com o diário do jovem Jusef. Seu relato detalhava a perseguição do grupo de caçadores por um predador desconhecido, que abduziu e matou todos eles, um por um. A última coisa escrita no diário indicava que Jusef descobrira os cadáveres dentro da entrada de uma caverna subterrânea. Ele os enterrou, antes de voltar à caverna para enfrentar a fera e vingar sua família.

Nora não conseguia tirar os olhos da cabeça de lobo no punho da bengala.

– Como você achou isso?

– Eu segui a pista dessa bengala até um negociante particular na Antuérpia no verão de 1967. Sardu acabou voltando à propriedade da família na Polônia, muitas semanas mais tarde, embora tenha chegado sozinho e muito mudado. Levava sua bengala, mas não se apoiava mais nela, e com o tempo parou de carregar aquilo. Não só parecia curado das dores provocadas pelo gigantismo, como ganhara a reputação de possuir grande força. Logo alguns aldeões começaram a desaparecer. Dizia-se que a aldeia estava amaldiçoada, e por fim foi abandonada. A casa de Sardu virou uma ruína, e o jovem mestre nunca mais foi visto.

Nora avaliou o comprimento da bengala.

– Com quinze anos ele já era alto assim?

– E ainda estava crescendo.

– O caixão... tinha pelo menos dois e meio por um.

Setrakian balançou a cabeça solenemente.

– Eu sei.

Nora assentiu, e depois disse:

– Espere aí... sabe como?

– Uma vez eu o vi... pelo menos as marcas que o caixão deixou no chão. Há muito tempo.

Kelly e Eph estavam parados frente a frente na cozinha modesta. Atualmente o cabelo dela estava mais claro e mais curto. Mais sério. Talvez mais maternal. Kelly estava agarrando a borda da bancada, e

Eph notou pequenos cortes de papel nos nós dos dedos dela, um problema das salas de aula.

Kelly tirara da geladeira uma embalagem de leite para ele.

– Você ainda tem leite integral em casa? – perguntou Eph.

– O Zack gosta. Quer ser como o pai.

Eph bebeu um pouco do leite, que parecia refrescante, mas não lhe deu a costumeira sensação relaxante. Ele viu Matt espreitando numa cadeira no aposento adjacente, fingindo que não estava olhando para aquele lado.

– Ele se parece muito com você – disse Kelly, falando de Zack.

– Eu sei – disse Eph.

– Quanto mais velho, mais fica parecido. Obsessivo. Teimoso. Exigente. Brilhante.

– É duro aceitar isso num garoto de onze anos.

O rosto de Kelly se abriu num largo sorriso.

– Deve ser uma praga na minha vida.

Eph também sorriu, o que lhe pareceu estranho. Esse era um exercício que seu rosto não fazia havia dias.

– Olhe, eu não tenho muito tempo – disse ele. – Só quero... que as coisas fiquem bem. Ou, pelo menos, legais entre nós. Essa coisa da guarda, a confusão toda... eu sei que pesou entre nós dois. Estou feliz por ter terminado. Não vim aqui fazer um discurso – disse Eph –, eu só... agora parece uma hora boa para desanuviar o ambiente.

Kelly ficou aturdida, procurando palavras.

Eph disse:

– Você não precisa falar coisa alguma, eu só...

– Não, eu quero falar – disse ela. – Sinto muito. Você nunca vai saber como eu lamento. Lamento que tudo precise ser assim. De verdade. Eu sei que você nunca quis isso. Sei que você queria que nós ficássemos juntos. Só por causa do Zack.

– É claro.

– Mas eu não podia fazer isso, entende? *Não podia*. Você estava sugando a minha vida, Eph. E além disso... eu queria magoar você. De verdade, admito. E essa era a única forma que eu via de fazer isso.

Eph soltou o ar pesadamente. Kelly estava finalmente admitindo uma coisa que ele sempre soubera, mas aquilo não constituía uma vitória.

– Eu preciso do Zack, você sabe disso. Ele é... tudo. Acho que sem ele eu não existiria. Saudável ou não, é assim que é. Ele é *tudo* para mim... como você era antes. – Kelly fez uma pausa para deixar as palavras penetrarem nos dois. – Sem ele eu estaria perdida, eu estaria...

Ela desistiu de divagar.

– Você estaria como eu – disse Eph.

A frase paralisou Kelly. Os dois ficaram ali parados, olhando um para o outro.

– Olhe, eu assumo parte da culpa – disse Eph. – Por nós, por você e por mim. Sei que não sou o... sei lá, o cara mais fácil do mundo, o marido ideal. Eu fiz o meu número. E o Matt... sei que falei umas coisas no passado...

– Você já chamou o Matt de "o consolo da minha vida".

Eph fez uma careta.

– Sabe de uma coisa? Talvez... se eu fosse gerente da Sears ou tivesse um emprego que fosse só um emprego, e não inteiramente outro casamento... talvez você não tivesse se sentido tão excluída. Tão prejudicada, tão... colocada em segundo plano.

Eles ficaram algum tempo em silêncio, enquanto Eph percebia que as questões maiores tendem a expulsar as pequenas. Que um conflito verdadeiro faz os problemas pessoais serem postos de lado rapidamente.

– Eu sei o que você vai falar. Vai falar que deveríamos ter tido essa conversa anos atrás – disse Kelly.

– Deveríamos, sim – concordou Eph. – Mas não podíamos. Não teria funcionado. Precisávamos passar por toda essa merda primeiro. Pode acreditar, eu teria pago qualquer coisa para *não*... não ter passado por um só segundo disso... mas aqui estamos nós. Como velhos conhecidos.

– A vida nunca é como a gente acha que vai ser.

Eph assentiu.

– Depois do que meus pais aguentaram, e que me fizeram aguentar, eu sempre falei para mim mesmo, nunca, nunca, nunca, nunca.

— Eu sei.

Eph fechou a abertura da embalagem de leite.

— Então esqueça quem fez o quê. O que precisamos fazer agora é ajudar o Zack.

— Precisamos — disse Kelly, balançando a cabeça.

Eph também balançou a cabeça, agitando o leite dentro da embalagem e sentindo-a esfriar sua palma.

— Meu Deus, que dia — disse ele, pensando de novo na garotinha em Freeburg, a que estava de mãos dadas com a mãe no voo 753, e que tinha a idade de Zack. — Sabe aquilo que você sempre falava... que se surgisse algo, uma ameaça biológica, e eu não lhe contasse primeiro... você se divorciaria de mim? Bem... tarde demais para isso.

Kelly avançou, lendo o rosto dele.

— Eu sei que você está encrencado.

— Não se trata de mim. Eu só quero que você escute, tá legal, e não pire. Há um vírus se propagando na cidade. É uma coisa... extraordinária... de longe a pior que já vi.

— A pior? — Ela empalideceu. — É a síndrome respiratória aguda?

Eph quase sorriu diante do enorme absurdo da história toda. A insanidade.

— Eu quero que você pegue o Zack e saia da cidade. O Matt também. Vá o mais depressa possível... hoje à noite, imediatamente... e se afaste o máximo possível, quer dizer, fique longe das áreas populosas. Os seus pais... sei que você não gosta de recorrer a eles... mas eles ainda têm aquela casa no alto da colina em Vermont?

— Do que você está falando?

— Vá para lá. Pelo menos por alguns dias. Fique de olho no noticiário, espere eu telefonar para você.

— Espere aí... paranoia é a minha especialidade, não a sua. E... as minhas aulas? A escola do Zack? — disse Kelly, estreitando os olhos. — Por que não me conta do que se trata?

— Porque então você não iria. Simplesmente confie em mim e vá — disse Eph. — Vá e reze para que a gente consiga, de alguma forma, conter essa coisa, e que tudo passe rapidamente.

– "Rezar?" – disse ela. – Agora você está me assustando de verdade. E se você não conseguir debelar essa praga? E... se alguma coisa acontecer a você?

– Kelly... eu preciso ir – disse Eph.

Ele não podia ficar parado ali com ela, enfrentando as próprias dúvidas. Tentou sair, mas sentiu Kelly segurar seu braço. Ela examinou os olhos dele, para ver se Eph estava legal, depois pôs os braços em torno dele. O que começou como um mero abraço de reconciliação virou algo mais, e no final Kelly estava agarrando Eph com força.

– *Eu lamento* – murmurou ela no ouvido de Eph, deixando um beijo na áspera barba por fazer do pescoço dele.

Rua Vestry, Tribeca

Banhado pela noite, Eldritch Palmer aguardava sentado numa cadeira sem almofada no terraço da cobertura. A única luz direta vinha de uma lâmpada a gás que brilhava num canto. O terraço ficava no topo do mais baixo dos dois prédios contíguos. O piso era de cerâmica quadrada, antiga e descorada pelas intempéries. Havia um degrau baixo junto a uma alta parede de tijolos na extremidade norte, com duas arcadas dotadas de portas de ferro ornamentais. As laterais e o topo das arcadas tinham revestimento acanelado de terracota. Para a esquerda, arcadas decorativas ainda mais largas conduziam à residência. Atrás de Palmer, centrada diante da parede sul de cimento branco, havia uma estátua sem cabeça de uma mulher envolta numa túnica esvoaçante, com ombros e braços escurecidos pela ação do tempo. Trepadeiras brotavam da base de pedra. Embora alguns prédios mais altos fossem visíveis dali, tanto a norte quanto a leste, aquele terraço era razoavelmente indevassável. Na parte baixa de Manhattan, dificilmente se acharia outro tão escondido.

Palmer estava ouvindo os sons que vinham das ruas da cidade. Sons que se extinguiriam em breve. Se as pessoas lá embaixo soubessem disso, aproveitariam ao máximo aquela noite. Cada aspecto mundano da vida fica infinitamente mais precioso em face da morte iminente. Palmer sabia disso intimamente; uma criança doentia, ele passara a vida inteira lutando por sua saúde. Em certas manhãs acordara até espantado por ver mais uma aurora. A maioria das pessoas não sabia o que era marcar a existência com um alvorecer de cada vez. Ou o que era depender de máquinas para sobreviver. A boa saúde era um presente recebido ao nascer pela maioria delas, e a vida uma série de dias a serem ultrapassados. Elas não conheciam a proximidade da morte. A intimidade da escuridão final.

Em breve Eldritch Palmer também conheceria essa bênção, um menu infindável de dias estendido na sua frente. Logo saberia o que era não se preocupar com o amanhã, ou o amanhã do amanhã...

Uma brisa soprou sobre as árvores do terraço, agitando as folhagens. Sentado em certo ângulo diante da residência mais alta, perto de uma pequena mesa de fumo, Palmer ouviu algo farfalhando. Uma ondulação, como se fosse a bainha de um traje roçando no chão. Um traje negro.

Eu achei que você só queria contato depois da primeira semana.

A voz – ao mesmo tempo familiar e monstruosa – provocou um arrepio sombrio na espinha torta de Palmer. Caso ele não estivesse propositadamente de costas para a parte principal do terraço, tanto por respeito quanto por pura aversão humana, teria visto que a boca do Mestre nunca se movia. Nenhuma voz soava na noite. O Mestre falava diretamente dentro da mente dele.

Palmer sentiu a presença bem acima de seu ombro e manteve o olhar fixo nas arcadas de entrada da residência.

– Bem-vindo a Nova York.

Isso saiu mais parecido com um arquejo do que ele gostaria. Nada como o desumano para nos desumanizar.

O Mestre continuou em silêncio, e Palmer tentou se reafirmar.

– Eu preciso dizer que desaprovo esse tal Bolivar. Não sei por que ele foi selecionado.

Não me interessa quem ele é.

Palmer viu instantaneamente que o Mestre tinha razão. E daí que Bolivar fosse um roqueiro maquiado? Aquilo era raciocinar como um ser humano, pensou ele.

– Por que o Mestre deixou quatro pessoas conscientes? Isso vem criando muitos problemas.

Você está me questionando?

Palmer engoliu em seco. Ele sempre fora um fazedor de reis, subordinado a ninguém. O servilismo abjeto lhe era tão estranho quanto avassalador.

– Alguém já sabe da sua existência – disse ele rapidamente. – Um cientista médico, um detetive de doenças. Aqui em Nova York.

O que me importa um só homem?

– Ele se chama doutor Ephraim Goodweather, é especialista em controle de epidemias.

Seus macaquinhos glorificados. Epidêmica é a raça de vocês... não a minha.

– Esse Goodweather está sendo orientado por alguém. Um homem com conhecimento detalhado da raça de vocês. Ele conhece as lendas e até mesmo um pouco da biologia. Já está sendo procurado pela polícia, mas acho que é preciso uma ação mais enérgica. Acredito que isso pode significar a diferença entre uma vitória rápida e decisiva ou uma luta demorada. Nós temos muitas batalhas a travar, na frente humana bem como em outras...

Eu vencerei.

Quanto a isso, Palmer não tinha dúvidas.

– Sim, é claro.

Palmer queria o velho para si. Queria confirmar a identidade dele antes de divulgar qualquer informação para o Mestre, de modo que tentava evitar pensar no velho – sabendo que, na presença do Mestre, era preciso proteger os próprios pensamentos...

Eu já encontrei esse velho antes. Quando ele não era tão velho.

Palmer gelou, atônito e derrotado.

– É preciso lembrar que eu levei muito tempo para encontrá-lo, Mestre. Minhas viagens me levaram aos quatro cantos do mundo, e houve por muitos becos sem saída e muitas estradas secundárias... muitas pessoas por quem precisei passar. Ele foi uma.

Palmer tentou dar fluidez à mudança de assunto, mas sua mente estava enevoada. Estar na presença do Mestre era como ser óleo na presença de um pavio incandescente.

Irei encontrar esse Goodweather. E cuidarei dele.

Palmer já preparara uma ficha com informações sobre o histórico do epidemiologista do Centro de Controle de Doenças. Tirou do bolso do casaco uma folha, que colocou estendida na mesa.

– Está tudo aqui, Mestre. Sua família, gente associada a ele...

Algo raspou no tampo azulejado da mesa, e o pedaço de papel foi apanhado. Palmer só viu a mão perifericamente. O dedo do meio, torto e com uma unha afiada, era mais longo e mais grosso que os demais.

– Agora só precisamos de mais alguns dias – disse ele.

Uma espécie de discussão começara dentro da residência do roqueiro, as casas geminadas em obras que Palmer tivera o infeliz prazer de atravessar a fim de chegar ao terraço do encontro. Ele sentira uma aversão particular pela única parte terminada da habitação, o quarto na cobertura, que tinha uma decoração berrante e cheiro de luxúria primitiva. Ele próprio nunca estivera com uma mulher. Quando era jovem, o motivo fora a doença e a pregação das duas tias por quem ele fora criado. Ao ficar mais velho, fora por escolha. Ele viera a compreender que a pureza de seu eu mortal nunca deveria ser maculada pelo desejo.

A discussão lá dentro ficou mais acalorada, descambando para o ruído inconfundível de violência.

O seu homem está com problemas.

Palmer sentou-se ereto. Fitzwilliam estava lá dentro, expressamente proibido por ele de entrar na área do terraço.

– O Mestre falou que garantia a segurança dele aqui – disse Palmer, ouvindo uma correria, grunhidos e um grito humano. – Mande que eles parem.

A voz do Mestre parecia lânguida e imperturbável, como sempre.

Ele não é o único que eles querem.

Palmer levantou-se em pânico. O Mestre estaria falando dele? Aquilo seria uma espécie de armadilha?

– Nós temos um acordo!

Enquanto isso me for conveniente.

Palmer ouviu outro grito, bem perto – seguido por dois tiros rápidos. Então uma das portas nas arcadas se abriu violentamente para dentro, e o portão ornamental foi empurrado para fora. Fitzwilliam surgiu correndo, com seus cento e vinte quilos de ex-fuzileiro naval metidos num terno bem talhado, a arma na mão direita, e os olhos brilhantes de angústia.

– Senhor... eles estão me perseguindo...

Então seu olhar passou do rosto de Palmer para o vulto incrivelmente alto parado atrás do patrão. Fitzwilliam largou a arma, que bateu com estardalhaço no chão. Seu rosto perdeu toda a cor, enquanto ele cambaleava feito um homem numa corda bamba, até cair de joelhos.

Atrás dele surgiram os transformados. Eram vampiros com diversos tipos de vestimentas, que incluíam ternos, trajes góticos e roupas informais de paparazzis. Todos estavam fedorentos e desgrenhados por dormirem na terra. Entraram correndo no terraço, como criaturas guiadas por um apito inaudível.

Eram liderados pelo próprio Bolivar, macilento e quase calvo, enfiado num roupão preto. Como vampiro de primeira geração, ele parecia mais amadurecido do que os demais. Sua pele tinha uma palidez de alabastro, exangue e quase brilhante, enquanto os olhos pareciam luas mortas.

Atrás dele vinha uma fã que Fitzwilliam baleara no rosto ao entrar em pânico. O osso da maçã do rosto se partira, deixando a mulher com a orelha emborcada e os dentes à mostra num meio sorriso horrível.

O resto dos vampiros adentrou a noite nova, chamados à ação pela presença do Mestre. Pararam, olhando para ele com espanto nos olhos negros.

Crianças.

Parado entre eles e o Mestre, Palmer foi completamente ignorado. A força da presença do Mestre mantinha todos submissos. Eles se aglomeraram diante do Mestre como seres primitivos diante de um templo.

Fitzwilliam continuava de joelhos, como que aturdido.

O Mestre falou de uma maneira que Palmer acreditava ser exclusiva de seus próprios ouvidos:

Você me trouxe de tão longe até aqui. Não vai olhar?

Palmer já olhara para o Mestre uma vez, anteriormente, num porão escurecido em outro continente. Não claramente e, contudo... com bastante clareza. A imagem jamais saíra da sua mente.

Não havia como evitar aquilo agora. Palmer fechou os olhos para se fortalecer primeiro. Depois reabriu-os e se obrigou a virar o corpo. Como se corresse o risco de ficar cego por olhar diretamente para o sol.

Seus olhos foram do peito do Mestre para...

... o rosto.

O horror. E a glória.

O ímpio. E o magnífico.

O selvagem. E o santo.

O rosto de Palmer foi esticado por um terror antinatural até virar uma máscara de medo, onde os cantos acabaram se dobrando num sorriso triunfante, com os dentes cerrados.

O transcendente horrendo.

Eis o Mestre.

Rua Kelton, Woodside, Queens

COM ROUPAS LIMPAS E baterias nas mãos, Kelly atravessou rapidamente a sala, passando por Matt e Zack, que assistiam ao noticiário da tevê.

– Nós vamos partir – disse Kelly, enfiando as coisas dentro de uma bolsa de lona numa cadeira.

– Qual é, gatinha? – disse Matt, virando-se para ela com um sorriso.

Kelly manteve a firmeza.

– Vocês não estavam me escutando?

– Sim, pacientemente. – Ele se levantou da cadeira. – Olhe, Kelly, o seu ex-marido está aprontando outra vez. Jogando uma granada no nosso lar feliz. Você não percebe isso? Se esse caso fosse realmente sério, o governo nos avisaria.

– Ah, é claro. Os funcionários eleitos nunca mentem. – Kelly avançou até o closet da frente e foi tirando o restante da bagagem. Ela sempre mantinha ali uma mala preparada para partir, como recomendado pelo Departamento Municipal de Ações de Emergência, na eventualidade de uma evacuação imediata. Era uma bolsa de lona reforçada, com água engarrafada, barras de granola, um rádio de ondas curtas AM/FM acionado por manivela, uma lanterna elétrica, um kit de primeiros socorros, cem dólares em dinheiro vivo e cópias de todos os documentos importantes dentro de um invólucro à prova de água.

– Essa é uma profecia autorrealizável – continuou Matt, indo atrás dela. – Não percebe isso? Ele conhece você. Sabe exatamente qual botão apertar. É por causa disso que vocês não faziam bem um ao outro.

Remexendo no fundo do closet, Kelly jogou para fora duas raquetes de tênis que estavam no caminho. Atingiu Matt nos pés por ele estar falando daquela maneira diante de Zack.

– Não é isso. Eu acredito nele – disse ela.

– Ele é um homem procurado pela polícia, Kelly. Está tendo uma espécie de colapso nervoso. Todos esses supostos gênios são basicamente frágeis. Feito aqueles girassóis que você vive tentando cultivar ao longo da cerca dos fundos... as cabeças são grandes demais e desabam sob o próprio peso.

Kelly lançou para fora um par de botas de inverno, que passou raspando pelas canelas dele, que dessa vez conseguiu se esquivar.

– Isso é por sua causa, você sabe. Ele é patológico, não consegue desistir. Tudo isso é para manter você perto dele – continuou Matt.

Ainda apoiada nos joelhos e nas mãos, Kelly se virou e encarou Matt entre as beiradas dos casacos.

– Você é mesmo tão sem noção?

– Homem não gosta de perder. Nunca desiste.

Kelly saiu do closet puxando uma mala grande.

– É por isso que você não quer partir agora?

– Eu não quero partir porque preciso ir trabalhar. Se pudesse, até usaria a desculpa de fim de mundo do seu marido maluco para me livrar desse inventário computadorizado. Pode acreditar. Mas no mundo real quem não aparece no serviço perde o emprego.

Ela se virou, furiosa com a teimosia dele.

– O Eph disse para nós partirmos. Ele nunca agiu dessa maneira antes. Nunca falou assim. Esse negócio é pra valer.

– É uma histeria provocada pelo eclipse. Estavam comentando sobre isso na tevê. As pessoas ficam piradas. Se eu fosse fugir de Nova York por causa de todos esses malucos, já estaria fora daqui há anos.

– Matt estendeu as mãos para os ombros de Kelly. A princípio ela se esquivou, mas acabou se deixando segurar por um instante. – De vez em quando eu vou verificar se está acontecendo alguma coisa nas tevês do Departamento de Eletrônica. Mas o mundo continua girando, não é? Para quem tem um emprego de verdade. Ou você vai simplesmente abandonar sua sala de aula?

As necessidades dos seus alunos eram importantes para Kelly, mas Zack estava acima de todo mundo e de todo o resto.

– Talvez eles cancelem as aulas durante alguns dias. Por falar nisso, hoje eu tive muitas faltas sem justificativa...

– São crianças, Kelly. A gripe...

– Eu acho que na verdade é o eclipse – disse Zack lá do outro lado da sala. – Fred Falin me contou isso na escola. Todo mundo que olhou para a lua sem óculos ficou com o cérebro cozido.

– Por que você tem essa fascinação pelos zumbis? – disse Kelly.

– Ele estão por aí – respondeu ele. – É preciso estar preparado. Aposto que vocês não sabem quais são as duas coisas mais importantes para sobrevivermos a uma invasão de zumbis.

Kelly ignorou o filho.

– Desisto – disse Matt.

– Um facão e um helicóptero.

– Facão, é? – Matt balançou a cabeça. – Eu acho melhor ter uma carabina.

– Errado – disse Zack. – O facão não precisa ser recarregado.

Matt concordou, virando-se para Kelly.

– Esse tal de Fred Falin realmente saca do assunto.

– Gente... CHEGA! – gritou ela, que não estava acostumada a ser imprensada pelos dois. Em outra ocasião qualquer, poderia até ficar feliz ao ver Zack e Matt concordando. – Zack, você está falando bobagem. Essa coisa é um vírus, e é real. Precisamos cair fora daqui.

Kelly levou a mala vazia até as outras bolsas, enquanto Matt tirava do bolso as chaves do carro. Ele ficou parado ali, girando as chaves no dedo.

– Kelly, relaxe. Tome um banho, respire fundo. Seja racional a respeito desse assunto... por favor. Leve em conta a fonte dessa informação "privilegiada" – disse ele. Depois foi até a porta da frente. – Eu telefono para você mais tarde.

Matt saiu, e Kelly ficou parada ali, olhando para a porta fechada.

Zack se aproximou da mãe com a cabeça ligeiramente inclinada, como costumava fazer quando perguntava o que significava a morte ou por que alguns homens se davam as mãos.

– O que o papai falou sobre isso?

– Ele só quer... o melhor para nós.

Kelly esfregou a testa para esconder os olhos. Ela deveria alarmar Zack também? Deveria fazer as malas baseada apenas na palavra de Eph e partir com o filho, abandonando Matt? Será que deveria? E... já que acreditava em Eph, não tinha a obrigação moral de também prevenir outras pessoas?

A cadela da família Heinson começou a latir na casa vizinha. Não com seus costumeiros ganidos raivosos, mas com um som agudo, que parecia quase de pavor. Foi o suficiente para trazer Kelly de volta à varanda envidraçada dos fundos. Lá ela viu que a lâmpada com sensor de movimento no deque dos fundos se acendera.

Kelly ficou parada ali, com os braços cruzados, vendo se havia algum movimento no quintal. Tudo parecia imóvel, mas a cadela continuou ganindo. Então a dona da casa saiu e levou o bicho, ainda latindo, para dentro.

– Mamãe?

Kelly deu um pulo, assustada com o toque do filho, e perdendo totalmente o sossego.

– Você está legal? – perguntou Zack.

– Eu odeio isso – disse ela, levando o filho de volta para a sala. – Simplesmente odeio.

Ela faria as malas, por ela, por Zack e por Matt.

E ficaria vigiando.

Esperando.

Bronxville

Sentado no bar revestido de carvalho do Country Clube Siwanoy, trinta minutos ao norte de Manhattan, Roger Luss apertava as teclas do seu iPhone enquanto esperava seu primeiro martíni. Em vez de ir direto para casa, ele pedira ao motorista da limusine alugada para ser deixado no clube. Precisava se preparar para aquela reentrada. Caso Joan estivesse doente, como indicava o recado gravado pela babá na caixa postal, provavelmente as crianças já teriam pegado a doença, e ele podia estar entrando numa verdadeira fria. Mais uma razão para esticar sua viagem de negócios por uma ou duas horas.

Estava na hora do jantar, mas o salão do restaurante que dava para o campo de golfe se encontrava completamente vazio. O atendente apareceu com o martíni de três azeitonas numa bandeja coberta por um guardanapo de linho. Não era o garçom habitual de Roger, e sim um mexicano, como os sujeitos que estacionavam os carros na frente do clube. Tinha a camisa fora das calças nas costas e não usava cinto. Suas unhas estavam sujas. Roger achou que precisava ter uma conversa com o gerente do clube, logo pela manhã, mas disse apenas:

– Aí está.

No fundo da taça de coquetel em forma de V, as azeitonas pareciam olhos miúdos conservados em vinagre picante.

– Onde está todo mundo hoje? – perguntou Roger com sua costumeira voz tonitruante. – É feriado? A bolsa não funcionou? O presidente morreu?

O sujeito deu de ombros.

– Onde estão os funcionários habituais?

O homem abanou a cabeça. Roger percebeu que ele parecia assustado, e só então reconheceu quem era. Ficara confuso com aquele uniforme de barman.

– Jardineiro, não é? Geralmente fica lá fora, podando as plantas...

O jardineiro com uniforme de barman assentiu nervosamente e escapuliu para o saguão da frente.

Que coisa esquisita, caceta. Roger levantou o copo de martíni e olhou em volta, mas não havia viva alma com quem brindar, que ele pudesse cumprimentar com um aceno de cabeça ou que fosse parceiro na politicagem municipal. E então, sem ser observado por olhar algum, Roger Luss entornou o coquetel, sorvendo metade em dois grandes goles. A bebida bateu no seu estômago, e ele ronronou à guisa de agradecimento. Depois arpoou uma das azeitonas, que secou com uma leve batida na borda do copo antes de colocar na boca. Deixou o petisco ali por um momento, pensativamente, e depois esmagou a polpa entre os molares posteriores.

Na televisão sem som encaixada na estante acima do espelho do bar, ele viu trechos de uma entrevista coletiva. O prefeito estava flanqueado por funcionários da cidade, todos com o semblante sombrio. Depois surgiu uma tomada do avião do voo 753 da Regis Air na pista do aeroporto JFK.

O silêncio no clube fez Roger olhar em torno outra vez. *Onde diabo se metera todo mundo?*

Algo estava acontecendo ali. Algo estava acontecendo, e Roger Luss não sabia o que era.

Ele deu outro gole rápido no martíni e depois mais outro. Então pousou o copo e se levantou. Foi até a frente do bar e examinou o pub adjacente, também vazio. A porta da cozinha ficava bem ao lado do balcão do pub. Era almofadada e preta, com uma pequena janela redonda no centro da parte superior. Roger deu uma espiadela lá dentro e viu o barman/jardineiro completamente sozinho, fumando um cigarro e grelhando um filé para ele mesmo.

Roger saiu pelas portas da frente, onde deixara a bagagem. Ali não havia manobristas que pudessem lhe chamar um táxi, de modo que pegou o telefone, entrou na internet, encontrou a empresa mais próxima e mandou vir um carro.

Enquanto esperava debaixo das altas luzes nas pilastras da entrada da garagem, sentindo o gosto do martíni azedar na sua boca, Roger ouviu um grito. Um grito único e penetrante, que cortou a noite vindo de uma distância não muito grande. Do lado de Bronxville, e não de Mount Vernon. Talvez em algum ponto no próprio campo de golfe.

Roger ficou escutando sem se mexer. Sem respirar. Esperando algo mais. Para ele, mais assustador do que o grito foi o silêncio que se seguiu.

O táxi encostou. O motorista era um sujeito do Oriente Médio, de meia-idade, que usava uma caneta atrás da orelha. Sorrindo, ele jogou a bagagem de Roger no porta-malas e partiu.

Na longa estrada particular que saía do clube, Roger olhou para o campo de golfe lá fora, e pensou ter visto alguém atravessando o gramado enluarado.

Sua casa ficava a três minutos de carro. Não havia outros veículos na estrada, e a maioria das casas estava às escuras. Quando entraram em Midland, Roger viu um transeunte caminhando pela calçada. Tratava-se de uma cena estranha à noite, principalmente na ausência de um cão. Era Hal Chatfield, um vizinho mais velho que ele, e um dos dois sócios do Siwanoy que haviam patrocinado a admissão de Roger no clube, na época em que ele e Joan haviam comprado a casa em Bronxville. Hal caminhava de um jeito engraçado, com as mãos caídas ao lado do corpo. Estava metido em um roupão aberto esvoaçante, uma camiseta e cuecas folgadas.

Hal se virou, olhando para o táxi que passava, e Roger acenou. Quando ele se virou para ver se fora reconhecido pelo vizinho, viu Hal correndo ali atrás com as pernas enrijecidas. Um sexagenário com um roupão esvoaçante feito uma capa, correndo atrás de um táxi no meio da rua em Bronxville.

Roger se voltou para a frente a fim de verificar se o motorista também vira aquilo, mas o sujeito estava escrevendo numa prancheta enquanto dirigia.

– Ei – disse Roger. – Você tem alguma ideia do que está acontecendo por aqui?

– Sim – disse o motorista, com um sorriso e um ligeiro meneio de cabeça. Ele não fazia a menor ideia do que Roger estava falando.

Depois de dobrar mais duas esquinas, eles chegaram. O motorista destrancou o porta-malas e saltou do veículo com Roger. A rua estava silenciosa, e a casa de Roger escura como todas as outras.

– Sabe de uma coisa? Espere aqui. – Roger apontou para o meio-fio de paralelepípedos. – Esperar... você pode esperar?

– Você paga.

Roger balançou a cabeça. Nem sabia ao certo por que queria o homem ali. Tinha algo a ver com um sentimento de solidão.

– Tenho dinheiro vivo em casa. Você espera. Tá legal?

Roger deixou a bagagem na área de serviço perto da porta lateral e entrou na cozinha, exclamando:

– Olá?

Alcançou o interruptor de luz, mas nada aconteceu quando ele mexeu na pequena alavanca. Era possível ver o brilho da luz verde do relógio do micro-ondas, de modo que a eletricidade não fora desligada. Roger avançou às apalpadelas ao longo do balcão até a terceira gaveta, enfiou a mão lá dentro e procurou até achar uma lanterna. Sentiu o cheiro de algo podre, mais pungente do que sobras de comida mofando no lixo. Isso aumentou sua ansiedade e acelerou seu pulso. Empunhando e ligando a lanterna, ele varreu a comprida cozinha com o facho de luz, iluminando progressivamente a bancada central, a mesa, o fogão e o forno duplo.

– Olá? – exclamou de novo.

Envergonhado pelo medo na sua voz, passou a se mexer mais depressa. Viu uns respingos escuros nos armários envidraçados e apontou a lanterna para lá. Aquilo mais parecia o resultado de uma luta municiada por maionese e ketchup. Roger sentiu um acesso de raiva diante daquela sujeira. Então viu as cadeiras tombadas e as pegadas (*pegadas?*) de terra no granito da bancada central.

Onde estava a governanta? E Joan? Roger chegou mais perto dos respingos, aproximando bem a luz do vidro dos armários. Não sabia o que era aquela coisa branca... mas o vermelho não era ketchup. Roger não tinha certeza... mas achou que podia ser sangue.

Ele viu algo se movendo no reflexo do vidro e virou depressa com a lanterna. Ali atrás a escada dos fundos estava deserta, e então Roger percebeu que ele mesmo movimentara a porta do armário. Não gostou de se sentir levado pela imaginação, de modo que correu para cima, examinando cada aposento com a lanterna.

– Keene? Audrey?

No escritório de Joan, ele encontrou anotações manuscritas a respeito do voo da Regis Air. Era uma espécie de cronograma, embora a caligrafia dela ficasse incompreensível nas últimas frases. A última palavra, rabiscada bem no canto direito inferior do bloco de papel ofício, era "hummmmmm".

Na suíte principal as cobertas das camas estavam todas jogadas no chão, e no vaso sanitário do banheiro algo semelhante a vômito talhado boiava sem descarga havia vários dias. Roger pegou uma toalha caída no chão e descobriu coágulos escuros de sangue no tecido. Parecia que o algodão felpudo fora usado como pano para tossir.

Ele desceu correndo pela escada da frente. Apanhou o telefone na parede na cozinha e discou para a emergência. Ouviu um só toque antes de um pedido gravado para aguardar na linha. Desligou e discou de novo. Um único toque e a mesma gravação.

Roger deixou o telefone cair da orelha ao ouvir um baque surdo lá embaixo no porão. Ele abriu a porta com força, prestes a chamar alguém na escuridão... mas foi detido por algo. Escutando, ouviu... algo.

Eram passos se arrastando. Mais de um par de pés vinham subindo a escada, aproximando-se do ponto médio, onde os degraus faziam noventa graus. Estavam se dirigindo para ele.

– Joan? – disse Roger. – Keene? Audrey?

Mas ele já estava recuando, caindo para trás, batendo no umbral e correndo aos trambolhões pela cozinha. Passou pela sujeira nas paredes e entrou na área de serviço. Só pensava em cair fora da casa.

Cruzou ventando a porta de tempestade e correu pela alameda da garagem até a rua, berrando com o motorista sentado atrás do volante, que não entendia inglês.

– Tranque as portas! Tranque as portas! – gritou Roger, abrindo a porta traseira e pulando para dentro do veículo.

O motorista virou a cabeça para trás.

– Sim. Oito dólar e trinta.

– *Tranque a porra das portas!*

Roger olhou de volta para a alameda da garagem. Três desconhecidos, duas mulheres e um homem, saíram da área de serviço e começaram a cruzar o gramado.

– Vá! Vá! Acelere!

O motorista bateu na fresta para pagamento que havia na divisória entre os bancos dianteiro e traseiro.

– Você paga. Eu vou.

Já havia quatro deles ali. Roger ficou olhando, estupefato, enquanto um homem que lhe parecia familiar, com uma camisa esfarrapada, derrubava os outros para entrar no táxi primeiro. Era Franco, seu jardineiro, que ficou olhando para Roger pela janela do banco do passageiro. Ele tinha os olhos pálidos no centro, mas vermelhos em torno das bordas, feito uma coroa de loucura vermelho-sangue. Abriu a boca, como que prestes a rugir para Roger, mas projetou para fora um troço que bateu na vidraça com um barulho forte, bem junto ao rosto de Roger, e depois se retraiu.

Roger ficou só olhando. *Que diabo eu acabei de ver?*

A coisa aconteceu de novo. Roger percebeu – num nível básico, profundamente abaixo de muitas camadas de medo, pânico, mania – que Franco, ou aquilo que já fora Franco, não sabia, esquecera ou avaliara mal as propriedades do vidro. O jardineiro parecia perplexo diante da transparência daquele sólido.

– *Acelere!* – urrou Roger. – *Acelere!*

Dois deles já estavam parados diante do táxi. Um homem e uma mulher, com as cinturas iluminadas pelos faróis. No total havia sete ou oito em torno deles, e outros saindo das casas vizinhas.

O motorista gritou algo em seu idioma, apertando a buzina.

– *Acelere!* – urrou Roger.

Em vez disso, o motorista se abaixou para pegar algo no soalho do veículo. Ergueu uma bolsa pequena e abriu o zíper, fazendo saltar fora algumas barras alimentícias, antes de colocar a mão num pequeno revólver prateado. Agitou a arma diante do para-brisa, berrando de pavor.

Franco estava explorando o vidro da janela com a língua. Só que aquilo era muito mais que uma língua.

O motorista abriu a porta com um pontapé, fazendo Roger gritar através do vidro da divisória:

– *Não!*

Mas o sujeito já estava do lado de fora. Ele disparou a arma de trás da porta, dando os tiros com um ligeiro movimento do pulso, como se estivesse lançando as balas. Atirou de novo e de novo, enquanto o casal diante do carro se curvava. Os corpos eram atingidos pelos projéteis de pequeno calibre, mas não caíam.

O motorista disparou mais dois tiros a esmo, e um deles atingiu o homem na cabeça. A cabeleira do sujeito voou para trás e ele caiu no chão.

Então alguém agarrou o motorista por trás. Era Hal Chatfield, o vizinho de Roger, com o roupão azul pendendo dos ombros.

– Não! – gritou Roger, mas era tarde demais.

Hal jogou o sujeito na rua. O troço saiu de sua boca e perfurou o pescoço do motorista. Através da janela, Roger viu o cara uivando.

Outro homem se levantou diante dos faróis. Não, não era outro... era o mesmo homem que levara um tiro na cabeça. Seu ferimento exsudava um líquido branco, que escorria pelo rosto. Ele usou o carro para se apoiar, mas ainda assim avançou.

Roger queria fugir, mas estava preso ali dentro. Viu à direita, atrás do jardineiro Franco, um homem com camisa e bermuda cáqui da UPS sair da garagem do vizinho. Ele carregava no ombro uma pá, como se fosse o bastão de beisebol de um rebatedor pronto para entrar em ação.

O sujeito baleado na cabeça cambaleou até a porta aberta do motorista, entrou no banco da frente e olhou pela divisória de plástico para Roger. O lobo frontal direito de sua cabeça estava levantado como uma fatia de carne. Um líquido branco saía da face e do queixo.

Roger se virou bem a tempo de ver o sujeito da UPS golpear com a pá, que bateu com estrondo no vidro traseiro, deixando um comprido arranhão no vidro reforçado e fazendo a luz dos postes da rua tremeluzir nas rachaduras em forma de teia de aranha.

Então ele ouviu um arranhão na divisória. O homem baleado na cabeça projetara a língua para fora e estava tentando enfiar o troço pela fresta de pagamento, parecida com um cinzeiro. A ponta carnuda surgiu com esforço, quase farejando o ar enquanto tentava alcançar Roger.

Com um urro, Roger começou a chutar a fresta freneticamente, fechando a tampa com força. Lá na frente o sujeito soltou um guincho diabólico, e a ponta seccionada de sua... fosse o que fosse, caiu direto no colo de Roger, que jogou aquilo para longe. Do outro lado da divisória, o homem lançava um jato branco por toda parte, alucinado de dor ou de pura histeria devido à castração.

Bangue! A pá bateu novamente com estardalhaço no vidro traseiro, atrás da cabeça de Roger. O vidro anticolisão rachou e entortou, mas ainda se recusou a quebrar.

Pum, pum, pum. Agora eram pés abrindo crateras na capota do veículo.

No meio-fio havia quatro deles, no lado da rua, três, e outros mais vinham pela frente. Roger olhou para trás e viu o desvairado sujeito da UPS erguendo a pá para atingir de novo a vidraça rachada. Era agora ou nunca.

Ele pôs a mão na maçaneta e deu um chute com toda a força na porta voltada para a rua, que se abriu. A pá desceu e a janela traseira se estilhaçou, fazendo chover lascas de vidro. A lâmina quase atingiu Roger na cabeça, enquanto ele deslizava para a rua. Alguém – Hal Chatfield, com os olhos vermelhos brilhando – agarrou o braço dele, fazendo Roger virar, mas ele despiu seu paletó como uma cobra se livra da pele e continuou correndo pela rua. Só olhou para trás quando alcançou a esquina.

Alguns vinham mancando, outros se movimentavam mais depressa e com mais coordenação. Alguns eram velhos, e três eram crianças que pareciam sorrir. Seus vizinhos e amigos. Rostos conhecidos da estação de trem, de festas de aniversário e da igreja.

Todos estavam atrás dele.

Flatbush, Brooklyn

EPH APERTOU A CAMPAINHA da residência da família Barbour. A rua estava silenciosa, embora em outras casas houvesse sinais de vida, como luzes de televisão ou sacos de lixo no meio-fio. Ele ficou ali parado com uma lanterna Luma na mão e uma carabina de lançar pregos, adaptada por Setrakian, pendurada no ombro pela bandoleira.

Nora estava logo atrás, ao pé dos degraus de tijolos, com outra lanterna Luma. Setrakian fechava a retaguarda, com a bengala na mão. O cabo de prata brilhava ao luar.

Dois toques, nenhuma resposta. Era de se esperar. Antes de procurar outra entrada, Eph experimentou a maçaneta ali, que girou.

A porta se abriu.

Eph entrou primeiro e ligou a luz. A sala parecia normal, com móveis encapados e almofadas arrumadas.

– Olá – exclamou ele, enquanto os outros dois entravam atrás.

Era estranho entrar assim numa casa. Eph foi pisando de leve no tapete, feito um arrombador ou um assassino. Ele queria acreditar que sua atividade ainda era curar pessoas, mas estava ficando cada vez mais difícil ele se convencer disso, a cada hora que passava.

Nora começou a subir a escada. Seguido por Setrakian, Eph foi até a cozinha, dizendo:

– O que acha que vamos aprender aqui? Você falou que os sobreviventes eram apenas distrações...

– Falei que esse era o propósito deles. Quanto à intenção do Mestre... eu não sei. Talvez haja uma ligação especial deles com o Mestre. De qualquer modo, precisamos começar em algum lugar. Esses sobreviventes são nossas únicas pistas.

Havia uma tigela e uma colher em cima da pia. Uma Bíblia da família estava aberta sobre a mesa, recheada de cartões para ler na missa e fotografias. Estava aberta no último capítulo, e a passagem fora sublinhada em tinta vermelha por uma mão trêmula. Livro das Revelações 11:7-8:

> **... a besta que ascende do buraco sem fundo guerreará contra eles, conquistando e matando todos, e seus cadáveres tombarão na rua da grande cidade que é alegoricamente chamada de Sodoma...**

Junto da Bíblia aberta, como instrumentos dispostos em um altar, havia um crucifixo e um pequeno frasco de vidro que Eph presumiu ser de água benta.

Setrakian apontou para os objetos religiosos e disse:

– Tão razoáveis quanto esparadrapo e antibióticos. E não mais eficazes.

Eles avançaram até o aposento dos fundos. – A esposa deve ter dado cobertura ao marido – disse Eph. – Por que ela não quis chamar um médico?

Os dois foram examinar um dos closets. Batendo de leve nas paredes com o cabo da bengala, Setrakian disse:

– A ciência fez muitos progressos e avançou muito durante a minha vida, mas ainda está para ser inventado o instrumento que possa ver claramente o que acontece no casamento entre um homem e uma mulher.

Eles fecharam o closet. Eph percebeu que não havia mais portas para abrir.

– E se não houver porão?

Setrakian balançou a cabeça.

– Explorar um espaço apertado é muitas vezes pior.

– Aqui em cima! – Era Nora chamando do andar superior, com urgência na voz.

Ann-Marie Barbour estava sentada no chão, caída para a frente entre a mesa de cabeceira e a cama. Estava morta. Entre suas pernas havia um espelho de parede estilhaçado no chão por ela. Depois Ann-Marie escolhera a lasca mais comprida, parecida com uma adaga, usando o vidro para cortar as artérias radial e cubital do braço esquerdo. Cortar os pulsos é um dos métodos menos eficientes para se cometer suicídio, com uma taxa de sucesso inferior a cinco por cento. É uma morte lenta, devido à estreiteza do antebraço e ao fato de só ser possível cortar um único pulso: um corte profundo secciona os nervos, inutilizando aquela mão. É também algo extremamente doloroso e, como tal, em geral só tem êxito com gente profundamente deprimida ou insana.

Ann-Marie Barbour fizera um corte muito profundo, seccionando as artérias, repuxando a derme e expondo ambos os ossos do pulso. Entre os dedos retorcidos da mão imobilizada havia um cadarço ensanguentado, de onde pendia uma chave de cadeado de cabeça redonda.

O sangue derramado era vermelho. Apesar disso, só para se certificar, Setrakian pegou o espelho revestido de prata e posicionou o vidro em um ângulo que permitisse refletir o rosto voltado para baixo no chão. A imagem estava nítida, sem borrões. Ann-Marie Barbour não fora transformada.

Setrakian levantou-se devagar, intrigado com o acontecido ali, e disse:

– Estranho.

Eph parou junto ao corpo. Mesmo com o rosto de Ann-Marie virado para baixo, ele conseguia enxergar a expressão de exaustão espantada que se refletia nos estilhaços de vidro. Então notou sobre a mesa de cabeceira um pedaço de folha de caderno, dobrado sob um porta-retrato duplo com as fotos de um garoto e uma garota. Puxou o papel, hesitou por um instante e depois abriu o bilhete com cuidado.

A caligrafia de Ann-Marie era trêmula, em tinta vermelha, igual à da anotação na Bíblia na cozinha. O pingo do i minúsculo parecia uma bolota, dando à caligrafia uma aparência juvenil.

– "Ao meu adorado Benjamin e à minha querida Haily" – disse Eph, começando a ler.

– Não – exclamou Nora. – Não leia isso. Não é para nós.

Ela tinha razão. Eph esquadrinhou a página para ver se havia alguma informação pertinente – "As crianças estão a salvo com a irmã do pai, em Jersey" –, depois pulou para o trecho final e leu só uma parte:

– "Desculpe, Ansel, mas não posso usar a chave que tenho comigo. Percebi que Deus lançou uma maldição sobre você para me punir. Ele nos abandonou, e nós dois estamos condenados. Se minha morte curar a sua alma, que Ele a receba..."

Nora se ajoelhou, estendeu a mão para a chave e soltou o cadarço ensanguentado dos dedos sem vida de Ann-Marie.

– Então... onde está ele?

Os três ouviram um gemido baixo que mais parecia um rosnado. Era um som bestial, o tipo de ruído da glote que só pode ser produzido por uma criatura sem voz humana. E vinha de fora da casa.

Eph chegou até a janela. Olhou para o quintal lá embaixo e viu o amplo alpendre.

Em silêncio, eles saíram da casa e passaram ao quintal. Pararam diante das alças acorrentadas das portas gêmeas do alpendre e ficaram escutando.

Lá dentro algo arranhava, com ruídos guturais, baixos e sufocados.

Então as portas *chacoalharam*. Algo se lançara sobre a madeira. Testando a corrente.

Nora tinha a chave. Olhou em torno, para ver se alguém mais queria fazer aquilo, e então avançou até a corrente. Inseriu a chave e girou a fechadura cautelosamente. O cadeado fez um clique e se abriu.

Silêncio lá dentro. Nora soltou o cadeado dos elos da corrente, enquanto Setrakian e Eph se posicionavam atrás dela. O velho já tirara a espada de prata da bainha de madeira. Nora começou a puxar a pesada corrente pelas alças de madeira... esperando que as portas se abrissem imediatamente.

Mas nada aconteceu. Nora puxou a última parte da corrente e recuou. Ela e Eph ligaram as lanternas UVC. O velho estava concentrado nas portas, de modo que Eph respirou fundo e pegou as alças, abrindo as portas.

Estava escuro lá dentro, e a única janela parecia encoberta por alguma coisa. Como abriam para fora, as portas bloqueavam grande parte da luz que vinha da varanda da casa.

Depois de alguns momentos sem respirar, eles perceberam um vulto agachado.

Setrakian avançou, parando a dois passos da porta aberta. Parecia estar mostrando ao ocupante do alpendre a lâmina de prata.

O vulto atacou depressa, correndo para Setrakian e pulando em cima dele. O velho estava pronto com a espada, mas a corrente chegou ao seu limite e puxou o vulto de volta para o alpendre.

Eles então viram o rosto do monstro, que arreganhou a boca debochadamente. As gengivas eram tão brancas que os dentes pareciam subir direto até o maxilar. Os lábios estavam pálidos de sede, e o que sobrara do cabelo embranquecera nas raízes. Ele estava apoiado sobre as mãos e os joelhos num leito de terra. Uma coleira de metal apertada prendia-lhe a carne do pescoço.

– Esse é o homem do avião? – perguntou Setrakian, sem desviar os olhos.

Eph olhou com atenção. Aquilo parecia um demônio que devorara o homem chamado Ansel Barbour, assumindo parcialmente a forma dele.

– *Era* ele.

– Alguém prendeu isso aqui – disse Nora. – Trancafiou-o com a corrente.

– Não – disse Setrakian. – Ele próprio se acorrentou.

Então Eph entendeu como a esposa fora poupada, e as crianças.

– Não cheguem perto – preveniu Setrakian.

Bem nesse momento o vampiro abriu a boca e atacou, lançando o ferrão contra Setrakian. O velho nem titubeou, pois o vampiro estava longe demais, apesar do grande comprimento do ferrão. Após falhar, o apêndice repugnante se retraiu e ficou pendurado no queixo do vampiro, volteando em torno da boca aberta feito o tentáculo cego rosado de alguma criatura das profundezas marinhas.

– Meu Deus... – disse Eph.

O vampiro Barbour se enfureceu e ergueu o corpo ainda de cócoras, sibilando para os três. O choque daquela visão inacreditável fez Eph lembrar que estava com a filmadora de Zack no bolso. Ele passou sua lanterna para Nora e pegou a câmera.

– O que você está fazendo? – perguntou Nora.

Eph ligou atabalhoadamente a filmadora, capturando a criatura no visor. Depois, com a outra mão, levantou a trava de segurança da carabina de pregos, mirou na fera e disparou três agulhas de prata.

A arma de cano longo produzia um coice forte. Os projéteis penetraram no vampiro, queimando a musculatura doente e produzindo um uivo gutural de dor que jogou seu corpo para a frente.

Eph continuou gravando.

– Basta – disse Setrakian. – Precisamos ter piedade.

O pescoço do monstro se estendeu enquanto ele se contorcia de dor. Setrakian repetiu seu refrão sobre a espada cantante – e então passou a lâmina direto pelo pescoço do vampiro. O corpo desabou, com braços e pernas estremecendo. A cabeça rolou até parar, com os olhos piscando algumas vezes. O ferrão se contorceu feito uma cobra cortada e depois ficou inerte. Um efluente branco e quente jorrou do tronco junto ao pescoço, soltando um vapor ligeiro na friagem noturna. Os vermes capilares saíram serpenteando pela terra, como ratos fugindo de um naufrágio, à procura de uma nova embarcação.

Nora prendeu o grito, fosse qual fosse, que se elevava de sua garganta, colocando a mão rapidamente sobre a boca.

Eph encarava a cena enojado, esquecendo de olhar pelo visor.

Setrakian se afastou, com a espada apontada para baixo. Gotas brancas ferviam na lâmina de prata e caíam na grama.

– Lá atrás. Por baixo da parede – disse ele, apontando para um buraco cavado nos fundos do alpendre. – Havia algo mais aqui com ele. Algo que escapou rastejando para fora.

Casas margeavam a rua de ambos os lados. A coisa podia estar em qualquer uma delas.

– Mas não há sinal do Mestre.

Setrakian balançou a cabeça.

– Aqui, não. Talvez no próximo.

Eph examinou bem o alpendre, tentando distinguir os vermes de sangue à luz das lanternas de Nora.

– Devo entrar e irradiar isso tudo?

– Há um meio mais seguro. A lata vermelha na prateleira de trás.

Eph olhou para lá.

– A lata de gasolina?

Setrakian assentiu, e de imediato Eph compreendeu. Pigarreando, ele ergueu a carabina de pregos de novo, fez pontaria e puxou o gatilho duas vezes.

A ferramenta transformada em arma era precisa àquela distância. Borbotões de combustível saíram da lata perfurada, jorrando sobre a prateleira de madeira até atingir a terra embaixo.

Setrakian abriu o sobretudo leve e pegou no bolso interno uma pequena caixa de fósforos. Com um dedo muito torto, tirou um fósforo de madeira, que riscou na lateral da caixa, fazendo surgir uma chama alaranjada na noite escura.

– Barbour foi libertado – disse ele.

Depois lançou lá dentro o fósforo aceso, e as chamas envolveram o alpendre.

Centro Comercial Rego Park, Queens

Depois de terminar uma arara inteira de artigos para adolescentes, Matt prendeu no cinto a leitora de código de barras, arma do inventário, e desceu para fazer um lanche. Fazer inventário depois do expediente nem era tão mau assim, na verdade. Essas horas a mais eram computadas e aplicadas às horas de trabalho normais dele nos dias úteis, como gerente da Sears. O restante do centro comercial estava fechado e trancado, com as grades abaixadas. Isso significava que não havia fregueses nem multidões. E não era preciso usar gravata.

Ele desceu pela escada rolante até a área de entrega de mercadorias, onde ficavam as melhores máquinas automáticas. Voltou comendo jujubas (em ordem de preferência: alcaçuz, limão, lima, laranja, cereja) pelos balcões de joias do primeiro andar, quando ouviu algo lá fora, no corredor do centro comercial. Foi até o largo portão de aço e viu um dos guardas rastejando no chão, três lojas adiante.

O sujeito tinha a mão na garganta, como se estivesse sufocando ou gravemente ferido.

– Ei! – exclamou Matt.

O guarda ouviu e estendeu a mão, não como um aceno, mas como um pedido de socorro. Matt tirou o molho de chaves e meteu a mais comprida na ranhura da parede, levantando o portão apenas um metro e pouco, o suficiente para ele passar por baixo, e correu para o sujeito.

Arquejando, o guarda agarrou o braço de Matt, que conseguiu levar o sujeito até um banco ao lado da fonte dos desejos. Matt viu que havia sangue no pescoço dele entre os dedos, mas não o bastante que indicasse uma facada. A camisa do uniforme também apresentava manchas de sangue, e a parte da frente da calça estava úmida, onde ele se mijara.

Matt só conhecia o guarda de vista, mas sabia que ele era meio bobalhão. Um sujeito parrudo, que patrulhava o centro com os polegares metidos no cinturão como se fosse um xerife sulista. Sem o quepe na cabeça, era visível sua calvície incipiente, com mechas pretas gordurosas serpenteando feito petróleo no crânio. O sujeito parecia ter músculos de borracha. Agarrava o braço de Matt de forma dolorosa e pouco masculina.

Matt perguntou várias vezes o que acontecera, mas o guarda só ficava hiperventilando e olhando em torno. Então Matt ouviu uma voz. Percebendo que o som vinha do rádio que o sujeito levava na cintura, tirou o receptor do cinto dele.

– Alô, aqui é o Matt Sayles, gerente da Sears. Ei, um dos seus guardas aqui no primeiro piso... foi ferido. Está sangrando no pescoço e parece todo cinzento.

A voz do outro lado da linha disse:

– Aqui é o supervisor dele. O que está acontecendo aí?

O guarda estava lutando para cuspir algo, mas da sua garganta destroçada só saía ar.

– Ele foi atacado – respondeu Matt. – Tem machucados nos lados do pescoço, e ferimentos... parece muito assustado. Mas eu não estou vendo mais ninguém...

– Estou descendo pela escada de serviço agora – disse o supervisor. Matt ouviu os passos transmitidos pelo rádio. – Onde você falou quê...

O supervisor se calou. Matt ficou esperando que ele voltasse a falar, depois apertou o botão de chamada.

– Onde eu falei o quê?

Tirou o dedo e escutou. Nada, outra vez.

– Alô?

Houve nova transmissão, com menos de um segundo de duração. Abafada, uma voz gritava:

– *AHRGAHRGAHRG...*

O guarda se inclinou à frente no banco e foi rastejando de quatro na direção da Sears. Matt se levantou com o rádio na mão e virou para a placa dos banheiros ao lado da porta da escada de serviço.

Ouviu uns baques, como se alguém estivesse dando pontapés ali.

Depois escutou um zumbido familiar. Virou na direção da Sears e viu o portão de aço baixar até o chão. Ele deixara as chaves penduradas no controle.

O guarda aterrorizado estava se trancando lá dentro.

– Ei... *ei*! – gritou Matt.

Antes que pudesse correr para lá, porém, ele sentiu uma presença às suas costas. Viu o guarda recuar com os olhos esbugalhados, derrubar uma arara de vestidos e fugir rastejando. Quando se virou, viu dois garotos com calças folgadas e enormes capuzes saindo do corredor dos banheiros. Pareciam drogados, com a pele morena amarelada e as mãos vazias.

Viciados. Matt ficou apavorado, pensando que podiam ter atingido o guarda com uma seringa suja. Enfiou a mão no bolso e jogou a carteira para um dos dois. O garoto nem tentou agarrá-la, e a carteira atingiu sua barriga e caiu ao chão.

Matt foi recuando até a grade da loja, enquanto os garotos se aproximavam.

Rua Vestry, Tribeca

EPH PAROU DO OUTRO lado da rua diante da residência de Bolivar, duas casas geminadas com três andares de andaimes na fachada. Foi com Nora e Setrakian até a porta, que estava toda coberta por tábuas. Não de maneira improvisada ou temporária, mas sim fechada com grossas tábuas aparafusadas sobre o umbral. Isolada.

Eph levantou o olhar pela fachada do prédio até o céu noturno lá em cima, e perguntou:

– O que isso está escondendo?

Ele pôs um pé no andaime e começou a escalar, mas foi detido pela mão de Setrakian. Havia testemunhas na calçada dos prédios vizinhos. De pé, vigiando na escuridão.

Eph se aproximou delas. Encontrou o espelho revestido de prata no bolso do casaco e agarrou uma das pessoas ali para testar o reflexo dela. A imagem estava firme. O garoto, que não parecia ter mais do que quinze anos, com aquela triste maquiagem gótica de olhos fundos e batom preto, deu um puxão e se afastou de Eph.

Setrakian verificou os outros com seu espelho. Nenhum deles fora transformado.

– Fãs – disse Nora. – É uma vigília.

– Caiam fora daqui – rosnou Eph. Mas eram garotos nova-iorquinos, e sabiam que não precisavam ir embora.

Setrakian levantou o olhar para o prédio de Bolivar. As janelas da frente estavam escuras, mas como era noite ele não sabia se haviam sido tapadas ou se aquilo se devia ao trabalho de restauração.

– Vamos subir pelos andaimes – disse Eph. – Arrombar uma janela.

Setrakian abanou a cabeça.

– Não há como entrarmos aí agora sem que a polícia seja chamada e nos leve. Você é um homem procurado, lembra-se? – Ele se apoiou na bengala, olhando para o prédio escuro antes de se afastar. – Não... não temos alternativa senão esperar. Vamos descobrir mais coisas sobre esse prédio e seu proprietário. Talvez seja bom sabermos primeiro onde estamos nos metendo.

LUZ DO DIA

Bushwick, Brooklyn

A primeira parada de Vasiliy Fet na manhã seguinte foi uma casa em Bushwick, perto da área onde ele fora criado. De todas as partes choviam pedidos de inspeção, facilmente dobrando o tempo de espera normal de duas a três semanas. Vasiliy ainda estava atendendo os pedidos do mês anterior e prometera que cuidaria daquele cara hoje.

Ele estacionou atrás de um Sable prateado e pegou na traseira da van seu equipamento: a barra de aço e o carrinho de mágico, com armadilhas e venenos. A primeira coisa que notou foi um filete de água, que corria ao longo de uma trilha entre duas casas. Era um fluxo límpido e lento, como que saído de um cano quebrado. Não tão apetitoso quanto um cremoso esgoto marrom, porém mais do que suficiente para hidratar toda uma colônia de ratos.

Uma janela do porão estava quebrada, tapada com trapos e toalhas velhas. Podia ser simples penúria urbana ou o trabalho de "encanadores da meia-noite", uma nova estirpe de ladrões de cobre que arrancavam canos para vender em ferros-velhos.

Atualmente aquelas casas pertenciam a um banco. Eram imóveis comprados como investimento que, graças à crise das hipotecas de segunda linha, haviam micado nas mãos dos antigos proprietários despejados. Vasiliy ia se encontrar lá com um administrador de imóveis. Como a porta da primeira casa estava destrancada, ele bateu nela e exclamou:

– Olá.

Depois meteu a cabeça no primeiro aposento diante da escada, examinando as tábuas do soalho para ver se havia trilhas ou dejetos de ratos. Uma persiana quebrada pendia de uma janela, lançando uma sombra enviezada sobre o assoalho arranhado. Mas não havia administrador algum ali.

Vasiliy estava com pressa demais para ficar esperando. Devido à agenda de trabalho apertada, não conseguira dormir direito na noite anterior e queria voltar ao World Trade Center ainda pela manhã, para conversar com algum encarregado. Descobriu uma prancheta de metal metida entre os balaústres no terceiro degrau da escada. O nome da empresa nos cartões de visita da prancheta coincidia com o que constava na ordem de serviço dele.

– Olá – exclamou ele novamente.

Então desistiu. Encontrou a porta da escada do porão e decidiu começar o serviço de qualquer maneira. Lá embaixo o porão parecia escuro, devido ao caixilho tapado da janela que ele vira do lado de fora e à falta de eletricidade, que fora desligada havia muito tempo. Era de se duvidar até que ainda houvesse uma lâmpada na luminária do teto. Vasiliy deixou o carrinho de equipamento segurando a porta e foi descendo com a barra de aço.

A escada virava para a esquerda. Primeiro ele viu um par de mocassins e depois duas pernas de calça em tom cáqui: o administrador de imóveis estava sentado junto à parede lateral de pedra, com o corpo curvado feito um usuário de crack, a cabeça caída de lado e os olhos arregalados e fixos.

Vasiliy já estivera em um número suficiente de casas abandonadas, em um número suficiente de vizinhanças violentas, para sair correndo, longe do sujeito. Ele olhou em volta ao chegar ao último degrau, esperando que os olhos se ajustassem à escuridão. O porão nada tinha de notável, exceto dois canos de cobre cortados e jogados no chão.

À direita da escada ficava a base de alvenaria da chaminé, colada à fornalha. Curvados embaixo da borda mais afastada da chaminé, Vasily viu quatro dedos sujos.

Alguém estava agachado ali, escondido, esperando por ele. Virou-se para subir a escada e chamar a polícia, mas viu a luz em volta da curva que os degraus faziam desaparecer. A porta fora fechada no alto da escada.

O primeiro impulso de Vasiliy foi correr, e isso ele realmente fez, fugindo da escada e indo direto para a chaminé, onde estava agachado o dono da mão suja. Dando um grito de ataque, ele golpeou os nós dos dedos com a barra de ferro, esmagando os ossos contra a alvenaria.

O atacante pulou para cima dele depressa, sem ligar para a dor. *O crack às vezes faz isso*, pensou Vasiliy. Era uma garota adolescente, suja da cabeça aos pés, com sangue no peito e na boca. Tudo isso Vasiliy viu num tênue clarão quando ela se lançou sobre ele com uma velocidade esquisita, e uma força ainda mais esquisita. Vasiliy foi jogado com força para trás, contra a parede oposta, embora tivesse o dobro do tamanho dela. A garota fez um ruído furioso, sem ar, e abriu a boca. Uma língua comprida e bizarra saiu se contorcendo. A bota de Vasiliy levantou-se instantaneamente, acertando o peito da garota, que foi atirada no chão.

Ele ouviu passos descendo a escada e percebeu que não podia vencer uma luta na escuridão. Estendeu a barra de ferro para a janela bloqueada e arrancou os trapos sujos socados ali, torcendo e puxando tudo para baixo como se fosse o tampão de um dique, fazendo jorrar luz em vez de água.

Depois se virou, bem a tempo de ver os olhos horrorizados da garota. Ela estava deitada totalmente dentro do facho de luz, emitindo uma espécie de uivo angustiado. Seu corpo começou a se decompor inteiro, esmagado e fervendo. Vasiliy imaginava que a radiação nuclear faria exatamente aquilo com uma pessoa: cozeria e dissolveria o corpo dela ao mesmo tempo.

Tudo aconteceu quase imediatamente. O corpo dissecado da garota, ou o que quer que fosse aquilo, ficou caído no chão sujo do porão.

Vasiliy ficou só olhando. Horrorizado não era nem mesmo a palavra. Ele esqueceu completamente o sujeito que vinha descendo pela escada, até ouvir um gemido de reação à luz. O cara recuou, tropeçando perto do administrador do imóvel, mas depois levantou e partiu na direção da escada.

Vasiliy se recobrou ainda a tempo de entrar debaixo dos degraus. Meteu a barra de aço entre as tábuas, fazendo o sujeito tropeçar e cair de novo com força no chão. Deu a volta, com a barra de ferro levantada, enquanto o homem se punha de pé. Sua pele, originalmente marrom, assumira uma cor amarela doentia, de icterícia.

Então a boca dele se abriu. Vasiliy viu que ali não havia língua, mas algo muito pior, e deu-lhe um golpe com a barra. O homem saiu rodopiando e caiu de joelhos. Vasiliy avançou e agarrou a nuca dele, como faria com uma cobra sibilante ou um rato rosnante, mantendo a tal coisa da boca longe do seu corpo. Olhou de novo para o retângulo de luz, onde revoluteava a poeira da garota aniquilada. Sentiu o sujeito espernear e lutar para se livrar. Então bateu a barra com força nos joelhos dele, empurrando-o na direção da luz.

Ensandecido de medo, Vasiliy Fet percebeu que queria ver outra vez aquilo. Aquele truque mortífero da luz. Com um pontapé no lombo, jogou o sujeito que se debatia para o facho de sol, e ficou vendo a figura se quebrar e desmoronar imediatamente, transformado em farrapos pelos raios ardentes, afundando em cinza e vapor.

South Ozone Park, Queens

A LIMUSINE DE ELDRITCH Palmer chegou a um galpão num parque industrial cheio de mato, a menos de um quilômetro e meio do velho Hipódromo Aqueduct. Palmer viajava com um modesto séquito: seu carro era acompanhado por uma segunda limusine vazia, na eventualidade de a primeira enguiçar, seguido ainda por um terceiro veículo, uma van preta customizada que na verdade era uma ambulância particular com a máquina de diálise do magnata.

Uma porta se abriu na lateral do galpão para deixar entrar os veículos e depois se fechou. À espera de Palmer estavam quatro membros da Sociedade Stoneheart, um ramo do seu poderoso conglomerado de investimentos, o Grupo Stoneheart.

A porta do carro foi aberta para Palmer por Fitzwilliam, e ele saiu da limusine cercado pela reverência deles. Uma audiência com o presidente era um privilégio raro.

Seus ternos escuros emulavam o dele. Palmer estava acostumado à reverência das pessoas diante da sua presença. Os investidores de seu grupo viam nele uma figura messiânica, cuja antevisão das oscilações do mercado enriquecera a todos. Já os discípulos da sua sociedade seguiriam Palmer até o inferno.

Ele se sentia revigorado, e ficou de pé apenas com a ajuda de sua bengala de mogno. O galpão, anteriormente uma fábrica de caixas, estava quase completamente vazio. Ocasionalmente era usado pelo Grupo Stoneheart para guardar veículos, mas seu valor atual residia no antiquado incinerador subterrâneo, acessado por uma grande porta do tamanho de um forno na parede.

Junto aos membros da Sociedade Stoneheart, havia um casulo de isolamento Kurt em cima de uma maca com rodinhas. Fitzwilliam parou ao seu lado.

– Algum problema? – perguntou Palmer.

– Nenhum, presidente – replicaram eles. Os dois que se pareciam com os doutores Ephraim Goodweather e Nora Martinez entregaram a Fitzwilliam as identidades falsificadas do Centro de Controle de Doenças.

Palmer lançou o olhar através da parede transparente do casulo de isolamento para a figura decrépita de Jim Kent. Sem se alimentar de sangue, o corpo do vampiro estava encarquilhado feito a figura de um demônio entalhado na madeira de um videiro doente. Exceto na garganta enegrecida inchada, os traços circulatórios e musculares apareciam por baixo da carne em desintegração. Nas covas do rosto emaciado, os olhos permaneciam abertos e fixos.

Palmer sentiu pena daquele vampiro faminto em processo de petrificação. Ele sabia o que era um corpo ansiar por simples manutenção, enquanto a alma sofre e a mente espera.

Sabia o que era ser traído por seu próprio criador.

Mas agora Eldritch Palmer estava à beira da redenção. Diferentemente daquele pobre-diabo, chegara ao limiar da liberação e da imortalidade.

– Acabem com ele – disse Palmer, recuando enquanto o casulo era levado até a porta aberta do incinerador e o corpo lançado às chamas.

Estação Pensilvânia

A VIAGEM DELES ATÉ Westchester para encontrar Joan Luss, a terceira sobrevivente do voo 753, foi interrompida pelo noticiário da manhã. O vilarejo de Bronxville fora isolado pela polícia estadual e por equipes de material perigoso devido a um "vazamento de gás". Gravações feitas por helicópteros das tevês mostravam o local praticamente deserto ao alvorecer: os únicos carros na rua eram radiopatrulhas estaduais. A matéria seguinte mostrava a sede do Departamento Médico-Legal, na esquina da rua Trinta com a rua Um, cercada por tabiques: havia especulações acerca do sumiço de mais gente naquela área e incidentes de pânico entre os moradores locais.

A estação Pensilvânia era o único lugar que eles podiam imaginar em que ainda haveria telefones públicos antiquados. Ladeado por Nora e Setrakian, Eph parou diante de uma fileira desses aparelhos, enquanto os usuários matinais cruzavam a estação.

Eph examinou a lista de CHAMADAS RECENTES no aparelho de Jim, procurando o número do celular do diretor Barnes. Jim fazia perto de cem chamadas por dia, e Eph continuou procurando, enquanto Barnes atendia seu telefone.

– Você está mesmo disposto a investir nessa tapeação de "vazamento de gás", Everett? Quanto tempo acha que isso vai resistir, nos dias de hoje? – disse Eph.

Barnes reconheceu a voz de Eph.

– Ephraim, onde você está?

– Você foi a Bronxville? Já viu a coisa de perto?

– Eu estive lá... nós ainda não sabemos direito o que temos...

– Não sabem! Qual é, Everett!

– Hoje de manhã encontraram a delegacia vazia. Todo o vilarejo parece ter sido abandonado.

– Não foi abandonado. Todos eles ainda estão lá, mas escondidos. Ao pôr do sol, o município de Westchester vai parecer a Transilvânia. Você precisa de equipes de combate, Everett. De soldados. Percorrendo o local de casa em casa, como se fosse Bagdá. É o único jeito.

– Nós não queremos criar pânico...

– O pânico já está começando. Entrar em pânico é uma reação apropriada a esse tipo de coisa, muito mais do que negar.

– Mas os Sistemas de Vigilância Sindrômica do Departamento de Saúde da cidade não detectaram a ocorrência de qualquer surto.

– Eles monitoram o surgimento de doenças por idas a prontos-socorros, saídas de ambulâncias e vendas em farmácias. Nada disso pertence ao cenário atual. A cidade inteira vai virar Bronxville se você não tomar providências.

– Eu quero saber o que você fez com o Jim Kent – disse Barnes.

– Quando cheguei lá, ele já havia desaparecido.

– Eu fui informado que você estava implicado no desaparecimento dele.

– Everett, eu sou o quê... o Sombra? Estou em toda parte ao mesmo tempo. Sou um gênio do mal. Sim, sou.

– Ephraim, escute...

– Escute você. Eu sou médico... um médico que você contratou para realizar um serviço: identificar e conter surtos de doenças nos Estados Unidos. Estou ligando para lhe dizer que ainda não é tarde demais. Estamos no quarto dia depois da chegada do avião e do começo da propagação... mas ainda há uma chance, Everett. Nós podemos conter isso aqui na cidade. Escute... vampiros não conseguem cruzar extensões de água corrente. Portanto, podemos pôr a ilha de quarentena, isolar cada ponte...

– Eu não tenho autoridade para isso aqui... você sabe.

Os alto-falantes anunciaram a partida de um trem.

– Por falar nisso, Everett, eu estou na estação Pensilvânia. Mande o FBI para cá, se quiser. Eu vou sumir muito antes que eles cheguem.

– Ephraim... se apresente aqui. Prometo lhe dar uma boa chance para me convencer, e convencer todo mundo. Vamos trabalhar nisso juntos.

– Não – disse Eph. – Você acabou de dizer que não tem esse grau de autoridade. Esses vampiros... e é isso que eles são, Everett... são vírus encarnados e vão assolar esta cidade até não restar só um de nós. A quarentena é a única resposta. Se eu vir no noticiário que você está indo nessa direção, posso pensar na hipótese de voltar para ajudar. Até então, Everett...

Ele pendurou o receptor no gancho. Nora e Setrakian aguardavam algum esclarecimento, mas o interesse de Eph fora atraído por algo na agenda do celular de Jim. Todos os contatos ali estavam registrados com o último nome em primeiro lugar, exceto um. Era um número local, para o qual Jim ligara várias vezes nos últimos dias. Eph pegou o telefone público, apertou zero e esperou as respostas do computador até surgir na linha uma telefonista de verdade.

– Pois é, eu tenho um número no meu aparelho, mas não consigo lembrar quem é o usuário e gostaria de evitar esse constrangimento antes de fazer a ligação. Como o prefixo é 212, acho que é um telefone fixo. Você pode fazer uma pesquisa ao contrário?

Ele leu o número para a telefonista e ouviu os dedos dela batendo no teclado.

– O número está registrado no 77º andar do prédio do Grupo Stoneheart. Gostaria de saber o endereço?

– Gostaria – respondeu Eph. Depois cobriu o bocal e disse para Nora: – Por que o Jim ligaria para alguém no Grupo Stoneheart?

– Stoneheart? – exclamou Nora. – Você está falando da companhia de investimentos daquele velho?

– O guru de investimentos – disse Eph. – O segundo homem mais rico do país, acho eu. Alguma coisa Palmer.

– Eldritch Palmer – disse Setrakian.

Eph olhou para o professor, que tinha o rosto consternado.

– O que tem ele?

– Esse homem, Jim Kent – disse Setrakian. – Ele não era amigo de vocês.

– O que você quer dizer com isso? – disse Nora. – Claro que ele era...

Eph desligou depois de obter o endereço. Então acessou o número na tela do celular de Jim e fez a ligação.

O número tocou. Ninguém respondeu, nem uma voz da caixa postal.

Eph desligou, ainda olhando para o aparelho.

– A administradora da ala de isolamento nos contou que ligou para o Jim depois que os sobreviventes foram embora, e ele negou... mas depois disse que não atendera algumas chamadas... lembra? – disse Nora.

Eph assentiu, embora não fizesse sentido. Ele olhou para Setrakian.

– O que você sabe sobre esse tal de Palmer?

– Há muitos anos ele me pediu ajuda para encontrar alguém. Alguém que eu também tinha interesse em achar.

– Sardu – adivinhou Nora.

– Ele possuía o dinheiro e eu tinha o conhecimento, mas o acordo terminou depois de poucos meses. Eu percebi que procurávamos Sardu por duas razões muito diferentes.

– Foi ele que arruinou a sua carreira na universidade? – perguntou Nora.

– Eu sempre suspeitei disso – disse Setrakian.

O celular de Jim tocou na mão de Eph. O número no visor não estava cadastrado no aparelho, mas era de Nova York. Talvez fosse alguém do Grupo Stoneheart retornando a ligação. Eph atendeu.

– É do Centro de Controle de Doenças? – disse uma voz.

– Quem está falando?

A voz era áspera e profunda.

– Estou procurando o tal cara das doenças do projeto Canário que está metido nessa confusão. Você pode me colocar em contato com ele?

Eph desconfiou de uma armadilha.

– O que você quer com ele?

– Estou ligando diante de uma casa em Bushwick, aqui no Brooklyn. Tenho duas vítimas da histeria do eclipse mortas no porão, porque não gostaram do sol. Isso significa alguma coisa para você?

Eph sentiu uma pontada de excitação.

– Quem está falando?

– Meu nome é Fet. Vasiliy Fet. Eu trabalho no controle de pragas na cidade. Sou um exterminador, implantando um programa piloto de gerenciamento integrado de pragas na parte sul da cidade. O programa recebe uma subvenção de setecentos e cinquenta mil dólares do Centro de Controle de Doenças. É por isso que eu tenho o número do seu telefone. Adivinhei se disser que estou falando com o Ephraim Goodweather?

Eph hesitou um instante.

– Sou eu, sim.

– Acho que posso dizer que trabalho para vocês. Não consegui pensar em mais alguém para comunicar esse assunto. E estou vendo sinais disso por toda a cidade.

– Não foi o eclipse – disse Eph.

– Eu sei disso. Acho que vocês precisam vir até aqui. Porque tenho uma coisa que precisam ver.

Grupo Stoneheart, Manhattan

EPH TINHA DUAS PARADAS a fazer no caminho. Uma sozinho, e outra com Nora e Setrakian.

O crachá do Centro de Controle de Doenças permitiu que ele passasse pelo posto de controle no saguão principal do edifício Stoneheart, na parte central de Manhattan, mas não por uma segunda barreira montada no 77º andar, onde era necessário trocar de elevador para chegar aos últimos dez andares do prédio.

Dois guarda-costas imensos estavam parados sobre o maciço logotipo de metal dourado do Grupo Stoneheart, embutido no piso de ônix. Atrás deles, operários de macacão cruzavam o salão, empurrando carrinhos com grandes aparelhos médicos.

Eph pediu para falar com Eldritch Palmer.

O maior dos dois guarda-costas, que obviamente portava um coldre junto ao ombro sob o paletó, quase sorriu quando disse:

– O senhor Palmer não recebe visitantes sem hora marcada.

Eph reconheceu um dos aparelhos que estavam sendo desmontados e encaixotados. Era uma máquina de diálise Fresenius. Um equipamento caro, de nível hospitalar.

– Vocês estão partindo – disse Eph. – Mudando de casa. Saindo de Nova York enquanto dá. Mas o senhor Palmer não vai precisar do aparelho de diálise?

Os guarda-costas não responderam, nem mesmo se viraram para olhar.

Então Eph entendeu tudo. Ou achou que entendeu.

Os três se reencontraram diante da casa de Jim e Sylvia, que ficava num arranha-céu na parte superior do lado leste da cidade.

– Foi o Palmer que trouxe o Mestre para os Estados Unidos – disse Setrakian. – Ele está disposto a arriscar tudo, até mesmo o futuro da raça humana, para atingir seus objetivos.

– E quais são? – perguntou Nora.

– Acho que Eldritch Palmer pretende viver para sempre – disse Setrakian.

– Não, se pudermos fazer alguma coisa – disse Eph.

– Eu aplaudo a determinação de vocês, mas a riqueza e a influência do meu velho conhecido representam uma vantagem enorme – disse Setrakian. – Para ele, é tudo ou nada, percebem? Não há como voltar atrás. Ele fará o que for preciso para conseguir seu objetivo.

Eph não queria pensar no panorama mais amplo, para não se arriscar a descobrir que estava lutando uma batalha perdida. Concentrou a atenção na tarefa imediata.

– O que vocês descobriram?

– Minha breve visita à Sociedade Histórica de Nova York deu frutos – disse Setrakian. – A propriedade em questão foi completamente reconstruída por um contrabandista de bebida que fez fortuna durante a Lei Seca. Sua casa foi invadida pela polícia numerosas vezes, mas nunca foi apreendido um só litro de bebida ilegal, devido, ao que se diz, a uma rede de túneis e destilarias subterrâneas. Mais tarde alguns desses túneis foram alargados para acomodar as linhas do metrô.

Eph olhou para Nora.

– E você?

– O mesmo. E também que Bolivar comprou a propriedade expressamente porque o local era um antigo refúgio de contrabandistas, e também porque se dizia que o proprietário era um satanista, que realizava missas negras no altar do terraço por volta do início do século XX. Bolivar vem restaurando o prédio junto com a construção contígua, por etapas, desde o ano passado, criando uma das maiores residências particulares da cidade.

– Ótimo – disse Eph. – Aonde você foi, à biblioteca?

– Não – disse Nora, mostrando páginas impressas onde se viam fotos do interior original da casa e outras atuais de Bolivar com a maquiagem de palco. – A revista *People*, edição on-line. Eu fui com o meu laptop a um cybercafé.

A trava elétrica da portaria soou, e eles subiram de elevador até o pequeno apartamento de Jim e Sylvia no nono andar. Sylvia abriu a porta num esvoaçante vestido de linho, bastante adequado a uma colunista de horóscopo, com o cabelo puxado para trás por uma fita larga. Ficou surpresa ao ver Nora e duplamente chocada ao ver Eph.

– O que vocês estão fazendo...

Eph entrou no apartamento.

– Sylvia, nós temos umas perguntas importantes para fazer e muito pouco tempo. O que você sabe sobre o Jim e o Grupo Stoneheart?

Sylvia levou a mão ao peito, como se não compreendesse.

– Quem?

Eph notou no canto uma escrivaninha, onde um gato amarelado dormia em cima de um laptop fechado. Ele foi até lá e começou a abrir as gavetas.

– Você se importa se dermos uma olhadela nas coisas dele?

– Não, se vocês acham que pode ajudar – disse Sylvia. – Fiquem à vontade.

Setrakian permaneceu perto da porta, enquanto Eph e Nora vasculhavam o conteúdo da escrivaninha. Sylvia parecia estar recebendo uma vibração forte com a presença do velho.

– Alguém gostaria de tomar alguma bebida?

– Não – disse Nora, sorrindo rapidamente e retomando a busca.

– Volto já – disse Sylvia, indo para a cozinha.

Eph se afastou da escrivaninha atulhada, confuso. Ele nem mesmo sabia o que estava procurando. Jim trabalhava para Palmer? Há quanto tempo isso acontecia? E qual seria a motivação de Jim, afinal de contas? Dinheiro? Será que se afastara deles por esse motivo?

Eph foi até a cozinha fazer a Sylvia uma pergunta delicada sobre as finanças do casal. Quando entrou, ela estava recolocando o telefone no gancho. Sylvia recuou com uma expressão estranha no rosto.

A princípio Eph ficou confuso.

– Para quem você estava ligando, Sylvia?

Os outros também entraram na cozinha. Sylvia apalpou a parede atrás das costas e depois sentou numa cadeira.

– Sylvia... o que está acontecendo? – perguntou Eph.

Sem se mover e com uma calma misteriosa atrás dos reveladores olhos grandes, ela disse:

– Vocês vão perder.

Escola Pública 69, Jackson Heights

EM GERAL KELLY NÃO deixava seu celular ligado dentro da sala de aula, mas no momento o aparelho estava emudecido ali, à esquerda do calendário. Matt passara a noite toda fora, como era comum quando ele fazia inventários noturnos. Frequentemente ele levava a equipe para tomar café da manhã depois. Mas sempre telefonava para avisar. A escola ficava numa zona vedada a celulares, mas Kelly até conseguira fazer algumas chamadas para ele. Todas as vezes, porém, a ligação caíra na caixa postal. Talvez ele estivesse fora da área de alcance da operadora. Kelly estava tentando não se preocupar, mas essa batalha parecia perdida. O comparecimento dos alunos à escola fora fraco naquele dia.

Kelly já se arrependera de ter cedido à arrogância de Matt, ficando na cidade. Se ele houvesse, de alguma forma, posto a vida de Zack em risco...

Então a luz do telefone acendeu, e ela viu o ícone do envelope. Era um torpedo enviado por Matt.

A mensagem dizia: *VENHA PARA CASA.*
Só isso. Três palavras, letras minúsculas, sem pontuação. Kelly tentou ligar para ele imediatamente. O telefone tocou e depois parou de tocar, como se Matt houvesse atendido. Mas ele não disse nada.
– Matt? Matt?
Kelly viu seus alunos da quarta série olhando para ela de modo estranho. Eles nunca haviam visto a professora falando ao telefone durante a aula.
Ela ligou para o número da sua casa e ouviu o sinal de ocupado. A caixa postal estava quebrada? Quando fora a última vez que ela ouvira um sinal de ocupado?
Kelly decidiu sair. Pediria a Charlotte, na sala de aula contígua, que mantivesse a porta aberta e vigiasse seus alunos. Pensou em encerrar o dia e até mesmo pegar Zack na escola, mas não. Ela iria para casa, descobriria o que estava errado, avaliaria as opções e voltaria.

Bushwick, Brooklyn

O HOMEM QUE RECEBEU os três na casa vazia ocupava quase todo o umbral da porta. A barba por fazer escurecia sua mandíbula proeminente feito fuligem. Junto ao seu quadril havia um grande saco branco, cuja boca ele apertava com a mão. O troço parecia uma fronha de tamanho inusitado, com algo dentro.
Depois das apresentações, o grandalhão meteu a mão no bolso da camisa, desdobrou a cópia gasta de uma carta com o emblema do Centro de Controle de Doenças e estendeu o papel para Eph.
– Você disse que tinha uma coisa para nos mostrar? – disse Eph.
– Duas coisas. Primeiro, isso.
Vasiliy afrouxou o cordão do saco e virou o conteúdo no chão. Quatro roedores peludos caíram amontoados, todos mortos.
Eph pulou para trás, e Nora soltou um arquejo.
– Eu sempre digo que para chamar a atenção das pessoas é só trazer um saco cheio de ratos. – Vasiliy pegou um dos bichos pelo rabo com-

prido, fazendo o corpo girar vagarosamente abaixo de sua mão. – Eles estão fugindo das tocas por toda a cidade. Até mesmo durante o dia. Estão sendo expulsos por alguma coisa. Quero dizer, algo está errado. Eu sei que durante a Peste Negra os ratos saíam e caíam mortos nas ruas. Mas estes ratos aqui não estão fugindo para morrer. Eles saem muito vivos, muito desesperados e famintos. Ouçam o que eu digo, qualquer mudança grande na ecologia dos ratos significa más notícias. Quando os ratos começam a entrar em pânico, é hora de se mandar. Hora de cair fora. Sabem do que estou falando?

– Sei perfeitamente – disse Setrakian.

– Só não entendi uma coisa – disse Eph. – O que os ratos têm a ver com...

– Como o senhor Vasiliy disse, eles são um sinal – interrompeu Setrakian. – Um sintoma ecológico. O Bram Stoker popularizou o mito de que um vampiro pode mudar sua forma, transformando-se numa criatura noturna, como um morcego ou um lobo. Essa ideia é falsa, mas surgiu de uma verdade. Antes que as habitações tivessem porões ou adegas, os vampiros moravam em cavernas e covas nos arredores das aldeias. Sua presença corruptora deslocava as outras criaturas, expulsando os morcegos e os lobos, que então invadiam as aldeias. Seu aparecimento sempre coincidia com a propagação de doenças e a corrupção das almas.

Depois de escutar o velho com muita atenção, Vasiliy disse:

– Sabe de uma coisa? Duas vezes, enquanto você falava, eu ouvi a palavra "vampiro".

Setrakian olhou para ele calmamente.

– Ouviu mesmo.

Vasiliy fez um silêncio contemplativo, dando um longo olhar para eles, como se estivesse começando a entender.

– Tá legal. Agora quero mostrar a vocês a outra coisa.

Ele levou o grupo para o porão. O cheiro era de incenso estragado ou algo doente que fora queimado. Vasiliy mostrou a carne e os ossos atomizados, já cinzas frias espalhadas no chão do porão. O retângulo da luz solar que entrava pela janela se alongara e mudara de posição, iluminando a parede.

— Só que a luz caía bem aqui. Eles entraram no facho e foram cozidos num segundo. Mas antes disso avançaram em mim com uma... *coisa* que se projetava debaixo da língua deles.

Setrakian deu a ele uma versão abreviada dos acontecimentos. O Mestre rebelde escondido no voo 753. O sumiço do caixão. Os mortos do necrotério se levantando e retornando aos seus Entes Queridos. Os ninhos nas casas. O Grupo Stoneheart. Prata e luz solar. O ferrão.

— Eles inclinaram a cabeça para trás e abriram a boca... parecia aquele doce de criança... que costumava ser vendido com as cabeças dos personagens de *Guerra nas estrelas* – disse Vasily.

— Um Pez dispenser – disse Nora, depois de um momento.

— É isso. Você levanta o queixo, e o doce pula do pescoço.

Eph balançou a cabeça.

— Tirando a parte do doce, é uma boa descrição.

Vasiliy olhou para Eph.

— Por que você virou o inimigo público número um?

— Porque o silêncio é a arma deles.

— Diabo. Alguém precisa pôr a boca no mundo.

— Exatamente – disse Eph.

Setrakian olhou para a luz presa no cinturão de Vasiliy.

— Posso lhe fazer uma pergunta? Sua profissão usa luz negra, se não estou enganado.

— Claro. Para descobrir vestígios de urina de roedores.

Setrakian deu uma olhadela para Eph e Nora.

Vasiliy examinou novamente o colete e o terno do velho.

— Você sabe alguma coisa sobre exterminação de pragas?

— Eu tenho alguma experiência – disse Setrakian. Ele foi até o administrador de imóveis, que se afastara rastejando da luz do sol e estava enrodilhado no canto mais distante. Examinou o corpo com o espelho revestido de prata e mostrou a Vasiliy o resultado. O exterminador comparou o sujeito diante dos seus olhos com a imagem borrada refletida no vidro. — Mas você me parece um especialista em coisas que se metem em tocas e se escondem. Criaturas que fazem ninhos. Que se alimentam da população humana. O seu trabalho é exterminar essas pragas?

Vasiliy olhou para Setrakian e para os outros dois. Parecia um homem de pé num trem expresso que ia acelerando ao sair da estação, mas que subitamente percebesse que tomara o rumo errado.

– Em que vocês estão me metendo?

– Fale para nós, por favor. Se os vampiros são uma praga, como você conteria uma infestação espalhada rapidamente por toda a cidade?

– Eu posso dizer que, do ponto de vista do controle de pragas, o veneno e as armadilhas são soluções a curto prazo, que não funcionam a longo prazo. Pegar esses bebês um a um não leva a lugar algum. Os únicos ratos que nós vemos são os mais fracos e idiotas. Os mais espertos sabem sobreviver. O que funciona é controlar. Gerenciar o hábitat e perturbar o ecossistema. Remover o suprimento de comida e matar todos de inanição. Então você chega à raiz da infestação e acaba com ela.

Setrakian assentiu vagarosamente e depois olhou para Eph.

– O Mestre. A raiz desse mal. Em algum lugar de Manhattan, neste exato momento.

O velho olhou de novo para o infeliz enrodilhado no chão, que se reanimaria depois do anoitecer e viraria um vampiro, uma praga.

– Recuem, por favor – disse ele, desembainhando a espada.

Com seu pronunciamento e um golpe da arma segura nas duas mãos, ele decapitou o homem caído. Quando o sangue rosado começou a sair, pois o hospedeiro ainda não estava completamente transformado, Setrakian limpou a lâmina na camisa do homem e introduziu de novo a espada na bengala.

– Se pelo menos tivéssemos alguma indicação do esconderijo do Mestre. O local deve ter sido pré-aprovado e talvez até mesmo selecionado por ele. Um covil condizente com sua estatura. Um lugar de escuridão, oferecendo abrigo contra o mundo humano, mas, ao mesmo tempo, permitindo o acesso à superfície – disse ele. Depois se voltou para Vasiliy. – Você tem alguma ideia da origem desses ratos? O epicentro do deslocamento?

Vasiliy assentiu imediatamente, com o olhar perdido.

– Acho que sei.

Esquina da rua Church com a avenida Fulton

Com a luz do dia já declinando, os dois epidemiologistas, o dono da loja de penhores e o exterminador estavam todos na plataforma de observação na borda superior da obra do World Trade Center. A escavação já tinha um quarteirão de largura, com quase vinte e cinco metros de profundidade.

Junto com uma pequena mentira, pois na verdade Setrakian não era um famoso rodentologista de Omaha, o crachá municipal de Vasiliy permitiu que eles entrassem no túnel do metrô sem acompanhamento. Ele próprio foi na frente, seguindo o mesmo trilho desativado que seguira anteriormente e iluminando os rastros dos ratos com a lanterna. O velho pisava cuidadosamente nos dormentes, testando o leito de pedras com a bengala gigantesca. Eph e Nora carregavam as lanternas Luma.

– Você não é da Rússia – disse Setrakian para Vasiliy.

– Só meus pais e meu nome.

– Na Rússia, eles são chamados de *vourdalak*. O mito mais comum é que a pessoa fica imune aos vampiros se misturar farinha ao sangue de um deles e comer o pão que fizer com essa massa.

– Funciona?

– Tanto quanto qualquer remédio folclórico, ou seja, nada bem. – Setrakian permanecia bastante à direita do terceiro trilho, que era eletrificado. – Essa barra de aço parece uma arma conveniente.

Vasiliy deu uma olhadela para a barra.

– É grosseira. Igual a mim, acho, mas faz o serviço. Também igual a mim.

Setrakian abaixou a voz para reduzir o eco dentro do túnel.

– Eu tenho outros instrumentos, que você acharia pelo menos tão eficientes quanto esse.

Vasiliy avistou a mangueira de sucção com que os operários vinham trabalhando. Mais adiante o túnel fez uma curva, ficando mais largo, e Vasiliy reconheceu imediatamente a junção sombria. Lançou a luz da lanterna em volta, mantendo o facho baixo.

– Aqui dentro.

Eles pararam e ficaram ouvindo o gotejar da água. Vasiliy esquadrinhou o solo com a luz.

– Eu deixei pó rastreador aqui da última vez. Estão vendo?

Havia pegadas humanas no pó. Sapatos, tênis e pés descalços.

– Quem anda descalço num túnel de metrô? – perguntou Vasiliy.

Setrakian levantou a mão com a luva de lã. A acústica tubular do túnel trazia gemidos distantes.

– Jesus Cristo... – disse Nora.

– Por favor, acendam as lanternas – sussurrou Setrakian.

Eph e Nora obedeceram, e os poderosos raios UVC iluminaram o subsolo escuro expondo um redemoinho alucinado de cores. As manchas eram inúmeras, espalhadas desordenadamente pelo chão, pelas paredes, pelas escoras de ferro... por toda parte.

Vasiliy recuou enojado.

– Tudo isso é...

– Excremento – disse Setrakian. – As criaturas cagam enquanto comem.

Vasiliy olhou em torno, atônito.

– Acho que os vampiros não têm muita necessidade de higiene.

Setrakian estava recuando, empunhando a bengala de maneira diferente. Vários centímetros da metade superior estavam fora da inferior, trazendo à luz a brilhante lâmina afiada.

– Precisamos ir embora já. Imediatamente.

Vasiliy estava ouvindo os ruídos nos túneis.

– Por mim, sem discussão.

O pé de Eph esbarrou em algo e ele pulou para trás, na expectativa de ver ratos. Lançou a luz da lanterna UVC para baixo e descobriu um pequeno amontoado de objetos num canto.

Eram telefones celulares. Cem ou mais, empilhados como se houvessem sido jogados no canto.

– Hum, alguém jogou um monte de telefones celulares aqui – disse Vasily.

Eph pegou alguns aparelhos no alto da pilha. Os dois primeiros que testou estavam com a bateria descarregada. No terceiro luzia apenas uma das três barras indicadoras da carga da bateria. Um ícone em forma de X na parte superior da tela mostrava que naquele local o aparelho não captava sinal.

– É por isso que a polícia não consegue encontrar os desaparecidos rastreando os telefones – disse Nora. – Todos estão no subsolo.

Eph jogou os aparelhos de volta ao monte e disse:

– A julgar pela quantidade, a maioria dessas pessoas está aqui.

Eph e Nora olharam para os telefones e apressaram o passo.

– Depressa, antes que nos percebam – disse Setrakian, liderando a retirada do túnel. – Precisamos nos preparar.

COVIL

Rua Worth, Chinatown

Ainda era cedo, na quarta noite, quando eles passaram de carro pelo prédio de Eph. Estavam a caminho da loja de Setrakian para se armarem adequadamente. Como não viu a polícia por perto, Eph estacionou. Estava se arriscando, mas não mudava de roupa havia dias e só precisava de cinco minutos. Apontou a janela no terceiro andar para os outros e avisou que abaixaria as persianas quando entrasse, caso não houvesse problemas.

Passou pela portaria do prédio sem dificuldade e subiu a escada. Encontrou a porta do apartamento ligeiramente aberta e parou para escutar. Deixar a porta aberta não parecia uma atitude muito policial. Então empurrou a porta. Chamou:

– Kelly? Zack?

Ninguém respondeu. Os dois eram os únicos que tinham a chave dali.

Inicialmente Eph ficou alarmado com o cheiro, até perceber que a causa era a comida chinesa deixada no lixo quando da visita de Zack, que já parecia ter ocorrido anos antes. Ele entrou na cozinha para ver se o leite na geladeira ainda estava bom... e então parou.

Ficou olhando e levou algum tempo para compreender o que via.

Dois guardas uniformizados estavam caídos no chão da cozinha, junto à parede.

Um zumbido começou a soar dentro do apartamento e, rapidamente, se tornou algo parecido com um grito, feito um coro de agonia.

A porta do apartamento se fechou com força, e Eph se virou depressa.

Dois homens estavam parados ali. Ou dois seres. Dois vampiros.

Eph percebeu isso imediatamente, pela postura e palidez deles.

Um dos dois era desconhecido. O outro Eph reconheceu como o sobrevivente Bolivar, que parecia bem morto, muito perigoso e muito faminto.

Então Eph pressentiu um perigo ainda maior no aposento. Pois as duas aparições não eram a fonte do tal zumbido. Virar a cabeça novamente para a sala pareceu levar uma eternidade, mas na realidade levou só um segundo.

Era um ser enorme, com uma longa capa preta. Sua altura tomava todo o pé-direito do apartamento e ia além do teto. Seu pescoço estava curvado, de modo que ele estava olhando para Eph.

O rosto dele...

Eph ficou tonto. A altura sobre-humana daquele ser fazia o aposento parecer pequeno, fazendo com que ele próprio se sentisse pequeno. Sentiu as pernas bambearem diante daquela visão, enquanto se virava para sair correndo em direção à porta e ao corredor.

O ser agora estava à sua frente, entre ele e a porta, bloqueando a única saída. Era como se, na verdade, Eph não houvesse se virado, mas o próprio chão é que girara. Os outros dois vampiros, do tamanho de seres humanos normais, flanqueavam o Mestre dos dois lados.

O ser estava mais perto. Assomando acima de Eph. Olhando para baixo.

Eph caiu de joelhos. A simples presença daquela criatura gigantesca tinha um efeito paralisante: era como se ele houvesse sido golpeado fisicamente.

Hummmmmmmmmm.

Eph sentia o zumbido. Tal como alguém sente música ao vivo no peito. Era um zumbido que ribombava no cérebro. Ele desviou o olhar do rosto do ser para o chão. Estava paralisado pelo medo. Não queria olhar novamente para aquele rosto.

Olhe para mim.

A princípio, Eph pensou que estava sendo estrangulado pela mente da coisa, mas sua falta de ar era resultado de puro terror, um pânico no fundo da alma.

Ele ergueu o olhar só um pouco. Tremendo, viu a bainha das mangas da túnica do Mestre, junto às mãos, que eram revoltantemente descoloridas, sem unhas e desumanamente grandes. Os dedos eram de tamanho uniforme, todos enormes, exceto o dedo médio, que era até mais longo e mais grosso do que os restantes – e provido de uma garra na extremidade.

O Mestre. Ali para ele. Que estava prestes a ser transformado.

Olhe para mim, porco.

Eph obedeceu, levantando a cabeça como se uma mão agarrasse seu queixo.

Com a cabeça curvada sob o teto, o Mestre olhou para ele de cima a baixo. Segurou os lados do capuz com as mãos enormes e descobriu o crânio. A cabeça não tinha cabelos nem cor. Os olhos e os lábios também eram desprovidos de qualquer tonalidade; pareciam gastos feito linho velho. O nariz era corroído feito o de uma estátua gasta pelas intempéries, um simples calombo composto por dois buracos negros. A garganta pulsava numa pantomima de respiração faminta. De tão pálida, a pele chegava a ser translúcida. Visíveis debaixo da carne, como o mapa embaçado de uma antiga terra antiga arruinada, as veias vermelhas pulsavam, mas não transportavam mais sangue, e sim os vermes sanguíneos que circulavam feito parasitas capilares se movimentando debaixo da carne transparente do Mestre.

Isto é um acerto de contas.

A voz penetrou na cabeça de Eph com um rugido de terror. Ele sentiu que ia desmaiar. Tudo parecia nublado e débil.

Eu tenho a porca da sua esposa. Logo terei o porco de seu filho.

A cabeça de Eph estava tão inchada que quase explodiu de nojo e raiva. Parecia um balão que se forçava a estourar. Ele conseguiu colocar um dos pés embaixo do corpo e se levantou cambaleando diante daquele demônio imenso.

Eu vou tirar tudo de você, não deixarei nada. Esse é o meu método.

O Mestre estendeu o braço num movimento veloz e pouco nítido. Tal como um paciente anestesiado sente a pressão da broca do dentista, Eph se sentiu agarrado pelo alto da cabeça, e seus pés deixaram o chão. Ele se debateu e esperneou. O Mestre empalmou a cabeça dele feito uma bola de basquete, e foi levantando Eph com uma só mão na direção do teto. Até chegar ao nível de seus olhos, perto o bastante para que Eph visse os vermes sanguíneos serpenteando feito uma praga de espermatozoides.

Eu sou a ocultação e o eclipse.

Ele ergueu Eph até a sua boca feito uma uva madura. Por dentro a boca era escura, e a garganta uma caverna nua, uma via direta para o inferno. Eph se debatia do pescoço para baixo, quase enlouquecido. Podia sentir aquela garra comprida do dedo médio encostada na sua nuca, fazendo pressão no alto da coluna vertebral. O Mestre inclinou a cabeça de Eph para trás, como que abrindo a tampa de uma lata de cerveja.

Eu sou um bebedor de homens.

Com um barulho úmido de esmagamento, a boca do Mestre começou a se abrir, e a mandíbula se retraiu. A língua se curvou para cima e para trás, revelando o ferrão hediondo.

Eph rugiu, bloqueando desafiadoramente com os braços o acesso a seu pescoço, uivando no rosto selvagem do Mestre.

E então algo... não o uivo de Eph... algo fez a grande cabeça do Mestre virar ligeiramente.

No seu rosto, as narinas pulsavam. Mesmo sem respirar, o demônio farejava.

Os olhos de ônix se voltaram para Eph, olhando para ele como duas esferas mortas. Encarando Eph como se ele houvesse, de alguma forma, ousado enganar o Mestre.

Você não está sozinho.

Subindo a escada do prédio de Eph dois degraus atrás de Vasiliy, subitamente Setrakian agarrou o corrimão, batendo com o ombro na parede. Uma dor ofuscante estourou na sua cabeça como um aneurisma, enquanto uma voz vil, orgulhosa e blasfema ribombava feito uma granada explodindo num salão sinfônico lotado.

SETRAKIAN.

Vasiliy parou e olhou para trás. Estreitando os olhos de dor, porém, o velho fez sinal que ele seguisse em frente e ainda conseguiu sussurrar:

– Ele está aqui.

O olhar de Nora se tornou sombrio. Vasiliy subiu correndo até o patamar, martelando o piso com as botas. Nora ajudou Setrakian, puxando o professor atrás de Vasiliy, até chegar à porta do apartamento.

Vasiliy se lançou sobre o primeiro corpo que encontrou, agarrando e sendo agarrado ao mesmo tempo, caindo e rolando. Pôs-se de pé depressa, numa postura de combate e encarou o adversário. O vampiro não sorria, mas tinha a boca esticada num arreganho, pronta para se alimentar.

Então Vasiliy viu o ser gigante do outro lado da sala. O Mestre, com Eph preso na mão. Monstruoso. E hipnotizante.

O vampiro mais próximo avançou e foi empurrando Vasiliy para trás, para dentro da cozinha, até a porta da geladeira.

Nora entrou correndo, conseguindo ligar a lanterna Luma exatamente ao ser atacada pelo vampiro Bolivar, que soltou um sibilante grito sem ar e recuou. Então Nora viu o Mestre, que encostara no teto a parte de trás da cabeça inclinada para baixo.

– Eph! – disse ela, ao ver o amigo se debatendo nas garras do monstro, pendurado pela cabeça.

Setrakian entrou com a longa espada desembainhada. Ficou paralisado por um momento ao ver o Mestre, o gigante, o demônio. Ali diante dele, naquela hora, depois de tantos anos.

Então brandiu a espada de prata. Nora se aproximou por um ângulo diferente, impelindo Bolivar para a parede da frente do apartamento. O Mestre ficou encurralado. Atacar Eph num espaço tão pequeno fora um erro crucial.

O coração de Setrakian disparou dentro do peito quando ele virou a ponta da lâmina e correu para o demônio.

O zumbido dentro do apartamento se expandiu de repente, criando uma explosão de ruído na cabeça dele. Tal como na cabeça de Nora, Vasiliy e Eph. Era uma onda de choque sonoro incapacitante, que fez o velho se encolher por um momento... suficiente.

Ele pensou ter visto um sorriso negro serpentear pelo rosto do Mestre, e então o vampiro gigantesco atirou Eph pelo aposento. O corpo dele bateu na parede do outro lado e caiu pesadamente no chão. O Mestre agarrou o ombro de Bolivar com uma das longas mãos providas de garras e saltou pelo vitral que dava para a rua Worth.

Um ruído tonitroante abalou o prédio, enquanto o Mestre escapava numa chuva de vidro.

Setrakian correu na direção da lufada de vento, até o caixilho margeado por lascas afiadas. Três andares abaixo, a chuva de vidro acabava de bater na calçada, brilhando à luz dos postes da rua.

Com sua velocidade sobrenatural, o Mestre já atravessara a rua e subia pelo prédio fronteiriço. Com Bolivar pendurado no braço livre, ele passou por cima do parapeito superior do telhado mais alto e sumiu noite afora.

Setrakian ficou ali por um instante, acabrunhado, sem conseguir aceitar que o Mestre acabara de passar por aquele aposento, e havia escapado. Seu coração estava tendo um ataque dentro do peito, pulsando como se fosse explodir.

– Ei... que tal ajudar?

Setrakian se virou e viu Vasiliy no chão, afastando o outro vampiro, com a lanterna de Nora ajudando a incapacitar a criatura. O professor sentiu um novo ataque de raiva e foi até lá, com a espada de prata estendida ao lado.

Vasiliy viu o velho se aproximando e arregalou os olhos.

– Não, espere...

Setrakian golpeou, passando a lâmina pelo pescoço do vampiro poucos centímetros acima da mão de Vasiliy. Depois chutou o corpo decapitado para longe do peito do exterminador, antes que o sangue branco pudesse atingir a pele dele.

Nora correu para Eph, que jazia imóvel no chão, com um corte no rosto. Os olhos estavam dilatados e aterrorizados, mas ele parecia não ter sido transformado.

Setrakian precisava confirmar isso. Segurou um espelho junto ao rosto de Eph e não achou distorção alguma. Nora lançou o facho da lanterna sobre o pescoço dele. Nada... nem uma fissura.

Ela ajudou Eph a sentar. Ele gemeu de dor quando seu braço direito foi tocado. Nora tocou no queixo dele, debaixo do corte na face. Precisava abraçar Eph, mas não queria produzir mais dor.

– O que aconteceu? – perguntou ela.
– Ele está com a Kelly – disse Eph.

Rua Kelton, Woodside, Queens

EPH CRUZOU VELOZMENTE A ponte na direção do Queens. Enquanto dirigia, usou o celular de Jim para tentar contactar Kelly.

Nenhum toque. A ligação caía imediatamente na caixa postal.

Oi, aqui é a Kelly. Não posso atender agora...

Eph discou rapidamente para Zack de novo. O telefone do filho tocou, tocou e acabou caindo na caixa postal.

Ele entrou na rua Kelton com os pneus cantando e estacionou bruscamente diante do jardim de Kelly. Pulou a cerca baixa, subiu correndo os degraus, bateu com força na porta e tocou a campainha. Suas chaves haviam ficado penduradas em um gancho lá no seu apartamento.

Eph tomou distância e se jogou com o ombro dolorido sobre a porta. Tentou de novo, machucando ainda mais o braço. Da terceira vez que se lançou contra a porta, o umbral quebrou, e ele caiu esparramado na sala.

Levantou e saiu correndo pela casa, batendo nas paredes ao dobrar os cantos. Subiu ao andar superior chutando os degraus e parou na porta do quarto de Zack. O aposento estava vazio.

Tão vazio.

De volta ao térreo, pulando três degraus de cada vez, ele reconheceu a mala de emergência de Kelly perto da porta quebrada. Viu algumas valises cheias, mas ainda abertas. Ela não chegara a deixar a cidade.

Ah, Cristo, pensou ele. *Então é verdade.*

Os outros chegaram à porta no momento exato em que algo atingiu Eph pelas costas. Era um corpo atacando. Já cheio de adrenalina, ele reagiu imediatamente, girando e afastando o agressor.

Matt Sayles. Eph viu os olhos mortos dele, sentindo o calor daquele metabolismo exacerbado.

A coisa bestial que um dia fora Matt rosnava. Eph firmou o antebraço sobre a garganta daquele homem recentemente convertido em vampiro, pois ele começara a abrir a boca. Fez força debaixo do queixo, tentando bloquear o mecanismo biológico que estava prestes a projetar o ferrão. Matt esbugalhou os olhos, abanando a cabeça ao tentar libertar a garganta.

Eph viu Setrakian desembainhando a espada atrás de Matt e recorreu à raiva acumulada para afastar o vampiro com um pontapé, berrando:

– *NÃO!*

Rosnando, o vampiro rolou até parar. Ficou apoiado nos joelhos e mãos, vendo Eph se pôr de pé.

Matt se levantou, com uma postura meio curvada, fazendo coisas bizarras com a boca. Era um vampiro novo, ainda procurando se acostumar a músculos diferentes. A língua serpenteava em torno dos lábios abertos, numa confusão lasciva.

Eph procurou uma arma ao redor e só encontrou uma raquete de tênis caída no chão fora do closet. Agarrou o cabo envolto em fita com as duas mãos, girou a armação de titânio para o lado e avançou contra Matt. Todos os seus sentimentos por aquele homem que invadira a casa e a cama de sua mulher... que queria ser pai do seu garoto... que procurava tomar o lugar dele... todos esses sentimentos vieram à tona quando ele golpeou o queixo do vampiro. Queria estraçalhar aquela mandíbula, junto com o horror que espreitava ali dentro. Como os vampiros novos não tinham muita coordenação, Eph conseguiu desferir sete ou oito golpes, arrancando alguns dentes e fazendo Matt cair ajoelhado. Só depois o vampiro reagiu, pegando o calcanhar de Eph, que se desequilibrou. Dentro de Matt ainda fervia uma raiva residual contra Eph. Ele se levantou rilhando os dentes quebrados, mas Eph acertou-lhe um pontapé no rosto, estendendo o joelho e jogando Matt para trás. Eph recuou para a divisória que separava a sala da cozinha, e foi lá que viu o facão de trinchar, preso a um apoio magnetizado.

A raiva nunca é cega, mas só tem um foco. Eph se sentiu olhando pelo lado errado de um telescópio, vendo apenas o facão e depois só Matt.

Matt avançou, mas foi empurrado de volta para a parede por Eph, que puxou para trás o cabelo do vampiro a fim de expor o pescoço dele. A boca de Matt se abriu, e o ferrão saiu serpenteando, tentando se alimentar de Eph. A garganta de Matt ondulava, corcoveando, e foi atacada pelos golpes ininterruptos de Eph, *facãofacãofacãofacãofacão*. Os golpes tinham força e rapidez, atravessando a garganta até a parede oposta, onde a ponta da lâmina ficava presa até Eph puxar outra vez. Esmagando a vértebra cervical. Soltando a tal gosma branca. Fazendo o corpo do vampiro vergar, enquanto os braços estremeciam.

Eph continuou cortando até a cabeça do vampiro ficar na sua mão, e o corpo desabar no chão. Só então parou de golpear. Sem verdadeiramente processar, viu o ferrão continuar serpenteando *através do pescoço cortado* da cabeça na sua mão.

Depois viu Nora e os outros olhando através da porta aberta. Viu a parede coberta de gosma branca. Viu o corpo decapitado no chão. Viu a cabeça na sua mão.

Vermes sanguíneos rastejavam pelo rosto de Matt. Passavam sobre as bochechas e os olhos esbugalhados. Entravam nos cabelos finos e se aproximavam dos dedos de Eph.

Ele largou a cabeça, que caiu ao chão com um baque, sem rolar para parte alguma. Também soltou o facão, que tombou sem ruído no colo de Matt.

– Levaram o meu filho – disse Eph.

Setrakian afastou Eph do corpo e do sangue infestado do vampiro. Nora ligou a lanterna Luma e irradiou o corpo de Matt.

– Meu Deus, que merda – exclamou Vasiliy.

Como uma explicação, mas também como um cravo a ser pregado mais profundamente na sua alma, Eph repetiu:

– Levaram o meu filho.

O rugido homicida em seus ouvidos estava desaparecendo, e ele reconheceu o som de um carro estacionando lá fora. Uma porta se abriu, com um som de música suave. Uma voz exclamou:

– Obrigado.

Aquela voz.

Eph foi até a porta arrombada. Olhou para a rua e viu Zack saindo de uma minivan, passando a alça da mochila por cima do ombro.

Antes de alcançar o portão da frente, Zack foi envolvido pelos braços de Eph.

– Papai?

Eph inspecionou Zack, segurando a cabeça do filho e examinando os olhos e o rosto dele.

– O que está acontecendo? – perguntou Zack.

– Onde você estava?

– Na casa do Fred – disse Zack, tentando se soltar. – Mamãe não apareceu, de modo que a mãe do Fred me levou para a casa deles.

Eph deixou Zack recuar. *Kelly*.

Zack olhou para a casa ao fundo.

– O que aconteceu com a nossa porta?

Ele deu uns passos na direção da porta. Então Vasiliy apareceu, seguido por Setrakian: um grandalhão numa camisa de flanela e botas de trabalho, com um velho metido num terno de lã que segurava uma bengala com cabo em forma de cabeça de lobo.

Zack olhou para o pai, já sentindo plenamente a vibração negativa, e disse:

– Onde está a mamãe?

Loja de penhores Knickerbocker, rua 118, Harlem espanhol

EPH PAROU NO CORREDOR de paredes forradas de livros do apartamento de Setrakian. Ficou olhando para Zack, que comia um cachorro-quente na pequena mesa da cozinha do velho e respondia às perguntas de Nora sobre a escola. Ela queria manter o garoto ocupado e distraído.

Eph ainda sentia o aperto da mão do Mestre na sua cabeça. Sua vida se baseava em certas premissas, num mundo com base em certas premissas. Agora, porém, tudo aquilo que Eph achava confiável desaparecera, e ele percebia que não sabia mais nada.

Nora viu que ele estava observando ali no corredor, e pela expressão do rosto dela Eph percebeu que ela estava assustada com a expressão no rosto dele.

Também percebeu que, a partir daquele momento, ele seria sempre um pouco louco.

Então desceu os dois lances de escada até o arsenal de Setrakian no porão. As luzes de alarme UV na porta haviam sido desligadas, enquanto o velho mostrava a Vasiliy seus artefatos. O exterminador estava admirando a carabina adaptada para disparar pregos. A arma parecia uma submetralhadora UZI mais comprida e estreita. Só que era preta e alaranjada, com um pente de pregos angulado para alimentar o cano.

Setrakian se aproximou de Eph.

– Você comeu?

Eph abanou a cabeça.

– Como está seu garoto?

– Assustado, embora não demonstre.

Setrakian assentiu.

– Como o restante de nós.

– Você já tinha encontrado com ele antes. Com essa coisa. O Mestre.

– Sim.

– Tentou até acabar com ele.

– Sim.

– Mas falhou.

Setrakian estreitou os olhos, como que olhando diretamente para o passado.

– Eu não estava preparado adequadamente. Não vou fracassar de novo.

Segurando um objeto que parecia uma lâmpada com um espeto na ponta, Vasiliy disse:

– Com esse arsenal, é provável que não.

– Algumas peças eu mesmo fabriquei com coisas que chegaram à loja. Mas não sou um fabricante de bombas. – Ele cerrou as mãos retorcidas enluvadas como prova disso. – Tenho um ourives em Nova Jersey que faz minhas pontas e agulhas.

– Então você não comprou isso na Radio Shack?

Setrakian pegou das mãos do exterminador o pesado objeto parecido com uma lanterna. Era feito de plástico opaco, com uma espessa base para a bateria e um espeto de aço com quinze centímetros no fundo.

– Basicamente, isso é uma mina de luz ultravioleta. É uma arma de uso único, que emite um facho de luz mortífera para os vampiros, na faixa dos raios UVC. Deve ser usada para evacuar ambientes amplos, e arde com muita intensidade e rapidez depois de carregada. É preciso manter certa distância quando isso acontecer. A temperatura e a radiação podem ser um pouco... desconfortáveis.

– E essa carabina de pregos? – perguntou Vasiliy.

– É uma carabina que usa cartuchos de pólvora para lançar pregos. Cada pente tem cinquenta pregos sem cabeça, todos com cinco centímetros. De prata, é lógico.

– É claro – disse Vasiliy com admiração, procurando sentir a pegada do punho de borracha.

Setrakian olhou em torno do porão: a velha armadura pendurada na parede; as lanternas de UVC e os carregadores de bateria nas prateleiras; as lâminas de prata e espelhos revestidos de prata; alguns protótipos de armas; seus cadernos de anotações e esboços. Ele estava se sentindo quase afogado pela enormidade do momento. Só desejava que o medo não o fizesse voltar a ser o jovem indefeso que fora outrora.

– Eu estou esperando isso há muito, muito tempo.

Então ele começou a subir a escada, deixando Eph sozinho com Vasiliy. O grandalhão tirou a carabina de pregos do carregador.

– Onde você encontrou esse cara?

– Ele me encontrou – disse Eph.

– Eu já estive em muitos porões, por causa da minha profissão. Vejo essa pequena oficina aqui e penso... esse é o único maluco que a realidade mostrou ter razão.

– Ele não é maluco – disse Eph.

Vasiliy cruzou o porão até a jarra de amostras, onde ficava suspenso no fluido o tal coração contaminado.

– Ele já mostrou isso para vocês? O cara conserva o coração de um vampiro, que ele matou, feito um bicho de estimação num porão arsenal. Ele é mais do que maluco, mas tudo bem. Eu também sou um pouco maluco.

Ele se ajoelhou, pondo o rosto perto da jarra, e disse:

– Aqui, gatinho, gatinho...

A ventosa se lançou contra o vidro tentando pegar o exterminador. Vasiliy endireitou o corpo e se virou para Eph com uma expressão de *Dá-para-acreditar-numa-coisa-dessas?*

– Tudo isso é um pouco mais do que eu queria quando acordei hoje de manhã – disse ele, apontando a carabina de pregos para a jarra. Depois desviou a mira, mas gostara da sensação. – Você se importa se eu ficar com isso?

Eph abanou a cabeça.

– Fique à vontade.

Eph voltou para o andar superior, mas no corredor retardou o passo ao ver Setrakian com Zack na cozinha. O velho tirou do pescoço uma corrente de prata com a chave do porão no subsolo. Com os dedos quebrados, colocou a corrente sobre a cabeça de Zack e pendurou a chave no pescoço dele. Depois bateu de leve nos ombros do garoto.

– Por que você fez isso? – perguntou Eph a Setrakian, quando eles ficaram sozinhos.

– Lá embaixo há coisas, como cadernos e escritos, que devem ser preservadas. Que as gerações futuras podem achar úteis.

– Você não está planejando voltar?

– Estou tomando toda precaução concebível. – Setrakian olhou em volta, certificando-se de que estavam sozinhos. – Por favor, compreenda. O Mestre tem poder e velocidade bem maiores do que esses desajeitados vampiros novos que estamos vendo. Ele é até mesmo mais poderoso do que já vimos até agora, pois vive na terra há séculos. Mas...

– Mas ele é um vampiro.

– E na realidade os vampiros podem ser destruídos. Nossa melhor esperança é encurralar o Mestre. Fazer com que ele se machuque e fuja para o sol mortífero. É por isso que precisamos aguardar a aurora.

– Eu quero ir agora.

– Sei que você quer. Isso é exatamente o que ele quer.

– Ele pegou a minha mulher. Kelly só está onde está... por minha causa.

– Você tem algo pessoal em jogo aqui, doutor, e isso é muito forte. Mas precisa saber que, se ela está com o Mestre, já foi transformada.

Eph abanou a cabeça.

– Não foi.

– Eu não falo isso para enfurecer você...

– *Não foi!*

Depois de um instante, Setrakian assentiu, aguardando que o médico se acalmasse.

– Os Alcoólicos Anônimos me ajudaram muito – disse Eph. – Lá eu só não consegui uma coisa: serenidade para aceitar as coisas que não posso mudar.

– Eu também sou assim – disse Setrakian. – Talvez seja esse traço comum que nos trouxe até aqui juntos. Nossos objetivos estão perfeitamente alinhados.

– Quase perfeitamente – disse Eph. – Porque só um de nós pode matar o filho da mãe, na realidade. E sou eu que vou fazer isso.

Nora estava ansiosa para falar com Eph. Assim que ele se afastou de Setrakian, foi agarrado por ela e puxado para o banheiro ladrilhado do velho.

– Não faça isso – disse ela.

– Não faça o quê?

– Não me peça o que você vai me pedir – disse ela, implorando com os olhos castanhos ferozes. – Não faça isso.

– Mas eu preciso que você... – disse Eph.

– Eu estou me borrando de medo... mas mereço um lugar a seu lado. Você *precisa* de mim.

– Preciso. Preciso de você aqui. Para cuidar do Zack. Além disso... um de nós tem de ficar na retaguarda. Para continuar a luta, no caso de...

– Ele deixou o restante no ar. – Eu sei que é muito pedir isso.

– Demais.

Sem tirar os olhos de Nora, Eph disse:

– Eu preciso ir atrás dela.

– Eu sei.

– Eu só quero que você saiba...

– Não é preciso explicar – disse ela. – Mas... fico feliz por você querer.

Eph puxou Nora com força, num abraço apertado. A mão dela subiu até a nuca dele, acariciando o cabelo. Ela se afastou para olhar para ele, para dizer algo mais, em vez disso, porém, deu-lhe um beijo. Era um beijo de adeus que insistia na volta dele.

Os dois se separaram, e ele balançou a cabeça para fazer com que Nora percebesse que ele compreendera.

Então viu Zack olhando para eles lá do corredor.

Não tentou explicar coisa alguma ao filho naquele momento. Abandonar a beleza e a bondade daquele garoto, e largar a segurança ostensiva do mundo da superfície para descer e enfrentar um demônio, era a coisa mais antinatural que ele poderia fazer.

– Você vai ficar com a Nora, tá legal? Quando eu voltar a gente conversa.

Zack estreitou os olhos num trejeito pré-adolescente de autoproteção. As emoções do momento pareciam demasiadamente novas e confusas para ele.

– Voltar de onde?

Eph abraçou o filho, envolvendo Zack nos braços como se de outra forma o garoto que ele amava fosse se estilhaçar num milhão de pedaços. Resolveu ali mesmo que sairia vencedor daquilo tudo, porque tinha coisas demais para perder.

Eles ouviram uma gritaria e buzinas de carros lá fora, e todo mundo correu para a janela que dava para oeste. Muitas luzes de freio salpicavam a estrada a quatro ou mais quarteirões dali. Havia gente saindo de casa para lutar. Um prédio pegara fogo, e não havia qualquer carro de bombeiro à vista.

– É o começo do colapso – disse Setrakian.

Morningside Heights

Gus vinha fugindo desde a noite anterior. As algemas dificultavam sua movimentação pelas ruas: a camisa velha que ele encontrara e com que envolvera os antebraços, como se estivesse caminhando com os braços cruzados, não teria enganado muita gente. Ele entrou num cinema pela porta dos fundos e dormiu na escuridão do recinto. Lembrou-se de um desmanche de carros que conhecia no lado oeste da cidade e gastou bastante tempo para chegar até lá, apenas para encontrar o estabelecimento vazio. Não trancado, simplesmente vazio. Remexeu nas ferramentas que encontrou lá, tentando cortar a corrente que ligava seus pulsos. Chegou mesmo a usar uma serra elétrica montada num torno e quase cortou os pulsos na tentativa. Não conseguia fazer coisa alguma com uma mão só, e acabou indo embora revoltado.

Percorreu os esconderijos de alguns de seus *cholos*, sem encontrar alguém em quem pudesse confiar. As ruas estavam esquisitas, pois não havia muito movimento. Mas ele sabia o que estava acontecendo; seu tempo e suas opções estariam se esvaindo quando o sol começasse a se pôr.

Era arriscado passar em casa, mas ele não vira muitos policiais durante todo o dia, e de qualquer modo estava preocupado com sua *madre*. Entrou no prédio se esgueirando, tentando manter as mãos algemadas de modo a não chamar a atenção, e subiu os dezesseis lances de escada. Uma vez lá, percorreu o corredor sem ver qualquer pessoa. Escutou junto à porta. A tevê estava ligada, como de costume.

Gus sabia que a campainha não funcionava, de modo que bateu na porta. Esperou um pouco e bateu de novo. Depois deu um pontapé na parte inferior, chacoalhando a porta e as paredes vagabundas.

– Crispin... Crispin, seu merda – sibilou ele para a bosta do irmão. – Quer abrir a porra da porta?

Ouviu a corrente da porta ser destrancada e o ferrolho girar lá dentro. Esperou, mas a porta não se abriu, de modo que ele retirou a camisa que cobria suas mãos algemadas e torceu a maçaneta.

Crispin estava parado num canto, à esquerda do sofá que lhe servia de cama quando ele aparecia ali. Todas as persianas haviam sido baixadas. Na cozinha, a porta da geladeira estava aberta.

– Onde está a mamãe? – perguntou Gus.

Crispin ficou calado.

– Idiota da porra – disse Gus, fechando a geladeira. Algo derretera, e havia água no chão. – Ela está dormindo?

Crispin continuou calado, ainda encarando o irmão.

Gus começou a entender e deu uma espiada mais atenta para Crispin, que mal merecia olhadelas de sua parte. Notou logo os olhos negros de vampiro e o rosto encovado.

Depois foi até a janela e abriu rapidamente as persianas. Anoitecera. O ar estava cheio da fumaça de um incêndio lá embaixo.

Então Gus se virou e encarou Crispin do outro lado do apartamento. O irmão estava avançando contra ele, uivando. Gus levantou os braços para que as correntes das algemas acertassem o pescoço de Crispin debaixo do maxilar, numa altura suficiente para evitar que o ferrão se projetasse para fora.

Depois agarrou a nuca do irmão com as mãos e empurrou Crispin para o chão. O vampiro esbugalhou os olhos negros e contorceu o maxilar, tentando abrir a boca enquanto era estrangulado por Gus, que queria sufocar o irmão. Só que o tempo ia passando e Crispin continuava esperneando, sem desmaiar. Então Gus lembrou que os vampiros não precisavam respirar e não podiam ser mortos assim.

Puxou Crispin pelo pescoço, com os braços já arranhados pelas unhas do irmão. Nos últimos anos Crispin não passara de um fardo para a mãe e um perrengue para Gus. Agora virara um vampiro. Seu lado fraternal desaparecera, mas o lado babaca continuava. Portanto, foi por pura retribuição que Gus lançou Crispin de ponta-cabeça contra o espelho decorativo na parede, um velho espelho oval de vidro grosso, que só se partiu quando caiu no chão. Depois deu uma joelhada no irmão, jogando-o no assoalho, e então pegou a maior das lascas de vidro. Crispin ainda não chegara a se ajoelhar quando Gus enfiou a ponta da lasca na nuca dele. O vidro seccionou a medula e esticou a frente do pescoço, mas sem perfurar a pele. Gus girou a lasca de um lado para outro, quase decapitando Crispin... mas esqueceu a agudeza da ferramenta em suas mãos, cortando as palmas. A dor era penetrante, mas ele só largou o vidro quando a cabeça do irmão se separou do corpo.

Gus cambaleou para trás, olhando para os cortes sangrentos nas suas mãos. Queria ter certeza de que não fora alcançado por algum daqueles vermes que serpenteavam no sangue branco de Crispin. Os vermes estavam no carpete e eram difíceis de ver, de modo que ele se afastou. Ficou olhando para o irmão em pedaços no assoalho. Sentia nojo do lado vampiresco de Crispin, mas não sentia coisa alguma por aquela perda. Para ele, Crispin já estava morto havia anos.

Foi lavar as mãos na pia, vendo que os cortes eram longos mas pouco profundos. Usou um pano de prato engordurado para estancar o sangramento e foi até o quarto da mãe.

– Mamãe?

Sua única esperança era de que ela não estivesse ali. A cama estava feita e vazia. Ele se virou para ir embora, mas depois pensou duas vezes, ficando de quatro para olhar debaixo da cama. Ali havia apenas as caixas com suéteres dela e uns halteres comprados dez anos antes. Gus já estava voltando para a cozinha quando ouviu um farfalhar no closet. Parou, prestando atenção de novo. Depois foi até lá e abriu a porta. Todas as roupas da mãe haviam sido tiradas dos cabides, formando uma grande pilha no chão.

A pilha estava se mexendo. Gus puxou um velho vestido amarelo com ombreiras, e o rosto de sua *madre* lançou um olhar sinistro para ele, com olhos pretos e pele amarelada.

Gus fechou novamente a porta. Não bateu com força e saiu correndo; só fechou a porta e ficou parado ali. Queria chorar, mas as lágrimas não saíam. Ele só conseguiu suspirar, soltando um gemido baixo e profundo. Depois olhou em volta do quarto da mãe procurando uma arma para decepar a cabeça dela...

... e então percebeu a que ponto chegara o mundo. Em vez disso, voltou à porta do closet e encostou a cabeça ali.

– Desculpe, mamãe – sussurrou. – *Lo siento*. Eu deveria ter ficado aqui. Eu deveria ter ficado aqui...

Atordoado, Gus foi para o seu quarto. Não podia nem mesmo trocar a camisa devido às algemas. Meteu algumas roupas numa sacola de papel, esperando um momento em que pudesse se trocar, e enfiou o embrulho debaixo do braço.

Então ele se lembrou do dono da loja de penhores na rua 118. O velho poderia lhe dar algum auxílio e ajudar a lutar contra aquela coisa.

Gus saiu do apartamento para o corredor externo. Havia três pessoas paradas junto aos elevadores na outra ponta. Ele partiu para lá, mas abaixou a cabeça. Não queria ser reconhecido, nem lidar com qualquer vizinho de sua mãe.

A meio caminho dos elevadores, Gus percebeu que aquele pessoal não estava falando nem se mexendo. Quando levantou o olhar, viu as pessoas ali paradas encarando-o. Parou ao perceber que os olhos escuros delas também estavam vazios. Eram vampiros, bloqueando a saída dele.

As criaturas começaram a avançar pelo corredor, e quando percebeu Gus estava batendo nelas com as mãos algemadas, jogando as três contra a parede e esmagando seus rostos sobre o soalho. Chutava os corpos caídos, mas elas não ficavam no chão muito tempo. Ele não deu a qualquer uma delas chance de projetar seu ferrão, e foi pisoteando os crânios com o calcanhar das suas botas pesadas enquanto corria para o elevador, cujas portas se fecharam quando elas as alcançaram.

Gus desceu sozinho no elevador, recuperando o fôlego e contando os andares. Perdera a sacola, que se rompera, deixando as roupas espalhadas no corredor.

A numeração chegou a 1. Quando as portas se abriram, Gus estava meio agachado, pronto para uma briga.

O saguão de entrada estava vazio, mas lá fora havia um tênue brilho alaranjado, ao som de gritos e uivos. Gus saiu para a rua, avistando um incêndio no quarteirão seguinte. As chamas já alcançavam os prédios vizinhos. Ele viu gente nas ruas com tábuas e outras armas improvisadas correndo na direção do fogo.

Em outra direção havia um grupo de seis pessoas desarmadas, caminhando sem correr. Um homem passou correndo por Gus no sentido oposto, dizendo:

– Os putos estão por toda parte, cara!

Então o sujeito foi abordado pelo tal grupo de seis. Para um olhar destreinado, aquilo poderia parecer um assalto de rua à moda antiga, mas Gus viu um ferrão se projetar à luz alaranjada das chamas. Eram vampiros, transformando pessoas em plena rua.

Enquanto Gus observava, um veículo esportivo utilitário todo preto surgiu velozmente da fumaça, com fortes lâmpadas de halogênio. Polícia. Gus se virou e fugiu rua abaixo... até esbarrar com o tal grupo de seis. Eles avançaram para Gus, com os rostos pálidos e os olhos negros acesos pelos faróis. Gus ouviu as portas do veículo se abrirem e o ruído de botas na calçada. Estava encurralado entre dois perigos. Correu na direção dos vampiros que rosnavam, usando os punhos algemados para golpear o peito e a cabeça deles. Não queria lhes dar a oportunidade de abrirem a boca, mas um deles enlaçou o braço dentro dos punhos algemados de Gus e fez com que ele rodopiasse, caindo ao chão. Num segundo a horda estava em cima dele, lutando para ver quem iria beber o sangue do pescoço da vítima.

Houve um barulho seco, e um vampiro gemeu. Depois um estalo, e a cabeça de um segundo vampiro desapareceu.

O que estava em cima de Gus foi atingido no flanco e de repente caiu. Gus rolou de lado e se ajoelhou no meio daquela briga de rua.

Eles não eram policiais. Eram homens metidos em capuzes negros, com os rostos enegrecidos, calças pretas de combate e botas pretas de paraquedistas. Estavam disparando balistas do tamanho de pistolas e outras maiores feito carabinas, com culatras de madeira. Gus viu um deles mirar num vampiro e mandar-lhe uma flecha no pescoço. Antes mesmo que o vampiro pudesse levar a mão à garganta, a flecha explodiu, com força suficiente para desintegrar o pescoço, removendo a cabeça. Vampiro morto.

As flechas e dardos tinham pontas de prata, munidas de uma carga que explodia com o impacto.

Eram caçadores de vampiros. Atônito, Gus ficou olhando para aqueles caras. Havia outros vampiros saindo dos umbrais das portas, e os atiradores eram precisos. Acertavam uma garganta a vinte e cinco ou mesmo trinta metros de distância.

Um deles avançou depressa na direção de Gus, como se achasse que ele era um vampiro. Antes que ele pudesse falar, o caçador pôs a bota nas algemas dele, imprensando os braços sobre o solo. Depois recarregou a balista e mirou na corrente que ligava as algemas de Gus. Uma flecha de prata arrebentou o aço e se cravou no asfalto. Gus se encolheu, mas não havia carga explosiva no projétil. Finalmente suas mãos estavam separadas, embora ainda adornadas com as pulseiras policiais. E com uma força surpreendente, o caçador fez com que Gus ficasse de pé.

– Merda, cara! – disse Gus, muito feliz com a presença daqueles caras. – Onde eu assino?

Mas seu salvador já estava se mexendo mais devagar, com a atenção atraída por algo. Gus examinou mais atentamente os recessos sombrios sob o capuz do sujeito, e viu que o rosto era branco feito casca de ovo. Os olhos eram negros e vermelhos. A boca, seca e quase sem lábios.

O caçador estava olhando para os cortes sangrentos nas mãos de Gus.

Gus conhecia aquele olhar. Acabara de ver aquilo nos olhos de seu irmão e de sua mãe.

Tentou se afastar, mas a mão apertou seu braço com muita força. A coisa abriu a boca e a ponta do ferrão apareceu.

Então surgiu outro caçador, que encostou a balista no pescoço do primeiro, puxando o capuz dele. Gus viu uma cabeça calva e sem orelhas, com olhos envelhecidos. Era um vampiro maduro, que arreganhou os dentes para a arma do companheiro, e depois entregou Gus a ele. Gus ainda conseguiu ver, de relance, o rosto pálido do novo vampiro ao ser levantado, carregado para o utilitário esportivo preto e jogado na terceira fileira de assentos.

Os outros vampiros encapuzados entraram no veículo que partiu, fazendo uma curva em U no meio da avenida. Gus percebeu que era o único humano ali dentro. O que eles queriam com ele? Um golpe na têmpora acabou com qualquer pergunta, nocauteando Gus. O veículo acelerou de volta na direção do prédio em chamas, atravessando a fumaça da rua feito um avião ao penetrar numa nuvem, e cruzou velozmente os tumultos. Com os pneus cantando, eles dobraram na esquina mais próxima e rumaram para o norte da cidade.

A Bacia

A CHAMADA BACIA DAS ruínas do World Trade Center, onde ficavam os alicerces com sete andares de profundidade, sempre era iluminada feito o dia durante o turno da noite, até mesmo poucos minutos antes do alvorecer. Mas a obra estava silenciosa, com as grandes máquinas paradas. O trabalho, que vinha se desenrolando vinte e quatro horas por dia desde o colapso das torres, estava quase parado naquele momento.

– Por que isso? – perguntou Eph. – Por que aqui?

– O Mestre se sentiu atraído – disse Setrakian. – Uma toupeira escava seu lar no tronco morto de uma árvore caída. A gangrena se forma numa ferida. Ele está enraizado na tragédia e na dor.

Eph, Setrakian e Vasiliy estavam sentados na traseira da van de Vasiliy, estacionada na esquina das ruas Church e Cortlandt. Munido de um visor noturno, Setrakian sentara junto a uma das janelas da porta traseira. Havia muito pouco trânsito, apenas os ocasionais táxis da madrugada ou caminhões de entrega. Nenhum pedestre ou outros sinais de vida. Eles estavam procurando vampiros, sem encontrar qualquer um.

Com o olho no visor, Setrakian disse:

– Está muito claro aqui. Eles não querem ser vistos.

– Não podemos ficar dando voltas na obra sem parar – disse Eph.

– Se houver tantos vampiros quanto suspeitamos, devem estar perto daqui. Para retornar ao seu covil antes da aurora – disse Setrakian. Depois olhou para Vasiliy. – Raciocine como se você fosse a praga.

– Vou lhes contar uma coisa. Nunca vi um rato entrar em qualquer lugar pela porta da frente – disse Vasiliy. Pensou mais um pouco, e depois passou por Eph em direção ao banco dianteiro. – Tive uma ideia.

Ele foi dirigindo pela rua Church rumo norte, na direção da prefeitura, que ficava um quarteirão a nordeste do WTC. Havia um grande parque em torno, e Vasiliy estacionou numa vaga para ônibus na Park Row, desligando o motor.

– Este parque é um dos maiores criadouros de ratos da cidade. Nós tentamos arrancar a hera, que fornece uma ótima cobertura para eles no solo. Mudamos os latões de lixo, mas não adiantou. Aqui eles brincam feito esquilos, principalmente ao meio-dia, quando chega o pessoal que vem almoçar. A comida deixa os ratos felizes, mas conseguem comida quase em qualquer lugar. É a infraestrutura que os ratos realmente apreciam. – Vasiliy apontou para o chão. – Aqui embaixo existe uma estação de metrô abandonada. A antiga parada na prefeitura.

– Continua conectada? – perguntou Setrakian.
– Tudo no subsolo se conecta, de uma maneira ou de outra.
Eles ficaram observando e não precisaram esperar muito.
– Ali – disse Setrakian.
Eph viu uma mulher de aspecto enxovalhado sob um poste de luz, a uns trinta metros de distância.
– Uma desabrigada.
– Não – disse Setrakian, passando o visor térmico para ele.
Pelo visor, Eph viu a mulher como uma mancha vermelha feroz em contraste com um frio fundo baço.
– É o metabolismo deles – disse Setrakian. – Lá está outra.
Uma mulher pesadona, que bamboleava hesitantemente, estava parada nas sombras ao longo da grade de ferro baixa em torno do parque.
Então apareceu outra figura: um homem com um avental de jornaleiro ambulante, carregando um corpo no ombro. O sujeito descarregou o fardo do outro lado da grade e depois passou por cima desajeitadamente. Ao fazer isso ele caiu e rasgou uma das pernas da calça. Mas em seguida se levantou sem qualquer reação, apanhando a vítima e desaparecendo sob as árvores.
– É aqui mesmo – disse Setrakian.
Eph estremeceu. A presença daqueles patogênicos ambulantes, aquelas doenças humanoides, era nojenta. Ele se sentiu enjoado ao ver aqueles seres cambaleando pelo parque, feito animais inferiores obedecendo a um impulso inconsciente e fugindo da luz. Sentiu a pressa deles, como trabalhadores tentando pegar o último trem para casa.
Os três saíram em silêncio da van. À guisa de proteção, Vasiliy usava um macacão Tyvek e botas de borracha para caminhar na água. Ele ofereceu equipamentos de reserva para os outros, mas Eph e Setrakian só aceitaram as botas. Sem pedir licença, Setrakian espargiu sobre cada um deles um líquido para eliminar odores, tirado de um frasco cujo rótulo mostrava um veado sob a mira de uma arma em vermelho. É claro que a substância nada podia fazer acerca do dióxido de carbono emitido pela respiração deles, ou do som do sangue que era bombeado pelo coração e circulava nas veias.

Vasiliy levava a carga mais pesada. A carabina de pregos ia numa bolsa na frente do peito, com três pentes adicionais de pregos de prata sem cabeça. Ele também levava diversas ferramentas no cinto, inclusive o monóculo de visão noturna, o bastão de luz negra e uma das adagas de prata de Setrakian numa bainha de couro. Empunhava uma lanterna Luma poderosa e carregava a mina de UVC numa bolsa de malha pendurada no ombro.

Setrakian levava a bengala, uma lanterna Luma e o visor térmico no bolso do casaco. Conferiu duas vezes a caixinha de pílulas guardadas no colete e deixou o chapéu na van.

Eph também carregava uma lanterna Luma, bem como, pendurada numa tira trespassada no peito, uma espada de prata embainhada, com a lâmina de sessenta centímetros e o punho contra suas costas.

– Não tenho certeza se isso faz sentido. Descer para enfrentar uma fera na sua própria toca – disse Vasiliy.

– Não temos alternativa. Esta é a única hora em que sabemos onde ele está – disse Setrakian olhando para o céu, já azulado pelos primeiros albores do dia. – A noite está terminando. Vamos.

Eles foram até o portão da cerca baixa, que ficava trancado durante a noite. Eph e Vasiliy passaram por cima, para depois ajudar Setrakian.

O som de mais passos na calçada, avançando rapidamente e arrastando um dos calcanhares, fez com que sumissem depressa no parque.

O interior não era iluminado à noite e era repleto de árvores. Ouviram a água da fonte do parque correndo e o som dos automóveis que passavam do lado de fora.

– Onde eles estão? – perguntou Eph.

Setrakian tirou do bolso o visor térmico. Fez uma varredura na área e depois entregou o instrumento a Eph. Ele viu brilhantes formas vermelhas se movendo furtivamente na paisagem que, a não ser por isso, era fria.

A resposta para a pergunta dele era: eles estavam por toda parte, convergindo depressa para algum lugar ao norte daquele ponto.

O destino dos vampiros logo ficou claro. Um quiosque no lado da Broadway do parque, uma estrutura escura que Eph não conseguia distinguir muito bem àquela distância. Ele ficou vigiando, à espera de que diminuísse o número de vampiros que retornavam, e que o visor de Setrakian não acusasse outras fontes significativas de calor.

Então correram para a tal estrutura. Sob a claridade que aumentava, perceberam que se tratava de um quiosque de informações, fechado durante a noite. Abriram a porta e viram que o recinto estava vazio.

Dentro do espaço apertado, o balcão de madeira era tomado por suportes de arame com panfletos turísticos e horários de ônibus. Vasiliy dirigiu o facho da sua pequena Maglite para duas portas metálicas existentes no chão. Havia orifícios largos em cada extremidade, e os cadeados tinham desaparecido. O letreiro nas portas gêmeas dizia MTA.

Vasiliy abriu as duas portas, enquanto Eph empunhava a lanterna. Uma escada levava à escuridão. Setrakian dirigiu o facho de sua lanterna para uma placa esmaecida na parede, enquanto Vasiliy começava a descer.

– É uma saída de emergência. Eles fecharam a antiga estação debaixo da prefeitura depois da Segunda Guerra Mundial. A curva da linha do metrô era fechada demais para os trens mais novos, e a plataforma muito estreita. Mas acho que o número 6 local ainda vira aqui – disse Vasiliy, olhando de um lado para outro. – Devem ter demolido a antiga saída de emergência e colocaram esse quiosque por cima.

– Muito bem – disse Setrakian. – Vamos.

Eph seguiu o velho, cobrindo a retaguarda. Não se preocupou em fechar as portas, pois queria ter a volta desimpedida, se fosse preciso. Os degraus tinham as laterais cobertas de sujeira, mas as superfícies se mostravam limpas devido ao tráfego regular de pés. Ali embaixo era mais escuro do que a noite.

– Próxima parada, 1945 – disse Vasiliy.

O lance de degraus terminava numa porta aberta que levava a uma segunda escada mais larga, e depois ao que devia ser um antigo mezanino. Uma abóbada azulejada, com quatro lados em arco que subiam até uma ornamentada claraboia de vidro moderno, começava a ficar azul. Algumas escadas de mão e velhos andaimes estavam jogados contra a bilheteria de madeira numa parede em curva. Os umbrais arqueados não tinham borboletas, pois a estação antecedia o uso de fichas.

O arco mais afastado levava a outra escada, onde só cabiam cinco pessoas lado a lado, e que terminava numa plataforma vazia. Eles pararam junto ao umbral arqueado e ficaram escutando. Como ouviram apenas o distante rangido de frenagem dos vagões do metrô, entraram na plataforma abandonada.

Aquilo parecia uma galeria sussurrante dentro de uma catedral. Candelabros originais de metal dourado, com lâmpadas escuras descobertas, pendiam dos tetos arqueados. Os azulejos que ligavam os arcos pareciam zíperes gigantescos. Duas claraboias abobadadas, com vidros em tom de ametista, forneciam luz. O restante fora coberto, devido à preocupação com ataques aéreos depois da Segunda Guerra Mundial. Um pouco mais longe, grades na superfície permitiam a entrada de mais luz, ainda muito tênue, mas suficiente para dar profundidade à percepção deles ao longo dos trilhos graciosamente curvos. Não havia um único ângulo reto em todo o ambiente. Todos os azulejos estavam danificados, inclusive a terracota vitrificada da placa de parede mais próxima, feita em dourado com bordas verdes em torno de tabletes brancos com letras azuis, onde se lia PREFEITURA.

Ao longo da plataforma curva, uma película de poeira de aço mostrava as pegadas dos vampiros, que desapareciam na escuridão.

Eles seguiram as pegadas até o final da plataforma e depois pularam para os trilhos, onde ainda havia corrente elétrica. Tudo acompanhava uma curva para a esquerda ao longo dos trilhos. Quando desligaram as lanternas, a Luma de Eph mostrou por toda parte marcas de urina iridescentes e multicoloridas, que terminavam mais adiante. No momento em que Setrakian pegou o visor térmico, ouviram ruídos lá atrás. Eram retardatários, descendo os degraus do mezanino até a plataforma. Eph desligou a lanterna Luma, e eles cruzaram os três trilhos até a parede mais distante, parando encostados num recesso de pedra.

Os retardatários desceram da plataforma, arranhando os pés nas pedras empoeiradas ao longo dos trilhos. Setrakian ficou espiando pelo visor térmico: dois brilhantes vultos vermelho-alaranjados, sem qualquer traço incomum na forma e postura. O primeiro desapareceu, e o professor demorou até perceber que o vampiro se esgueirara por uma brecha na parede. Era uma abertura que eles, por algum motivo, não haviam percebido. O segundo vulto parou no mesmo ponto. Em vez de desaparecer, porém, o vampiro se virou e olhou para eles. Setrakian ficou imóvel, sabendo que a visão noturna da criatura era avançada, mas ainda não amadurecera. A leitura térmica registrava a garganta do vampiro como a região mais quente. Um jorro alaranjado escorreu pela perna, esfriando imediatamente para amarelo ao formar uma poça no solo. Depois de esvaziar a bexiga, a criatura levantou a cabeça, feito um animal farejando a presa. Esquadrinhou os trilhos além do esconderijo deles – então abaixou a cabeça e desapareceu na brecha na parede.

Setrakian voltou para os trilhos, seguido pelos outros. O cheiro fétido da urina fresca e quente do vampiro enchia o espaço abobadado. O odor de amônia queimada trazia recordações para o professor. Eles desviaram os passos da poça ao se encaminharem para a brecha na parede.

Eph desembainhou a espada que trazia trespassada nas costas, tomando a dianteira. A passagem se alargava e levava a uma catacumba de paredes rústicas, com cheiro de vapor. Ele ligou a lanterna Luma bem na hora de ver o primeiro vampiro se levantar de uma posição agachada e avançar. Não conseguiu erguer a lâmina de prata a tempo e foi lançado contra a parede pelo vampiro. A lanterna ficou caída de lado, perto do filete de esgoto que escorria pelo piso irregular. Sob a luz azulada, Eph viu que a criatura era, ou fora, uma mulher. Usava um blazer de empresária sobre uma blusa branca imunda, e seu rímel preto emoldurava os olhos ameaçadores de um guaxinim. A mandíbula caiu, a língua se enrolou para trás – e então Vasiliy surgiu correndo.

Ele avançou com a adaga, dando uma punhalada no flanco da criatura, que largou Eph e voltou a se agachar. Com um berro, Vasiliy deu outra punhalada, dessa vez bem em cima do lugar onde antes estaria o coração, no peito, abaixo do ombro. A vampira cambaleou para trás, mas investiu contra ele de novo. Com um uivo, Vasiliy enterrou a adaga na parte inferior da barriga dela. A vampira se contorceu e rosnou, mas novamente reagiu com mais confusão do que dor. Ela ia continuar a avançar nele.

A essa altura Eph já se recuperara. Quando a vampira investiu contra Vasily outra vez, ele se levantou por trás e brandiu a espada contra ela com as duas mãos. O impulso de matar ainda lhe era estranho, por isso ele não levou o golpe até o fim, de modo que a lâmina não cortou todo o pescoço. Mas foi o suficiente. Ele seccionara a coluna vertebral, e a cabeça da vampira tombou para a frente. Os braços se agitaram, e o corpo ficou estremecendo no esgoto que corria pelo chão, como algo fritando numa panela superaquecida.

Havia pouco tempo para alguém ficar chocado. Os sons úmidos que ecoavam na catacumba vinham dos passos do segundo vampiro correndo lá na frente para alertar os outros.

Eph pegou a lanterna Luma caída no chão e partiu no encalço do vampiro, com a espada ao lado do corpo. Imaginou que estava perseguindo o sujeito que atraíra Kelly para aquele lugar, e essa raiva fez com que cruzasse a passagem cheia de vapor, fazendo ruído com as botas no chão encharcado. O túnel fazia uma curva para a direita, onde um cano largo saía da pedra e percorria todo o comprimento do buraco que se estreitava. O vapor quente favorecia as algas e os fungos que brilhavam sob o facho da lanterna. Eph percebeu a forma tênue do vampiro à sua frente, correndo com as mãos abertas e os dedos rasgando o ar.

Depois havia uma curva rápida, e o vampiro desapareceu. Eph diminuiu o passo, olhou em torno e girou a lanterna, entrando em pânico até perceber as pernas da criatura se contorcendo por um buraco achatado debaixo da parede lateral. O ser serpenteava com a eficiência de um verme, esgueirando-se pela passagem. Eph ainda golpeou os pés imundos que se retraíam, mas a espada bateu na terra.

Ele se ajoelhou, mas não conseguia enxergar o outro lado do buraco raso. Ouviu passos, percebendo que Vasiliy e Setrakian ainda estavam bem lá atrás. Decidiu que não poderia esperar. Deitou-se de costas e começou a avançar.

Foi se enfiando no buraco com as mãos sobre a cabeça, levando a lanterna e a espada em primeiro lugar. *Só não vá se entalar*, pensou. Se isso acontecesse, não haveria como se esgueirar de volta. Ele foi serpenteando, enquanto os braços e a cabeça emergiam num espaço aberto. Esperneou até sair do túnel e, então, se pôs de joelhos.

Arquejando, girou a lanterna como se fosse um maçarico e viu que estava dentro de outro túnel. O lugar já havia recebido acabamento, com trilhos e pedras. Havia ali uma quietude estranha, sem uso. À esquerda, a menos de cem metros de distância, brilhava uma luz.

Era uma plataforma. Eph correu pelos trilhos e subiu. Mas aquela plataforma não oferecia o esplendor da estação da prefeitura. Em vez disso, só tinha vigas de aço e o encanamento aparente no teto. Eph achava que havia visitado todas as estações no centro da cidade, mas nunca parara ali.

Alguns vagões do metrô estavam parados na extremidade da plataforma. Placas nas portas informavam: FORA DE SERVIÇO. No centro erguia-se o arcabouço de uma antiga torre de controle, coberta por pichações delirantes da velha guarda. Eph tentou abrir a porta, mas viu que estava trancada.

Ele ouviu passos arrastados no túnel por onde viera. Vasiliy e Setrakian deviam estar saindo daquele buraco e chegando. Provavelmente não fora inteligente correr à frente sozinho. Eph resolveu esperar por eles ali, naquele oásis de luz, mas ouviu uma pedra sendo chutada no leito do trilho próximo. Virou-se ainda a tempo de ver o vampiro sair do último vagão e correr ao longo da parede oposta, fugindo das luzes da estação abandonada.

Eph correu atrás dele. Subiu na plataforma elevada na ponta e depois pulou para os trilhos, seguindo pela escuridão. O leito da linha fazia uma curva para a direita, e os trilhos terminavam ali. Eph via as paredes do túnel tremerem conforme corria. Podia ouvir os passos arrastados do vampiro ecoando, com os pés nus sobre as pedras cortantes. A criatura estava cambaleando, diminuindo a velocidade. Eph chegou mais perto, e o calor da lanterna fez o vampiro entrar em pânico. A criatura se virou uma vez, com o rosto transfigurado numa máscara de horror pela luz azulada.

Eph lançou o braço com a espada à frente, decapitando o monstro em movimento.

O corpo sem cabeça caiu para a frente, e Eph se curvou a fim de apontar o foco da lanterna Luma para o pescoço que exsudava o líquido branco, matando os vermes sanguíneos que escapavam. Depois endireitou o corpo, parou de arquejar... e prendeu totalmente a respiração.

Estava ouvindo coisas, ou melhor, sentindo a presença deles. Havia coisas por toda parte em volta dele. Nada de passos ou movimentos, apenas... uma ligeira agitação.

Eph procurou atabalhoadamente a pequena lanterna, ligando o facho. Havia nova-iorquinos deitados por todo o chão sujo do túnel. Os corpos vestidos margeavam cada lado, como vítimas de um ataque de gás. Alguns olhos ainda estavam abertos, com a expressão narcotizada de gente doente.

Eram os transformados. Os que haviam sido mordidos recentemente, os recém-infectados. Atacados naquela noite. A ligeira agitação que Eph ouvira vinha da metamorfose que se operava dentro dos corpos: os membros não se moviam, mas sim os tumores colonizando os órgãos, e as mandíbulas crescendo para se transformarem em ferrões orais.

Os corpos contavam-se às dezenas, e mais adiante havia muitos outros, formas vagas além do alcance da lanterna. Homens, mulheres e crianças, vítimas de todas as camadas sociais. Eph percorreu o conjunto, passando o facho da lanterna de rosto em rosto, procurando Kelly... e rezando para não se deparar com ela.

Ainda estava procurando quando foi alcançado por Vasiliy e Setrakian. Com algo semelhante a uma sensação de alívio e ao mesmo tempo de desespero, disse a eles:

– Ela não está aqui.

Setrakian permaneceu de pé, com a mão encostada no peito, incapaz de recuperar o fôlego.

– Qual a distância que ainda falta?

– Havia outra estação na linha BMT sob o prédio da prefeitura – disse Vasily. – Um nível mais baixo que nunca chegou a entrar em serviço, usado apenas para reserva e armazenagem. Isso significa que estamos debaixo da linha da Broadway. Essa curva nos trilhos nos conduzirá ao redor dos alicerces do edifício Woolworth. A rua Cortlandt vem em seguida, o que significa que o World Trade Center está... – Ele levantou o olhar como se pudesse enxergar a superfície da cidade através da rocha, dez ou quinze andares acima. – Estamos perto.

– Vamos acabar com isso – disse Eph. – Agora.

– Espere – disse Setrakian, ainda tentando estabilizar seus batimentos cardíacos, e apontou o facho da lanterna para os rostos dos transformados. Ele se apoiou em um joelho para examinar alguns deles com um espelho revestido de prata que tirou do bolso do casaco. – Primeiro temos essa responsabilidade aqui.

Vasiliy começou a agir, exterminando os vampiros nascentes à luz da lanterna de Setrakian. Cada decapitação era um golpe na sanidade de Eph, mas ele se forçou a ver todas. Eph também fora transformado. Não passara de humano para vampiro, mas de alguém que curava para alguém que matava.

A água do subsolo se aprofundava mais adiante nas catacumbas, com raízes e trepadeiras albinas vicejando sem sol, serpenteando do teto inacabado para se alimentar na água ali embaixo. A ocasional luz amarela do túnel mostrava uma total ausência de pichações. Uma poeira branca cobria os lados intocados do chão. Parte desse pó muito fino recobria a superfície das pequenas poças de água estagnada. Era um resíduo do World Trade Center. Sempre que possível os três evitavam pisar naquela poeira, com um respeito devido a um cemitério.

O teto foi ficando mais baixo que a altura de suas cabeças e chegou a um beco sem saída. O facho da lanterna de Setrakian encontrou uma abertura na parte superior da parede que diminuía, suficientemente larga para permitir a passagem deles. Um ribombar que antes era vago e distante começou a ganhar força. Os fachos das lanternas mostravam a água em torno das botas começando a tremer. Era o ruído inconfundível do trem do metrô, e cada um deles instintivamente se virou para olhar, embora não houvesse trilhos no túnel em que estavam.

O ruído vinha lá da frente e estava se aproximando, mas no trilho ativo acima das cabeças deles, entrando na plataforma da linha BMT que levava à prefeitura. Os rangidos, roncos e tremores se tornaram insuportáveis, atingindo a força e os decibéis de um terremoto. De repente, eles perceberam que aquela perturbação poderosa era sua melhor oportunidade.

Passaram rapidamente pela brecha, correndo para outra passagem artificial sem trilhos, com uma fileira de luzes de construção apagadas dançando sob a força do trem lá em cima. Muito tempo atrás, pilhas de sujeira e destroços haviam sido empurradas para trás das pilastras de aço que se elevavam cerca de dez metros até o teto. Ao redor de um canto à frente, brilhava tenuemente uma luz amarelada. Eles apagaram as lanternas Luma e correram ao longo do túnel escuro, sentindo que o espaço se alargava. Quando dobraram um canto, estavam numa câmara comprida e aberta.

O solo parou de tremer, e o ruído do trem foi desaparecendo como uma tempestade que passava. Eles diminuíram o passo para reduzir o ruído das botas. Eph sentiu a presença das criaturas antes mesmo de ver os vultos sentados ou deitados no chão. Os vampiros se agitaram com a presença deles, sentando, mas sem atacar, de modo que os três continuaram avançando pela água na direção do covil do Mestre.

Os demônios já haviam se alimentado naquela noite. Ingurgitados de sangue, pareciam piolhos fazendo a digestão deitados. O langor deles se assemelhava à morte. Eram criaturas resignadas a aguardar o crepúsculo e a oportunidade de se alimentar de novo.

Então começaram a se levantar. Usavam macacões de operários, ternos de executivos, roupas informais de trabalho, pijamas, trajes para a noite e aventais sujos. Ou então estavam nus.

Eph empunhou a espada, examinando os rostos ao passar. Rostos mortos com olhos vermelhos feito sangue.

– Fiquem juntos – sussurrou Setrakian, retirando cuidadosamente, enquanto caminhavam, a mina de UVC da bolsa de malha que Vasiliy levava nas costas. Com os dedos aleijados, tirou a fita adesiva de segurança e girou o topo do globo para ativar a bateria. – Espero que isso funcione.

– Espera? – disse Vasiliy.

Então um dos vampiros, um homem velho, talvez menos saciado do que os outros, avançou contra ele. Vasiliy mostrou-lhe a adaga de prata, e o vampiro emitiu um som sibilante. Vasiliy pôs uma bota na coxa dele e chutou o homem para trás, mostrando aos outros a prata.

– Estamos nos enterrando num buraco profundo, aqui.

Rostos surgiam das paredes, afogueados e com esgares. Eram vampiros mais velhos, de primeira ou segunda geração, denunciados pelos cabelos embranquecidos. Alguns soltavam gemidos animalescos e estalidos glotais, que pareciam tentativas de falar bloqueadas pelos apêndices vis que haviam crescido debaixo das suas línguas. As gargantas inchadas se contraíam perversamente.

– Quando esse pino fizer contato com o solo, a bateria deve se conectar – disse Setrakian, caminhando entre Vasiliy e Eph.

– *Deve!* – exclamou Vasiliy.

– Vocês precisam se abrigar antes da ignição. Atrás desses suportes. – Havia pilastras enferrujadas, cobertas de rebites, a intervalos regulares. – Não terão mais do que alguns segundos. Quando fizerem isso, fechem os olhos. Não olhem. A explosão cegará vocês.

– Ande logo! – disse Vasiliy, rodeado de vampiros.

– Ainda não...

O velho abriu a bengala o suficiente para que a lâmina de prata aparecesse e, rápido como a pederneira batendo na pedra, correu dois dedos aleijados pela borda afiada. Sangue pingou no chão de pedra. O cheiro provocou nos vampiros uma agitação visível. Começaram a vir de toda parte, surgindo de cantos invisíveis, cada vez mais curiosos e famintos.

Ao avançar, Vasiliy ia agitando o ar poeirento com a adaga, para manter os poucos metros de espaço aberto em volta deles.

– O que você está esperando? – disse ele.

Eph examinava os rostos, esquadrinhando as mulheres de olhos mortos à procura de Kelly. Uma delas tentou se aproximar dele, mas Eph colocou a ponta da espada no peito da vampira, que recuou como que queimada.

O barulho aumentara, e as fileiras da frente estavam sendo comprimidas pelas de trás. A fome vencia a resistência, enquanto o desejo atropelava a espera. O cheiro e o desperdício casual do sangue de Setrakian que pingou no chão estavam levando aqueles seres a um frenesi.

– Anda logo! – disse Vasiliy.

– Só mais uns segundos... – disse Setrakian.

Os vampiros avançaram, e Eph usou a ponta da espada para manter o bando afastado. Só então se lembrou de ligar de novo a lanterna Luma, mas as criaturas se inclinavam para os raios repelentes feito zumbis olhando para o sol. Os da frente estavam à mercê dos que vinham atrás. A bolha estava prestes a estourar, e Eph sentiu uma mão agarrar sua manga...

– *Agora!* – disse Setrakian.

Ele jogou no ar o globo com pino, feito um árbitro de basquete lançando uma bola dividida. O pesado objeto endireitou-se ao atingir o ápice, com o pino apontado diretamente para o solo.

O pino de quatro bordas se cravou na pedra e começou a fazer um zumbido, como se fosse um conjunto de lâmpadas de flash recebendo carga.

– Vão, vão! – gritou Setrakian.

Agitando a lanterna e brandindo a espada feito um facão na selva, Eph partiu para uma das pilastras de sustentação. Sentiu as mãos dos vampiros puxando seu corpo. Ouvia o ruído úmido da espada cortando, além dos gemidos e dos uivos misturados. Mesmo assim, examinava os rostos à procura de Kelly e abatia todos que não fossem ela.

O zumbido da mina transformou-se num gemido crescente. Eph apunhalava, chutava e brandia a espada, abrindo caminho até a pilastra de aço. Conseguiu se abrigar atrás do suporte exatamente quando o aposento subterrâneo começou a encher-se de uma flamejante luz azul. Fechou os olhos firmemente e escondeu o rosto na dobra do cotovelo.

Então ouviu a agonia bestial dos vampiros sendo estraçalhados. Os corpos faziam barulho ao serem derretidos, queimados, descascados e dissecados em nível químico. O colapso daquelas entranhas se assemelhava à carbonização de suas almas. Os gritos emudecidos eram estrangulados nas gargantas escaldadas.

Imolação em massa.

O zumbido agudo durou apenas dez segundos. O plano cintilante da purificadora luz azulada foi do solo ao teto, mas a bateria se extinguiu, e o aposento ficou quase totalmente às escuras novamente. Quando só restou um chiado ardente, Eph abaixou o braço e abriu os olhos.

Uma fumaça com um fedor nauseante, de doença queimada, subia das criaturas carbonizadas que jaziam no chão. Era impossível andar sem perturbar aqueles demônios apodrecidos, cujos corpos desmoronavam feito troncos artificiais escavados pelo fogo. Só permaneciam animados os vampiros que, por sorte, haviam ficado parcialmente atrás de alguma pilastra. Eph e Vasiliy agiram rápido para libertar aquelas criaturas aleijadas e semidestruídas.

Depois Vasiliy foi até a mina, que pegara fogo, e inspecionou os danos.

– Isso funcionou mesmo – disse ele.

– Olhem – disse Setrakian.

Na outra ponta da área enfumaçada, em cima de um monte de terra e lixo de um metro de altura, havia uma longa caixa preta.

Eph e os outros se aproximaram, com o medo típico de agentes do esquadrão antibomba que se aproximam de um dispositivo suspeito sem trajes antiexplosão. A situação parecia incrivelmente familiar, e Eph demorou apenas um instante para entender: ele sentira exatamente a mesma coisa ao se aproximar do avião apagado na pista de taxiamento, no começo daquele negócio todo.

Era a sensação de se aproximar de algo morto, e não morto. Uma remessa vinda de outro mundo.

Ele chegou suficientemente perto para confirmar que era mesmo o longo caixote preto que viera no compartimento de carga do voo 753. As portas superiores eram finamente ornamentadas com figuras humanas que se contorciam, como se estivessem ardendo em chamas, e com rostos alongados que gritavam de agonia.

Era o caixão gigantesco do Mestre, colocado naquele altar de entulho e lixo, debaixo das ruínas do World Trade Center.

– É ele – disse Eph.

Setrakian estendeu a mão para a parte lateral do caixote, quase tocando os entalhes, mas depois retirou os dedos tortos, dizendo:

– Eu procuro isso há muito tempo.

Eph estremeceu. Não queria reencontrar aquela coisa, de tamanho assustador e força desapiedada. Permaneceu no lado mais próximo, esperando que as portas de cima se abrissem de repente, a qualquer momento. Vasiliy deu a volta pelo outro lado. Não havia alças nas portas. Era preciso meter os dedos debaixo da tampa na junção do meio e puxar. Seria algo desajeitado e difícil de fazer rapidamente.

Setrakian se postou onde seria a cabeceira do caixote, com a comprida espada pronta na mão, mas sua expressão era taciturna. Eph viu a razão para isso nos olhos do velho e desanimou.

Estava fácil demais.

Eph e Vasiliy meteram os dedos debaixo das portas. Depois de contar até três, puxaram. Setrakian inclinou-se à frente, com a lanterna e a espada... mas descobriu um grande caixote cheio de terra. Espetou a terra com a lâmina, fazendo a ponta de prata raspar o fundo. Nada.

Vasiliy recuou de olhos arregalados, com uma adrenalina irreprimível.

– Ele desapareceu?

Setrakian bateu com a lâmina na borda do caixote para soltar os resquícios de terra.

– Escapou – disse Eph, sentindo uma decepção esmagadora. Ele se afastou do caixão, virando para a área asfixiante coalhada de corpos de vampiros. – Ele sabia que estávamos aqui. E fugiu para dentro do sistema de túneis do metrô *há quinze minutos*. Ele não pode ir para a superfície por causa do sol, de modo que ficará no subsolo até a noite.

– Dentro do maior sistema de trânsito do mundo. Mil e duzentos quilômetros de trilhos.

A voz de Eph estava áspera de desespero.

– Nós nunca tivemos a menor chance.

Setrakian parecia exausto, mas inabalável. Ao menos seus velhos olhos mostravam um pouco de luz renovada.

– Não é assim que você extermina as pragas, Vasiliy? Expulsando os bichos dos seus ninhos? Fazendo que corram para fora?

– Só quando sabemos para onde vão fugir – disse Vasiliy.

– Todas as criaturas que cavam túneis, de ratos a coelhos, não constroem algum tipo de porta dos fundos? – perguntou Setrakian.

– Um esconderijo – disse Vasiliy. Ele estava começando a compreender. – Uma saída de emergência. O predador chega por um caminho e você corre por outro.

– Acho que pusemos o Mestre para correr – disse Setrakian.

Rua Vestry, Tribeca

ELES NÃO TERIAM TEMPO para destruir direito o caixão, de modo que se limitaram a desfazer o altar de entulho, revirando o caixote e derramando a terra no chão. Resolveram voltar mais tarde para terminar a tarefa.

Retornar pelos túneis e chegar à van de Vasiliy Fet consumiu algum tempo, reduzindo ainda mais a energia de Setrakian.

Vasiliy estacionou na esquina das casas geminadas de Bolivar. Eles correram pelo meio quarteirão banhado de sol até a porta da frente, sem tentar esconder as lanternas Luma ou as espadas de prata. Ninguém estava diante da residência, pois ainda era cedo, e Eph começou a escalar o andaime armado na frente. Acima da porta coberta por tábuas havia uma janela decorada com o número do prédio. Eph estilhaçou o vidro com a espada, afastando as lascas maiores com os pés, e depois limpou o caixilho com a lâmina. Pegou uma lanterna grande e pulou para o saguão de entrada.

A luz azulada iluminou as panteras de mármore gêmeas dos dois lados da porta. Ao pé da escadaria em curva, a estátua de um anjo alado parecia lançar um olhar maligno para ele.

Eph ouviu e sentiu o zumbido característico da presença do Mestre. *Kelly*, pensou ele, sentindo o peito doer de sofrimento. Ela só podia estar ali.

Setrakian apareceu em seguida, sustentado do lado de fora por Vasiliy e ajudado a descer ao chão por Eph. Ao chegar, ele desembainhou a espada. Também sentia a presença do Mestre e, com isso, alívio. Ainda não era tarde demais.

– Ele está aqui – disse Eph.

– Então já sabe que estamos aqui – disse Setrakian.

Vasiliy baixou até Eph duas lanternas UVC maiores e em seguida passou desajeitadamente pela janela. Suas botas fizeram ruído ao tocar o solo.

– Depressa – disse Setrakian, passando por baixo dos degraus em espiral.

O andar térreo ainda estava no meio do processo de restauração. Eles atravessaram uma cozinha comprida, cheia de equipamentos ainda encaixotados, procurando um closet. Encontraram um, vazio e sem acabamento. Empurraram a porta falsa na parede do fundo, como retratado nos impressos que Nora fizera baseada na revista *People*.

Degraus levavam para baixo. Um pedaço de plástico se agitou lá atrás, e eles se voltaram rapidamente, mas era apenas uma corrente de ar na escada. O vento trazia o cheiro do metrô, além de terra e lixo.

Aquele caminho ia dar nos túneis. Eph e Vasiliy começaram a instalar duas grandes lanternas UVC para que o closet pudesse ficar inundado com a luz quente mortífera, isolando assim o subsolo. Isso impediria que qualquer outro vampiro subisse e, o que era mais importante, asseguraria que a única saída da casa seria sob luz solar direta.

Eph olhou para trás e viu Setrakian encostado numa parede, com as pontas dos dedos comprimindo o colete na altura do coração. Não gostou daquilo e começou a se dirigir para o velho quando a voz de Vasiliy fez com que se virasse.

– *Maldição!*

Uma das lanternas quentes caiu, batendo no chão com força. Eph verificou se as lâmpadas ainda funcionavam, depois endireitou a lanterna, tomando cuidado com a luz radiativa.

Vasiliy pediu que ele fizesse silêncio, pois estava ouvindo ruídos lá embaixo. Passos. O cheiro do ar mudou, tornando-se mais rançoso e pútrido. Os vampiros estavam se reunindo.

Eph e Vasiliy foram recuando do closet inundado de luz azulada, que era a válvula de escape deles. Quando Eph se virou para o velho outra vez, viu que ele sumira.

Setrakian havia voltado para o saguão de entrada. Seu coração estava apertado, sobrecarregado pelo estresse e pela expectativa. Ele esperara tanto tempo. Tanto tempo...

Suas mãos retorcidas começaram a doer. Ele flexionou os dedos, agarrando com força o punho da espada abaixo da cabeça de lobo de prata. Então sentiu algo, uma brisa extremamente tênue, prenunciando o movimento...

Mexer a espada desembainhada no último momento possível salvou Setrakian de um golpe direto e fatal. Mas ele foi lançado para trás pelo impacto, e saiu deslizando pelo chão de mármore até bater com força a cabeça no rodapé. Contudo, continuou segurando o punho da espada e se levantou rapidamente, brandindo a lâmina para a frente e para trás, sem ver coisa alguma na penumbra do saguão.

O Mestre se movia com muita rapidez.
Ele estava bem ali. Em algum lugar.
Agora você é um velho.

A voz estalou feito um choque elétrico dentro da cabeça de Setrakian, que deu um amplo golpe à frente com a espada de prata. Um vulto negro passou feito um borrão pela estátua do anjo que chora ao pé da escadaria curva de mármore.

O Mestre tentaria distrair Setrakian. Era assim que ele agia. Nunca desafiando diretamente, cara a cara, mas enganando, para surpreender pela retaguarda.

Setrakian recuou para a parede ao lado da porta de frente. Atrás dele havia uma janela estreita, com vidraça de Tiffany, que fora tapada. O velho golpeou os vitrais coloridos, estilhaçando o vidro precioso com a espada.

A luz do dia penetrou no saguão.

No momento em que o vidro se partiu, Eph e Vasiliy retornaram, encontrando Setrakian com a espada levantada e o corpo banhado pela luz do sol.

O velho viu o vulto escuro subindo pelos degraus. Partindo no encalço do Mestre, gritou:

– Lá está ele! Agora!

Eph e Vasiliy correram pela escadaria atrás do velho. Dois outros vampiros encontraram os três no alto dos degraus. Eram os antigos seguranças grandalhões de Bolivar, transformados em dois brutamontes famintos metidos em ternos sujos. Um avançou para Eph, que cambaleou para trás e quase perdeu o equilíbrio, apoiando-se na parede para evitar rolar pelos degraus de mármore. Ele apontou a lanterna Luma, e o grandalhão se encolheu, e Eph golpeou a coxa dele com a espada. O vampiro soltou um arquejo e atacou de novo. Eph estripou o sujeito, metendo quase toda a espada na barriga antes de puxar a lâmina de volta. O vampiro caiu no patamar da escada feito um balão furado.

Vasiliy manteve o outro a distância com a luz da lanterna, espetando e cortando com a adaga curta as mãos estendidas do guarda-costas. Depois apontou o facho de luz diretamente para o rosto do vampiro, que se debateu e lançou um olhar desvairado em volta, temporariamente cego. Vasiliy deu a volta por trás, apunhalando as costas e a grossa nuca do sujeito antes de dar-lhe um forte empurrão escada abaixo.

O vampiro de Eph tentou levantar, mas foi derrubado outra vez por Vasiliy com um chute nas costelas, caindo com a cabeça sobre o degrau superior. Dando um grito angustiado, Eph cortou o pescoço da criatura com a espada.

A cabeça saiu quicando pelos degraus, ganhando velocidade e rotação ao chegar embaixo, pulando por cima do corpo do outro vampiro e continuando a rodopiar até bater na parede.

Sangue branco jorrou do pescoço cortado para a passadeira carmim. Os vermes sanguíneos emergiram, sendo fritados por Vasiliy com a lanterna.

O guarda-costas na base da escada não passava de um saco de pele com ossos quebrados, mas ainda não morrera. A queda não decepara seu pescoço, de modo que ele ainda não fora libertado. Os olhos estavam abertos, e ele olhava aparvalhado para a escadaria, tentando se mover.

Eph e Vasiliy encontraram Setrakian perto da grade fechada do elevador. Brandindo a espada desembainhada contra um borrão escuro que se movimentava com rapidez, o velho gritou:

– Cuidado!

Antes que as palavras saíssem da boca dele, porém, o Mestre golpeou as costas de Vasiliy, que caiu pesadamente, quase estilhaçando a lanterna. Eph mal teve tempo de reagir antes que a forma passasse ventando, diminuindo a velocidade apenas para que ele pudesse rever a carne vermiforme e a boca sarcástica do rosto do Mestre, e ele fosse arremessado contra a parede.

Setrakian avançou, brandindo a espada com as duas mãos e impelindo a forma veloz para um amplo aposento de teto alto. Eph se levantou e seguiu o velho junto com Vasiliy, que tinha um filete de sangue correndo da têmpora.

O Mestre parou, surgindo para eles diante da maciça lareira de pedra no meio do aposento. Como o salão só tinha janelas nas extremidades, a luz do sol não conseguia alcançar o meio. O manto do Mestre ondulou até parar. Então ele baixou os olhos horríveis para todos os três, mas principalmente para Vasiliy, que também não era um homem pequeno e tinha sangue escorrendo no rosto. Com algo semelhante a um sorriso uivante, o Mestre foi agarrando madeiras, rolos de fio elétrico e outros destroços ao seu alcance, e atirou tudo sobre os três assassinos.

Setrakian se encostou na parede, Eph se abrigou num canto e Vasiliy usou um pedaço de compensado como escudo.

Quando a saraivada de objetos terminou e eles levantaram o olhar, o Mestre havia desaparecido de novo.

– *Cristo!* – sibilou Vasiliy, limpando o sangue do rosto com a mão e jogando o compensado para o lado. Então atirou a adaga de prata na lareira fria, com um tinido e um baque. A arma era inútil contra aquele gigante. Depois pegou a lanterna que estava com Eph, assim ficava com duas, enquanto Eph ficava livre para brandir a espada mais longa com as duas mãos.

– Vamos atrás dele – disse Setrakian, seguindo na frente. – Precisamos forçá-lo a ir para o telhado, como fumaça subindo por uma chaminé.

Quando contornaram o canto, quatro outros vampiros avançaram sibilando. Pareciam ser antigos fãs de Bolivar, com cabelos raspados e piercings.

Vasiliy os atacou com as duas lanternas, fazendo com que recuassem. Quando uma das criaturas conseguiu avançar, Eph lhe mostrou a espada de prata. Ela parecia uma vampira gorducha, com saia de brim e meias arrastão rasgadas. Tinha aquela rapacidade curiosa dos vampiros recém-convertidos que Eph já conhecia. Ele se agachou e apontou a arma para ela, que fez uma finta para a direita e depois para a esquerda, sibilando pelos lábios brancos.

Com aquele seu tom imponente, Setrakian berrou:
– *Strigoi!*

O som cortante da espada do velho golpeando vampiros encorajou Eph. Quando a vampira gorducha fintou com agressividade demasiada, ele brandiu a espada contra ela, perfurando o ombro do corpete de algodão preto e queimando a fera, que abriu a boca e enrolou a língua para cima. Eph recuou bem a tempo, pois o ferrão quase atingiu seu pescoço. A criatura continuou atacando de boca aberta, com um uivo de raiva. Eph enfiou a espada no rosto dela, diretamente sobre o ferrão. A lâmina cortou tudo até a nuca, e a ponta penetrou alguns centímetros na parede inacabada.

Os olhos da vampira se esbugalharam. Sangue branco jorrou do ferrão cortado, enchendo a boca da criatura e escorrendo pelo queixo, que ela não conseguia mexer. Presa à parede, a vampira se contorcia e tentava cuspir o sangue vermiforme em cima de Eph. Um vírus tenta se propagar de todas as maneiras possíveis.

Setrakian matara os três outros vampiros, deixando o soalho de bordo recém-envernizado coberto de branco na extremidade do corredor. Ele se voltou para Eph, berrando:

– Para trás!

Eph largou a espada presa à parede, com o punho estremecendo no ar. Setrakian golpeou o pescoço da vampira, e a gravidade atirou o corpo decapitado sobre o chão.

A cabeça continuou espetada na parede, e o sangue branco jorrava do pescoço cortado. Os olhos negros da criatura ainda lampejaram abertos para os dois homens... até virar para cima e relaxar, ficando imóveis. Eph agarrou o punho da espada e tirou a ponta da parede atrás da boca da vampira, fazendo a cabeça cair em cima do corpo. Não havia tempo para irradiar o sangue branco.

– Para cima, para cima! – disse Setrakian, caminhando ao longo da parede para um lance circular de degraus, com um ornamentado corrimão de ferro. O velho mantinha o ânimo, mas suas forças estavam diminuindo. Quando ele chegou ao alto, foi ultrapassado por Eph, que olhou para a esquerda e para a direita. Na luz tênue, viu soalhos de madeira já prontos e paredes inacabadas, mas nenhum vampiro.

– Vamos nos separar – disse o velho.

– Você está *brincando*? – disse Vasiliy, ajudando o velho a chegar ao topo da escada e agitando as lanternas desvairadamente. – *Nunca* se separar. Essa é a regra número um. Eu vi filmes demais para fazer isso.

Uma das lanternas começou a chiar. A lâmpada espocou quando a unidade superaqueceu e, de repente, irrompeu em chamas. Vasiliy largou o equipamento e apagou o fogo com as botas, agora só lhe restava uma única lanterna.

– Quanto tempo ainda temos de bateria? – perguntou Eph.

– Menos do que o suficiente – disse o velho. – Ele vai nos esgotar nessa caçada até o anoitecer.

– Precisamos encurralá-lo – disse Vasiliy. – Feito um rato num banheiro.

Setrakian parou, virando a cabeça para um barulho.

Seu coração está fraco, velho desgraçado. Estou ouvindo o som.

Setrakian ficou imóvel, com a espada pronta. Olhou em torno, mas não havia sinal do Ser Sombrio.

Você fabricou uma ferramenta útil.

– Você não reconhece isso? – disse Setrakian em voz alta, com a respiração pesada. – Era de Sardu. O garoto de quem você assumiu a forma.

Eph se aproximou do velho, percebendo que ele conversava com o Mestre.

– Onde ela está? – berrou ele. – Onde está a minha esposa?

O mestre o ignorou.

Toda a sua vida se conduziu a este ponto. Você fracassará pela segunda vez.

– Você provará minha prata, *strigoi* – disse Setrakian.

Eu provarei você, velho, e os seus apóstolos desajeitados...

O Mestre atacou por trás, lançando Setrakian ao solo de novo. Eph reagiu, brandindo a espada onde sentia a brisa, dando alguns golpes instintivos. Quando puxou a lâmina de volta, viu que a ponta estava suja de um líquido branco.

Ele ferira o Mestre. Pelo menos, cortara o corpo dele.

Durante o segundo que levou para processar esse fato, porém, o Mestre voltou e deu-lhe um golpe no peito com a mão. Eph sentiu seus pés saírem do chão, batendo com as costas e os ombros na parede. Seus músculos explodiram de dor quando ele caiu para o lado.

Vasiliy avançou com a lanterna, e Setrakian brandiu a prata ajoelhado, empurrando a fera para trás. Eph rolou o corpo o mais depressa que pôde, preparando-se para novos golpes... que não vieram.

Eles estavam sozinhos de novo. Podiam sentir isso. O único som era o tinido das luzes da obra penduradas no teto, balançando perto da base da escada.

– Eu o cortei – disse Eph.

Setrakian usou a espada para se levantar, pois um dos seus braços fora atingido e pendia inerte. Depois começou a subir o outro lance de escada.

Havia sangue branco de vampiro nos degraus ainda inacabados.

Feridos, mas determinados, eles subiram os degraus até o topo, chegando à cobertura de Bolivar, o andar superior da mais alta das duas casas unidas. Entraram na metade que servia de dormitório, procurando sangue de vampiro no chão, mas não viram sinal disso. Vasiliy contornou a cama desfeita, indo até as janelas mais afastadas. Arrancou as cortinas que obscureciam o aposento, deixando entrar a luminosidade, mas não a luz do sol direta. Eph examinou o banheiro, que era até maior do que ele esperava, com espelhos de moldura dourada posicionados de modo a refletir sua imagem até o infinito. Um exército de Ephraim Goodweathers com espadas nas mãos.

– Por aqui – arquejou Setrakian.

Laivos frescos de sangue branco sobressaíam numa cadeira de couro preto na ampla sala da mídia. Duas portas arqueadas ao longo da parede leste mostravam uma claridade tênue entrando por baixo da barra das longas cortinas pesadas. Ali atrás ficava o telhado da outra casa.

Os três encontraram o Mestre parado no meio da sala, com o rosto infestado de vermes virado para eles. Os olhos de ônix estavam fixos, enquanto a perigosa luz do dia se aproximava por trás. Um filete de sangue branco iridescente escorria vagarosamente pelo braço e pela mão alongada, caindo pela garra espectral no chão.

Setrakian avançou mancando e arrastando a espada, que riscou o soalho de madeira. Parou e levantou a lâmina de prata com o único braço bom, olhando diretamente para o Mestre. Tinha o coração disparado, com um número incontável de batidas por minuto.

– *Strigoi* – disse ele.

O Mestre lançou um olhar impassível para ele. Era um demônio imponente, com olhos que pareciam duas luas mortas em nuvens de sangue. A única indicação de sua vulnerabilidade era a contorção nervosa dos parasitas sanguíneos debaixo daquele rosto desumano.

Para Setrakian o momento quase chegara.. mas seu coração estava se trancando, impedindo que ele agisse.

Eph e Vasiliy convergiram atrás do velho, e para o Mestre a única alternativa era lutar para fugir dali. Seu rosto se abriu num esgar selvagem. Ele chutou uma mesa baixa e comprida para cima de Eph, que recuou, e com o braço bom jogou uma cadeira dobrável na direção de Setrakian. Esses movimentos fizeram os três se separarem, e então o Mestre avançou velozmente pelo meio na direção de Vasiliy.

Vasiliy levantou a lanterna, mas o Mestre se desviou e golpeou o lado do corpo dele com a garra. Vasiliy caiu aturdido perto do topo da escada. O Mestre passou rápido por ele, mas o exterminador reagiu com presteza, lançando o facho de luz... bem no rosto sardônico do vampiro. Os raios UVC fizeram o Ser Sombrio cambalear e se apoiar na parede, rachando o reboco com seu grande peso. Quando ele afastou as garras da frente do rosto, seus olhos pareciam mais largos do que de costume, e aparentemente perdidos.

O Mestre estava cego, mas apenas temporariamente. Eles perceberam a vantagem que tinham, e Vasiliy avançou com a lanterna. O Mestre recuou, agitando os braços desvairadamente. Vasiliy foi empurrando o vampiro para trás na direção das portas tapadas por cortinas. Eph correu junto com ele, golpeando a capa do Ser Sombrio com a espada e cortando um pedaço pequeno de carne. O Mestre respondia com golpes da garra, mas sem atingir ninguém.

Setrakian agarrou a cadeira que fora lançada contra ele, largando a espada com estardalhaço no chão.

Eph cortou as pesadas cortinas num dos arcos, deixando entrar a brilhante luz do sol. As portas de vidro tinham uma ornamentada grade de ferro, mas com um golpe da espada ele quebrou o ferrolho, espalhando uma nuvem de fagulhas.

Vasiliy continuou fazendo o Mestre recuar. Eph olhou em torno, procurando Setrakian para que ele desse o golpe final. Então viu o velho professor deitado no chão perto da espada, agarrando o peito.

Eph ficou paralisado, olhando para o Mestre em posição vulnerável e para Setrakian agonizando no chão.

Mantendo o facho de luz sobre o vampiro, feito um domador de leões com um banquinho, Vasiliy disse:

– O que você está esperando?

Eph correu para o velho. Apoiado nas mãos e nos joelhos, viu a dor no rosto de Setrakian, que tinha o olhar distante, com os dedos metidos no colete sobre o coração.

Eph largou a espada para rasgar o colete e a camisa, deixando exposto o peito afundado do velho. Colocou a mão debaixo da mandíbula, procurando a pulsação, sem detectar coisa alguma.

Ainda avançando e pressionando o vampiro contra a borda de luz do sol, Vasiliy berrou:

– Ei, doutor!

Eph massageou o peito de Setrakian sobre o coração, sem iniciar imediatamente a ressuscitação cardiopulmonar, porque estava preocupado com os ossos do professor, não queria esmagar as costelas dele. Então percebeu que os velhos dedos de Setrakian não estavam mais apertando o coração, mas sim procurando algo no colete.

Vasiliy virou-se em pânico, para ver que diabo estava detendo os dois. Viu Setrakian deitado no chão e Eph ajoelhado a seu lado.

Mas seu olhar foi demorado demais. O Mestre estendeu a garra na direção do ombro dele e puxou.

Eph apalpou os bolsos do colete de Setrakian e sentiu algo. Pegou lá dentro uma pequena caixa de prata para pílulas e rapidamente desatarraxou a tampa. Uma dezena de pequenas pílulas brancas derramaram-se pelo chão.

Vasiliy era um homem grande, mas parecia uma criança nas garras do Mestre. Mesmo com os braços presos, continuou segurando a lanterna, e virou o facho, queimando o lado do corpo da fera cega. O Mestre rugiu de dor, mas não afrouxou o aperto. Com a outra mão, pegou o alto da cabeça de Vasiliy e entortou o pescoço para trás, apesar da resistência dele. E então Vasiliy ficou encarando aquele rosto indizível.

Eph pegou uma das pílulas de nitroglicerina e levantou a cabeça de Setrakian com uma das mãos. Conseguiu abrir a mandíbula cerrada e introduziu uma pílula debaixo da língua fria do velho. Tirou os dedos e sacudiu o professor, berrando com ele, que só então abriu os olhos.

O Mestre escancarou a boca e estendeu o ferrão, que ficou serpenteando no ar acima dos olhos arregalados e da garganta exposta de Vasiliy. O exterminador lutou desesperadamente, mas a compressão da sua nuca cortava o fluxo de sangue para o cérebro. O aposento foi ficando escuro, e os músculos dele afrouxaram.

– Não! – berrou Eph, correndo para o Mestre com a espada e golpeando as costas largas da abominação com a lâmina. Vasiliy tombou ao chão. O Mestre girou a cabeça, buscando um alvo com o ferrão, e seus olhos enevoados encontraram Eph.

– *Minha espada canta a prata!* – gritou Eph, golpeando o Mestre no tórax. A lâmina realmente cantou, mas o Ser Sombrio recuou e evitou o golpe. Eph tentou outra vez, mas falhou de novo, porque o vampiro se lançou para trás descontroladamente, entrando na luz do sol e ficando emoldurado pelas portas gêmeas de vidro, diante de um terraço ensolarado.

Eph já tinha sob seu domínio o Mestre, que sabia disso. Ele levantou a espada com as duas mãos, pronto para perfurar o robusto pescoço do vampiro-rei, que lhe lançou um olhar de desprezo. Então o Mestre empertigou o corpo, ficando ainda mais alto, e puxou o capuz da capa escura por sobre a cabeça.

– *Morra!* – gritou Eph, correndo para ele.

O Mestre virou e lançou o corpo contra as portas de vidro que davam para o terraço aberto. Os estilhaços voaram, enquanto o vampiro caía rolando nos azulejos quentes, protegido da luz solar mortífera apenas pela capa.

Ele parou por um momento, apoiado num dos joelhos.

Ainda correndo, Eph atravessou a porta estilhaçada e estancou, olhando para o vampiro e esperando o final.

O Mestre tremia, enquanto um vapor se erguia do interior da capa escura. Então o vampiro-rei empertigou todo o corpo, estremecendo como se estivesse sofrendo uma convulsão violenta, enquanto as grandes garras se curvavam e formavam punhos bestiais.

Com um rugido, ele lançou a capa para trás. O traje antigo caiu fumegando no chão. O corpo nu do Mestre se contorceu, enquanto a carne perolada escurecia, cozinhando e passando da alvura do lírio para o negrume do couro.

O golpe cortante que Eph desferira nas costas dele fundia-se numa profunda cicatriz negra, como que cauterizada pelos raios do sol. Ele se virou, ainda tremendo, e encarou Eph. Vasiliy parara à porta ali atrás, e Setrakian estava apoiado num dos joelhos. Chocantemente nu, o Mestre era um espectro magro, sem órgãos sexuais na virilha lisa. Na carne negra queimada, os vermes sanguíneos serpenteavam, loucos de dor.

Com o mais horrendo dos sorrisos, um esgar de dor intensa e até mesmo de triunfo, o Mestre virou o rosto para o sol e abriu a boca, soltando um uivo de desafio. Uma verdadeira maldição demoníaca. Com velocidade espantosa, correu para a beira do terraço, pulou a mureta baixa e desceu velozmente pela lateral do prédio até o andaime do terceiro andar. Depois desapareceu nas sombras da manhã da cidade de Nova York.

O CLÃ

Nazareth, Pensilvânia

Numa mina de amianto há muito abandonada e jamais mapeada, um mundo morto centenas de metros abaixo da superfície dos bosques da Pensilvânia, entre quilômetros de túneis labirínticos, três Antigos do Novo Mundo conferenciavam em total escuridão.

Ao longo do tempo seus corpos haviam se tornado lisos feito seixos de rio, com movimentos quase imperceptíveis de tão lentos. Eles não precisavam de fisicalidade exterior. Seus sistemas corporais haviam evoluído até atingir eficiência máxima, e suas mandíbulas vampirescas funcionavam sem falhas. Sua visão noturna era extraordinária.

Nas jaulas construídas nos profundos túneis ocidentais de seu domínio, os Antigos haviam começado a armanezar alimento para o inverno. Ocasionalmente, o grito de um cativo humano atravessava a mina, reverberando feito um apelo animal.

É o sétimo.

A despeito da aparência humana, eles não precisavam de fala animal. Todos os seus movimentos, até mesmo dos saciados olhos vermelhos, eram terrivelmente lentos.

O que é essa incursão?

Uma violação.

Ele nos considera velhos e fracos.

Mais alguém é cúmplice dessa transgressão. Alguém deve tê-lo ajudado a cruzar o oceano.

Um dos outros?

Um dos Antigos do Novo Mundo ampliou o alcance da sua mente, cruzando o mar até o Velho Mundo.

Eu não sinto isso.

Então o sétimo compactuou com um humano.

Com um humano, contra todos os outros humanos.

E contra nós.

Já não é óbvio que só ele foi responsável pelo massacre búlgaro?

É. Ele já se mostrou disposto a matar sua própria estirpe quando contrariado.

Ele realmente se corrompeu com a guerra mundial.

Ceou por tempo demais nas trincheiras. Transformou os campos em banquetes.

E agora rompeu a trégua. Pisou no nosso solo. Quer o mundo inteiro para si.

O que ele quer é outra guerra.

A garra do mais alto se contraiu – coisa que era uma ação física extraordinária para um ser tão impregnado de deliberação, com uma imobilidade elementar. Aqueles corpos eram simples cascas, que podiam ser substituídas. Talvez eles houvessem se tornado complacentes. Relaxados demais.

Então faremos a vontade dele. Não podemos mais continuar invisíveis.

O caçador de cabeças entrou na câmara dos Antigos e aguardou que sua presença fosse reconhecida.

Você encontrou o rapaz.

Sim. Ele tentava voltar para casa, como fazem todas as criaturas.

Ele bastará?

Ele será nosso caçador de sol. E não tem escolha.

Numa jaula trancada no túnel ocidental, no chão de terra fria, Gus jazia inconsciente, sonhando com a mãe... e alheio ao perigo que o espreitava.

EPÍLOGO

EPILOGO

Rua Kelton, Woodside, Queens

Eles se reagruparam na casa de Kelly. Nora levara Zack para lá depois de Eph e Vasiliy limparem a nojeira que restara de Matt, queimando os restos mortais dele sob folhas secas no quintal.

Setrakian estava deitado no sofá-cama no jardim de inverno. Ele se recusara a ir para um hospital, e Eph concordara que isso estava mesmo fora de cogitação. O braço do velho estava muito machucado, mas não quebrado. O batimento cardíaco era lento, mas firme, e vinha melhorando. Como Eph queria que Setrakian dormisse, mas não com analgésicos, quando reexaminou o professor ao anoitecer trouxe-lhe um cálice de conhaque.

Setrakian falou que não era a dor que o incomodava.

– O fracasso deixa qualquer um acordado.

Pensar em fracasso fez Eph lembrar que não encontrara Kelly. Parte dele queria acreditar que isso ainda era um motivo para ter esperança.

– Você não fracassou – disse Eph. – O sol fracassou.

– Ele é mais poderoso do que eu pensava. Eu desconfiava disso, talvez... temia isso, certamente... mas nunca imaginei. Ele não pertence a esta terra – disse o velho.

Eph concordou.

– Ele é um vampiro.

– Não... não é desta terra.

Eph estava preocupado com o golpe que Setrakian levara na cabeça.

– Nós ferimos o Mestre, não há dúvida. Marcamos seu corpo, e agora ele está fugindo.

– Ele ainda está solto por aí. Isso vai continuar – disse o velho, sem parecer se consolar. Ele aceitou o cálice que Eph trouxera, bebeu um gole e reclinou o corpo. – Esses vampiros de agora... ainda estão na infância. Estamos prestes a presenciar um novo estágio na evolução deles. Leva cerca de sete noites para que cada criatura fique inteiramente transformada, e para que a formação do novo sistema de órgãos parasitários seja completada. Quando isso ocorre, as criaturas se tornam menos vulneráveis ao armamento convencional, uma vez que seus corpos não possuem mais órgãos vitais como coração e pulmões, mas apenas uma série de câmaras no corpo. Depois disso os vampiros continuarão a amadurecer... aprendendo e ficando mais espertos, mais acostumados ao meio ambiente. Eles se agruparão e coordenarão seus ataques. Individualmente ficarão mais ágeis, mortíferos, difíceis de encontrar e derrotar. Até que, por fim, não poderão mais ser detidos. Acredito que aquilo que vimos lá naquele terraço, hoje de manhã, foi o fim da nossa estirpe.

O velho terminou de beber o conhaque e olhou para Eph, que sentiu o peso do futuro sobre todos eles.

– O que mais há que você não me contou? – perguntou Eph.

Setrakian desviou os olhos úmidos para a meia distância.

– É coisa demais para se falar agora.

Pouco depois ele adormeceu. Eph olhou para os dedos retorcidos do velho agarrados à bainha do lençol junto ao peito. Os sonhos dele pareciam febris, e Eph nada podia fazer, além de ficar ali parado e observar.

– Papai!

Eph foi até a sala. Zack estava sentado na cadeira do computador, e Eph agarrou as costas dele, envolvendo o filho em outro abraço. Deu um beijo no alto da cabeça do garoto, sentindo o cheiro do cabelo.

– Eu amo você, Zack – sussurrou ele.

– Eu também amo você, papai – respondeu Zack.

Eph despenteou o cabelo do filho e soltou o garoto.

– Como vai o nosso plano?

– Quase tudo resolvido – respondeu o garoto, voltando ao computador. – Eu precisei criar um endereço eletrônico falso. Você escolhe uma senha.

Embora Eph não houvesse mostrado a Zack o vídeo de Ansel Barbour no alpendre dos cachorros, ele estava ajudando o pai a colocar as imagens no maior número possível de páginas na internet. Eph queria cenas reais de um vampiro distribuídas na rede, para que todo mundo visse. Era a única maneira que ele imaginara de fazer as pessoas compreenderem. Eph não temia estimular o caos e o pânico: os tumultos continuavam, confinados aos bairros mais pobres, embora sua propagação fosse apenas uma questão de tempo. A alternativa de se permanecer em silêncio diante da possibilidade de uma extinção em massa era absurda demais para ser levada em conta.

Ou aquela praga seria combatida em nível comunitário – ou nunca seria.

– Agora eu escolho o arquivo, assim, e coloco tudo como anexo... – disse Zack.

A voz de Vasiliy veio da cozinha, onde via televisão comendo salada de galinha num pote plástico de duzentos e cinquenta gramas.

– Olhem só para isso.

Eph se virou. Imagens gravadas com um helicóptero mostravam uma fileira de prédios em chamas e uma espessa fumaça negra cobrindo Manhattan.

– Isso está ficando feio – disse ele.

Enquanto olhava, Eph percebeu todos os papéis escolares de Zack em cima da geladeira subirem ligeiramente e flutuar. Um guardanapo passou voando pela bancada e foi parar no chão aos pés de Vasiliy.

Eph se voltou para Zack, que parara de digitar.

– Que brisa foi essa?

– A porta de correr dos fundos deve estar aberta – respondeu Zack.

Eph olhou em volta, procurando Nora. Então ouviu a descarga do vaso sanitário, e ela saiu do banheiro que dava para o corredor.

– O que foi? – disse ela, ao se ver alvo dos olhares de todos.

Eph virou-se na direção da outra extremidade da casa, olhando para o canto que levava à porta de correr de vidro e ao quintal.

Uma pessoa dobrou o canto e parou com os braços inertes ao lado do corpo.

Eph ficou olhando, paralisado.

Kelly.

– Mamãe!

Zack partiu na direção da mãe, mas Eph estendeu o braço e agarrou o filho. Seu aperto deve ter machucado o garoto, porque ele se afastou imediatamente, lançando um olhar surpreso para o pai.

Nora correu e enlaçou Zack pelas costas.

Kelly ficou parada ali, olhando para eles sem expressão e sem piscar. Parecia em estado de choque, como que atordoada por uma explosão recente.

Eph percebeu de imediato aquilo que temia mais do que qualquer outra coisa no mundo. A dor em seu coração era física.

Kelly Goodweather fora transformada. Uma coisa morta retornando ao lar.

Seus olhos fixos encontraram Zack. O Ente Querido. Ela voltara por causa dele.

– Mamãe? – disse Zack, vendo que havia algo de errado com ela.

Eph sentiu um movimento rápido às suas costas. Vasiliy se apressou até o corredor e pegou a espada de Eph. Brandiu a arma, mostrando para Kelly a prata da lâmina.

O rosto de Kelly se contorceu. Sua expressão se transformou em algo maligno, com os dentes arreganhados.

O coração de Eph afundou peito abaixo, até as entranhas.

Ela era um demônio. Uma vampira.

Um deles.

E se separara dele para sempre.

Com um gemido abafado, Zack recuou ao ver a mãe demonizada... e desmaiou.

Vasiliy partiu para cima dela com a espada, mas Eph segurou o braço dele. Kelly recuou diante da lâmina de prata feito um gato, com o pelo arrepiado, sibilando para eles. Lançou mais um olhar mortífero para o garoto desacordado, o pretendido dela... e então se virou, fugindo pela porta dos fundos.

Eph e Vasiliy dobraram o canto ainda a tempo de ver Kelly pular o alambrado baixo, que separava o quintal deles do quintal do vizinho, e desaparecer noite afora.

Vasiliy trancou a porta, baixou as persianas sobre o vidro e virou-se para Eph.

Eph ficou calado, mas voltou para Nora, que estava ajoelhada junto a Zack no chão, com os olhos chorosos de desespero.

Só agora ele percebia como aquela praga era verdadeiramente insidiosa. Jogava cada membro da família contra os outros. Jogava a morte contra a vida.

O Mestre enviara Kelly. Ela fora transformada contra Eph e Zack. Para atormentar os dois. Para vingar o Mestre.

Se o grau de devoção para com um Ente Querido na vida tivesse alguma correlação com o desejo de se reunir na morte... então Eph sabia que Kelly nunca desistiria. Ela continuaria a perseguir o filho para sempre, a menos que alguém impedisse isso.

Eph percebeu que a batalha pela guarda de Zack não terminara. Na verdade, simplesmente passara para um novo estágio. Ele olhou para os rostos dos outros... depois para os incêndios se alastrando na televisão... e por fim para o computador. Apertou a tecla ENTER, terminando o serviço de Zack e distribuindo para o mundo todo a prova em vídeo do vampiro enfurecido. Então foi até a cozinha, onde Kelly guardava o uísque. Pela primeira vez em muito tempo, resolveu tomar um drinque.

Este livro foi impresso na Editora JPA Ltda.
Av. Brasil, 10.600 – Rio de Janeiro – RJ
para a Editora Rocco Ltda.